信与爱的乌托邦

徐则臣
著

樊迎春
编

江苏凤凰文艺出版社

图书在版编目(CIP)数据

信与爱的乌托邦 / 徐则臣著；樊迎春编. —— 南京：江苏凤凰文艺出版社，2021.8
ISBN 978-7-5594-5139-2

Ⅰ.①信… Ⅱ.①徐…②樊… Ⅲ.①中国文学－当代文学－作品综合集 Ⅳ.①I217.2

中国版本图书馆 CIP 数据核字(2020)第 163648 号

信与爱的乌托邦

徐则臣 著　樊迎春 编

出 版 人	张在健
责任编辑	李 黎　曹 波
责任印制	刘 巍
出版发行	江苏凤凰文艺出版社
	南京市中央路 165 号，邮编：210009
出版社网址	http://www.jswenyi.com
印　　　刷	苏州市越洋印刷有限公司
开　　　本	880 毫米×1230 毫米　1/32
印　　　张	12.875
字　　　数	330 千字
版　　　次	2021 年 8 月第 1 版
印　　　次	2021 年 8 月第 1 次印刷
标准书号	ISBN 978-7-5594-5139-2
定　　　价	65.00 元

江苏凤凰文艺版图书凡印刷、装订错误，可向出版社调换，联系电话 025-83280257

新时代，新文学，新坐标
杨庆祥

编一套青年世代作家的书系，是这几年我的一个愿望。这里的青年世代，一方面是受到了阿甘本著名的"同时代性"概念的影响，但在另外一方面，却又是非常现实而具体的所指。总体来说，这套"新坐标"书系里的"青年世代"指的是那些在我们的时代创造出了独有的美学景观和艺术形式，并呈现出当下时代精神症候的作家。新坐标者，新时代、新文学、新经典之涵义也。

这些作家以出生于1970年代、1980年代为主。在最初的遴选中，几位出生于1960年代中后期的作家也曾被列入，后来为了保持整套书系的"一致性"，只好忍痛割爱。至于出生于1990年代的作家，虽然有个别的出色者，但我个人认为整体上的风貌还需要等待一段时间，那就只有等后来的有心人再续学缘。

这些入选的作家都是我们这个时代的新青年。鲁迅在1935年曾编定《新文学大系·小说二集》，并写有长篇导言，其目的是为了彰显"白话小说"的实力，以抵抗流行的通俗文学和守旧的文言文学。我主编这套"新坐标书系"当然不敢媲美前贤，但却又有相似的发愿。出生于1970年代以后的这些作家，年龄长者，已近50岁，而创作时间较长者，亦有近30年。他们不仅创作了大量风格各异，艺术水平极高的作品，同时，他们的写作行为和写作姿态，也曾成为种种文化现象,在精神美学和社会实践的层面均提供着足够重要的范本。遗憾的是,因为某种阅读和研究的惯性,以及话语模式的滞后,对这些作家的相关研究一直处于一种"初级阶段"。具体来说表现在以下几个方面。第一,单个作家作品的研究比较多,整体性的研究相对少见;第二,具体作品的印象式批评较多,深入的学理研究较少;第三,套用相关的理论模式比较多,具有原创性的理论模式较少;第四,作家作品与社会历史的机械性比对较多,历史的、审美的有机性研究较少;第五,为了展开上述有效深入研究的相关史料的搜集、整理和归纳阙失。这最后一点,是最基础的工作,而"新坐标书系"的编纂,正是从这最基础的部分做起,唯有如此一点一点的建设,才能逐渐呈现这"同代人"的面貌。

埃斯卡皮在《文学社会学》里特别强调研究和教学对于文学"经典化"的重要推动。在他看来,如果一部作品在出版 20 年后依然被阅读、研究和传播,这部作品就可以称得上是经典化了——这当然是现代语境中"短时段经典"的标准。但是毫无疑问,大学的教学、相关的硕博论文选题、学科化的知识处理,即使是在全(自)媒体时代依然发挥着不可替代的历史化功能。编纂这部书系的一个初衷,就是希望能够为大学和相关研究机构的从业者提供一个相对全面的选本,使得他们研究的注意力稍微下移,关注更年轻世代的写作并对之进行综合性的处理。当然,更迫切的需要,还是原创性理论的创造。"五四一代"借助启蒙和国民性理论,"十七年"文学借助"社会主义新人"理论,"新时期文学"借助"现代化"理论,比较自洽地完成了自我的经典化和历史化。那么,这一代人的写作需要放在何种理论框架里来解释和丰富呢?这是这套书系的一个提问,它召唤着回答——也许这是一个"世纪的问答"。

书系单人单卷,我担任总主编,各卷另设编者。需要特别说明的是,所有的编者都是出生于 1980 年代以后的青年评论家、文学博士。这是我有意为之,从文化的认领来说,我是一个"五四之子",

我更热爱和信任青年——即使终有一天他们会将我排斥在外。

书系的体例稍作说明。每卷由四部分组成：第一，代表作品选。所选作品由编者和作者商定，大概来说是展示该作者的写作史，故亦不回避少作。长篇作品一般节选或者存目。第二，评论选。优选同代评论家的评论，也不回避其他代际评论家的优秀之作。但由于篇幅所限，这一部分只能是挂一漏万。第三，访谈。以每一卷的编者与作者的对话为主体，有其它特别好的访谈对话亦收入。第四，创作年表。以详实为要旨。

编纂这样一套大型书系殊非易事。整个编纂过程得到了各位编者、作者和江苏文艺出版社的大力支持，尤其是青年编辑李黎老师的大力支持！在此向付出辛苦劳动的各位同代人深表谢意。其中的错讹难免，也恳请读者和相关研究者批评指正。记得当初定下选题后，在人民大学人文楼的二楼会议室召开了第一次编务会，参会的诸君皆英姿勃发，意气风扬。时维夜深，尽欢而散。那一刻，似乎历史就在脚下。接下来繁杂的编务、琐屑的日常、无法捕捉的千头万绪……当虚无的深渊向我们凝视，诸位，"为什么由手写出的这些字竟比这只手更长久、健壮？"生命的造物最后战胜了生命，这真是人类巨大的悖论（irony）呀。

不管如何，工作一直在进行。1949 年，作家路翎在日记中写道："新的时代要浴着鲜血才能诞生，时间，在艰难地前进着"。而沈从文则自述心迹："我不向南行，留下在这里，为孩子在新环境中成长"。70 年弹指挥间，在这套"新坐标书系"即将付梓之际，我又想起前苏联作家帕斯捷尔纳克的一首诗《哈姆雷特》：

喧嚷嘈杂之声已然沉寂，
此时此刻踏上生之舞台。
倚门倾听远方袅袅余音，
从中捕捉这一代的安排。

敢问,什么是我们这一代的安排?

是为序。

2019/2/16 于北京
2020/3/27 改定

目录

Part 1 作品选 　　001

苍声 　　003

梅雨 　　051

我们在北京相遇 　　073

逆时针 　　144

兄弟 　　205

如果大雪封门 　　222

Part 2 评论 　　239

徐妍、姜宝虎：身份如何认同：祭奠"古典"，或作为"现代"突围的
一种方式——徐则臣小说论 　　241

孟庆澍：小说、批评与学院经验
　　——论徐则臣兼及 70 后作家的中年转型　　258

刘欣玥：徐则臣文学版图的合并再生——从长篇小说《耶路撒冷》谈起　　280

杨丹丹："心灵史"的经验表述及其方法
　　——由《耶路撒冷》兼及 70 后写作问题　　289

杨庆祥：轻的或重的——评徐则臣短篇小说《如果大雪封门》　　303

郭艳：告别"在场的缺席者"——略论徐则臣小说　　307

江飞：问题意识、历史意识与形式意识——徐则臣论　　319

樊迎春：拯救与逍遥——读徐则臣《北上》　　336

徐勇：物的关系美学与"主体间性"——徐则臣《北上》论　　342

Part 3　创作谈　　357

此心不安处是吾乡　　359

Part 4　访谈　　365

信与爱的乌托邦——徐则臣访谈录　　367

Part 5　徐则臣创作年表　　381

编后记　　401

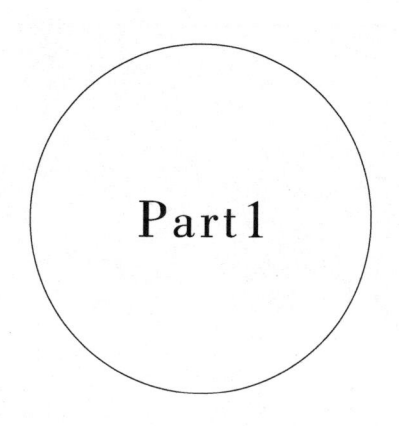

Part 1

作
品
选

苍 声

1

何老头正训我,外面进来两个人把他抓走了。当时何老头很气愤,指着我鼻尖的手抖一下,又抖一下。"这么简单的问题都不会,"他说,"午饭都吃到狗肚子里了?"

我说是,都给绣球吃了。全班大笑起来,他们都知道我们家养了一条黄狗,叫绣球,前些天刚下了一窝小狗,还没满月。刚产崽的绣球得吃好的,我就背着父母把午饭省下了给它。笑声里大米的声音最大,像闷雷滚过课桌。我喜欢听大米的声音,像大人一样浑厚,中间是实心的,外面闪亮,发出生铁一样的光。大米一笑,大家就跟着继续笑。何老头更气了,哆嗦着手抓下黑礼帽,一把拍在讲台上,露出了我们难得一见的光头。

"不许笑!"何老头说。

门外突然挤进来两个人,刘半夜的两个儿子,都是大块头。他们一声不吭,上来就扭何老头的胳膊,一人扭一只,这边推一下,那边搡一下,把何老头像独轮车一样推走了。

何老头说:"你们干什么?你们为什么抓我?"刘半夜的两个儿子还是不吭声。何老头又喊:"等一下,我的礼帽!"他们还是像哑巴一样不说话,挺直腰杆硬邦邦地往前走。这时候他们已经走到校门口的两棵梧桐树底下了。

他们都围到窗户边去看。刚糊上的报纸被大米三两下撕开来,他们的脑袋就从窗户里钻了出去。我站在位子上,伸长脖子从教室门往外看。何老头和刘半夜的两个儿子组成的形状像一架飞机,何老头是飞机头,他的脑袋被下午的阳光照耀着,发了一下光,就从校门口消失了。何老头其实不是光头,只不过头发有点少,不仔细找很难发现。我猜就因为这个他才戴礼帽的,一年四季都不摘下来。睡觉时摘不摘我不知道,反正平时很少见他摘。今天他一定是被我气昏了头才拿掉帽子。我对自己也相当生气,那么简单的问题也答不出。

但是,我不喜欢何老头当着大米他们指鼻子骂我。我把黑礼帽从讲台上拿过来,对里面吐了一口唾沫,又吐了一口,吐第三口的时候,谁说了一句:"何老头的礼帽呢?"我赶紧把帽子塞到桌底下,抻长袖子把唾沫擦干了。

又有谁问了一句帽子,随后就没动静了。大家重新趴到窗户边,校门口有一群人在跑,不知道那些人要干什么。我趁机把礼帽压扁,塞到书包里,然后像没事人一样走到窗户边和他们一起看。零零散散的几个人还在跑。

"这算不算放学了？"三万问大米。

"当然。"大米说，"何老头都被抓走了，放学！"

三万帮大米背了书包，一伙人就跟着大米跑出教室，都想去看看外面到底出了什么事。我怀疑跟何老头被抓有关。为什么抓，我也不懂。我背着书包跟他们跑出校门，他们往西，我往东。得先把礼帽藏起来。

"木鱼，"大米喊我，"你不去看？"

"我要回家看绣球。"

"嘿嘿，好，"大米笑起来，说，"好好把绣球养肥点，过两天我去看看它。"

大米"嘿嘿"的时候不像个好人，可他的声音好听。只有大人才能有那样浊重、结实又稍有点沙哑的声音。我问过我妈，为什么我的声音尖尖细细像个小孩。我妈说，你不是小孩还能是什么？可大米怎么就有大人那样的声音？大米比你大，我妈说，人大了声音自然就苍声了，粗通通跟个烟囱似的有什么好听。

我觉得好听。大米能让所有人都听他的，就因为他的声音跟我们不一样。他说了：

"你们一帮屁孩，奶声奶气的！"

也不是所有人都比大米小，三万、满桌和歪头大年就跟他一样大，声音还是不好听。我经过几棵梧桐树和槐树，捂着书包往家跑，心里充满了恐惧，我竟然把老师的礼帽偷偷拿回来了。迎面碰上向西跑的几个人，我低着脑袋不敢和他们打招呼，但我对他们要去的地方又满怀好奇，他们到底要去看什么？

这一年我十三岁,怀揣两只不同的小狗,一只恐惧,一只好奇。像绣球产的四只小狗中的两只,毛色光滑,一醒来就不安生。

2

想不出藏哪里更保险。我把自己关在屋里四处找地方,放哪儿都不放心。姐姐又在院子里催,让我快点,一起去西大街看看。她也急着想知道西大街到底出了什么事。我只好咬咬牙决定塞到床底下,为了防止谁钻床底往里看,我把一双没洗的臭袜子放在床边,那个臭,瞎子也能熏出眼泪来。出门前我还想看看绣球和四只小狗,姐姐等不及了,拉着我就跑。我就对着墙角的草窝吹了一声口哨,绣球听见了,对我说:"汪。"四只小狗也跟着哼了四声。

路上有人和我们一起跑。快到西大街,碰见我妈在街口跟韭菜说话,她拉着韭菜,让她晚上到我们家吃饭,韭菜甩着胳膊不愿意。姐姐说:"妈,西大街有景呢,你不去看?"

"回家,"我妈说,"有什么好看的!"

"那边到底啥事呀?急死我了。"

"太上老君下凡,"我妈有点不耐烦,"跟我回去!韭菜,听姨的话,姨拿好吃的给你。"

韭菜还是不愿意,嘟着嘴说:"看。看。我要看。"

我谨慎地说:"是不是何老头?"

我妈瞪了我一眼:"回家做饭去!"

姐姐已经拽着我跑过去了,我妈在背后喊也不停下。

猜得没错。人群围在大队部门外,踮着脚往紧闭的门里看,什么都看不到,脖子还在顽强地伸长。然后三两个人咬耳朵,表情含混,我凑上去听,只大概弄清楚,何校长被关在里面。姐姐问旁边东方他妈,东方他妈说,谁知道,听说跟丫丫有关,谁知道。姐姐还想问,周围静下来,支书吴天野走出大队部的门,挥挥手说:

"回去,都回去!有事明天说。"

人群就散了。姐姐歪着头问我:"跟丫丫有关?"

我哪知道。

丫丫就是韭菜,差不多有二十岁了,是个傻大姐,头脑不好使,见人就笑,然后问你吃过了没有。七年前她还叫丫丫,被何老头收留了才改名韭菜。叫丫丫的时候,韭菜是个孤儿,她九岁时她爸死了,接着她妈在某一天突然不见了,听说跟人跑了,再也没回来。丫丫整天在村子里晃荡,追着谁家的猫或者鹅玩,到了吃饭时间就有人叫她。那时候吴天野就是支书,他让各家轮流管丫丫的饭,只要她还活着,养到哪天算哪天。除了三顿饭,丫丫的其他事就没人管了,她整天蓬头垢面,脸脏得像个面具,下雨天也会在外面跑。后来何老头来我们这里当校长,他觉得丫丫可怜,吃百家饭却没人管,就跟吴天野说,干脆他收留丫丫吧。何老头是外乡人,听说是从北边的哪个大地方来的,一个人,一来就当校长。我爸曾说过,看人家里里外外都戴着礼帽,就是当校长的料。

丫丫被人领到何老头门前那天,何老头正坐在门口择别人送的韭菜。何老头握着一把韭菜站起来,说:"还是改个名吧,就叫韭菜。"

就叫韭菜了。叫丫丫顺嘴了的还叫丫丫，其他人叫韭菜。两天以后，丫丫就变成一个干净清丽的韭菜了，何老头帮她梳洗了一番，还给她做了两身新衣服。见过大世面的人说，丫丫蛮好看的嘛，跟城里来的一样。城里人长啥样我没看过，如果韭菜像城里人，我猜城里人起码得有四样东西：干净，白，好看，有新衣服穿。韭菜洗过脸竟然比我姐还白，真是。

再后来，韭菜干脆就把何老头当爸了，平常也这么叫。何老头很高兴，好像有个傻女儿挺满意的。他还教她认字，做算术题。我怀疑花一辈子也教不好，像我这样头脑一点毛病没有的，复杂一点的算术题都弄不懂，我不相信她一个傻子能明白。想也不要想。不过其他方面还是有点成效的，比如说话和看人。过去韭菜一说话就兜不住嘴，口水一个劲儿地往下挂，现在不了，总能在口水挂下来之前及时地捞回去；看人的眼神也集中了，过去你站她对面，就觉得她是在看另外两个人，而且在不同方向上，她涣散的眼神像鸡鸭鹅一样，两只眼能各管各的一边事。也就是说，现在只要韭菜老老实实不说话，就比好人还好。当然，你不能给她好吃的，一见到好吃的，她的嘴和眼立马就散了。

我们都知道何老头对韭菜好，可是东方他妈的意思是，何老头被抓跟韭菜有关。

有人喊我，一听就是大米。身后跟着三万、满桌和另外两个跟班的。"小狗长多大了？"大米问，"送我一只怎么样？"

"还小呢。"我说。其实我做不了主，小狗满月后送给谁，由我爸妈决定，绣球还没产崽就有一大堆人排着队要。我不想让大米知道我做不了主，他们会瞧不上我。

我姐说："大米，你爸为什么把何校长抓起来？"

"问我爸去，"大米说，"关我屁事，又不是我关的。"他对屁股后头的几个挥一下手，他们就跟着他走了。他的一挥手让我羡慕不已，还有他的一声浑厚的"走"，多威风，就是跟我们小细胳膊小细腿和尖嗓子不一样。大米临走的时候又嘱咐，"记着给我留一只啊，越多越好。"

"没有了。"我只好说。

"你说什么？"

"爸妈都把它们送人了。"

"操！"大米说，"还没生下来我就要。就没了！"他扔出一颗石子，打中十米外的一棵槐树，"就一只破狗，操，不给拉倒！"

回到家，韭菜坐在厨房帮我妈烧火。烧火的时候她比正常的女孩都端庄。姐姐又问我妈，为什么把何老头抓起来？我妈白她一眼，示意韭菜在，姐姐就不敢乱问了。韭菜在我家吃的晚饭，吃了一半停下来，说：

"韭菜不吃了，爸还没吃。"

"留着呢，"我妈说，"你吃你的。"

3

因为那顶礼帽，半夜里噩梦把我吓醒了。我梦见礼帽长了三十二条蜘蛛那样的细腿，密密麻麻地从我后背爬上来，突然抱住了我的脖子。我惨叫一声醒了,摸摸脑门上的汗,庆幸只是个梦。我爬起来,借着月光从床底下把礼帽够出来,它已经恢复了原来的形状。我小心翼翼地看它的四周,没有脚,又扔到床底下。得想个办法把它送出去。

第二天早上,我被姐姐叫醒,姐姐说:"快,要斗何校长了!"我半天才回过神,噌地从床上跳起来。"怎么斗?"我问。

"游街。"

锣鼓声从西大街响起来,锣是大铜锣,鼓是牛皮鼓,猛一听以为马戏班子来了。我去井台前洗脸时,看见韭菜蹲在墙角逗绣球和四只小狗玩。她把其中两只抱在怀里,左臂弯一只,右臂弯一只,还用嘴去亲小狗的嘴,嗓子眼里发出呜呜呜的催眠声。丑死人了。

"别动我的小狗!"我喊了一声。

韭菜吓得胳膊一松,一只小狗掉到地上,跟着另一只胳膊失去平衡,第二只也掉下来。小狗摔得直哼哼。我满手满脸是水地跑过去,抱起小狗一个劲儿地哄,哎呀,摔坏了摔坏了。韭菜低头拿眼向上瞟我,知道自己犯错误了,鼓着嘴站在一旁搓衣角。

"还看!都快给你摔死了!"我说。

韭菜哇地哭起来,甩着手说:"我找爸。我去找爸。"

我妈从厨房跑出来,一边在围裙上擦手。"丫丫别哭,丫丫别哭,"我妈说,"谁欺负你了?"

韭菜指着我:"他!他骂我!"

"丫丫不哭,我打他,"我妈做着样子打我,"你看我打他。我把他剁了给狗吃!"

韭菜笑了，跺着脚说：" 剁他！剁他！剁给小狗吃！嘿嘿。" 说完了突然安静下来，又要哭的样子，"我找爸。我去找爸。"

我妈说："吃完饭再找。丫丫听话。" 然后对我和姐姐说："还愣着，等着饭端到你们手里啊？"

那顿饭吃得潦草，我和姐姐都急。西大街锣鼓喧天，震得饭桌都嗡嗡地跳。我们没敢多嘴，爸妈都护着韭菜，怕她知道何老头被抓被斗的事。有什么好怕的，大不了被打一顿，游几天街。就是不知道这老头犯了什么事。

路上遇到几个同学，他们都往西大街跑。何老头被抓了，课当然就不上了。我怀疑整个花街的闲人都来了，里三层外三层堵在大队部门前。门前两个敲鼓的，一个打锣的，咚咚咚，咣。咚咚咚，咣。我刚挤进去，门开了一扇，刘半夜的二儿子走出来，对人群挥手，去去去，往后站，往后站，别碍事！大家撅着屁股往后退了退，另一扇门也开了，何老头被刘半夜的大儿子怪异地推出来。

像小画书里的白无常。戴一顶又高又尖的白帽子，脖子上挂着一块巨大的白纸板，上面写着八个字：

衣冠禽兽

为老不尊

何老头低着脑袋一出门，刚停下的锣鼓又响起来。接着又停下了，吴天野从大队部里走出来，因为突然安静下来，他的声音就显得格外地大。吴天野说：

"乡亲们，这两天我痛心疾首，痛心疾首啊！看到那几封举报信，我眼都大了，嘴都合不上了！我做梦都没想到，我寻思所有花街人做梦也不会想到，咱们的何校长，就是教咱们花街上的孩子读书解字的先生，竟然是这样一个衣冠禽兽！他收养了我们花街的孤儿丫丫，竟然为了这个肮脏的企图！乡亲们想想哪，丫丫，就是韭菜，才多大啊，刚刚二十岁！多好的年龄啊，就这样被他，这畜生一样的人，给糟蹋了！这是咱们花街的耻辱！你们说，怎么办？怎么办？"

刘半夜的两个儿子一起喊："打死他！打死他！"跟着一阵锣鼓声。

吴天野挥挥手，锣鼓又停了。他说："打死人不行。但咱们花街的这口正气要出，要给丫丫和全体花街人一个交代。大队里商量了一下，游街示众。好人咱不能冤枉，坏人也决不放过。好，开始！"

锣鼓敲起来，走在前面，接下来是刘半夜的两个儿子押着何老头，还是一人一只胳膊。经过我面前，何老头抬了一下眼皮，我赶紧缩到别人后面。走几步，锣鼓停下了，大家正纳闷，忽然几个小孩的背书一样的声音冒出来：

我们的校长罪该万死，不是人；我们的校长禽兽不如，是个老骚棍。七年前就起坏心思，收养个傻丫头，为了当马骑。他打韭菜我们看见了，他骂韭菜我们看见了，他干所有坏事我们都看见了。游他的街，批他的斗，打倒一切不要脸的害人虫！

我赶紧又从人后钻出来，看见七八个低年级小孩并列三排走在何老头身后，眼睛盯着何老头的后背。我也去看，何老头的后背挂着一块大白纸牌子,纸牌上写满了毛笔字。怪不得这帮小东西能背得这么齐,照着念的。不过这样我也挺佩服,说实话,有几个字我还不敢确定认不认识。我就盯着那几个含混的字认真看起来,越看越觉得这个毛笔字眼熟,后来终于想起来,这是何老头自己的字。花街没人能写这样好看的颜体字,何老头教过我们,那种胖胖的、敦敦实实的字叫颜体。何老头自己写字骂自己,还骂得这么直接这样狠,实在想不到。

大人之间,男男女女的那点事,我多少知道一点,大米他们整天把男人和女人的那个地方挂在嘴上。大米亲口对我说过,他在八条路的芦苇荡里看见过一对男女光身子抱在一起,不停地动啊动,男的屁股动起来像打夯。是谁我就不说了,反正我知道。大米说到光屁股时,两个嘴角止不住往外流口水,就像过年吃多了肥肉,油止不住从嘴边流出来一样。可是,说真的,我从来没看过何老头跟韭菜怎么怎么过,我放鸭子经常经过他们屋后,歪一下头,他们茶杯放哪个地方我都看得一清二楚。

可这帮小狗日的一起说他们看见了。不知道怎么看见的。

他们走走停停。敲一阵锣鼓,小狗日的们就齐读一遍何老头背上的字。人群里乱糟糟的,西大街本来就不宽敞,挤来挤去就更乱,我和姐姐被挤散了。乱还有一个原因,就是他们交头接耳,相互争论,据我听到的,主要有三方意见:一方认为何老头该死,多大的人了,整天戴着礼帽跟个人物似的,原来一肚子坏水花花肠子,收养一个大闺女竟然为了干这种脏事,幸亏是个傻子,你说要是个好好的姑娘,这还怎么有脸活下去,怎么嫁人生孩子呀!第二方观点完全不同于前面的,傻姑娘怎么了,傻姑娘不是姑娘啊?丫丫也是女人,要不是头脑有毛病,那脸蛋,那身段,那个皮肤白嫩能当凉粉了,咱花街有几个比得上?第三种当然和前面两个都不同,那就是,他们认为根本没有的事,何校长在花街七年了,待人那个好,对丫丫更不用说了,就是个傻子也捧在手心里疼,怎么会干那种事!打死我也不会信。

"那为什么把他抓起来游街?"

"谁知道,哪个丧天良的诬陷!咱们花街,吃人饭不拉人屎的越来越多了!"

因为看法不同,人群自然分成三部分。一部分追着游行的队伍看,跟着叫唤,要打倒何老头,要打死他,有人甚至往他身上吐痰扔石子。另一部分人不冷不热地跟着,抱着胳膊三两个人说话,眼还盯着前面的队伍。第三部分落在最后面,事实上他们出了西大街就没再跟上,就在西大街的拐角处停下来,脸板着生气,为何老头咕哝着喊冤抱屈。我回头找我姐,听见他们在骂人,包括刘半夜的两个儿子。七八个小东西现在只剩下三个,走掉的几个就是被他们拎着耳朵从朗读的队伍揪出来的。他们骂他们的儿子或者小亲戚:

"个小狗日的,皮痒了是不是?让你来现眼!"

游街的队伍还在继续。一阵锣鼓一阵朗诵。后来我听大人说,中间穿插朗诵的游街,他们也是第一次看到,不知道是不是跟外国人学的。我又跑回第一部分,只是想看看热闹。我看见浓痰、石块和混着苔藓的湿泥团从不同方向来到何老头身上,那些湿泥团是他们刚从阴凉潮湿的墙角抠出来的。我什么东西都没往何老头身上扔,因为我不知道他到底干没干过坏事。也不敢，他是我的老师，教我所有的功课，礼帽还在我床底下。一想到礼帽我就紧张，当时头脑进水了一定，拿帽子能当饭吃啊。

后来又想，要把礼帽带来就好了，给何老头戴上。他的高帽子被打掉了，刘半夜的两个儿子帮他戴上几次又被打掉，刘半夜的儿子就烦了，装作没看见，一脚踩上去，再不必捡起来了。石块、泥巴和痰就落到他无限接近秃子的光头上。有血流出来，黏嗒嗒的浓痰也摇摇欲坠地挂下来。可是何老头像突然哑巴了一样，怎么打都不吭声。

你倒是说两句话呀。你就不说。

4

队伍从东大街刚拐上花街时，韭菜迎面甩着两只胳膊跑过来，风把她的头发往后吹，胸前汹涌着蹦蹦跳跳。她越过打锣敲鼓的人看见何老头低着脑袋看自己脚底下。

韭菜喊："爸！爸！你干什么？我昨天就找你！"

何老头的脑袋一下子抬起来，他张嘴要说话，嘴唇干得裂开了两个血口子。刘半夜的两个儿子立马拉直了他的胳膊，韭菜已经闯到了他们面前。她对着刘半夜的两个儿子的手每人打了一巴掌，"抓我爸手干什么？"然后要去拉何老头，突然看见何老头脖子上挂的纸板，歪着头看了一会儿，指着纸板说，"爸，回家我做饭给你吃。这个是什么字？"

锣鼓声停下来，所有人都看韭菜。刘半夜的大儿子也愣了一下，然后松开何老头去推韭菜，韭菜就叫了，两手章法全无地对他又抓又挠。刘半夜的儿子躲也躲不掉。

何老头哑着嗓子说："韭菜，你回家。回家。"

韭菜说："爸，他打我，我要跟他打！"一把抓到刘半夜儿子的脸上，两条血印子洇出来。刘半夜的儿子感到了疼，抽出手摸一把，看见了血，狂叫一声发起狠来，第二下就撕破了韭菜的上衣，露出了半个胸脯和一只白胖的乳房。何老头想冲上去要护着她，刘半夜的二儿子抓牢了他的手，何老头只好含混地叫。脖子和脑门上的青筋跳起来，头上又开始流血。周围人的脚尖慢慢跷起来了。

有人在我耳边说："木鱼，好看么？"

"看什么？"我说，然后才对那声音回过味来，是大米。

"当然是那个了。"大米意味深长地对我笑，右手做出一只瓷碗的形状。

我的脸几乎同时热起来："我没看，我在看何老头的光头。"

"没看什么？"三万的脑袋从另外一个地方伸过来，"还说他小，小什么？心里也长毛啦！"

"我心里没长。"我说，不知道该如何争辩。

"那哪个地方长了？"满桌的嘴也伸过来。

三万把满桌往后推一下，说："再问一次，给只小狗怎么样？"

"你问我爸妈要吧，他们都答应人家了。"

大米看着韭菜的胸前，抹了一把嘴。我看见我妈来了，她把韭菜往外拉，要给韭菜整理衣服，韭菜挣脱半天才顺从。她还想再抓刘半夜的儿子几道血印子。大米一直都盯着韭菜看,说:"不给拉倒!走!"三万、满桌和其他几个跟在屁股后头走了。

他们拂袖而去,走得雄赳赳气昂昂,弄得我心里挺难受。同学们差不多都跟着大米他们玩,大米走到哪里后头都有一帮人,看起来都很高兴,好像不管干什么他们都开心。我就不行,我经常一个人郁郁不乐,整天像头脑里想着事一样。到底想了些什么,我也说不上来。后来我花了两天时间仔细想了一遍,觉得问题可能出在声音上,我尖声尖调,大米觉得配不上和他们玩。一点办法也没有。他要小狗我又帮不上忙,我妈说了,早就许过人家了,我的任务就是好好把它们养到满月。养就养吧,反正我喜欢这几个小东西。

游街的队伍乱了一会儿又正常了。我妈总算把韭菜弄走了。"韭菜是个好丫头。"何老头对我妈说,"你相信我,我什么伤天害理的事都没干,你们一定要相信我。斗死我都无所谓,就是毁了韭菜,她以后可怎么过日子。"他让我妈把韭菜带回家,韭菜不肯,何老头就说:"韭菜听话,回家做饭给爸吃。爸再跟着他们转一圈就回去吃饭。"

然后锣鼓又敲起来。我妈牵着韭菜的手,带她回家。这回乱扔东西的人少了。

游街一直到半下午才结束,我饿坏了。最后敲锣打鼓的声音也空起来,半天才死不死活不活地来一下,因为朗诵的小孩在转倒数第二圈时就全走光了。没了朗诵,锣鼓只好一直敲下去。回到家一个人没有,我找了个饼子边吃边去墙角找小狗,只看到绣球和两只小狗。围着院墙把旮旮旯旯里都找遍了,狗毛都没看见。正在院子里发愣,姐姐回来了。我问她:"小狗呢?"

"我还问你呢,"姐姐说,"我都找了一圈了!你把它们送人了?"

"我没送。"

"见了鬼了!"姐姐说,"就知道吃,还不去找!"

我抱着半截饼子出门找狗。想找一个东西才会发现花街一点都不小,小的是两只狗,随便钻到哪个角落你都看不见。我边找边吹口哨,希望小狗能听见。东大街、西大街、花街都找了,没有,我口干舌燥地沿运河边上走。运河里船在走,石码头上有人在装卸东西,闲下来的人蹲在石阶上聊天,指缝里夹根卷烟。我问他们,看见我家的小狗没有?他们说,你家小狗姓张还是姓李?他们就知道取笑人,所以我说:

"姓你。"

我在二码头边上看见了一只小狗。小狗趴在灌木丛里,脑袋伸出来,下巴贴着地,我对它又吹口哨又拍巴掌,小狗就是不动。我气得揪着它耳朵想拎出来,拽出来的竟只是一颗脑袋。从脖子处已经凝结了血迹的伤口开始,整个身子不见了,小狗睁大了眼。吓得我大叫,一屁股坐到地上。我在那里坐了好大一会儿工夫,潮湿的泥土把裤子都洇凉了,刚吃完的饼子在肚子里胡乱翻转,要出来,我忍着,右手使劲掐左手的虎口,眼泪慢慢就下来了。

后来我折了几根树枝,在灌木丛后边挖了一个坑。埋葬完小狗太阳已经落了,黄昏笼罩在运河上。水是灰红和暗淡的黄。一条船经过,从中间切开了整个运河。

我不敢继续找下去,怕看见另一只小狗的头。

怎么会死在这里？我想不明白，从断头处看，像刀切过，也像撕过和咬过。谁弄死了我的小狗？

刚进花街，遇上满桌，满桌说："我捡到一只小狗。"

"在哪？"

"在大米家。"

我转身就往大米家跑，满桌说："跑什么，又丢不了！"他跟着我一起跑到大米家。大米家的院门敞开着，大米、三万和歪头大年在院子里逗小狗玩。没错，就是我家的那只，他们让它一次次背朝天再爬起来。

"小狗。"我唤了一声。

小狗翻个身站起来，摇摇晃晃地向我跑来。我把它抱住，它高兴得直哼哼。

"你家的？"大米站起来，他的声音总是像从肚子里发出来的，"满桌在路上捡到的。"

"是的。"

"你要抱回家？"

"嗯。"

"捡一只狗不容易。"大米说。

"对，又不是满街都是狗。"歪头大年说。

我看看他们，不知道他们想干什么。

"总得拿点东西换换吧。"三万说。

"什么东西？"

大米抓抓脑袋，想不出什么好玩的，过一会儿说："韭菜——算了，不好弄。"然后自己就笑了，"操，还真没什么好玩的。"

"礼帽，何老头的礼帽！"满桌说，"一定在他那儿。"

"对，礼帽，"大米说，"都把这事给忘了。就礼帽吧。"

我犹豫不决。我想把礼帽给何老头送去的，省得光头上再挨石子、泥块啥的。而且过午他就感冒了，不停地抽鼻子打喷嚏。

"不换拉倒，"大米说，"把小狗放下。"

我说："换。"

把小狗送回家后，我把礼帽从床底拿出来，压扁了塞进衣服里，一路跑到大米家。大米接了礼帽，拉拉扯扯让它复了原形，几个人就用它在院子里玩飞机。刚开始玩，就听见吴天野的咳嗽声，他一年四季都有吐不完的痰。大米赶紧把礼帽藏到牛圈的草料里。他怕他爸，就跟我怕我妈一样。

5

韭菜坐不住，在我家吃过饭，饭碗一推就想跑。到下一顿吃饭，我妈就差我去叫。姐姐不去，她说自己都伺候不过来，还要伺候一个傻子。我妈就骂她，傻子怎么了？你们这些没良心的。姐姐很不服气，说：

"你别这些这些的，这些是哪些？"

"就你们这些。"我妈说，"也不知道心里整天念叨些什么！我就想不通，何校长那样的好人，能干出伤天害理的事？他吴天野说有人举报，谁举报？怎么不说出来？我看就是诬陷！"

姐姐说:"妈,吴天野好像还是你什么表哥吧,还亲戚呢。"

"稀罕!什么表哥,八竿子打不着。我情愿认头猪做表哥。"

多少年我妈对吴天野就没好气,提起就骂。骂他狠,想着法子整人。据我妈说,当年吴天野做村长时就不是好鸟,整个花街人饿着肚子在地里收花生,一粒都不让你吃。开始他让队长在地里跑来跑去监视,收工时扒开每个人的嘴往里看有没有花生渣;后来这个方法不行了,因为吃过后多咽几次口水就找不到花生渣了。吴天野就想出了更好的法子,收工时排队在地头漱口。地上铺开一层沙,漱口水吐到沙子上,偷吃过花生的人吐出来的水是白的,咽再多口水也不管用。我妈说,别人勒紧裤腰带干活,他倒舒服,背着手在地头像田鼠一样转来转去,没事就伸手到口袋里捏两颗花生米扔到嘴里。

我妈骂我姐的意思就是这个,自己想怎么吃就怎么吃,别人一动嘴就看着不顺眼。

当然我姐不是这样的人,她只是懒得跑。只好我去。

何老头家在学校后面,一个独立的小院。我敲半天门没人开,我就喊韭菜韭菜,院子里有两只鹅疲惫地嘎嘎应对,听声音饿得快不行了。这傻子不知道跑哪去了。我在院门口绕来绕去,被臭蛋他妈看见,臭蛋他妈说,往西走了。我按她指的方向找,一条巷子走到头也没看见,社会的老婆抱着孩子告诉我,拐下南了,我就往南找。过五斗渠就看见韭菜在小跑,我喊韭菜韭菜,南风吹过她的耳朵,听不见。我想再喊,看见前面晒场上的一排草垛顶上飞起一个东西,黑的,圆的,像头朝下的一个大蘑菇。我刹住脚。

接着看见大米、三万、满桌和歪头大年在草垛之间跑,叫声顺风飘过来,就是嗷嗷地胡乱喊。韭菜继续往前跑,她显然是冲着礼帽去的。果然,她边跑边喊:

"帽子!那是我爸的帽子!谁让你们拿我爸的帽子!"

她跑近了,大米他们停下来,任她怎么抢怎么叫,就是不给。他们几个诡异地相视而笑。我没敢过去,怕他们说出礼帽是从我手里拿到的。他们重新让帽子飞起来,几个人传来传去,逗韭菜玩。韭菜一直拿不到帽子,气得坐到地上号啕大哭,抓起地上的土四处扬。大米他们可能怕被别人看见,又逗了韭菜一会儿就拿着礼帽跑了。

他们走远了我才上前。韭菜要礼帽,我说不管里帽外帽,先吃饭再说。

"我先要礼帽再吃饭!我爸会感冒,会流鼻涕,淌眼泪,打喷嚏。"

我说:"先吃饭再要礼帽。"

"先要礼帽再吃饭!"

"吃了饭我就去给你找礼帽。"

"真的?"韭菜立马停住哭声,仰脸看我,伸出沾满泥土的小指头,"拉钩,上吊!"

好吧。我也伸出小指头,拉钩上吊。韭菜一下子笑了,爬起来,裤子上的泥土都不拍,说:"噢,吃饭吃饭。"

韭菜真的推掉饭碗就要我去找礼帽。这死傻子。我妈说,好,让他找,找到了送给你。可我到哪里找,我说不知道在哪。我妈就给我使眼色，我就说好吧，现在就去找。我要不答应她就不跟我妈到菜园去。我出了门，瞎晃荡一圈，实在无聊就去看何老头游街了。

已经没什么好看的，还是老样子，敲锣打鼓，重新找了五个小孩跟着朗诵，内容基本不变，只是措辞上有点小改动。再就是胸前的纸牌子换了，字也换了：

看似知识分子

其实衣冠禽兽

还是何老头自己的字，写得不如上一次认真，看来何老头自己也失去耐心了。何老头一边低头被游一边鼻涕眼泪往下掉，感冒在加重，偶尔还咳嗽。敲锣打鼓的还是那两个，劲头明显懈怠，敲出的锣鼓点子懒洋洋的敷衍了事，我估计是因为观众少了。这样的游街多少有点单调，几圈之后就不愿意再跟下去。何老头有时候甚至会抬起头看看，可能是吐痰扔石子的少得让他觉得寂寞了。精神抖擞的只有刘半夜的两个儿子，他们还像刚开始那样兴致勃勃。真不容易。

我跟着队伍把西大街、东大街和花街转一圈，就去石码头玩了。运河水突然涨起来，水流变粗变浑，翻涌着从上游下来。听说那地方连天暴雨，淹了，老屋子都被雨水冲倒了。石码头聚了不少人，看沉禾从运河里捞东西。他把两根长毛竹接在一起，前头装了个铁钩子，上游漂下来什么他就捞什么。我到的时候，石阶上已经摆了死猪、死猫、树根、锅盖、木箱子、小板凳。大家都说，按沉禾这样的捞法，迟早能捞上来一个大磨盘。

到天黑他也没捞到一个磨盘。我傍晚时回的家,发现小狗又少了一只,找了半天没找到,就跑到石码头看沉禾捞上来的小动物。有一只死小狗,不是我家的。这时候天已经黑了。

6

第二天上午继续找小狗。先是三条街找,见人就问,然后就去运河边上,附近的灌木丛、芦苇荡都看了一遍。没有。又去石码头,沉禾还在捞东西,死狗倒是有几条,没一个像我家的。出了鬼了。后来遇到韩十二的小叔,他刚在八条路上看见一只狗,让我过去看看。我问他那狗什么颜色,他说没看清楚,只是远远扫一眼,好像看见了一个小脑袋晃了一下。我就往南找。

八条路在花街南边,那地方是一片大荒地,因为要穿过一片坟地,平常很少有人去。当时我根本没想到小狗根本跑不了那么远,稀里糊涂就去了。一路走走停停,进了坟地。坟墓之间长满松树,穿过时阴郁清凉,心里跳跳的。要不是大白天,打死我也不往这地方跑。快穿过坟地的时候,隐约听见附近有人说话,吓得我想往回走,然后觉得那声音有点耳熟,生铁似的,像大米的。说什么听不清楚。我弯腰在坟头和松树之间找,半天才看见一个人影在坟堆和松树之间闪动一下。

阳光从树冠之间落下来,我踩着那些白花花的阳光往那个方向小心地走。说话声越来越大,不止一个人。

一个人说:"脱。"

又一个人说:"快脱。"

另一个人说:"再往下一点。"

然后是大米的声音:"想不想要?"

我贴着坟堆往前走,忽然听见韭菜说:"给我!给我!"

有人干干地笑出声来,另一个人也笑。应该是三万和歪头大年。然后我越过一个坟头看见大米和满桌站在两座坟之间咬着耳朵说话,都把胳膊抱在怀里。三万和歪头大年分别坐在两座坟的坟头上,三万用右手食指摇动何老头的黑礼帽。

"快点,"三万说,一脸怪异的笑,"看,帽子就在这儿。"

我不敢再往前走了,躲到一个坟堆后面,歪出脑袋看。他们叫了一声,又叫了一声。一座坟堆后面升起韭菜的后脑勺,然后是她的脖子,紧接着,快得我来不及反应就露出了光脖子和光后背,然后我看见韭菜向三万跑过去,天哪,韭菜光着一个白得刺眼的身子,屁股大得像两个球,我陡然觉得有东西噎在嗓子里,打了一个响亮的饱嗝,吓得赶紧蹲下来。大米警惕地喊了一句:

"有人!谁?"

其他几个人也警惕地四处看:"谁?在哪?"

好一会儿没动静,韭菜也停在半路上。

歪头大年说:"没人呀,你听错了吧?"

大米说:"刚才好像有人打嗝。可能我听错了。"

三万又干干地笑出声来,说:"这鬼地方哪来的人。大米,你先来?"

"还是你先来,"大米说,"我等等。"

三万说:"还是你先来吧。要不,满桌你来。"

满桌说:"还是大年来吧。大年不是一直说自己东西大嘛,试试。"

歪头大年也干干地笑,"说着玩的,"他说,"还是三万来。你不是做梦都做过了,轻车熟路。"

韭菜又叫起来:"帽子给我!我爸的帽子!"

我伸长脖子,又打了一个饱嗝。实在忍不住。你说我看见了什么!我看见韭菜正往我这边转身,两只白白胖胖的圆乳房上下在跳,然后是两腿之间乌黑的那一团。一看韭菜那样子我就慌,心跳快得感觉要飘起来。我实在是忍不住那个嗝,为了把它打出来我脖子越伸越长。

大米说:"快,有人!"

三万几个人转身就要跑,大米让他们站住,大米说:"先看是谁!"

我一听,要命,撒腿就跑。歪头大年在后面喊:"是木鱼!"

大米说:"追,别让他捅出去!"

他们几个人在后头边追边喊,让我停下。哪敢停下,我都希望胳肢窝里长出四个翅膀来。没想到我能跑那么快,他们到底没追上,前面的路上有了人,他们不敢再追了,拐了个弯从另外一条路往花街走。我停下来,一屁股坐到地上。现在感到两腿发软了。

坐了两根烟的时间,想起来韭菜还在坟地里,站起来去找她。她穿好衣服过来了,上衣的扣子扣错了位置。见到我就说:"帽子!我爸的帽子!"

"帽子在大米他们那里。"

"我要帽子！你给我帽子！"

我就怕她傻起来像耍赖，她好像根本不知道刚才自己脱光了衣服，揪着我衣服让我给她帽子。我说好，你撒手。她总算撒了手，说："我今天就要。"

"好，"我说，"那你以后不能乱脱衣服。"

"嗯，不脱。我要帽子。"

我带着韭菜往花街走，路边是条水沟，水不多草倒不少。走着走着韭菜不见了，回头看见她正歪着脑袋蹲在水沟边看，我叫她，她说小狗，小狗。我心里一惊。都把这事给忘了。我跑过去，她指着水草之间的一个东西说：

"小狗。小狗。"

我看完第一眼就捂上嘴。没错，就是要找的那只。只剩下一个头，这次眼是闭着的。我拉起韭菜就走，不想再看下去，也不想再去把它像上一只那样挖坑埋掉了。韭菜一路都念叨，小狗，小狗。

7

回到家，我把这一只小狗的死告诉了爸妈。报告这个消息时，我蹲在狗窝旁边，不自主地为余下的两只担心。一家人围着我也蹲下，你一嘴我一嘴猜测，还是弄不明白它们怎么就只有一个头了。什么样的动物有这种爱好？想不出来。我们也没得罪过什么人啊。可是，小狗的身子还是没了。一想到那两个小脑袋，我就觉得身上发痒,牙磨得咯吱咯吱响,鸡皮疙瘩到处跑。太让人发指了。

"一定有人算计咱们家。"姐姐说。

"哪个狗日的算计我们了?"我说。

"什么算计,"我妈说,"要算计也不会就算计两条小狗。"

"不管怎么说,防着点好。"我爸说,"人家在暗处,我们在明处,得找个彻底解决的办法。"

"送人,"我妈说,"现在就送。"

没满月也送出去。我心里咯噔响一下。我知道总有一天它们都要被送出去,可真要送出去还是相当难受,回不过神。我妈拍一下我的后脑勺,还愣,给天星家和南瓜家送去。我抱着小狗不动,我妈又说:

"等着给人家弄死啊!"

我一下子跳起来,抱上一只就往外跑。我要把你送给天星家了,我对小狗说,心疼得眼泪掉下来。绣球在窝里汪汪叫,小狗也哼哼。

经过大米家,我把小狗藏到衣服里面,迅速跑过他家的门楼。大米他们都在家,三万、满桌和歪头大年叽叽喳喳地说笑。从天星家回来,他们还在说笑。我接着抱第二只小狗去南瓜家,再经过那里,他们的声音就没了。院门一扇关一扇闭,我向院子里瞄了一眼,一个人没有。送完小狗,我一路踢着小石子经过花街,心情非常沉重,那感觉就是两块肉活生生地挖给别人。大米家的院门还是半开半闭,我停下来,突然冒出的想法吓我一跳。

接下来又吓我一跳,我进了大米家的门。院子里一个人没有。我直奔牛棚,那堆草料,草料中间的缺口不仔细看很难发现。我悄无声息地凑过去，一伸手就抓到了，塞到衣服里就往外跑。出了院门才知道看看周围有没有人，然后感到了剧烈的心跳。

拿到了。我竟然从别人家的院子里偷了一个东西。

我妈在厨房里烧水，随口问了一句："送去了？"

"嗯。"我说，赶快进了自己的屋。

把礼帽塞到床底，我坐在床头发呆，想着直接给韭菜是否合适。她可是个傻丫头，说不准嘴皮一动就把我卖了。我不放心，后来决定还是先问问我妈。

"在哪拿的？"我妈问。

"大米家门口捡的。"我低下头，"何校长头破了，感冒了。"

"别给丫丫，省得她惹事。直接给何校长。"

"他是不是关在大队部？"

"好像不在，"我妈说，然后问我爸，"何校长关在哪？"

"反正不在大队部，"我爸正在修渔网，"卫生室在大队部，人来人往的，没听说有人看见他关在那里。"

何校长关在哪里也成了问题，这两天都把这事忽略了。具体关在哪，我爸妈也说不出个头绪来。姐姐带着韭菜从门外进来，韭菜见到我就要礼帽。我看看我妈，我妈让我拿出来。她把礼帽形状整好，对韭菜说：

"丫丫，帽子找到了，让木鱼送去行不行？"

"不行！"韭菜说，"我送，是我爸的帽子！我要见我爸！"

"你不能送，"我妈说，"支书说了，你要送他就把你爸关上一辈子，你就再也见不到他了。"

"真的？"

"真的。"

"那好吧，不送了。"韭菜翻着白眼，对我说，"那你现在就送！"

"好，我这就送。"我找了个口袋装礼帽，甩在背上出了门。到石码头上看沉禾捞了一阵东西就回来了。运河里的水还在涨，上游的天一定是漏了。进门的时候我把礼帽藏到衣服里，抖着空袋子给韭菜看。我说，"看，帽子送给你爸了。"

韭菜笑眯眯地说："这下好了，我爸不淌眼泪不流鼻涕了。"

淌不淌眼泪流不流鼻涕谁也看不到，今天没游街。我爸早上去石码头，听刘半夜说，游街先停停，都累了，养养神再游，他两个儿子都在家睡觉呢。石码头上的几个人还向刘半夜打听何老头关在哪里，刘半夜摆摆手说不知道，他那两个龟孙儿子回到家一个屁不放，都快成吴天野的儿子了。

8

几个小狗都没了，绣球没事就在窝边转悠，有时候正在门口走，突然就返身往家跑，到了窝前就呆呆地站着，悲哀地哼。给东西也不大吃，闻一闻就饱了。我若叫它，它就把脖子贴着我的腿蹭来蹭去，眼里湿漉漉的要哭。我就安慰它，别难过绣球，明天咱再下一窝小狗。不知道它听没听懂，摇摇尾巴出了门。这一出门就没回来，天黑了还听不到动静。

姐姐说："找小狗去了吧？"

找也不能找到现在啊,天黑了人还知道往家跑呢。我不放心,潦草地扒了几口饭就出去找绣球,怕它像那两只小狗一样,只剩下了个脑袋。

绣球不是小狗,只要听见我的声音它就会跑出来。我只顾赶路,嘴里发出各种声音,吹口哨,唤它的名字,自己跟自己说话。有人从我身边经过,都扭过头看我,怀疑我头脑出了毛病。几条街都找了,尤其是天星家和南瓜家,都没有。奇了怪了,绣球在我家已经养了六年,闭着眼也能找到家门的。

那天晚上的月亮像一片弯弯的薄刀刃,血红地垂在半天上。运河里的水是黑的,有几盏灯在船上含混地亮,我在地上看不清自己的影子。灌木丛里有奇怪的小虫子在叫。因为吹口哨,我的嘴麻了;因为唤绣球和自言自语,嗓子干了,绣球还是没找到。血红的薄刀刃月亮在走,我到废弃的蘑菇房时应该挺迟的了。

蘑菇房在运河边上,很大,连着五大间,早些年一直种蘑菇。后来不知什么原因不种了,荒废在那里。屋子里一层层的蘑菇床逐渐被人拆完了,拿光了,剩下空荡荡的房子。门常年锁着,阳光都进不去。我们在夏天倒经常进去,是从屋后的通气孔爬进去的。在运河里洗完澡,几个人一起往里面钻。一个人不敢进去,里面阴冷潮湿,霉烂的味道熏得人喘不过气来。有轻狂的小孩钻进去,喜欢在里面拉屎撒尿,所以里面还臭烘烘的,光线好的时候能看见苍蝇、屎壳郎和骨瘦如柴的老鼠在地上乱跑。

那天晚上蘑菇房黑黢黢的像个大怪物,看得我心里直发毛。所以我走得小心,贴着墙根轻手轻脚地走,突然脚底下一滑,凭感觉是踩到了一泡野屎上,叫了一声。叫声之外一片寂静,小虫子的叫声也成了寂静的一部分。我甩着脚,准备往河边的草上抹,听见一声哼哼。我停住脚,又听到一声哼哼。

"绣球?"我小声唤一下。

又是哼哼。

"绣球!"我把声音放大。

绣球的哼哼声也变大。我断定声音是从蘑菇房里传出来的,才敢把头凑近通风口。

"绣球,"我说,"你怎么在这里?出来啊。"

绣球悲哀地哼哼几声。

里面突然有个人声说:"是木鱼?"吓得我把头往后一缩,撞到了墙上。那声音继续说,"我是何校长。"

"何,何校长,你怎么也在这里?"

"几天了,都在。绣球倒是下午才来。"

"它怎么会到这里?"

"大米他们把它鼻子穿了绳子,扣在这里。"

"大米?"

这狗日的,为什么要把绣球弄到这里来。我把头伸进通风口,什么也看不见,只闻到一股霉烂和臊臭味,还有隐约的血腥气。何老头咳嗽了一声,绣球跟着也哼哼了一下。爬进蘑菇房我是憋着一口气的,否则熏不死也丢半条命。脚底下滑了一下,不知道又踩到了什么。伸手不见五指的黑,只有绣球的两只眼放着光。

"看不见呀,何校长。"我说。

"等一下就适应了。"

等了一下还是看不清楚。绣球在前,哼哼地叫;何老头在后,嗓子里絮絮叨叨的痰吐不出来。两个都是个囫囵的影子。我对着绣球的影子伸出手,碰到了一根绳子,绣球凄厉地叫了一声。

"别动绳子,"何老头说,"绣球穿了鼻子了。"

何老头的意思是,绣球像牛一样被穿了鼻孔。我知道穿了鼻孔的牛,你动一下缰绳都疼得要它的命。因为看不清穿鼻绳的位置,缺少断开穿鼻绳的灯光和剪刀,我就从通风口原路爬出来,一路跑回家。爸妈他们都睡了,我把动静尽量放小,拿了手电筒和剪刀就往蘑菇房跑。跑到半路,想起何老头的礼帽,又跑回家拿。

灯光一照,蘑菇房里脏得实在不能看,何老头和绣球一个头上有伤,一个鼻子上有血,在灯光底下形如鬼魅。绣球对着灯光可怜地哀鸣。何老头遮住眼,受不了强光,过一会儿才把手拿开。我把礼帽递给他,他不要,让我带回去先收好。我可不想再收了,还是给你的好,正好治治感冒。顺手扣到他头上,疼得何老头直咧嘴。何老头帮着打手电,我剪穿鼻绳。狗日的大米贴着绣球的鼻孔打了个死结,费了我不少工夫才剪开。整个过程绣球一声不吭,剪完了才开始亲热地舔我的手,眼泪一滴滴往下掉。

"绣球,绣球,"我说,"好了,咱们可以回家了。"

然后要给何老头解绳子,何老头不让。"不能连累你,"何老头说,"斗几天就该放我回去了。"

"我妈说,吴天野坏得头顶长疮脚底流脓,还是跑了好。"

"不行,我不能让他得逞。我跑了,那更称了他的心,乡亲们还不以为我真干了伤天害理的事。"

"真不跑?"

"不跑。"

"好吧,我爸妈都说你是好人,"我摸着绣球的脖子,"韭菜在我家,老是要找你。"

"千万别让她知道我在这里,过几天就出去了。"他把礼帽拿下来,又要给我,"你拿走,出去了我问你要。"

我没要,已经够我麻烦的了。我说还是你戴着吧,抱着绣球就走。他让我站住,我已经把绣球从通风口塞出去了,然后自己也爬出来。月亮很高,脚底的草唰唰地响,经过之处露水遍地。

9

一大早我爸妈就在院子里说话,叽里咕噜的,绣球也跟着叫唤。他们总是这样,起得挺早,起来了又干不了多少正事,一个鸡食盆子的位置也能争论大半个早上。我换了个姿势想继续睡,又感到有点憋尿,就爬起来上厕所。爸爸蹲在井台边磨刀,妈妈在洗衣服,干活时两人的嘴都不闲着,看见我就停下了争论。

"木鱼,起这么早干什么?"我爸问。

"上厕所。"

"接着睡,"我妈说,"没什么事。"

当然要继续睡。离太阳升起来还早,花街上空笼着一片湿漉漉的灰色。花街就这样,大清早都像阴天。我撒完尿回来,爸爸还在磨刀，妈妈还在洗衣服，他们还在咕咕哝哝。我回到床上，一歪头睡着了。还做了一个梦，梦见绣球又下了四只小狗，一只黑的，一只白的，一只黄的，一只花的，每只小狗都长了一身光滑闪亮的长毛，跑起来像个大绒线团。绣球逗着四只小狗玩，高兴得直叫。一直叫，开始叫得挺开心，叫着叫着就不对了，很痛苦，成了绝望的哀鸣。那叫声让我都听不下去了，因为难受我就醒了。睁开眼还听见绣球在叫。我坐起来竖起耳朵再听，真的是绣球在痛苦地叫。

　　我伸长脖子往窗外看，看见绣球躲在窝后趴着，痛苦地哼哼，爸爸向它招手，绣球犹豫一下，站起来跟跟跄跄向他走去。爸爸抚着绣球的脑袋，慢慢地把它夹在左胳膊底下，右手突然往绣球脖子底下猛地一送，绣球的身体剧烈地抖起来，叫声凄惨可怖，尾巴一下子也夹到两腿之间。爸爸松开手，绣球跑了出去，又躲到窝后边。爸爸迅速把右手藏到了身后，我看见了一把血淋淋的锋利的剔骨刀。

　　爸他在干什么？我在床上就喊起来，我喊："爸！爸！绣球！绣球！"穿着裤衩跑出屋，我继续喊："绣球！绣球！"

　　爸爸说："没你的事，回屋去！"

　　"你杀绣球！"我冲着他喊，"你杀绣球！"绣球气息奄奄地趴在窝边，两眼半闭，无神地看着我，它想对着我摇尾巴，举了几次都在半路上掉下来。我又喊："绣球！绣球！"它听见了，努力睁开眼，它想站起来，前腿蹬了几次都没起来。绣球对我缓慢地摇头，每摇一下脖底下就洒出一些血。我伸出两只手喊："绣球！绣球！"眼泪哗哗地掉下来。绣球的毛一下子张起来，柔软的毛当时就直了，脑袋猛地扬起来时前腿也跟着蹬直，后退随即用力，站起来了。绣球摇摇晃晃向我走来时，血滴滴答答往下掉，到我面前还是直直地站着。我蹲下来，把手心给他舔，然后低头看它脖子底下的刀口，只看见一大团血污把毛染得黑红。"绣球！"我说，要去抱它，被爸爸一把推倒在地上。爸爸的刀子再次扎进绣球的脖子底下，有血喷到我的腿和脚上。我抹了一手的血，大哭起来。

绣球摇晃得更厉害了，浑身的毛开始一点点弯曲，下垂，然后紧紧地贴到皮肤上，像一朵花在瞬间衰败。先是后腿软得支撑不住坐下来了，然后是前腿，一节一节地弯折，先是跪，接着趴下了，越趴越低，整个身体贴到了地面上。下巴搭在我的左脚面上。绣球抖得毫无章法，嘴角慢慢流出血来。它看着我，眼睛里的光越来越暗淡，就像有些东西越走越多，留下的越来越少。两只眼开始关闭，慢得像它的呼吸，它吹到我脚面的热气越来越轻越稀薄，然后眼里涨出了泪水，两只眼完全闭上时，两滴巨大的黏稠的眼泪慢慢滚下眼角。我感觉到绣球的下巴震动一下，放松了，整个身体随即摊开来。绣球的脑袋歪在我的脚面上，不动了。

我说："绣球。绣球。"绣球听不见了，它的耳朵垂下来，堵在了耳眼上。

爸爸扔下刀要来扶我起来，被我一拳打在两腿之间，他立马捂住裆部弯下了腰。"疯了你啊！"我爸说，"找死啊你！"

"你为什么把绣球杀了！"我愤怒得对着自己的大腿一个劲儿地打。

爸爸的疼痛减了一些，一把将我拎起来，"站好了！"我爸说，"我不杀等着别人杀啊？你不想想，人家都杀了我们几条狗了！有人惦记你，你以为绣球能活几天啊。"

我不管。绣球死了。我重新坐到地上，摸着绣球的鼻子无声地流眼泪。绣球的鼻子还湿润着，穿鼻绳留下的血痂还在。绣球。绣球。我坐在地上把它身上的毛理顺了一遍，让它像平时睡觉时一样趴着。

10

爸爸把绣球吊在槐树上开膛破肚，我不在家，整整一天我都在外面晃荡，一口饭没吃。吃不下，一想到绣球死了我就什么都不想吃。这一天我沿着运河走了不下二十里路，心里头恨我爸也恨大米。我不知道那两条小狗是不是也是大米他们杀的，我就是想不通他们为什么好好的就要杀掉一条狗。运河水浑浊不堪，上游的雨还在下。我觉得全世界的水都流进运河里了。

半下午回来经过西大街，看了一会儿何老头游街。他的礼帽没戴，光着脑袋在风里走。这一次他没低头，而是仰着脸，那样子倒像领导下来视察。他一把脸扬起来就没人敢对他吐痰扔石子了，因为他的目光对着周围的人扫来扫去，看得很清楚。

在花街上遇到了歪头大年。大年说："找你呢，大米让你去他家玩。"

"不去。"我说。

"不给大米面子？可是他让我来找你的。大米说，如果你去，咱们就是一伙儿的了。"

我犹豫了半天才说："家里有事。"我不能去。他们害了绣球，我从大米家偷了礼帽,怎么说也不能去。

歪头大年悻悻地走了。

回到家,天已傍晚,青石板路上映出血红的光。我妈在厨房烧锅,韭菜和我姐围着锅台兴奋地转来转去。韭菜搓着手说,香,香。我也闻到了,但闻到的香味让我翻心想吐,肚子里如同吞下了块脏兮兮的石头。韭菜又对我说,香,香。

我对着她耳朵大喊:"香!香你个头!"

韭菜咧着嘴要哭,对我妈说:"他骂我!他要打我!"

我妈说:"别哭,我打他,你看我打他。"然后把我拉到一边,问我,"那个,肉,你能不能吃?"

我摇摇头,"不饿,"径直往屋子里走,"我困了,想睡一觉。"

被我妈叫醒时天已经黑透,他们吃过了晚饭。给我留下的饭菜摆在桌上,菜是素的。我坐到桌边,用筷子挑起一根菜叶晃荡半天,还是放下了。吃不下,一点吃的心思都没有。然后喝了点玉米稀饭就站起来。月亮变大了一点,成了血红的半圈饼子,院子里前所未有的安静,这个世界上缺几声狗叫。我妈从厨房拎出一个用笼布包着的大碗,递过来说:

"你给何校长送去,可能几天没正经吃东西了。"

不用猜我也知道碗里装的什么。我接过来,一声不吭往外走。花街的夜晚早早没了声息,各家关门闭户,偶尔有灯光斜映在门前的石板路上,蓝幽幽的泛着诡异的光。石码头前面晾满了沉禾打捞上来的大大小小的东西。蘑菇房远看就是个巨大的黑影子。我来到屋后,正打算对着通风口向里说话,听到有人开锁的声音,紧接着吱嘎一声门响，一个影子进了蘑菇房，突然打开手电，何老头被罩在光里扭着身子。

手电筒的光在蘑菇房里走来走去，他们两人好长时间都不说话。后来那人拿出一个东西晃到手电筒前，是礼帽，我心下一惊。我说怎么今天游街没看见何老头戴帽子。那人说话也吓我一跳，生铁似的声音，猛一听像大米，再听几句就发现不是，比大米的声音老，声音里总有丝丝缕缕纠缠不清的东西。是吴天野，他有咳不尽的痰。吴天野摇着礼帽说：

"老何，今天游街感觉还好？"

何老头哼了一声没理他。

"我知道你恨我恨得牙根都痒痒。"吴天野说，他走到何老头面前蹲下来，手电筒夹到胳肢窝里，灯光正对着何老头的脸。我慢慢也看到了吴天野轮廓模糊的脸。吴天野一手拿着礼帽，另一只手的中指嘭嘭地弹响礼帽。"这个东西还真不错，戴上就人五人六的样儿，怪不得咱花街的人都把你当个人物待。"

"吴天野，你究竟想怎样？"何老头说。

"不怎样，"吴天野站起来，夹着手电筒慢慢围着何老头转圈，一手拿礼帽拍打屁股，"我能怎么样？就这么游游斗斗。"

"就是个礼帽碍你的眼，你就整我？"何老头说，连着一阵咳嗽。

"何校长，这你就错了，原来我还真以为就是个礼帽扎我的眼，咱这小地方，戴上你这东西就高人三分。今天我把礼帽拿回去，戴上了才发现不是这回事，帽不帽子不是关键，关键是你这个人，书上怎么说的？知识分子哩。知识分子。对，就是这个，大家就是敬畏你这个知识的分子。"

"你明知道我是真心把韭菜当亲生女儿养的。糟践我就算了,你连一个傻丫头都不放过!"

"不是个傻子还不好办哪,反正她也说不出个道道来。"

"吴天野,这些年了,你还容不下一个外地人。我忍着,你还是变本加厉。好,除非你把我整死了!"

"想去告我?"吴天野笑起来,灭了手电,蘑菇房一下子黑得像团墨,"想也别想。你拿什么证明你们爷俩的清白?我劝你还是别烦那个神了。"吴天野在口袋摸索出一根烟,点上,吐一口烟雾接着说,"不是不容外地人,是你扎我的眼。看看这花街,都说你的好,有那么好么?我不信,所以要让大伙儿看看。"

手电亮了,吴天野把礼帽给何老头戴上。"来,戴上,明天就戴着礼帽游,让乡亲们开开眼,我们的大知识分子也干禽兽不如的事。"他又摸出一根烟,点着了塞进何老头嘴里,"这地方虫子多,潮气重,抽根烟熏熏,对身子骨有好处。看,我可没亏待你。"

吴天野蹲在何老头对面,两人不再说话,直到抽完了那根烟他才锁上门离开蘑菇房。

我听见他的脚步声越走越远,才拎着碗爬进蘑菇房。

何老头说:"谁?"

"我,木鱼。给你送吃的。"

我把手电打开,光线罩住碗,扭过头去。何老头掀开盖子时我闻到香味,的确是那种诱人的香味,我肚子里咕噜咕噜叫几声,但还是没胃口。

"什么肉?"

"狗肉。"

"绣球?"

"嗯。"

何老头的咀嚼声停住了,嘴里含混地说:"绣球。"

11

本来何老头的游街已经索然无味,花街人已经没什么兴趣,也就是溜一眼,今天不一样了,溜完一眼溜第二眼再溜第三眼,三三两两又围成了一大圈。何老头戴着礼帽游街了,大伙儿觉得怪兮兮的。在平常,何老头的礼帽在花街一直是正大庄严的,那是知识、文化,是个一看就让人肃然起敬的东西;现在它和一前一后的两张大纸牌在一起,纸牌子上又是那样的内容,两个弄一起就有点不对劲儿。别扭在哪里,说不好,反正意味深长,所以溜完一眼就站住了,接着看。打鼓敲锣的受到鼓舞,空前卖力,刘半夜的两个儿子也挺起腰杆,收起前两次的松散,像当兵的一样咔嚓咔嚓走起路来。朗诵的三个小孩也是新的,声音脆得像水萝卜,节奏鲜明。

不管怎么说,这是相当成功的游街,起码在场面上是。我也一直溜了下去,一边后悔没按何老头说的替他保存礼帽,一边又舍不得走。戴礼帽游街真是有点意思。

快到中午,游街的队伍走到大队部门口,韭菜不知从哪里冒出来,上来就踹刘半夜的两个儿子,一人一脚。刘半夜的两个儿子没提防,赶快撒了手去挡韭菜,韭菜又哭又叫,骂他们的爹妈,也就是刘半夜和他老婆没屁眼。刘半夜的两个儿子急了,一个揪头发,一个拽衣服,要把韭菜哄走。韭菜逮着谁抓谁,逮着谁咬谁,何老头让她停下也不听,一口咬住了刘半夜大儿子的胳膊,疼得他龇牙咧嘴,等她松开口,刘半夜大儿子的胳膊已经鲜血淋漓。

韭菜说:"让你押我爸!让你押我爸!"

刘半夜的二儿子一脚把韭菜踹到人群里,幸好很多人接应才没摔倒。锣鼓声停了,两个人握着锣槌鼓槌躲到一边,三个小孩被吓哭了两个。有人闹起哄来,刘半夜的两个儿子气急败坏要追着韭菜打,架势都摆了,这时候吴天野从大队部出来,喝了一声,刘半夜的两个儿子就不敢动了。

游街因此草草收了场。韭菜想把何老头拽回家,被别人拉住了,又是一阵蹦跳和叫骂。

绣球和小狗都没了,游街也没了,找不到事干,午觉又睡不着,我一个人丢了魂似的在花街上游荡。游荡也没意思,好像所有人都有自己的事忙,就我一个闲人。转了大半个下午,还是去了石码头看沉禾捞东西。沉禾是捞出甜头了,见什么捞什么,捞到好东西私下里就卖给别人。大家就开玩笑,说沉禾即使发不了财,捞个好看媳妇应该不成问题。

正看沉禾捞上来一把竹椅子,满桌跑过来找我,把我拉到一个没人的地方,鬼鬼祟祟地说,到处找我,总算逮着了。

"干吗?"

"大米有请。"

"我一会儿有事。"

"你最好还是去,"满桌一脸坏笑地说,"我们都知道谁是小偷。"

"什么小偷?"

"从大米家偷礼帽啊。"

"找我有事?"我挺不住了。

"去了就知道了。"

满桌在前面走,我在后面跟着。一路向南。远远看见了那片坟地,我有点怕了,磨磨蹭蹭不愿再走。

"走啊。"满桌说。

"到底什么事?"

"放心,绝对是好事,"满桌又是一脸坏笑,"大米想跟你交朋友呢。"

"交朋友在花街就行,跑这么远干吗?"

"花街上不方便嘛。走吧。"

进了坟地,满桌右手拇指和食指插进嘴里吹了一声口哨,东南边也响起一声口哨。满桌说,那边。我就跟着他到了那边。

大米和三万坐在两个坟头上,何老头的礼帽竟然到了三万手里。大米对我笑笑,用他生铁似的好听的声音说:"来啦?"我点点头。三万对着我转起礼帽,说:"这个还认识吧?又到了我们手里了。"我没说话,脸上开始发热。

"帽子给我!"我突然听到韭菜的声音,扭过头看见她的一只胳膊被歪头大年抓着。韭菜上衣最上面的两个扣子散开,裤子没了,只穿着内裤,两条丰润白嫩的长腿露在外面。

"只要你听话,帽子一定会给你的。"三万说。

"你们想干什么?"

"不是'你们',是'我们'。"歪头大年说,"咱们有福同享。你来了,就有你一份。"

"不关我的事。"我转身就跑。

"别让他跑了!"三万说。

"让他跑,"大米说,"明天花街就多了一个小偷。"

跑两步我就停下了。满桌走过来,拉着我的胳膊说:"我看你还是乖乖地待着吧。"我顺从地跟着满桌站到大米那边去。对面的韭菜说:"你帮我把帽子抢过来!"

大米说:"你再叽叽歪歪,我就把礼帽烧了!"

韭菜翻着眼不说话了。

大米对歪头大年使个眼色,大年尴尬地看看我说:"还是让木鱼来吧。"大米说:"我说的是衣服。"大年搓了半天手,对韭菜说:"你不准喊,你要喊礼帽就没了。"韭菜点点头。大年又搓了两下手,开始解韭菜上衣的其他纽扣,解的时候手指不停地哆嗦。他的脸涨得通红。终于解开了,韭菜里面还穿了一件小衣服,给韭菜脱外衣时大年如释重负。"我脱完了,该三万了。"他说。

"那个就别脱了吧,"三万对大米说,"都脱了躺下来草扎人。万一她疼得叫起来怎么办?你说呢。"

"嗯,好。"大米说,"满桌,该你了。"

"我?干什么?"

"说好了的,内裤。"

满桌脖子都粗了:"我,我,真脱啊?"

歪头大年说:"操,你以为啊,谁也跑不掉!"

满桌吐了一口唾沫,"操,脱就脱,谁怕谁!"他走到韭菜面前,把韭菜脱下来的上衣铺在两座坟堆之间的空地上,"躺下。"他对韭菜说。三万及时地对韭菜挥了挥礼帽,韭菜听话地躺下了。满桌蹲下来时放了一个响亮的屁,连韭菜都笑了,韭菜说:"屁!你放屁!"满桌的头脸红得像龙虾,憋出一个笑:"吃多了。吃多了。"他的手碰到韭菜的胯部被烫了似的跳一下,然后一咬牙,抓住了内裤就往下拉。坟场上呼吸的声音消失了,几个人的脖子越伸越长。韭菜咯咯地笑了一串子,她感到了痒。然后我们就看到韭菜肥白的大腿中间一团墨黑。大米他们从坟堆上站起来,一起叫:

"哇!"

韭菜本能地捂住两腿之间。三万说:"把手拿开!"韭菜就把手拿开了,说:"凉。"

"马上就不凉了,"大米用下巴指指我,"该你了。"

"我?"

"你。"

"老大,"歪头大年说,"第一仗真让这小子打?太便宜他了。"

"那你上?"

"好吧,那就让木鱼上吧。"

"裤子脱了!"三万对我说。我立马按住裤带,知道他们要我干什么了。他们让我跟韭菜干、干那种事。"不,不行,"我说,"我不上。"三万说:"那你就老老实实做小偷。看着办。"满桌和歪头大年凑过来,一人抓住我一只手,"我看你就别装模作样了,"歪头大年说,"别耽误时间,弄完了我们还要打第二第三仗呢。"他们竟然强行解开了我的裤带,跟着就脱下了我的裤子,然后内裤也扒下来。我又跳又叫最终还是没能挣脱掉。我捂着脱光的下身无处可走,他们把我的衣服扔给了三万。

"快点!"三万说,他的脸红得像蒸熟的螃蟹,两眼要冒出火来。

"我不去!"

大米冲上来给我一个耳光:"由不得你了!"一把将我推到了韭菜面前。大米的眼也红了,一手揉着下身凸起的地方。他们把韭菜的两腿分开,让我跪倒在她两腿之间,活生生地掰开了我的手,大米喊着:"看那里!"我顺着他手指的方向看见了韭菜的那个地方,突然感觉到一股强烈的尿意,伴随着贯穿脑门的一道明亮的闪电,那耀眼的闪电如此欢快,稍纵即逝,我挣脱了他们,重新捂住两腿之间,我撒尿了。紧接着歪倒在一边呕吐起来,韭菜黑乎乎的那个地方让我翻心不止,五脏六腑肚子里乾坤倒转。

我一阵阵地吐,比看见小狗的脑袋吐得还厉害。我赤裸下身倒在草地上,觉得自己可能会一直把自己呕空掉,呕得从地球上消失不见了。韭菜见我呕吐,要起来看看我,被满桌按在了草地上。三万对着我屁股踢了一脚,说:"操,真他妈没得用!"

"怎么办?"歪头大年摩拳擦掌。

大米咬着牙说:"妈的,不管了,我们自己来!"

"怎么来?"三万说。歪头大年也凑过去。一下子群情激奋。

"石头剪刀布,谁赢了谁先来,谁也不准退!"

12

最先是歪头大年赢。

大年扭扭捏捏,被大米踹了一脚,还是那句话,谁也不准退。歪头大年褪下裤子,刚趴到韭菜身上我就扑过去,死命地把他往下拉。我说韭菜你快跑,他们都不是好东西!韭菜却说,不,我要爸爸的礼帽。我把大年的屁股都抓破了,大年叫起来,三万和满桌一人抓我一只胳膊,死拖烂拽把我弄到一边。

"守住他,"大米说,又对歪头大年说,"继续!"

歪头大年哼哧地喘了口粗气,韭菜就叫起来,喊疼,让大年下去,大年说,不下不下,好容易进来的,马上就好,马上就好。韭菜继续叫,几声之后就不叫了,反而呵呵笑起来,说好玩好玩。然后轮到歪头大年叫,哎哟,死了一样滚到旁边的草地上。

石头剪刀布,满桌赢。歪头大年提上裤子代替满桌按住我的手脚。满桌的喘气声更大,像头牛,他的时间要长一点,也是大叫一声完事。我的嘴对着茅草地,骂一句就要抬一下头,大米对着我的太阳穴踢了一脚,我头脑嗡的一声就糊涂了。

等我迷迷糊糊醒来,韭菜一个劲儿地喊疼,歪头大年在叫唤,他又上了韭菜的身。我扭头看见大米正心满意足地坐在坟堆上,裤子穿了半截,拿一根草茎在剔牙。三万和满桌还在压着我的手脚。然后歪头大年长嚎一声,像头猪似的仰面躺到韭菜身边。韭菜在哭,看起来力气全无,边哭边说:

"你们都不是好东西！帽子给我！我让我爸打死你们！打死你们！"

"帽子给你。"大米站起来系裤带，把帽子扔到韭菜身上，又对满桌和三万说，"别管他了。你们给这傻丫头穿下衣服，让她先走。"

他们松开了手，我的手脚早就麻木，一时半会儿动弹不了，小肚子都麻了。他们给韭菜穿衣服时趁机东捏西摸，然后给她帽子打发她回花街了。三万说，对谁都不能说，否则不仅把帽子收回来，连何老头的命也逃不掉。韭菜吓得连连点头，一瘸一拐地走了。走时还对我说：

"我先走了，给我爸送帽子去。"

"这个怎么办？"三万问。

"扔在这儿，"大米说，一脚踩到我后背上，"要是说出去，有你好看的！"然后对其他三人挥挥手，离开了坟地。

太阳早就落尽，昏暗的夜色从松树遮蔽的坟地里升起。他们走远了，我爬起来，找到衣服慢慢穿好，一边穿一边哭。忽然一声凄厉的鸟叫，吓得我歪歪扭扭往坟地外跑。上了大路又慢下来，满脑子空白，只感到累，觉得筋疲力尽。走了一会儿实在走不动了，就在路边坐下来，眼睛直直地盯着路边的水沟里。满眼空白。慢慢地，有个东西在昏暗中分明出来，我晃晃脑袋醒神，看见了枯干的小狗的头。一时间恶心袭来，翻天覆地的呕吐又开始了。

肚子里已经呕空了，我就呕出血丝血块和一串串声音，声音越呕越重，越呕越嘶哑。后来呕吐累了，我就歪倒在路边睡着了。醒来时感到冷，一身的露水。月在半天，野地里一片幽蓝的黑，蓝得荒凉也黑得荒凉。我爬起来开始往花街走。

快到花街时拐了一个弯,在谁家废弃的墙头上捡了一块石头,拿着去了蘑菇房。房门锁着,周围寂静无声。我拿起石头对着门锁开始砸,石头击在铁上冒出了火星。何老头在里面问,谁?你在干什么?我没说话,一直把锁砸开。

屋子里一团黑,过了一会儿才慢慢适应。我直奔何老头去,朦朦胧胧看见捆他的绳索,先用石头砸断拴在一块大石头上的绳子,然后用手和牙解捆住手脚的绳子。

何老头说:"木鱼,是你吗?你干什么?"

我没吭声。

"你不能解开我的绳子!"

我还是不说话。解开所有的绳子让我满头大汗。"走!"我对他喊,"你赶快走!"然后出了门。

回到家,爸妈都没睡,急得在院子里团团转,他们问我到哪去游尸了现在才回来,我没理他们,直接去了自己的屋,脱了鞋子爬上床,衣服都没脱就睡了。

第二天早上,我还在睡,我妈急匆匆地在门外对我说:"木鱼,木鱼,何校长不见了!"我费了好大的力气才清醒过来,浑身酸痛地下床走到门外,阳光很好。我妈还在说,"何校长不见了!在石码头捞东西的沉禾说,他在河边捞到了何校长的礼帽,就是没看到人。他们都说,何校长是不是跳河死了?"

"什么?"

我妈忽然吃惊地看着我:"你说什么?"

"我问何校长真的跳河死了?"

我妈的表情更加诧异:"你的声音!"

"什么我的声音?"

"你声音变了,"我妈说,对扛着鱼叉从外面回来的爸爸说,"你听,木鱼是不是苍声了!"

"苍声?"我重复了一下。

我爸歪着头看看我,说:"嗯,好像是。现在就苍声了。"

我啊了一声,果然跟过去不同了,听起来像生铁一样发出坚硬的光。

2006年8月3日,北京芙蓉里—江苏盱眙

刊于《收获》

梅　雨

1

十四岁那一年我过得懵懵懂懂。除了背上书包去五里外的中学念书，其余时间都待在家里，或者坐在石码头上。有很多船从运河里经过，我都没看清楚。我不知道我想干什么，心里长久地乱糟糟的，无数种荒草在里面疯狂地生长。什么都做不了，也不想做。上下学我不再骑自行车，跑或走，闷着头一个人独来独往。我喜欢进了校门和回到家里时一身汗的感觉。流了汗我觉得仿佛得到了自由，整个人不再被禁锢在衣服里，而是和整个世界息息相通，通透了，身体上的每一个地方都活起来了。我跑或疾走，流汗。下雨天也不例外。印象里那一年梅雨天出奇地长，似乎一半时间都笼罩在大大小小的雨里，我湿漉漉地流汗，所有人家的衣物和棉被都长了霉。

花街在这一年里没有什么变化，除了出现一个女人。她在雨季的前一天来到花街，梅雨快结束的时候死了。我想讲的就是她的故事。

老人说，别对着运河发呆，水鬼要抓小孩。我不是小孩。大人了。他们都这么说。栋梁和五百，我同学。放学后我背着书包去学校的厕所撒最后一泡尿，一排子人站在便池前又摇又抖。栋梁弯下腰伸长脖子在我旁边四处瞅，然后叫起来，他长毛了！他长毛了！很多人冲到我面前我才知道他说的是我。栋梁一脸坏笑，五百和其他人也跟着叫嚷和怪笑。他是男人了！他们说我。我突然紧张起来，尿撒了半截就提上裤子，裤裆里湿了。我的脸红得像小偷，全身可能都红了。他们大喊大叫。我知道他们其实早就长了毛，私下里男生们都在说，但为什么他们偏偏对我感到惊奇和兴奋？好像他们是清白的。然而当时我惊恐地提上裤子时，的确觉得只有自己才可耻。所有可耻的人一起讨伐你的时候，他们似乎就清白了，干净了，而你成了唯一可耻的人。十四岁的下午我第一次发现这个道理。此后的多少年里，我一次次地感觉到自己的可耻，尽管事实上我可能比所有人都更清白。我跑出厕所他们跟在后面继续叫，见到女生叫得更起劲。我想我完了，有一个女生知道了，所有女生也就都知道了。我鬼魂附体似的狂奔，五里路没停歇到了石码头上。坐到石阶上时，心脏在嗓子眼里跳，眼泪和汗水一起流下来。老人说，别对着运河发呆，水鬼要抓小孩。跟我没关系。我坐在那里如同屁股生了根，直直地瞪着一大片水和船，两眼里是空的。来来往往走过的人我也不让路。

我不是难过，也不愤恨，是什么我不知道。真要找点什么，那只能是空白，就像没有船驶过的宽阔水面一样。

风把我吹干了，天依然热，夕阳落了一半，石码头上忙起来。船和行人该来的来，要走的走。绛红色的光铺满半边运河，另一半是黑的，远处雾气升起来。一艘船摇着铃铛靠上码头，插在并排的几艘船中间的空当里。一个女人拎着巨大的皮箱上了岸，左手里还有一个鼓鼓囊囊的包。有三十岁？我不知道，我向来猜不准别人的年龄。她在第二个台阶上停下，清冷地站在水边扭着身子往回看，船夫在数钱。她慢慢地把脸转向花街的方向，傍晚的光像温润的丝绸拂过她，那个柔和的脸部的弧度让我有点恍惚。我觉得一定在哪个地方见过这张脸。我歪着脑袋盯着她看，清晰地感到汗水蒸发之后留下的琐碎的结晶盐。她用右手小拇指把眼前的一缕头发挂到耳后去。她的右耳朵是透明的。我在哪里见过她？要么就是在过去的某个时候。有人对我说，不要在水边和一个坏女人站在一起。为什么坏，我也不知道。

她的脸清冷。当她看见我的时候，对我笑了一下，露出了一口白牙齿。然后牙齿消失了。我赶紧把目光躲到一边去。她的那一个笑说明我们是陌生人，我从来没有见过她。那是对陌生人的笑，或者说，是面部表情的一个调整，而碰巧我坐在这里。我既失望又坦然，这样的情景在我时常发生，莫名其妙就会在某个时候觉得眼前的事情发生过，几乎是一模一样，像做过的梦一样。所以我推测，在过去的十三年里，我一定做了无数的我记不起来的梦。

那个女人经过我面前时磕绊了一下，最后一个台阶对她的大皮箱来说有点高。我帮她扶住箱子，屁股还是没动，我挡了她的路。我看见她衣服的左胸处绣了一朵小玉兰花，然后我闻到了幽幽的玉兰花香气。

"谢谢,"她说,"这就是花街?"

她的声音听不出来是哪里人,我敢断定离这里不是很远。我点点头,往身后指了指。码头饭店旁边的巷子进去就是花街。其实我还想问她要找谁,因为街上所有人我差不多都认识。但最终没吭声。我羞于开口,也有点怕。

坐到晚饭时我才回家,父亲正给别人针灸。他在家里开了间私人诊所,花街、东大街、西大街甚至更远地方的病人都会赶过来找他。据说我父亲医术不错,中医西医都拿得出手,好像还有几手绝活和偏方。深的我不懂,我只零散学了一点皮毛,头疼脑热的也能给人下点药。父亲不在家这事就归我干。日常用药就那几种,即使医不好病也不会把人治死。父亲有用酒精棉球擦手指的毛病,这和他的一丝不乱的分头一样,培养了我对男医生的基本想象,以后的多少年里都没能改掉。父亲让我去看他针灸,我转身去了另一间屋,那病人瘦骨嶙峋的后背让我打了个抖,觉得冬天提前到来似的。

母亲在做饭,见到我就开始训。训我只是一个做母亲的习惯而已,见到我迟归就忍不住想说两句。自言自语也要说。整天游魂。我告诉她,就是在石码头上看船,没跟别人打群架。母亲哼了一声,早晚也不让我放心,跟你爸一路东西。她总是对我父亲充满仇恨,顺便把我捎带上。如果我还有一个哥哥或者弟弟,或者祖父还在世,他们应该也逃不掉。男人都不是好东西。花街上的女人都这么认为。所以她和父亲总是吵架。饭桌上说得好好的,我盛一碗饭回来他们可能就吵起来了。一旦这时,母亲就会说:

"花街，该死的花街！"

父亲就低声对着我耳朵篡改母亲的话："男人，该死的男人！"

花街被置换成男人。我当时理不清其中的逻辑。

母亲让我给她打下手。

"船有什么好看的，你是运河管理处的干部啊？"

"有个女的下船了。"

"又来一个！祸害啊！该死的花街，上面为什么不找个推土机把这地方给推平了！"

2

母亲说"又来一个"，是因为有很多女人在花街上来来往往。我是不是跟你说过，花街现在是名副其实的"花街"？没有？那是你忘了。我再说一遍。

这地方原来叫"水边巷"。很多年前的名字了。因为靠近石码头，往来的船商要在这里歇脚。都是长年漂在水上的男人，见了女人就走不动，既然这样，那很好，想钱的女人就打开门，等你带着钱袋进来。生意好，大家就想来，外地的男人来，女人也来。女人在街上租下一个小院，等着男人来。水边巷就慢慢变成了"花街"。后来就只知道花街不知道水边巷了。花街就成了花街的名字。不是所有花街的女人都干那一行。如果我十四岁那时候的某个夜晚你出现在花街，所有门楼底下挂小灯笼的院子里，都会有一个柔软的身子迎接你。你摘下小灯笼，提着敲开她的门，门楼底黑下来。你进去了，然后离开。如果她还要挣钱，灯笼还会再挂出来。当然不是所有女人都愿意挂小灯笼，她们不愿意让所有人知道，那你只好通过其他途径了解。你别介意，不是说你。现在看来，其实挂不挂都无所谓，只要哪个男人想，他就能准确无误地找到她。男人在这方面生了一只比狗还好使的鼻子。这是有一天我穿过花街，听见谁家院子里一个女人说的。当然现在已经不一样了，挂小灯笼的越来越少了，门面气派的洗头房、美容院摆在那里，露着胳膊和大腿的女孩子坐在玻璃门前，大白天她们也敢招呼你。不是说你。

那不是我十四岁那一年么。

那一年雨季漫无边际。六月刚到，梅雨就来了。在那女人来的第二天。我记得清楚，是因为我差点把她撞倒了。

半下午突然变天，下了课太阳不见了。放学时雨正大。我没带雨具，冲进雨里就往家跑，进了花街浑身已经湿透。花街在阴雨天显得更幽深。青石板路面放出闪亮的青光，雨水一处处汪着，雨点击打路面的声音在两边的高墙间回旋。潮湿的青苔爬满半墙。当时的花街上全是老屋，瘦高，一家家孤零零地站在雨里，像衰弱的老人披着件大衣裳。檐角在半空里艰难地飞起来。墙很多年前是白的，现在布满霉斑，瓦色灰黑，瓦楞和屋脊里长出了一丛丛野草。在雨里它们看起来相当阴冷。所以阴雨天我不太愿意在花街上走来走去，买东西除外。临街两边有很多店铺，林家裁缝店，蓝麻子豆腐店，老歪的杂货店，孟弯弯的米店，冯半夜的狗肉铺，还有寿衣店、小酒馆和服装店。加上一家家的门楼，一条街挤得满满当当。

杂货店和米店之间的一个门楼里忽然走出来一个女人，我刹不住脚，撞到了她身上。她小声地叫了一下，一盆水泼到路面，铁盆咣当当响，在青石板上转了好几圈。要不是倚上了院门，她就跟盆一块倒地上了。我惊慌地看她，是昨天在石码头上见到的女人。她换了衣服，头发窝成一个鬏，好像用一根筷子插着，做了簪。我嗯嗯两声，没道歉就跑开了。我感到心慌，跑得像逃。我听见她又叫了一声，可能是我鞋子甩起的水溅到了她身上。

她在这里租了房子，没错。一定是。和昨天相比，她陌生了。不再是我似曾相识的那个侧面的脸，她成了在花街上租房子的陌生女人。而我没变，还是老样子。我突然有些生气。我把脚步沉重激烈地落到雨水路面上，没回头跑进了家门。

换完衣服，我坐在窗边看屋后树底下的两只麻雀打架。老槐树枝叶茂密，树下那一圈土地基本上是干的。父亲看完了病人，走进来让我背前两天教给我的一个口诀，关于出血热的症状的。我费了很大的力气才想起其中的两句：皮肤黏膜出血点，恶心呕吐蛋白尿。别的打死也记不起来了。父亲又一次对我表示了失望。他习惯了。我也习惯了。父亲一直希望我能成为扁鹊、李时珍那样的旷世名医，希望我的名字能被千秋万代地传下去。而我是他的儿子，他也会被人万代千秋地挂在嘴上。可我不是那块料，在学校成绩一般。尤其这一年，父亲明确表示过，他认为我的智商正在下降，这从平常的言语行动可以看出。我反应迟钝了，动作迟缓了。看来瘸生的孩子就是有问题。没错，我是两只脚先来到这个世界上的。

父亲摇着头出去了，我给自己倒了杯水，喝水的时候总是把握不好杯子的倾斜度，水洒出来，流了我一脖子，好像我弄不清自己的嘴究竟有多大了一样。这也让我生气。我闷不作声,任由水从脖子往下流。那两只麻雀还在打架,我从抽屉里摸出弹弓,拿起一颗在运河边上精挑细选过的石子。只一下,一只麻雀就躺在地上不动了。它死了,毫无疑问,我对自己的弹弓技术还是有相当把握的。这些年弹弓是我最重要的玩具,别人用鱼叉叉鱼,我用弹弓,只要那条鱼在水面上露一个头,我就会让它永远漂在水面上。另一只麻雀先是跳开,然后又跑过来,围着死去的朋友跳舞,唧唧的叫声变了调。它不停地跳,用嘴啄自己的羽毛,一根根往下扯。它以为那是件衣服,要把它脱掉。它不知道逃走。

我把弹弓放下,已经装上的第二颗石子也拿出来。我对着那只活着的麻雀嘘嘘,哄它也不走。然后开始打喷嚏,一连三个。我感冒了。

3

躺在床上生病是件无聊透顶的事。我想起来,但是药力让我浑身无力,动一下就觉得骨头和肉一起疼。不知道父亲给我下了什么药。父亲帮我到学校请了假,然后给我配药。他说这些反应是正常的,我已经六年没有感过冒了,所以来势凶猛。六年了,也就是说上一次感冒在八岁。我都想不起来八岁时我是一个怎样的小东西,甚至怀疑是否经历过八岁。至少我没看见八岁留给我的任何痕迹。父亲却说,八岁时整个花街都知道我是个聪明可爱的孩子,成绩一级棒,学什么会什么。我不相信,因为"可爱"这个词让我厌恶,矫情，甜腻腻的，像电视里外国老太太抓着小女孩的手使用的词汇。我不愿意自己在看不见的八岁里可爱。

你连着在床上躺过三天没动吗？哦，没有。那真比死了还无趣。

我一整天都睁大眼看着屋顶上蜘蛛在结网，窗外雨声急缓相间，我怀疑时间已经停下来不走了。一天都如此漫长，这一辈子可怎么过。我让母亲把老掉牙的飞马牌挂钟挂到我床对面的墙上，我要看着它往前走。其实这样凉爽的天气非常适合昏天黑地地睡觉，可我睡不着，我看着钟摆在潮湿的空气里有气无力地晃荡，突然想到那些出入花街的陌生男人。他们走进花街的时候步履匆匆，当然一般都是在晚上，也有白天来的，离开的时候就像这个老钟摆，有气无力地拖着两条腿晃荡出去。我想象我是其中一个，那一定是穿风衣，竖起高领子，戴礼帽，像个冷酷利落的地下党人。可是，地下党人到花街来干什么呢。晚上九点之后，母亲是坚决不许我在花街上乱转的。

"该死的花街，有什么好看的！"她一直这么说。

如果不是那个女人，我还会在床上继续躺下去。父亲去西大街出诊了，母亲在玻璃厂上班，她的任务是从一堆酒瓶子里把有缺口的挑出来。母亲对我和父亲常常不满，应该是职业病，她对一切有缺口的东西都不放过。那个女人敲我家的门。我不得不从床上爬起来。

"是你啊，"她摁着右耳朵后面的那个地方，"你是医生的儿子？哦，我头痛。"

我点点头，两腿发软。身子如同一块板结的土地，点头的时候能听见生锈的螺丝艰难地转动的声音。她的右耳朵已经不再透明。她的蓝底小白碎花雨伞竖在门槛之外，雨水从伞尖流到更多的雨水里。她穿一双塑料拖鞋，指甲淡红色，脚很白。她的玉兰花香气好像还在，在她胸部凸起的地方，另一朵玉兰花绽开花瓣。

"我头疼。"她又说。

我赶紧把目光提上来，顺便把全身的力气也提起来，然后驴唇不对马嘴地说："我感冒了。"说完我就尴尬地笑了。如果有镜子，我一定会发现，那也是会让别人尴尬的笑。

她笑起来。在笑声里我头一次发现她有一点鼻音。之前说话的时候竟然没发现。

如你所知，我那点皮毛功夫用上了。治疗头痛和偏头痛我都懂一点。就那几服药。我不生气了，我很高兴。我给她详细地讲述我所知道的跟头痛和这些药相关的知识，其中五分之一的内容是我临时杜撰的。我对这些药的价格也熟悉。不能不收钱。离开的时候她夸我真能干，到底是医生的儿子。她撑着伞跳过一个个小水坑，白白的脚后跟一闪一闪。我换个角度去看她的侧面，我有些兴奋，但是那个下午的光线和熟悉的脸颊的弧度还是没找到。它们一起消失了。陌生的女人。

从床上下来我的病就好了。也许早就好了，只差我站到地上来。我开始上课，跑步和走路，穿过花街，在停雨的间歇来到石码头上。雨没完没了。全世界都是湿的。

她的头痛病没有治好，两天以后她又来我家。我给她开的就是两天的量。

周末，父母亲都在家。我发现槐树底下那只死麻雀不见了。野猫很多，可能已经把它叼走了。那女人的鼻音一进家门我就听出来了。父亲很客气，他对所有的病人都比对我客气。他让她，让我母亲给她沏茶。然后他们说起头痛病，可能还有别的病。反正那鼻音反复说她不舒服。父亲为我开的药没效果向她道歉。她说也不是一点效果没有，只是不彻底。治病要彻底。我躲在屋里竖起耳朵，看钟摆甩上去又落下来。它对这种一成不变的体操早就厌倦了。

父亲开了处方。他对经手的所有病人都有详细记录。这是成为好医生的前提，因为他能凭借这个说出他们疾病的来龙去脉。我就是在处方上看到那女人的名字，高棉。一个挺拔、柔软的词。一个挺拔、柔软的女人。那时候我还不知道有"红色高棉"这回事。

吃饭的时候又吵架了。母亲说，那女人面带桃花，一看就不是正经人。

"带不带桃花关我什么事？"父亲说，"就是一棵桃树来了，我也只负责帮它找虫子。"

"不关你事你还问长问短？眼珠子都跳到眼镜外面了。"

"街坊邻居嘛，说两句家常而已。"

母亲冷笑一声："套近乎吧？人家跟你说了？还不是一问三不答！"

"不说拉倒。你还真以为我想知道她是哪里人。"

母亲沉默一会儿，又以她的口头禅结束争吵："该死的花街！都跑来找死啊！"

"找钱。"父亲说，"谁想死。"

"面带桃花"让我很费解了几天。字典上查不到。我在学校里又问一个好哥们,他也不明白,就跑回家问他父母,被劈头盖脸骂了一顿。他懊丧地说,早知道不问了。小孩子问这些,作死啊。我用一包傻子瓜子安慰了他。

我们都不知道高棉是哪个地方人。我父亲甚至说,名字可能都是假的。很多在花街租房子的女人都不说真名,她们住几年就会搬走,有的一两个月就可能离开。她们对着花街随便报出个名字,一听就不像真的。真的假的有什么关系呢,一个代号而已,杂货铺老歪养条狗还叫哥伦布呢。他连哥伦布都知道。

她们来花街干什么呢?找钱。一想到高棉也来找钱,我就莫名其妙地难过。她为什么也要来找钱。我开始借口买直尺、圆规和本子,在晚上出门,心事重重地穿过花街。

雨正在下,或者刚刚停。都一样,花街是湿的,青石板上汪着水。九点钟,花街在黑暗里安静下来,水越积越多,青苔奋力向上蔓延。屋顶上的草湿漉漉地站着,没有风它们也弯着腰。运河里只有机动船在走,大功率的柴油发动机,可以想象它最多可以在身后绑上二十五条拖船。这是我看到的最高纪录。脚步声也湿漉漉的,被石头、墙壁和水放大,花街上好像有很多人在走。当你怀有心事,走路就不像个好人。别笑。那时候我才十四岁,像个十四岁的小嫖客?呵呵。是挺可笑的。十四岁其实啥也不懂。对,没错,我在找灯笼。

九点钟以后该挂的就挂出来了,次第在巷子里亮起来。地面上黑黝黝的,那感觉像走在恐怖片的鬼街里。在杂货店和米店之间,在米店和杂货店之间,我来来回回在花街上走,那个小门楼底下,都没看见小灯笼。好几个晚上,我偷偷地从院门的缝里向堂屋看,要么黑的,要么灯光清白。听不见暧昧的声音。猜不出来她在干什么。

4

除了在高棉的门楼底下,我基本上见不到她。她不再到我家的诊所里来,也许病已经痊愈了。石码头上也看不到,她好像从不去那里。在整条街上,能不去那里的人几乎没有。码头上宽敞,如果你有兴趣可以坐着看上一天。女人可以去买鱼和蔬菜,很多来往的小船都在码头上做小生意。什么都不买,她吃什么。我上下学都穿过花街,其实完全可以走另外一条路,那样更近一点。我也搞不清为什么快到她的门楼前心里总被一些兴奋紧张的东西填满了,而看见她院门紧闭,所有的东西一下全部从身体里撤掉。身体空了,坦荡荡的空。松了一口气。我是不是想把那个布满阳光的柔和的弧度找回来?

可是,真的在门楼底下碰到她,我根本就把那个弧度给忘了,甚至不敢抬头看她。我装作在地上找硬币,磕磕绊绊从她身边经过。只看见了她的拖鞋里的硬净的脚,白得眩目。有一次我看见她对我笑了,但是因为急切地低下头,忘记了回应。此后,连看她笑一下的时间都没有了,远远的我就自觉地低下头。她的门楼前的路面共由九块青石板铺成,积水有六处,三处大的,三处小的。你别笑话,看多了就清楚了嘛。

有一天夜里做梦，梦里也下雨。满天地都是雨，好像有人告诉我那就是悲伤欲绝的小雨。悲伤欲绝是个什么状态，我没体会过，因此那场雨对我来说很抽象。我看见高棉出现在雨里，她的脸上没有了光，是阴天，阴冷，坚硬，发暗。她在石码头上拦住我，说，跟我说说话。我就亮起来。梦里就是这么说的，像个病句。因此醒来我依然感到费解。窗外的确还在落雨，黑的夜里透明的雨，而透明我们看不见。

我决定跟她说说话。不管说什么。

第二天上课我一直走神，设计了不下十个方案。放了学一路小跑，到了门楼底下才发现都使不上，我首先需要解决的是如何见到她，比如敲门。只好继续向前走，雨停了，石码头上闹哄哄一片。我凑上去看见很多人在买鱼。刚从运河里打上来的活鱼，价钱也便宜。我心一横，急匆匆跑到高棉门楼下，敲响她的门。

她出来了，一手掐腰。梦做了一半被叫醒的样子，很疲惫。她看着我。

"石码头上在卖鱼，"我说，"他们让你也去买。"

"我不喜欢吃鱼。"她笑笑。我觉得她是为了迁就我才笑的。她的脸上没有光。她还是没有亮起来。现在即使她笑了，依然是冷的，硬的。她的玉兰花还在衣服上，但是香气消失了。整个雨季都在她脸上。"没别的事了？"她努力把微笑坚持到这句话说完，接着就要关门。

我转身就跑。雨滴滴啦啦又开始下。雨点打到脸上热得烫人。

我听到关门的声音。我停下来,把左手用力插进墙上的青苔里,然后继续跑,我感到指尖发热变麻,开始尖锐地痛、迟钝地痛、火烧火燎地痛。跑到花街尽头,墙壁和青苔没有了,我的四根肮脏的手指头开始往外冒血。更大规模的痛开始了。我跑到河边,把手插进水里,那感觉像烧红的铁钎在淬火。血溶在运河里,和雨水一起扩散直至看不见,直至手指头再不往外流血,我才把手收回来。除了磨烂的皮肉,这只泡得发白的左手看上去和好手没有区别。

上下学我改了道走。不愿意经过杂货店和米店,只要是在杂货店以南,什么店我都不去。有时候会想起日光里那个柔和的弧度,也就想想而已。说到底,一张脸的一半有什么好想的呢。

周末我在家,决定把挂钟拆开来检查一下。我觉得它走得太慢了,一定比时间走得慢。外面在下雨,从昨天晚饭时开始,一直到现在没停过一分钟。一分钟应该是飞马牌挂钟摆五十下的时间,我说过,它走得太慢了。父亲去给人看病,走了半个小时,母亲从西大街的朋友家里回来了。

"你爸给谁看病了?"

"不知道。"

"往哪走了?"

"我又没看着他。"

"你这孩子!"母亲惊叫一声,"你怎么把钟给拆了?"

她想上来抢救也迟了,挂钟已经被我大卸八块。齿轮松了,我把一堆零件递给母亲看。我知道她看不懂。弄坏了怎么办?弄坏了也不过是一座破挂钟。我是说你记清楚了,哪个东西在哪个位置。

放心好了，换个地方想搁也搁不进去。我觉得记得挺清楚的，但最后还是出了问题。多出了一个零件。奇了怪了，该放的地方都放了，跟拆之前一模一样，怎么就多出来一个东西呢？我重新拆开继续组装，这回多出了两个零件。第三次又多出了先前的那个。到处都找不到它的位置，它被遗弃了。我把它扔到抽屉里。挂钟竖起来，像死人一样安静。完了，真让母亲说中了。我绝望地拨动一下钟摆，动了，声音清晰有力，像心跳一样振奋人心。它竟然活过来了。我拿出电子表核对一下，缺了一个零件之后，飞马牌挂钟终于和时间步调一致了。

因为高兴，我感到了闷热，是梅雨天特有的蒸汽升腾弥漫的热。天亮堂不少，我以为太阳出来了。雨倒是停了，太阳遥遥无期。我又想起高棉的半个脸。距上次看见太阳已经一个月了。这时候母亲又走进来，问：

"你真没看见你爸往哪走了？"

"没看见。"

"不是去那个，女人那里了吧？"

"哪个？"

"就是，那个，什么高棉。"

"她不是好了吗？"

"说是别的病，我也不明白。"母亲说，"你爸都去过好几次了。该死，什么病不能到诊所来看！"

"有病在哪看不一样。"

"你这孩子，懂什么你！你们男人哪，都是一路货！这该死的花街！早晚水淹了，雷炸了！"

我漫不经心地出了门，我说得去买块橡皮。母亲说，又买橡皮，吃橡皮啊你，学问不大，字写错了不少。好多天来我第一次接近那个小门楼。院门关着。买完橡皮，我慢腾腾地往回走，看见父亲从那个院门里出来，拎着出诊箱。他习惯性地咳嗽一声，理理头发和衣服。每看过一个病人他都这样。我远远地跟在后面，到了家里父亲正在跟母亲解释。

"我去东大街了，不信你问问儿子，"父亲指着我，"出门时我嘱咐过的。是不是，儿子？"

"是的。"我说，肚子里哪个地方突然剧烈地痛了一下，像被谁扯了一下肠子。

"那你不早说？"母亲很生气。

"忘了，刚想起来的。"肠子又被扯了一下。

5

我父亲？没有。他从来都没向我道过歉，也没感谢过我。也许他真去过东大街，谁知道。我没有揭穿，我也不知道为什么。我不希望他为此感激我，也说不清楚此刻是否讨厌他。任何人都可以从高棉的院子里出来，也可以从任何人的院子里出来，只要他们愿意。但是就此开始我不愿意和他多搭茬。本来我就不是个话很多的人，尤其这一年。

但是我开始留心很多事。比如父亲提到高棉，或者他从高棉的门楼里走出来,甚至他经过那个小门楼。实话实说,那次之后,我只看到过一次父亲从她的门楼里走出来,就是高棉死去的那天。他拎着出诊箱急匆匆地跑进那个院子,后来垂头丧气地走出来。他没救活高棉,死亡打败了她,同时打败了我父亲。偶尔看见父亲走到那个小门楼前,我的心总会咯噔一声停止跳动,等他走过去之后再接着跳。好在我看见的几次他只是经过。

高棉死去之前,在那个雨季里,除了该死的雨,母亲认为和花街一样该死的就是高棉。母亲和父亲经常吵架,她听到一些传闻,尽管是捕风捉影,母亲宁信其有。她觉得父亲出入高棉的小院次数多得有点过分,街坊邻居放出风,那是因为大家都看不下去了。父亲就解释。和母亲吵架他从来都是解释,就像在做判断改错题。

父亲说:"你看,我是医生,就是一只猫生病我也不能袖手旁观,何况是人。"

"那些野猫整天竖着直挺挺的尾巴到处跑,没见你管过。"

"它们没请我。再说,我还不知道猫挺直尾巴是不是一种病。"

"那女人请你了,"母亲用鼻子嘲笑他,"你知道是什么病了?"

"知道我不是早治好了嘛。"

有时候我觉得他们只是在练习绕口令。经过常年的争吵,他们早就具备出色的口才。他们认为我越来越没出息,很可能就基于这一点。我越来越沉默,都不像他们的儿子了。母亲也只能争吵一下,她拉不下脸来去跟踪父亲,也不能去那女人那里对质。也许父亲就捏准了这个,所以总是息事宁人地解释。

说一个可能会让你失望的事实,那就是至今我也不知道父亲是否和高棉有过,那个,你知道的。现在父母正缓慢地走在他们的后半生,不清楚他们是否会在某个时候说起高棉。作为儿子,我不能去问他们中的任何一个人。即使母亲对一切其实了然于胸。关于高棉,我知道的不比十四岁时多一点。

父亲三天两头在诊所里翻他的大部头医书。那可是梅雨天,不下雨身上就开始黏糊,没病人的时候他就把衬衫敞开,一边查书一边挠前胸和后背。按他说的,一直没诊断出高棉到底得的是什么病。扁鹊、张仲景、李时珍都没见过。父亲弓腰趴在书上,头发乱了。

花街上的家具和棉被开始长毛,衣服晒不干总有一股难闻的怪味。那天父母出去,我坐在门槛石阶上看着对面墙上的青苔两眼发直,高棉来了,听不见脚步声,但我闻到一股散淡的玉兰花的香气,神经质地一扭头,她已经到了我跟前。她穿了一件我从来没见过的衣服,左胸前照例有一朵小玉兰花。我想站起来的时候她的手已经碰到了我的头,她笑了笑,因为她的手我就那么半弓着站着,直到她跨过门槛进了我家,我才站直了。她径直进了诊所那间屋,穿拖鞋和一双淡紫色的袜子。我跟进去,她已经开始在药橱里拿药。一小瓶一小瓶地拿。

"你找什么药?"我问。

她转过脸看看我:"我认识。"

她拿了五瓶。然后转身就走。我觉得有点不对劲儿,跟上去问:"你拿药干吗?"

"吃。"她说，又笑笑。我觉得玉兰花的香气是从她的酒窝里散发出来的，"别跟你爸说。跟谁都别说。"

我又问："你拿药干吗？"

她腾出一只手摸了摸我的耳朵，我立马感到整个人绷紧了，耳朵热起来，慢慢透明。她已经到了街上。我摸着耳朵，忘记了她的脸刚刚是否亮起来过。

我坐在门槛上睡着了。天开始落雨，父亲跑到门口的时候花街上已经喧闹起来，下午五点，飞马牌挂钟精神抖擞地响了五下。父亲语无伦次地说，出诊箱，出诊箱。诊所里稀里哗啦一阵，父亲跑出来，门槛差点把他绊倒，眼镜摔到地上。捡起来只剩下一个镜片。父亲就戴着一个镜片的眼镜继续跑。我从来没见过他如此没章法。我看见父亲在那个小门楼前消失了。很多人都往那里跑。我头脑嗡的一声，撒开腿也往那里跑。

高棉死得很难看，嘴角堆着白沫，衣服上的玉兰花也弄脏了，身体扭曲，旁边放着五个小药瓶。她以为这些药可以让她体面安静地死掉。父亲把急救的法子都用了一遍，高棉的身体还是扭曲着，已经硬了。她是凉的。房间里的日光灯开着，她的脸是灰色的。玉兰花的香气断掉了。父亲颓败地蹲在尸体旁边，灯光打在眼镜上，闪亮的那只眼好像不存在一样。

因为没有人知道高棉家在哪里，无法通知家人，这样的天气尸体又不能长久停放，最后由花街的头头和派出所出面，当天夜里火化。第二天一早葬在了河对岸的公共墓地里。下葬时我没去，我躺在床上没起，做了一夜噩梦，累得我腰酸腿疼。噩梦里的所有天气都是阴的，不刮风就下雨。

两天之后的傍晚，放了学，我在石码头边上随便解了一条小船摇到对岸。天正飘毛毛雨，高棉的坟墓很小，一个新隆起的土堆。一根木条做的墓碑，谁在上面用毛笔写了两个笨拙的字：高棉。连"之墓"都没有。

很快梅雨季节就结束了，太阳出来，满世界轰轰烈烈的光亮。你猜得没错，我对谁都没有说过那五瓶药是从父亲的诊所里拿的。除了你。没有人对这感兴趣，因为那些药随便一个药店都能买到，只要想死，谁也挡不住。我不清楚父亲是否发觉他的药少了，没听他提过。

我还是老样子。念书。生活。在家里和石码头上发呆。看着越来越多的阳光说不出话来。母亲认为，我再这样下去，迟早会变成哑巴。父亲说，为了防止我变成哑巴，他决定提前研制一种能让哑巴说话的药。他们继续吵架，一个提出问题，一个判断改错。一起庆幸漫长的雨季终于结束了。

到了十月份，偶尔经过那个小门楼，发现院门虚掩着。我推门进去，沿一条碎砖头铺成的小路走到堂屋，慢慢地推开门，看见两个人重叠在床上，上面的人是黑的，下面的人是白的，一条大腿垂下床沿，也是白的。他们在动，一起喊着号子。我转身就跑，两腿轻飘飘的。阳光漫溢，比白的更白，我两腿轻飘飘地跑。

那是我最后一次去河对岸的公共墓地。高棉的坟上长满茂盛的荒草，本来就矮小的坟堆完全被荒草淹没，如果你不知道这地方埋葬过一个人，你根本就发现不了这地方还有一个坟墓。木条歪倒在草丛里，两个毛笔字也消失殆尽。像从来没有存在过。

就这些。你是不是打瞌睡了？对不起。高棉的故事只有这些。可能我还是不该说出来。这故事只跟我一个人有关。对不起。

2007 年 1 月 18 日，芙蓉里

载《西部·华语文学》2007 年第 8 期

我们在北京相遇

北京那么大，出一趟远门就找不着家

  沙袖又迷路了。她在五棵松给家里打电话，说找不到家了，听声音她已经哭了，身后是更大的风声。我接的电话，沙袖说，让孟一明过来接我。我还没问清楚她在五棵松的具体位置，电话就挂了。她很恼火，她是孟一明的女朋友，心情好的时候，她都叫一明，而不是孟一明。

  挂了电话我赶紧去敲一明的门，他在为明天的函授课查资料。听说沙袖又迷路了，一明电脑没关就拿围巾和棉袄，要出门，走两步摸出钱夹看看，对我说：

  "有钱吗？先借我一百，打车过去。"

  我给了他一百。快出门时他又让我跟他一起去，他怕沙袖对他发脾气。沙袖每次找不到家都要发一回脾气。我说好，穿上羽绒服跟他去了。出了承泽园就打车，已经是傍晚了，天色冷灰，风也是灰的，车子穿过大风跑起来，像钻进了灰暗的烟雾里。一明对师傅说，五棵松，挑最快的路走。

车子上了四环，北京就变得阔大和荒凉了。四环外一片野地，灰蒙蒙的夜晚开始从野地里浮起来。四环里面万家灯火，灯光一个比一个高，一个比一个亮。在这样的冬天傍晚，环线内外比较一下，真都让人心里没底。一明说，袖袖该急坏了，她为什么就不能把车次给记住了呢。

五棵松在北京的地图上也就是一个点，但想在那里找到一个人，就会发现那地方并不小。我们在五棵松中心地带下了车，开始到各个公交车站牌底下找沙袖。从东找到西，再换一条南北路找，终于在一个银行避风的大门前找到了沙袖，她抱着胳膊站在那里不停地跺脚，脚边是从山东老家背过来的大包。沙袖的个头不是很高，站在灰色巨大的银行大门前，看上去没有一点热气，比四环外无人的野地还荒凉。

"袖袖，冻坏了吧？"一明脱下棉袄要给她穿上，"你怎么跑到这儿了？"

沙袖甩掉了棉袄，说："我乐意。我喜欢到哪儿就到哪儿。"

"好了，不生气了，我们打车回去，暖和一点。"一明一口山东话，硬邦邦的山东话软下来，听起来就像是讨好。他脾气不错，沙袖在气头上他总能坚持住自己的笑脸。

"你钱多啊？"沙袖说，站着不动。

"我请客，"我上前拎起包，招呼了一辆出租车，"刚拿到一笔稿费。直接到元中元，给你接风。"

我想打个圆场。沙袖有了台阶下，勉强上了车。我们都知道沙袖是个方向盲，但是把车坐到五棵松也实在让人匪夷所思，五棵松和海淀，完全是不搭界的两个地方。总还可以看看站牌吧。但她就是坐到了五棵松。我在车镜里看到沙袖板着脸坐在一明旁边，腰梗得直直的，车里暖和多了，她还是不说话。

"袖袖。"一明叫她，我看到他在镜子里试探性地从后面抱住了她。沙袖挺了挺上身，终于把头歪在一明怀里，哭了。浑身都在抖，她被迷路吓坏了，这大冬天的晚上。

元中元是北大西门外的一个小饭店，靠承泽园比较近，他们家有道拿手菜，水煮鱼，地道，价格也适中。我们有什么庆祝，或者是嘴馋了，就来这里腐败。到了元中元，沙袖的眼泪总算止住了，气氛好起来，谁都不说迷路的事，瞎说其他的。元宵节刚过，加上春节，我们有无数的话题可说。酒也在喝，因为沙袖高兴了，一明有点兴奋，跟我哄起劲来喝。喝得我们老想上厕所。我先出去，一明随后跟上，要给我钱，我说你乱来，说好了我请客，你的任务是把沙袖弄服帖了。一明说，没问题，没问题，她差不多缓过劲来了。

气氛热起来，顾忌就少了，看得出沙袖逐渐回到年前的那个沙袖，开朗，微笑，善解人意。酒多了，舌头也跟着大，说来说去就又说到迷路的事。

一明说："沙袖，你真行，你一坐就坐到了五棵松。那地方我都好几年没去过了，你是怎么坐到那儿的？"

我说："沙袖是天才。谁说的，天才的旅行家和探险家都没有方向感，否则他们发现不了好地方。"

沙袖用筷子敲了我一下,说:"讨厌,我都找不到家了,你们还笑话我。"

"在电话里你都哭了。怕什么?你就是到月球上,一明也会爬天梯把你接回来的。"

"我也不知道,就觉得心里空荡荡的,从里到外都是大冷天的感觉。"

我看她又要不高兴了,就说:"不说这个了,再说你又该哭了。"

"我就是老想着挤在北京站广场上的那些人,"沙袖说。"我出站之后吓了一跳,广场上挤满了人,都是要挤火车的民工。坐着躺着睡着,都有,风那么大,那是石头地面。我看着都冷得哆嗦,他们倒像没感觉,头发、脸都是干的,还有女人当众奶孩子。刚下火车,或者是就等着火车来。你说他们大冬天跑出来干吗呀?"

一明说:"打工呀,不然怎么挣钱。"

"我知道。"沙袖声音提高了,"我是说他们为什么非要跑出来,大冷的天,坐在广场上。"她有点激动,喝了一口热水又接着说,"我也不知道,就是突然觉得难过,感觉从里到外一下子都凉透了,过年的那点热气全没了。"

沙袖在出站口站了一会儿,然后被后面的人拥挤着向前走,像裹在一场大水里,进了地铁站。本来她想在哪个背风的地方坐下来歇上一会儿,但是人太多了,挤着她的包向前走。为了抓住包,她只好跟着向前走。排队买票。挤进地铁。占据了两只脚的位置,连身子都没法转一下。一个个站,下去一些,上来一些,她在上下之间的空当里换一下拎包的手。到了复兴门,很多人都下,裹着她也下车。转成直线地铁。她本来还想按一明告诉的,到公主坟站下,转乘路面上的 332 支线的公交车。可是那么多人,上下都由不得自己,她恍恍惚惚地站下去,头脑里全是那一片挤在广场上的人,大风从他们身上刮过。他们为什么都要挤到北京来呢。然后她觉得该下车了,已经到了完全陌生的五棵松。一下子就慌了,她在五棵松也想着找 332 支线,转了好几个路口都没有。天近傍晚,风是灰的,她更慌了,就哭了。她又迷路了,为此很气愤,自己把自己搞迷路了,一肚子莫名其妙的火。她想自己找回家,显然不可能,她在银行旁边避风,人家都下班了,门也关上了。她只好打电话,怒气冲冲地说,她找不到家了。

就这样。

"他们都挤到北京来干什么?"沙袖重复了一遍。

"找条路呗,"我说,"就像我,还有边红旗那样的。"

"北京有什么好,那么大,出一趟远门回来都找不着家。"

"那是你方向感不好,"一明说,"方向感好的人,到了地狱也能摸回到家门口。"

三间屋,四个人

一明是我的大学同学,现在的室友,我、一明和边红旗三个人共同租了一套三室一厅的房子,在承泽园里,四楼,楼前有一棵老得空了心的大柳树。沙袖和一明住在一起,也就是说,我们的三室一厅实际上住了四个人。

我和一明合租已经一年了,开始先是我在承泽园租了一间平房,很小。那时候我辞掉在家乡的工作,来到北京,和所有对北京怀抱希望的年轻人一样,我希望能在北京干出点名堂,具体地说,写出点名堂。我写小说,好几年了。外省人总以为北京是个文化中心,既然很多人来北京后都能折腾出一点成绩来,那我也来。就这样。直到现在我还这么想,尽管受到的打击越来越多。生活,退稿,郁闷,等等。我还打算再忍受下去。选承泽园租房,是为了偶尔能到北大听听课,谁都知道那里有很多牛人,学者,教授,作家,哪个拎出来,对中国人的耳朵来说都不陌生。有一天听完课,在未名湖边瞎逛时碰上了一明。天下就这么小。我们是大学同学,他哼哧哼哧地竟然考上北大的研究生,而且已经是博士了。我请他吃了一顿,然后带他参观了我的小屋。他觉得有一间自己的小屋真好,更好的是还能两人分担,价钱也不贵,他就搬来了。加了一张床,挤是挤了点,但充实了。我们俩也充实,没事相互吹捧着玩,让对方觉得离大师都不远了,日子过得挺不错。隔三岔五出去吃一顿,还像大学时一样,偶尔打打牙祭是生活中最美好的事情之一。后来一明说,沙袖要来,我们租个大一点的地方吧。就在院子里到处打听,正好碰上几个考研失败的人退房,就租了现在的三室一厅。有洗手间,能烧饭,还有一个不大不小的客厅摆点杂物。三间屋大了点,住不完,没办法,两室一厅找不到,只好咬咬牙受了。

大约过了三个月,我认识了边红旗。在北大英杰交流中心认识的,都去参加未名诗歌节朗诵会,边红旗毛遂自荐上台朗诵,在台上他说,他叫边红旗,但当他和诗歌发生关系时,他叫边塞,诗人边塞。他还说，他叫边红旗的时候是个办假证的，如果有诗人想搞假文凭，找他，八折优惠。我喜欢这样大大咧咧的人，有意思，而且他长得不像坏人，高高大大，浓眉大眼，符合我们中国人对帅哥的朴素看法。在上台朗诵之前，他借了我的一件白色T恤衫，在上面写了一句煽情的口号，像行为艺术。朗诵的效果很好，为此他很感谢我，请我吃饭。也是在元中元，东拉西扯就喝多了，醉得舌头都直了，只好睡到我那里。第二天醒来以后，觉得我那里不错，也想搬过来住。原来他租的房子在西苑那儿。一明和沙袖都同意了，我没有意见，边红旗就过来了。三室一厅都用上了，费用平摊，皆大欢喜。开始我们对他还有点戒心，毕竟办假证不是个正当买卖，一明又是搞法律的，住一块儿这事多少有点不好理解。不过后来就没问题了，办假证是办假证，进了门他是我们朋友，跟合租没关系。再说，也不能因业废人，莫泊桑的羊脂球还是个伟大的妓女呢。所以大家相安无事，一起过日子挺好。就像现在这样。

给沙袖接风的那天晚上，边红旗不在，按他说的，泡妞去了。我打他电话让他过来一起吃饭，他喘着粗气说，正忙着哪，有事回去说，就挂了。他和沈丹在一起。沈丹是边红旗在北京的情人，超市收银员，土生土长的北京人。他老婆在苏北的一个小镇上，挺温柔贤惠的一个女人，长得比沈丹好，来过一次北京，我和一明他们都骂边红旗贪得无厌，有这么好的老婆还瞎搞。边红旗说，老婆哪有多的，何况又不在身边，用不上啊。所以在北京，他马不停蹄地和女人有染。我们就不再说什么了，大概诗人都这毛病，总能在女人身上像发现诗歌一样发现爱情。

十一点多边红旗回来了,左边的腮上还有没擦净的口红印迹。他把一只北京烤鸭扔到客厅的洗衣机上,把我们都从自己的房间里喊出来,让我们吃。

"今天高兴,赚了一千三,"边红旗说,"那个傻大个怕警察抓,没讲价就答应了。我和沈丹隆重地庆祝了一回。"他指着烤鸭说,"沈丹单位的福利,让我带给大家,同喜同喜。"

他又做成了一桩好买卖。如果不违法,办假证实在是条发财的捷径。就站在路边,或者天桥上,比较多的是待在北大、清华等大学门口,见着差不多的人就问,办证吗?什么证都有。如果碰上了,就讨价还价,根据证的种类、制作难度等指标收钱。最好是遇上一个冤大头,对办假证一无所知,就趁机提价,敲诈一番,一个证成本加上各种费用大约两百块钱,但你可以要价一千五。就像今天边红旗一样,逮到了一个傻大个,硬生生赚了他一千三。这工作就一条让人恐惧,要时刻提防警察来抓。边红旗说,每天都提心吊胆,就怕那帮戴大盖帽的什么时候突然抽风。

边红旗问我:"你抽什么风去请客?又拿到稿费了?"

"靠,"我闻了闻那只烤鸭,实在吃不下了,"我那点稿费哪拿得出手?主要是给沙袖接风。"

"我们的大美女袖袖回来了?"边红旗对着一明做出色迷迷的鬼脸,"是不是又给你上了政治课?"

一明说:"她又迷路了。"

"这就是你的不对了,应该提前去接站。"

"赶着备课,明天就要上讲台了。"

"这就更不对了,还有什么比女人更重要的吗?穆鱼你说,有吗?"

"有啊,"我说,"老婆。"

边红旗对我挥挥手:"别跟我提老婆,中午我还接到老婆电话,让我回去。操,我回去干吗?一年挣的不如在北京一个月挣的多。"

沙袖洗漱好从洗手间里出来了,见边红旗指手画脚地大谈北京的好处,说:"你又在写诗了?好像全北京地上的钱都让你一人捡到了。"

"那怎么行?我总得剩下点给你们家一明捡。"边红旗说,头歪了半天又说,"差点忘了,昨天碰到了一塔湖图书店的叶老板,让我带个话,如果你回来了,就去上班,那个姓杨的胖丫头家里出了点事,人手不够了。"

沙袖看看一明,说:"那我就过去?反正待在家里也没事干。应该会有加班费的吧。"

一明说好,他明天就开始去给人家上课了,也没时间陪她。我让沙袖到了书店帮我看看,有什么新进的好书,抽空我去买两本。

除了有意识地聚在一起,晚上的这个时候一般是我们的公共时间。大家都从外面回来了,在某一个时候,像演话剧一样,从各自的房间里走出来,三间屋,四个人,聊聊天,天南海北地瞎说说,然后疲倦了,或者要干别的事,又重新回到自己的房间里。房间里安静下来,真正的夜晚就来临了,接着是睡眠。

替一明回忆。 香野地的春天

我是夜猫子,他们三个都睡了我还精神抖擞,这和我的生活有关系。他们都有事做,或者工作,或者上课,即使散漫得像边红旗,也得到马路边上去鬼鬼祟祟地推销假证。我没有工作,只是待在家里写东西,写累了就看看书,看累了就出门转一圈。夜里是看书和写作的好时光,所以养成了晚睡晚起的习惯。我醒着,两眼盯着电脑或书本,很多时候也会在发呆。其实更多时候都是在发呆,想写作的事,想写作为什么毫无起色的事。那天晚上喝多了,反而更清醒,但看不进去书,也静不下心来写东西。就打开电脑上的视频电视,午夜新闻,看到了沙袖描述的北京站广场。数不清的人挤在广场上,身边是孩子、臃肿的行李、冰冷的石头地面和整个冬天。我想起沙袖说的那句话:

"他们都挤到北京来干什么?"

是啊,他们都挤到北京来干什么?看到那么多人都待在广场上,不要说在现场了,就是看电视感觉也很不好。不知道沙袖是不是想过,她若是挤到他们中间坐下来,其实和他们没有任何区别。我也是,边红旗也是,我们会轻易地淹没到他们中间,就像水溶入水里。不知道一明是不是,他是我们四个中唯一具有北京户口的人。但是我们还是和他们一样,不过是比他们早几天从广场上站起来,住到一间建筑在北京地面上的屋子里。如此而已。如果说还有点区别,那就是我们打算像一棵树一样在这里扎下根来。我不明白沙袖怎么想，她在元中元吃饭时，不时地嘟囔着抱怨北京：干吗那么大呢，真是。抱怨归抱怨，她也许比我们更迫切地希望，能在北京扎下根来。因为一明在这里，而且他并不打算离开这个拼了好大的力气才挤进来的地方。

半年前，一明的母亲去世，他在故乡唯一的亲人也没了。母亲的葬礼办过之后，他对沙袖说，他彻底不打算回来了，他念完博士，然后留在北京。他让她辞掉工作，到北京来生活。沙袖当时还在他们的故乡，香野地，一个名字无比美好的镇子。她在镇上的中心幼儿园当老师。沙袖听到一明的决定，没有任何犹豫就答应了，她辞掉了在镇子上的人看来十分不错的铁饭碗。在沙袖看来，一明是她的男朋友，将来的丈夫，当然要和他生活在一起，到北京来倒是次要的，尽管很多人听到能到北京生活都要止不住地流口水。她就来了，在上一个春天的末梢来到了北京。

沙袖来北京，在她家人和周围人的眼里，完全是理所当然的事。也是一明母亲的遗嘱，老人家咽气前，花了五分钟说了最后一句话，就是要一明好好待沙袖，让她过上好日子。他们俩的关系，很多年前就已经公开了。大家都知道，他们俩从十六七岁就是一对了。

十六七岁就开始好，是早了点，没办法，这种事就是莫名其妙，来了挡都挡不住。这也是一明这么多年一直引为自豪的一件事。

我们是同学，住一个宿舍，上下铺的兄弟。刚进大学，军训的时候，一天下来累得骨头发硬，躺下了就不想起来。我偶尔从上铺伸头往下看，经常会看到他拿着一张照片不知疲倦地看。问他要看，死活不给，男的女的都舍不得说。军训过后就逐渐熟了，慢慢地也都觉得心里的一点小秘密没有遮掩的必要，一明就把照片拿出来了。就是沙袖，挺好看的一个女孩，鼻子和眼长得都很好。我们问他是不是他女朋友，他很害羞，不好意思说女朋友三个字，就说，就算是吧。我们说就算是什么？一明憨憨地说，你们说算什么就是什么。再后来，女朋友、老婆之类的词汇完全成了小儿科，一明才理直气壮地指着照片上的女孩说：

"你看，我女朋友。"

然后跟我们讲他们俩是怎么好上的。沙袖一家是在一明念初二那年回到老家香野地的，之前在东北，靠近大兴安岭的一个林场里。沙袖的父亲年轻时下东北，在那边找了老婆生了孩子。现在又想回来了。除了老沙，沙袖一家都是一口地道的东北腔，在香野地很稀奇，他们喜欢梗着脖子说话，把声音拉得直直的。老沙买下了他堂兄的院子，一家人住下来。和一明家隔壁。沙家刚来的时候，一明很喜欢听沙袖和沙袖的姐姐说话，经常躲在两家的围墙底下听她们姐妹俩在自家的院子里说话。听了半个假期，一明开学了，发现前排坐着沙袖。他们同学了。既是同学，又是邻居，自然就熟悉起来，经常一起上学放学。

那时候他们都在远离香野地的小县城念中学，回家一趟很麻烦。对一明尤其麻烦。他家日子很一般，除了田里的粮食，主要的收入就靠他父亲给人家建房子。老孟是个不错的泥瓦匠。为了省钱，一明一学期也难得回去几次，都是沙袖和她姐姐回去。沙袖姐姐也在那学校念书，初三，姐妹俩交替在周末坐车回家。一明的父母就委托沙袖姐妹俩，给他带吃的，煎饼和咸菜，自家做的，学校伙食太贵。他们的熟悉程度可想而知。

念初中的一明很羞涩，模模糊糊觉得沙袖很好，但是不敢多想，尽管成绩很好，还是止不住地自卑，自卑什么自己也搞不清楚。高年级的同学都在风传谁谁谈恋爱了，听得一明心里一跳一跳的。他不知道是不是也想谈恋爱。有一天他到女生宿舍找沙袖，发现沙袖的咸菜和煎饼和他的一模一样，有点纳闷，嘴里不好说，就憋着。寒假回家问母亲，母亲说，他们家没那样的咸菜和煎饼啊。一明就明白了，是沙袖给他的。再一问，发现在学校里吃的很多东西都不是自己家的，沙袖把自己的东西分给了他。一明一下子觉得里里外外都暖洋洋的。后来一明说，要说早恋，大概就是在那天开始的。

但是这家伙胆小，不敢说，而且那时候也怯于想这些事。一明就拼命念书，想让自己更优秀，以便有朝一日能配上沙袖。他的想法其实很简陋，根本不知道将来是什么样子。果然，中考之后他就傻眼了，他考上了县里的一中，继续读高中，沙袖却考上了市里的一所中师，以后出来当小学或幼儿园老师。他一直想，两个人都考上县中，一起念书，将来一起考上同一所大学，然后，生活就是一件水到渠成的事。这事搞得他很难过，他听人说，中师里的学生基本上都谈恋爱，尤其是漂亮女生，最后一个都剩不下来。所以，高一第一学期他过得很萎靡，整天想着美好的煎饼卷咸菜，现在没人送了。

下学期天就热了，一明偶尔要趴在课桌上瞌睡一会儿。正是午觉的时间，一个同学把他推醒了，暧昧地告诉他，有两个漂亮的女孩子在教室外边找他。他觉得莫名其妙，出了教室才清醒过来，身上立马出了一层汗。是沙袖和她的姐姐。他站在太阳底下不会说话了。

还是沙袖姐姐说:"一明,你怎么不说话?"

一明挠挠头说:"袖袖。"

沙袖一下子脸红了。一明脸更红,他不知道该怎么办。这地方不是香野地,在家门口他和沙袖说话脸不红。

沙袖的姐姐说:"袖袖回了一趟家,顺便过来看看你。"

一明又挠挠头。沙袖穿着学校发的运动服,红的,袖子和裤腿上镶两道白边,沙袖的脸也白了,粉扑扑的,一明看得见她脸上的小茸毛。好看,真好看。当时一明都哆嗦了。他明明白白地感受到了爱情,这个词突然让他羞愧。他们在校园里到处走,整个过程中他几乎开不了口,一直低头看自己的脚尖。他突然觉得像做了一场梦,觉得所有的美好的想象到此全完了,沙袖离他一下子变远了,让他绝望,都想哭了。

一个星期以后,他收到了沙袖的信,夹了两张照片,一张站着,一张坐着。沙袖在信里说,你说我的衣服好看,我就穿这身衣服照了两张给你。一明看到这句话就哭了。他上课走了一下午的神,盘算着怎么回信。晚上宿舍里熄了灯,他打开手电开始回信,到凌晨两点才把信写完。

他们开始了漫长的通信历程,直到毕业。一明考上了大学,成了我下铺的兄弟;沙袖回到香野地,做了镇上中心幼儿园的老师。她歌唱得好,舞跳得也好,进了幼儿园就是宝贝。他们漫长的通信几乎什么实质性的内容都没说,但是其实什么也都说了。一明觉得,这辈子就沙袖了。沙袖也这么认为，这辈子就一明了。

当时在我们班上，像一明这样从中学就开始的恋情有十个，最后存活下来的，只有一明一个。别人的男朋友或者女朋友，大多在其他高校，慢慢就变味了。一明顶住了，从一而终。其中不仅是因为他们俩感情一直很好，还因为，沙袖早早就承担了孟家儿媳妇的责任。一明不在家，香野地就剩下了他父母两人。一明大二时，父亲从房梁上摔下来，断了脊椎骨，一直躺在床上，一明母亲一个人既要照顾病人又要照顾田地，根本忙不过来。先是沙袖帮忙，然后沙袖一家都帮上了。他们在心里也逐渐确立了双方孩子的关系。后来老孟不行了，卧床两年一蹬腿完了。沙袖就接着陪一明母亲。他母亲，确切地说，是一明的后娘，但是对一明很好，当亲生的把一明带大成人。老人家劳累操心这些年，身体也不行，没有沙袖大概早就完了。沙袖一直服侍老人家到死。这期间，她已经完全是孟家的儿媳妇了。为了照顾未来的婆婆，沙袖放弃了进县城的机会。县城的一家幼儿园看中了她，希望她能去那儿工作。沙袖眼都没眨就拒绝了。这些年，一明在爱情之外，时时感激沙袖，她代替他完成了人子的孝道。一明常说，他要让沙袖过上好日子，就像他母亲弥留之际交代的那样。

大一大二时，一明一直都坚持说，毕业之后回香野地，至少回到他们那个县城。大三以后就不再说了，他想到一个更便于施展自己的地方去。当然，他坚决对我们许诺，也是对自己许诺，不管到哪里，都要和沙袖在一起。就像现在，他实现了，他要留在北京，他把沙袖从香野地带到了北京。

香野地和北京显然是有区别的，不知道沙袖更喜欢哪个。她刚过来的一段时间里，很高兴，也很不习惯。没有事做，出门就是车，碰巧我和一明都不在，她连个说话的人都没有。偶尔她抖起胆子到外面玩，几乎每次都迷路，她在北京几乎完全失去了方向感。这里不同于香野地，那里是平面的，站在哪里都明白自己的位置；北京是立体的，陷在高楼之间，连影子都找不到。这让她恐惧，后来干脆不到万不得已，就不出门。可是待在家里又干什么？她跟我开玩笑说，我还这么年轻，就开始在这屋子里养老了。开始她还唱歌跳舞，自己给自己解闷，后来她对这一套也烦了，人开始沉下去。有一回，我们一起在外面吃饭，说起了老人之死。我说老人死前，应该是非常寂寞的，寂寞会增加老人赴死的决心。

沙袖说，是啊，现在她才理解，为什么一明母亲当时会那么说。老人家躺在病床上，对刚从幼儿园回来的沙袖说："见着你，我就想多活几天了。大半天见不着人，就想，不如早点死了算了。"

沙袖接着说，在香野地，她觉得日子过得很充实，和那帮孩子在一起，伺候一明的父母，晚上空闲下来，看着照片想想一明。然后睡觉，第二天又是忙忙碌碌这样过。心情不好了就出去走走，出了镇子就是开阔的野地，春天的青草味，秋天的谷米香，找个干净的地方坐下来，发现生活其实很不错。

"你不喜欢北京？"一明问她。

"喜欢。"

我说："应该给沙袖找个工作，这样闲着可能很伤人。"

"是，我觉得有点累。"沙袖低下头，把筷子转来转去，"早上眼还没睁开就开始考虑，怎样把一天打发过去。完了，睡觉前还是空空荡荡，我受不了这一整天的空空荡荡。"

那以后，一明才决定给沙袖找工作。

不许说普通话。不许说，就是不许说

他们都出门了，我还在睡，巨大的摔门声把我惊醒，我看看表，上午十点二十七分。听走路的声音是沙袖，这会儿她应该在一塔湖图书店上班的。我慢腾腾地起床，打着哈欠站在门前，刚开门想问她怎么回来了，她把房门关上了。

我站在客厅里说："沙袖？"

没有回答。

我又说："沙袖？"

还是没有回答。我就不说了，开始刷牙洗脸。满口泡沫的时候电话响了，我还在刷，等沙袖出来接。电话一直响，沙袖就是不出来，我只好抹一把嘴去接电话。

是一塔湖图的叶老板，他问我沙袖在不在。我让他等一下。我敲沙袖的房门，告诉她，叶老板找她。

沙袖在里面说："不接，我不在。"

她的声音不太对劲儿，我没敢多问。我回叶老板说："不好意思啊叶老板，沙袖不在。"

叶老板说："她不想接就算了。这样，我给她支了两个月的薪水，一明或者你，什么时候有空，过来拿一下。就这样。"

我一愣神他挂了。我回到洗手间，又挤上点牙膏接着刷牙。越刷越觉得不对，沙袖在书店干得好好的，怎么突然出这事？叶老板的意思显然是要把沙袖扫地出门，他在跟国际接轨，多发两个月工资打发走人。这叶老板太不够意思了。我停下来，满嘴泡沫就去打电话。

"叶老板，"我说，"你刚才说的两个月薪水是什么意思？"

"沙袖辞职了，我发给她两个月工资有什么不合适么？"

"她辞职？"我摸了一下嘴，摸到满手的泡沫，"怎么可能？我是说她怎么可能辞职？"

"一点小事，我也不明白，小吴跟我说的。他也一头脑子，他说他都和沙袖解释过了，但是沙袖还是坚持辞职。具体细节你问她吧。还有，一明回来，你代我向他道个歉，真是不好意思。"

一点小事至于辞职么？我也不明白了。我回到洗手间继续刷牙。那个牙刷了我半个小时，洗完脸回到房间，已经十一点多了。在电脑前发了一阵呆，我决定问问沙袖到底怎么回事。一明去上课了，辞职对沙袖来说不是一件小事，尤其是这样的工作。

敲了半天门才开。沙袖开了门又坐回书桌前，翻来覆去地转动一支彩色铅笔。墙上贴满了她的画，都是张大嘴笑的儿童和长满青草的野地，还有几处芦苇，叫不出名字的鸟在天空里飞。

"沙袖，"我说，在旁边的椅子上坐下来，"刚刚我给叶老板打了电话。是不是他们欺负你了？"

"没有，是我自己要辞职的。"

"没有商量的余地？"

"我都说不干了。"沙袖声音低了下来,她的铅笔不转了,下巴支到书桌上。

我知道她还有半句没有说,那就是:"我知道工作不好找。"

工作的确不好找,北京本地人找工作都是个麻烦,何况漂进北京的外省人。就沙袖来说,问题是难以找到合适的工作。她是幼儿教师,在北京哪有幼儿园愿意招聘这样的三无人员。她会唱歌、跳舞,没地方用得上,过去的职业现在只能沦落为爱好和特长,换不了饭吃。书店职员应该算是不错的了,待遇还可以,靠近北大,一明一天可以去三次,沙袖自己心里也有个底。现在没了。

没了就没了吧,她都说不干了。我只好安慰她:"既然辞了,就不要想它了,工作多的是。一明中午回来吗?"

"不一定。我就是觉得整个生活都要一明一个人负担,他挺辛苦的。"

"你别担心,他扛得住,他的课时费听说很不错。"

沙袖一声不吭,抬起下巴又开始转笔。

"这样吧,我给一明和边红旗打个电话,中午一起出去吃个饭。别愁眉苦脸的,多大的事。"

我打一明的手机,他正在回来的路上,刚上完课。他说叶老板已经给他打电话了。"辞了就辞了,没什么,让袖袖开心点,"一明说,"我给袖袖买了她最喜欢吃的酥糖。要吃饭?好的,我很快就到。"

边红旗正在交易,他在芙蓉里的一条巷子里。他压低声音告诉我,老弟,我又发了,赚了三百。吃饭?谁请客?

"当然是你请。"

"操,我就知道找我没好事。今天的钱又白赚了。"

吃饭的地方移到了北大东门,一个叫大瓦罐的湘楚风味馆子。按边红旗说的,就照三百块钱吃。他知道我们吃不完才这么大义凛然的。馆子是个好地方,几杯酒下去了人就放开了,一下子就亲密了,一下子就无所谓了。所以我一见别人不高兴,我就想办法让他进馆子,让他在饭桌上坦坦荡荡,变得透明。沙袖上了饭桌就慢慢放开了,主动说起了辞职的事。说到底其实是一句话:普通话问题。

这事其实两天前就出现了。沙袖在家过了这么久,来北京自然是一口家里话。不是山东话,是东北话,直着说的。在书店里,顾客经常会问一些愚蠢的问题,比如书抱在怀里还问你多少钱一本,书架上标明文学书在哪,他不看,单单要问一句。问了就要回答,做到百问不烦,百拿不厌。沙袖随口回答了一句,顾客没听清楚,因为她无意中用的是东北方言。只好再回答一遍,她说起了普通话。不地道,本身普通话就有问题,加上这么多天一直都说方言,普通话顾客听了也别扭。那家伙显然有点轻薄,故意又问了一次。普通话说不好已经让沙袖很伤心了,偏偏他又调笑她,沙袖就火了,一点都没给他好脸色,沙袖说:

"你到底是来买书还是来挑毛病的?"

那家伙就不高兴了,把书抖得哗哗响,对二老板小吴说:"你看看,你看看,什么态度嘛!"

小吴一直坐在旁边,他们的对话都看在眼里。小吴赔了个笑脸,让那家伙多包涵,说沙袖这几天家里有点事,心情不太好。为了表示歉意,那本书打八折卖给他。那家伙得了便宜就住嘴了,白了沙袖一眼。那家伙走了以后,小吴开始给沙袖上课,纠正她的服务态度。顾客就是上帝嘛。沙袖忍了,也觉得应该好好对待上帝。

然后又有客人发问。沙袖拧着劲说普通话,刻意了反而更不溜了,客人听懂了。这回有问题的是小吴。小吴说,这样不行,要好好说普通话,普通话怎么能这么说呢?让沙袖很不高兴,他以为沙袖在消极抵抗。这是两天前的事了。

今天还是这事。沙袖用东北式普通话回答客人问题,小吴又不高兴了,他说你能不能把普通话说好了?对一个女孩子说这话,有点太过分了,这东西显然已经是能力的问题了。沙袖决定不再说话了。再有客人问她,她就拿出书来指给对方看,价钱,位置,像人类直立行走的时代一样,一切疑问都用指指点点来解决。顾客有的头脑不好使,就再问,还不明白干脆去问小吴。小吴太不高兴了,当着顾客面就说:

"我说小沙,你今天怎么回事?舌头是不是生病了?"

沙袖说:"没有。"

"没有就说话嘛。"

"我普通话说不好。"

"说不好就好好说嘛。"

"我怎么不好好说了?"沙袖一下子来火了。

"你什么态度?这态度怎么能够带到工作中来呢?"

"我就这态度。我普通话就这水平。"

"小沙,沙袖,你要是觉得委屈了,你可以走。"

沙袖当时眼泪都出来了。"走就走，"她头脑也热了，从柜台里拿出包，"我现在就辞职。"说完就离开了书店。外面的阳光照得她恍恍惚惚的，就这么辞职了。跟做梦似的，有点简单。但是回不了头了。

沙袖的决定得到了一明、老边和我的一致赞同。跩什么跩，不就一个鸟书店么，还把自己当碟菜了，我们先炒了它。我们的态度把沙袖逗乐了，她一边笑一边抹眼泪。我们暂时都把丢掉工作的事给忘了，事实上，这个工作花了一明很大的精力才弄到的，好像还用上了他导师的关系。当初他是不打算让沙袖出去工作的，一是觉得沙袖在香野地累了这么多年，到北京先歇会儿再说；二来也考虑到工作难找，合适沙袖的更难找。他觉得自己应该拼命干活，挣钱，一个好男人应该有能力养活老婆。所以他对丢掉工作本身并不惋惜，只希望这事不对沙袖的心理造成影响就好了。

没影响绝对是瞎说。我觉得沙袖一直在乎她的普通话，甚至是很在乎，否则她就不会要求一明在家里不许说普通话了。她的要求常常被边红旗引用，老边没事就对我说："不许说普通话。不许说，就是不许说！"这是沙袖的语录。她不喜欢一明在她面前说普通话，觉得说普通话的一明一下子就远了，不再是这些年来操一口山东话的邻家男孩。她和一明在一起时，喜欢他声音里的地瓜干味。她刚来北京那段时间，一明一不小心就露出了北京味，字咬得很重，舌头打着卷说儿化音。沙袖就纠正他，让他的声音回到香野地去。一明经常都不小心，沙袖就不高兴了，脸板下来说：

"不许说普通话。不许说，就是不许说！"

搞得一明立马得转，转得太快都找不到舌头在哪了。训练多了就好了，过一段时间一明就应付自如了。比如他带着沙袖和同门的师兄弟、师姐妹们一起吃饭，他就采用两套话语，跟师兄用的是普通话，一转脸给沙袖夹菜，地瓜味就出来了。跟我和边红旗在一起也是这样，在家里一口山东话，出了承泽园舌头就开始打卷。他经常在我们面前说方言，我和边红旗受到传染，偶尔也会用各自的方言对话，真是风马牛不相及，很有点意思。

沙袖倒不是不喜欢普通话，她不高兴的原因，我觉得是因为她普通话有问题。问题也不是很大，但就是没法彻底除去赵本山的味。单说东北话很好听，那旮子那旮子的真有点悦耳，尤其女孩子说；说普通话再那旮子一两下就不对味了，尤其还是女孩子。沙袖为此很伤心。她其实努力过，甚至一直都在努力，尽管她不说，而且还老是告诫一明不许说普通话。偏偏在香野地张嘴就地瓜味的孟一明，到了北京一开口就像穿了西装，跟个正儿八经的北京人似的，让沙袖觉得这地方真是离她很远。一明也觉得奇怪，沙袖的声音很好的，念中学时，他简直像盼福音一样盼着沙袖说话，怎么普通话就说不地道呢？据说女孩子的语言天赋要远远胜于男人的。没办法。

沙袖刚来北京，有一段时间也努力矫正发音，收效甚微。她私下里练习普通话，都是关起门来一个人练。我也是偶然的机会知道的。有一个周末，我以为一明在房间里，没敲门就直接推门进去了，看见沙袖一手拿着复读机，在重复机子里的声音。她在学习中央电视台播音员说话，学得还有点像。看到我很不好意思，立马把复读机放下了，一开口又恢复了过去的发音，真正的日常对话，她还是改不了东北味。说不好又学不好,她就更伤心了。又经过菜市场上的大妈和公交车售票员的几次打击,之后彻底放弃了努力,索性随他去了。北京越来越像上海了,口音不对就欺负你。上海我没去过,听说开口不"阿拉"一下,坐车都受歧视,是乡下人。北京公交车的售票员,耳朵也越来越挑剔了,听到外地口音的就把你归入民工行列,问路都爱理不理的,儿化音重得都有点阴阳怪气了。沙袖去菜场买菜,一张嘴就露馅,卖菜的大妈就提价,爱买不买,好像外地人缺了这点菜就会饿死。她上过几次当,买菜的价钱总比一明高,一气之下,买菜的活儿都让一明做了。

叶老板在电话里很不理解,一点小事。这怎么能是一点小事呢?沙袖觉得大着哪,所以她要发火,职都辞了。罗马不是一天建成的,有点道理;建成后的罗马就不再是一片大野地了,随便动一下都非同凡响。不管怎么说,职是辞了。这是沙袖最担忧的,下面的日子怎么打发,才是大问题。

满大街的人都在跑。 我的假证生涯

一觉醒来,我问边红旗:"老边,我跟你去办假证怎么样?"

边红旗的脑袋从门后伸出来,眼还没睁开:"操,半夜三更的你闹腾什么?"

"我要跟你去办假证。"

"真的假的?你梦游吧?睡觉去,明天再说。"

边红旗把我推出去,砰地关上了房门。我才想起来,沈丹还在他房间里。我披着衣服回到自己的房间,看看手表,凌晨4:30。是有点早。我想和老边一起出去办假证,这个想法刚在梦里出现的时候,也把我吓了一跳。这事边红旗做得很轻松,但它毕竟是个违法的事,我可是半辈子的良民,从小到大别人的一根针都没拿过。我又看看表,4:35,我熄了灯,在黑暗里睁大眼,我还是想和边红旗一块儿出去试试。

没钱了。昨天把卡插进自动取款机,眼就蓝了,还剩下一百二十六块钱。我来北京之前,母亲说,没钱了就说一声,家里给寄去。我说不要,哪天卡里的钱真见底了,那我混得也实在太不像样了,就该回来了。现在就快了。可我不能回去,脸往哪放啊。后院不能起火,我得迅速地把卡给充实起来,越快越好。乱七八糟地瞎想,又睡过去了。

九点钟时我被边红旗叫醒了。他隔着门问我,昨晚是梦游还是抽风。我赶紧起床,让他等等我。我说,我要跟你去办假证。

"操,作家也干这种事?"他拍着沈丹的肩膀取笑我。

"诗人都能干,作家为什么不能干?"我说。

沈丹说:"你真以为大作家跟你一样去赚那点小钱?人家是去体验生活,回来了就是一部《红楼梦》。"

"嗯,还是沈丹聪明,"我说,"体验生活。"

一起下楼吃了早饭,沈丹回家了,我和边红旗正式开始了办假证的生涯。程序我多少都知道,拦着形迹可疑的家伙,问他要不要证件,发票也有,他停下来,就有戏了,宰死他。我在想象里拦住很多人了,他们一个个都形迹可疑,真让我高兴。我跟边红旗说,任何地方我都可以去，千万别去北大门口，虽然我是编外的黑户，好歹还认识几个人，暂时我还不能做他们的生意。

"那去哪？"

"随便，最好是一到那儿就能挣到钱的。"

"操，那就银行了。有这么好的地方我早去了。"

"你平常都去哪？"

"不知道，逛到哪算哪。听说双安商场打折甩卖，去那里看看？"

我随便，跟着他走。今天是见习。我们从北大南门经过，过太平洋大厦，转到中关村大街往南走。一路的人和车，各个店里都在放着半死不活的歌。边红旗吹着口哨，努力装出不是办假证的样子。他往公交车站牌底下凑，要看看前几天他贴在那里的小广告还在不在。这是招揽生意的另一种方法，把手机号码写在一张口曲纸上，注明"办证"，到处都可以贴。有意者会主动和他联系的。边红旗骂了一句，站牌上的小广告只在不起眼的地方剩下一张，都被环卫工人清除掉了。边红旗说，操，让你撕，明天我还贴。

我们是一路走到双安商场的，边红旗也看了一路，他几乎在每个站牌和广告上都贴了他的小广告。尽量都贴在显眼的地方，比如广告牌上的漂亮女人的脸上，尤其集中在眼上和嘴上，有时候干脆三张，眼睛蒙上嘴巴也堵上。但是现在几乎消失殆尽。他就骂，然后到处找漂亮姑娘看。天不太好，看起来要下雨，即使要下雨，北京的天上一般找不到清晰的乌云。边红旗不时抬头看看天，骂完了就指指点点地评价某个女人的屁股。不可否认，他对此很有研究。这是有理由的，他说，这么多年他都是这么看过来的，说不出个真理也能大差不离。

"你天天就这么盯着女人屁股看?"

"不看还能怎么样?"

"我是说,你整天都这么看?"

"当然,"边红旗掐灭烟扔进垃圾桶里,"不然日子怎么过?你以为整天站在风口里拉客容易?不找点乐子无聊也把你无聊死。"

这倒也是。边红旗指着天桥上一个穿皮夹克的男人对我说,看到了吧,那家伙也是办假证的,我认识,我要没有点看女人的爱好,就跟他一样,傻逼似的站着。那家伙一只手插在口袋里,另一只手向过路的行人比画,那人没理他,他只好把另一只手也插口袋里,倚着栏杆站着,真像个傻逼。这个形象让我很难堪,我要真搞假证,十有八九和他一样。

双安商场果然在打折促销,很多人挤进门去。边红旗没有急着进门,而是站在路边,漫不经心地看着来来往往的人,冷不丁对一个男人说:

"先生,办证吗?什么样的都有。包你满意。"

那个人看看他,避瘟神似的躲开了。边红旗像什么事都没发生过,跟我聊起了天,说天气,要跟我打赌今天会不会下雨。正争论着,他又离开了,去问另一个年轻人,那小伙子也拒绝了他。他回来继续和我说话。

我问他:"老是被拒绝,你不难受?"

"操,这就难受,那我还不知道上过多少次吊了。你以为是妓女拉客?不过说实话,这年头妓女拉客也不容易了。"

边红旗招揽的第三个客人是个中年妇女,那女人打听了几句又算了,对边红旗摆摆手就进了双安商场。边红旗又骂了一句,把烟踩灭,说算了,告一段落,去逛商场。我问他怎么问了三个就不问了?

"事不过三,运气不好。先逛逛,逛到了好运气再出来找生意。"

我们其实是瞎逛,不需要的东西白送也不想要;想要的东西又太贵,打两折也不是个小数目,买不起。干脆什么都没买。我们逛了整整两个小时,把楼上楼下各个角落都看了,然后决定出来,再到外面逛一圈就该吃午饭了。

出了商场外面正在下雨,很大,北京的冬天难得见这么大的雨,很多人都躲在商场门前躲雨。我们也挤在人群里,有点无聊。突然,边红旗拍着我的肩膀说,操,这时候不错,省得我半夜跑出来。他让我跟他进商场,到了文具柜,买了若干张背面带胶的口曲纸和两支圆珠笔。买完了我们去洗手间,一人找了一个小包厢蹲下,不是办大事,而是在口曲纸上写边红旗的手机号码,注上办证字样。一口气写了一大堆。然后买了两把雨伞,撑着伞跑进雨地。

大街上人少了点,车子目不斜视只管跑,满身都是水。正如边红旗说的,下了一会儿雨站牌底下的人就少了,我们可以把伞放低一些,遮遮掩掩地把小广告再贴一遍。一路贴下来,手里的口曲纸竟然全贴完了。我们在大白天把办假证的小广告贴出来了。开始我很紧张,后来觉得挺好玩的,产生了一种游戏心理,接下来做得好像就坦荡了。这也是边老师教导的,别总想着违法犯罪,就是游戏,一场赚钱游戏而已。对,一场游戏。游戏完了已经两点半了,雨还在下,小了点,马路上的人多了起来,我想又有很多人已经看见了那些小广告。

边红旗说,差不多了,今天的工作就到此结束吧,吃过饭回去睡一觉。下午雨停了也不会有什么生意。这是他多年来的经验。他也一直是这么做的,半下午就不怎么干活儿了,到处转转,找沈丹或其他女孩子,或者回到宿舍睡觉,当然,也可能会揪着头发写诗。

第二天我又跟他上街了。这次去的是农业大学那边,也是边红旗新开辟的一个根据地,短短的一个月里,他在农业大学门口做了七桩生意,都还不错。我们俩坐公交车过去。之前这地方我从没来过,看风景就花了我不少的时间。我提议到农大里面看看,边红旗说,急啥,做完了一桩生意就进去,带着成就感玩才爽。我们就等,对着过往的行人察言观色。边红旗让我试试,试试的目的在于强迫我张嘴,像拉客那样去招揽生意。真正要开口才发现这工作是多么困难,有好几次我几乎已经冲上去了,还是退回来了。还有一次,已经站到一个学生面前了,对方一愣,问我要干什么?

我说:"没什么,这是农业大学吗?"

那学生鄙夷地看了我一眼,指指身后大门上的牌子,一声不吭就走了,走了几步才说:"神经病。"

边红旗也不失时机地取笑我,说知识分子就这毛病,找妓女都不好意思说是嫖,而是说放松。我说没办法,关键时候突然开不了口了。

"操,你还真以为自己是知识分子?"边红旗说,习惯性地吐烟圈,他有事没事就吐烟圈,悠闲的样子很刺激人,"你能不能不要脸一点？就当自己是个卖身的，拿拉客的心态来问生意。"

我躲到一边深刻反省，终于觉得自己已经差不多不要脸了才走过来，这时候边红旗已经成功地做了一桩生意，给一个已经工作的男人做一个地质大学的本科毕业证。

边红旗问我："行了？"

我深吸一口气，点点头。

这会儿正好过来一个男学生，一看那东张西望的样子就知道，这家伙是装出来的，他在校门口寻寻觅觅，眼睛不时往我们身上瞟。边红旗说："上。"

那男生走到我附近的时候，我迎上去，声音小得我自己都快听不见了："同学，想办证吗？什么样的都能办。"

"多少钱？"他说，依然东张西望，晃荡晃荡的像得了小儿多动症。

"那得看什么证。"

"硕士学位证书，农大的。找工作用的。"

这个价钱我不太清楚，转身看看边红旗，他在一边抽烟，离我远远的，求救都不方便。我只好硬着头皮胡乱开了个价："一千。"

"五百。"

"一千。硕士学位证不太好办。"

"就五百，"那男生还在晃荡，晃得我头有点晕，"我同学前几天刚办了一个，就是五百。"

"那好，五百就五百。"我几乎是迫不及待地接下了这桩生意。按照规矩，我收了他一百五十元的定金。

边红旗听了我的生意，咧开嘴笑起来，他说我太谦虚了，要价少了，一个硕士学位证八百块钱是没有任何问题的。我说那家伙说，他同学只花五百就搞了一个。边红旗批评我幼稚，都什么年代了，你不骗人人就骗你，有的学生脑瓜子比我们活络多了。我问他赚不赚，他说当然赚，只是可以赚得更多一点。不过已经很不错了，第一次卖身就赚，还是很值得祝贺的。我由此也高兴起来，许诺中午请边红旗吃饭。

我们在农大附近又转了一个多小时，问了几个，都没做成生意。昨天下过雨，天有点冷，我们打算找个地方吃饭，下午干不干活儿再说。正商量到哪儿吃饭，边红旗手机响了。是个男的，要办证，边红旗和他咕噜咕噜说了一通，最后说，好。关了手机他有点兴奋，说昨天在雨地里没白干，生意上来了，对方通过口曲纸上的联系方式找到了他，想办个大的，要在万泉河桥边面谈。为了赶时间，我们打车去了万泉河桥。

下了车就开始在桥底下找电话里的墨镜。很容易就找到了，大冬天戴墨镜的实在太少了，看到了吓我一跳，那人个头很高，墨镜冰冷，让我觉得身上也跟着冰凉。墨镜主动凑上来，问边红旗："你就是边红旗吧？"

边红旗点点头，指着我对他说："没事，这是我朋友，也是干这行的。要不找个地方谈？"

墨镜说："好。"

他带我们从立交桥下穿过，往万泉新新家园那边走。刚走不远，身后不知从哪里又钻出两个戴墨镜的男人来。我感到有点蹊跷，就用胳膊肘捣边红旗。老边一点就通,小声说:"跑。"这时候他正在和前面的墨镜说话,一副谈生意的架势。

我还没反应过来,边红旗猛地转身,一把将身后的两个墨镜推到一边,拽着我的胳膊就跑。三个墨镜都没有及时反应过来,后面的两个之一还摔倒在地上。没想到边红旗平常松松散散的,跑起来竟然这么快。后面追上来,嘴里叫着:

"站住,站住,我们是警察!"

我们已经穿过了万泉河桥,跑到了妇产医院前。边红旗说分开跑,他直接往北,跑上了万泉河路,我则沿着苏州街南路向前跑。我都快蒙了,边红旗说什么听得也不真切,只顾跑。那会儿正赶上上下班,苏州街南路车辆头接上尾巴连成一条龙,行人也多,我感觉是在人群里穿针引线。人群也骚动起来,有人疲于奔命地跑当然是件有趣的事,我觉得好像很多人都在跟着我跑,身后的叫喊声不断。我跑得更快了,追在我身后的人好像更多了,满耳朵里都是杂沓的脚步声,我前面的人也跟着跑起来。满大街的人都在跑,满天地都是跑步声,我的喘息呼哧呼哧的,肺部变成了一个巨大的风箱。我竟然跑得很轻盈,脚底下长毛似的。我觉得我跑得很快,从来没有这么快过,长这么大我从没参加过一次运动会,真是可惜了。

跑过了苏州街南路我闯了红灯,赶在一辆红色的轿车撞上来之前拐上了苏州街,向北跑,冲着海淀桥和海淀。我是一口气跑到海淀的,到了硅谷底下,我实在是跑不动了,衣服粘在身上,整个人的体重似乎突然变多了。此刻马路上安静下来,车在走,自行车也在走,行人也在走,满大街的人没有跑的。我也不跑了,我一屁股坐到了硅谷电脑城门前的台阶上,我得喘口气。我两腿发软,现在开始害怕了,要是被抓住就太熄火了,我还没来得及挣钱呢。我拍着腿肚子到处张望,看有没有墨镜追上来,没有。小腿开始变硬,长久不运动就会出现这种情况,想想我这一路跑得可不少啊,这么多年错过的运动会今天全给补上来了。

然后我的手机响了。是边红旗,他问我现在在哪里,我刚要回答,看到他抱着手机边说边向这边走。他说:"他妈的,我们大概给那帮狗日的骗了。"

我把手机关掉,问他:"什么骗了?"

他才发现我在他面前。"操,没想到你的腿也挺溜的,都跑到这儿了。"他说,拉着我要去吃饭。"先填饱肚子再说。"

"那几个墨镜呢?"

"那几个狗日的,别管他们。没事了。"

还在元中元饭店。喝酒的时候边红旗问我,还记得那几个家伙长的什么样不?我想了想,只记得最先见到的那个墨镜,他的左下巴上有块发亮的小疤,不仔细很难看到。

"对,就是这个狗日的,"边红旗拍了一下桌子,把其他的客人惊得一愣。边红旗没管他们,接着说,"快跑到路头上时,我突然觉得好像在哪里见过那狗日的,但就是想不清楚。你这一说,我明白了,他妈的他们根本就不是什么警察,去年还找我办了一个假证。狗日的他想敲诈我们。"

边红旗说,贴小广告经常会出这事,有警察找你,直接把你揪起来;还有就是墨镜那样的鸟人,冒充警察,敲得更狠。总算今天运气好,逃掉了。

边红旗说:"操,动老子的心思。正儿八经的警察我都逃过了好几次。刺激吧?"

"太刺激了,"我说,"这活儿我恐怕干不了了。"

"怕了?"

"怕了。"

边红旗笑起来,说:"操,你们当作家的,就是这毛病,觉得一件事好,就会想得比什么都好;不好了,就比什么都可怕。老弟,干什么事都一样,再好也不会好到哪里去,再坏也不会坏到哪里去。"

"我还是不想干。"我觉得说出这个决定让我难为情。

这顿饭我来买单,说到底还是边红旗买单。我用在农大门口揽的那个生意的定金付了账,然后把那个生意转给了边红旗。

"操,这怎么行?人家到时候是要和你联系的。"

"他会联系你的,"我说,觉得酒喝得有点高,"我怕这事做不好,所以留给他的是你的手机号。"

边红旗说:"操,你小子,根本就不想干这事。"

冤枉我。天地良心,当初我可是诚心想指望这事发点小财的。

为了生活我们著书立说

以后的好长时间里,我成了他们的笑柄,边红旗说,操,你是我这辈子见过的最短命的假证贩子。我只能任其奚落,我说,没办法，搞假证已经不容易了，他们还到处追我们干什么？这个毫无逻辑的玩笑又让大家笑了一阵。假证生涯是结束了，生活还要过下去，简单地说，现在需要的主要是钱。我终于体会到了。刚来北京的时候，一个和我目的相同的朋友跟我说，他来北京后才发现，其实写不了什么东西，所有精力都用来赚钱了。既然只能赚钱了，哪个地方赚不是赚，他待了一年就卷铺盖回河南老家了。他留给我不到两万字的零散文字，他一年的收成。我要想法子赚钱。像沙袖一样，她要继续找工作，总待在家里不是个事。

沙袖找工作比我还要困难，合适的太少了，除了去饭店做服务员，但是一明不同意。沙袖试过，最后还是被一明从饭店里拉了回家。那会儿沙袖刚辞掉书店里的工作不久，她闲下来觉得很难受。因为烦闷，她常下楼走走，当然不会走太远。我们都以为她只是散散心，没想到过了几天，她兴冲冲地从外面回来，要告诉我们一个好消息。一明刚好出门，她就告诉我和老边，她找到工作了，老板说，下午就可以开工了。在承泽园外一家叫"天外天"的饭店。下午她就收拾一下去了。半下午时分，一明从外面回来，问沙袖到哪儿去了。我说工作去了。

"在哪？我怎么没听说？"

"天外天饭店。刚找到的。"

"瞎搞！"一明说，拉着我要一起去把沙袖找回来，"谁让她到饭店里去的！"

"反正她在家也没事，就让她先干着吧。"

"不行！那地方我师兄弟们常去吃饭，看见了怎么说我？再说，也不能跑去端盘子洗碗啊，我们又不是穷得活不下去了。"

他执意要把沙袖叫回家。我们到了天外天，先是站在玻璃外面往里瞅，他不好意思直接冲进去。沙袖在给客人倒茶。一个服务员以为我们要吃饭，掀开门帘要欢迎我们光临。我摇摇头。但是我们不吃又不走让她纳闷，很多人都转过头来看。沙袖看见了我们。她对我们谨慎地摆摆手，意思工作时间，让我们走。她再次回头，我们还站着，她只好和吧台的老板说了一下，出来了。

"你怎么跑这地方来了？"一明说。

"刚找到的。我在上班，下了班回家再说。"

沙袖说完就要进去，一明拽住了她："你怎么不和我商量一下？这事不能干，跟我回家去。"

"我不回去，还在给客人倒茶哪。"

一明有点火了，因为饭店里的很多人都在看我们拉拉扯扯。他把沙袖的围裙一把扯下来，让我送给老板，拉着沙袖就走。沙袖挣脱不开，窘迫得都快哭了。我把围裙随手扔给站在门边上的服务员，跟上了他们。沙袖真哭了，她觉得难堪而且委屈。沙袖说："我找了这么长时间才找到的，回家你让我干什么？"

"会找到更好的工作的，"一明说，"但是这个实在不能干。"

"那要找不到呢？"

"找不到也无所谓，我自己的老婆还养不起么？"

沙袖又待在了家里。她也很无奈，她也不想去饭店端盘子洗碗，但是其他的工作实在太难找了，一报上学历和籍贯就被枪毙。那几天，她连续被枪毙了六次。现在，她整天对着电视发呆，偶尔也会

打开门和窗户对着整个北京发呆。一个中午她来到我的房间,用带山东口音的东北话说:

"我开门就看见楼在长。"

说得真好。我伸头看着窗外,好几座大楼都搭着脚手架,它们一起在长。寂寞出诗人了,但是沙袖满脸悲凄,她又说:"生命长得让人厌烦。"

"是,让人厌烦。"

我把正在写的文档关了,我不想让别人看见我在挤牙膏,挤的就是些向小报副刊邀宠的小东西,甜得发腻,写完了我就吃不下饭。可我还得夜以继日地搞,不惜一稿多投,像卖身一样对着所有小报露出笑脸。然后我们两个都不说话,显而易见,下意识地同病相怜了。

过了半天,沙袖说:"你好歹还能写。"

"写不如不写。"

我只能这么说。我不能对一个女孩子说,你知道逼着自己去卖身有多痛苦吗?然后又都不说话了。在某一时刻,一个人会意识到自己又长大了,生活强迫你强壮起来,去承受和想办法获取,它已经落到了我们的肩膀上。

常常会这样,整个家里就剩下我们两个。莫名其妙地一个人就会跑到另一个人的房间里,说出一两句莫名其妙的话。说完就冷了场,谁都没有意识到这是冷场,而是觉得就不想再说了,然后再回到自己房间。现在想想那些没头没脑的感叹,好像句句都是精妙的诗。

好日子总算有了点眉目。一明带了个不错的消息回来,他师兄接到了一批活儿,编一套书,他替我和沙袖各争取了一本。刚听到消息我心里还打鼓,我能编书?沙袖眼睛瞪得更大,她坚持认为这辈子只有读书的份。一明说没问题,他研一时干过,很简单,基本不太过脑子,只在网上搜一搜,把相关资料删减拼贴一下,一本书半个月就搞定了。这在北京不叫编书,叫攒书,就像组装电脑叫攒机子一样。最要紧的,只要合同签了,当场就可以拿到百分之二十五的稿费,按照正常价格,这百分之二十五意味着两千块钱左右。也就是说,一本书,半个月,能挣个小一万。一万,什么概念啊,听了都口水直流。

我当即拍桌子,干。当然要干。

沙袖还是紧张,她没法把自己和一本书联系在一起,但还是答应了,反正身后还有一明。一明和他师兄师姐带着我和沙袖见了朋友,就是他揽下的这份差事。那人姓焦,是个诗人,满脸都是胡子,听一明的师兄说,他们打过交道,诗人靠诗只会饿死,所以焦诗人也经常攒书。客气了一番就去见书商。图书公司在宣武区的一座二十多层的楼上,不大,我们坐公交车晃到那里花了两个小时,中途转了一次车。沙袖说这么远,早知道这么远她就不来了。

一个胖男人别人都叫他何总,一只眼大一只眼小,这不耽误他目光敏锐地看人。他对一明的大师兄说:

"知识分子就是不一样。看看,气质就是好,一脸的书卷气。"

焦诗人就顺水推舟:"是,是,他们都是研究生,还有博士,所以何总不必担心这套书的质量。"然后他让一明师兄把我们逐个介绍一遍。

一明师兄是个玲珑的家伙，介绍到我和沙袖时，说："这是北大中文系的博士，已经博二了，写小说，在国内各大刊物上发表了一百多万字，是我们北大的大才子。这一位是沙袖，北大艺术系的研究生，今年就要毕业了，能歌善舞，人长得漂亮文章写得更好。"

我们像电脑一样说升级就升级了。话都说出去了，我们只好红着脸接受何总的钦佩和久仰。何总介绍说，这套书是配合中学生和大学生对文学和艺术等方面的课外需求而策划的，选题主要集中文艺方面，企图通过一两个主线人物，把一个语种、一种艺术的成就尽可能地梳理出来。"比如托尔斯泰和陀思妥耶夫斯基，"他指着选题之一对我们说，"通过这两个大师，把俄罗斯的文学、历史、社会等方面都串起来，博而有专。我们的口号就是：关于俄罗斯，看完这本书就差不多了。"

他的意思我们差不多明白了。何总的意思是，定位不要太高，不能太专业，中学生、大学生，再包括一些城市小白领。丛书要做成图文并茂，读图时代了嘛，生动、形象、好玩，让他们看了以后觉得长了见识，不用认真学习也能显得有点墨水，能让他们觉得自己还有点文化，能上点品位。

"有点知识速成的意思。"焦诗人说。

何总说："焦老师说得有点白了，不过理是这个理。"

然后是稿费的问题。一本书字数要求八九万，千字五十五；图片一百五十幅左右，找到一幅三十五块钱。这我爱听，饥饿的人看到了面包，一万块钱就在眼前啊。

我小声问沙袖:"干不干?"

沙袖犹豫了半天,说:"不知道。怕。"

一明说:"怕什么?干。"

何总去接电话的时候,焦诗人开诚布公地说,在座的好几个都干过这事,注意事项就不再多说了,他是牵头人,还是要说点责任内的话,就一点:不要所有的材料都从网上搞,尽量要有自己的想法;征引资料时千万注意,尽可能找那些老外的资料,这样一般不会涉及抄袭等问题,否则后果自负。我们都点头。

何总回来后,大家开始挑选题。我挑的是《魔幻的拉美》,要求以马尔克斯为主线,勾勒出一个魔幻的拉丁美洲来。沙袖在众多题目间踌躇,一明做了主,替她选了《脚尖上的艺术世界》,以邓肯为例。这一块是沙袖的强项。结束后每人拿到了两千块钱,感觉好极了。为了庆祝突然摆脱了穷人的身份,我们凑份子到了一家不错的馆子里吃了一顿。

以马尔克斯为主线,我以为事情就好办了。我对老马很熟悉,国内所有翻译过来的他的作品我都读过,传记资料等等平时也读了很多,这是我喜欢的一个作家。但是真正打开电脑,脑袋里突然一片空白,不知道从哪下手。一明说,先别急着写,搜,在网上把所有与老马有关的资料都搜集出来。沙袖也在搜。然后分类别保存。搜资料下载就花了我们一周的时间,真是看到了一张信息的网,一个马尔克斯和一个邓肯,几乎把全世界都兜了个底朝天。牵一发而动全身啊。搜完了资料接下来就蒙了,我蒙沙袖也蒙,下载的东西仅仅意味着一堆资料,理不出个明晰的头绪。不得不找相关的书籍来借鉴一下，比如传记什么的。

一明帮我们从北大图书馆借了很多资料，又陪着去了西单图书大厦。抱回来一摞子书，放到书桌上摊开来，竟然全是所谓的学术书，头都大了。边红旗到我房间来，见到了那些书就取笑我，作家也改行做学问了，搞得跟真的似的。

"没办法，"我说，整个人瘫在椅子上，"只好假戏真做了。"

"还不如跟我去办假证舒服。"

如果不受围追堵截，办假证的确很舒服，悠闲，在大街上晃来晃去像个观光客。但是他不总是观光客，更多的时候像个通缉犯，这就让人受不了了。我宁愿去攒书。

沙袖的日子不比我好过，网上和书上关于邓肯的资料没有老马多，她做起来更辛苦。但她能受，有事做了总是让人开心的。在资料里搞得腻味了，我就站在客厅里找她说话。沙袖说，继续看，得恶补，我都快被社会抛弃了。有一天下午我到她的房间，发现她看的竟然是法律书。

"你看这个干吗？"

"瞎翻翻，说不定用得上。"

她把书合上，顺手打开音乐，看起了邓肯的传记。她不想让我知道她在看法律方面的东西。迷糊了一下我就明白了，沙袖不是在为邓肯看法律，而是为一明看法律。她好像什么时候对我说过，两个人在一起，最要命的不是爱情还在不在，而是没有了共同语言。共同语言很重要。那天我们拿了钱一起吃饭，他们在饭桌上谈的都是法律，除了好玩的个案还能听出点意思来，其他时候我和沙袖都像个呆瓜,插不上嘴,连耳朵往往都插不上。当时我就想,千万不能和专业的家伙们坐在一张饭桌上。我一个人吃得很无聊,想想那会儿沙袖应该比我还惨,一明是她男朋友,她的心态大约和我完全不同。我记得当时,她一直低着头,把两支筷子分分合合,就是不夹菜。

那本书用了我一个月的时间。一明说,他师兄师姐半个月就弄完了。可我不行,我的认真让我自己都觉得讨厌,在那本小书里,我尽力把魔幻的拉美梳理了一遍,找了大量我喜欢的图片,我想把它做好。追求完美总是很痛苦,我撑下来了,中途就决定,以后再也不干这种活儿。沙袖用了一个月多两天做好了,接着又接了一个活儿,关于歌德的。我们都觉得她疯了。

交了差觉得世界一下子大了,疏朗,可以干自己的事了,然后等着拿剩下的七八千块钱。书商说,书出来一个月就给钱。多好。

宝马,宝马

午睡后大家起来,在客厅里瞎说,说到了将来哪一天不幸有钱了一定买车,起码也得奥迪。我还把一本杂志上奥迪的款式找出来,就要这样的。边红旗说,没出息,怎么说也得个宝马吧,现在一明都坐上了宝马,我们有朝一日那不太落后了。

沙袖正在开电脑准备攒书,听了就笑:"一明坐宝马?他梦里还坐宇宙飞船哪。"

"我都看到两次了,"边红旗说,"绝对是宝马,开车的还是个漂亮的女人。"

"真的假的?"我也怀疑。能坐上宝马的人在北京也不多,况且是我们这些穷光蛋。

"操,我撒谎有钱赚?就在承泽园门口下的车,爱信不信。"

"一明爽啊,下了课还有美女开宝马送回家,为什么不一口气送到楼底下。"

"操,你看我们楼底下还能跑开宝马?"

我是开玩笑的,说过了觉得不妥,扭头看看沙袖,她认真地看着电脑屏幕。她说:"你们这些臭男人啊,整天就知道做白日梦。"

边红旗说:"咱们这号人,再不做点白日梦还能活下去?"

说得我一阵伤心。边红旗出去揽活儿了,我开始写东西,两千块钱稳定了我的生活。下午五点钟左右,沙袖叫我和她一起出去。我问她干吗,她说没事,攒书攒累了,想出去走走。

"一明马上该回来了。"

"他回来我就不能出去?"沙袖说,"我又不是他老妈子,要提双拖鞋迎到门口。"

沙袖下楼的速度很快,下了楼走路的速度也很快,一点散心的样子都没有。我说你是去抢银行还是参加运动会?她说快了吗?那就慢点。其实也没慢下来,我们很快就到了承泽园门口。快傍晚了,卖馒头、熟菜的小摊点已经开始占领万泉河边和桥上的有利地形,吆喝声也响起来。沙袖在各个小摊子间转悠,挑挑这个,看看那个,问了一圈什么都没买。我跟在后面像个跟班的,偶尔听她说几句什么菜怎么做,哪个东西更好吃。

我们在桥附近转了大半个小时，我还是没搞懂沙袖要干什么。后来一明从蔚秀园那边步行过来，沙袖问他怎么回来比前几次迟了，我才心里一动，她大概是想看看一明是不是真由一个漂亮女人用宝马送回来的。一明说当然是坐公交车回来的，北大西门那站下的。

一明每周去代两次课，周一和周四。我和沙袖下楼那天是周一，周四下午我就觉得沙袖有点不对劲了，三点过了她就在房间里走来走去，把音乐声音开得很大。那天边红旗在家，午睡被沙袖的音乐吵醒，迷迷糊糊到我房间里找水喝。这几天他每天回来都比较早，听说外面风声有点紧，他出门开始比较小心了。边红旗看到我桌上有一张新买的碟片，要看，我就把电脑让给他，自己躺到床上看书。

五点钟，沙袖果然来到我房间，问我愿不愿意下楼转转。我犹豫了一下说算了，我想把剩下的几页书看完。沙袖站在门前不进不退，她对一个人去似乎有点恐惧。这时候边红旗的碟片看完了，说他愿意做护花使者，正好下去活动活动。

他们在承泽园门前没看见把一明送回来的宝马，就直接去了北大西门那站。沙袖看见的一明不是在公交车上下来，而是从一辆宝马里出来，开车的果然是个女人，而且看起来年轻漂亮，像影视里那样的白领打扮。一明下车进了蔚秀园不见了，宝马才掉头驶向海淀方向。晚上因为这件事吵架了，边红旗才告诉我，当时沙袖没让他和一明打招呼，他就知道坏菜了，他的大嘴巴惹祸了，不该提什么宝马的事。

架吵得还算平和，是关起门来以后才吵的。大概一明说不清楚了,就把门打开,把我和边红旗都叫到客厅里,他说可以让我和边红旗做证,他到底是怎么样的一个人,是不是那种随便瞎搞的人。沙袖就是不说话,听一明一再重复简单的几句话。

一明说,那个女的是在他班上进修的学生,在中关村的一家电脑公司上班,人家有个做老板的男朋友,都快结婚了。她的专业是网络管理,对法律只是业余的兴趣。因为她也住在海淀,所以顺便把他捎过来。就这些。

沙袖说:"那你为什么现在不让她把你送到承泽园门口?"

"我不是已经说了吗,觉得拐到这边让人家麻烦,也担心你看了多心。"

"就这么简单?"

"这还不够?"

"那个女人喜欢你,"沙袖说着就哭了,"她看你的眼神有问题。"

"哪有什么问题?"一明无辜地看着我和老边,两只手摊开来给我们看,好像问题在手心里,"我怎么不知道?"

"我说有问题就有问题。她的眼神就不对!"

女人这方面的直觉远胜过男人。我和老边劝一明,以后少和她来往就是了,你没问题也得防着别人有问题。边红旗暗示他赶快认输,他在这方面有心得,和女人要想和平共处,必须时刻记住,她说什么就是什么,有意见下次提。一明是个老实人,就老老实实按照边红旗的意思低头了,向我们大家保证,以后决不再坐那个女学生的宝马了。

此后的一周风平浪静,各种迹象都表明,宝马事件没有留下什么后遗症。我们生活如常,唯一动荡的是边红旗,风声越来越紧,他不得不深居简出。一天的大半时间都在床上度过,偶尔沈丹也会过来,他就更下不了床了。他把房间里的所有与假证有关的东西都转移走了,他说是为了我们三个的安全考虑,防患于未然,省得到时候连累我们。除了沈丹和食物,他不再往家里带任何东西。沙袖对老边带女人回来不太高兴,原因是沈丹的叫声常常不能自禁,关两道门她的声音依然保持了强劲的穿透力,搞得我这个时候也不得不把耳机带上。

没想到沙袖的耐力和认真如此惊人,她在两周后把一明堵在了宝马边上。在硅谷前面,一明刚从车里出来,发现面前站着一个人,一声不吭地盯着他。车上的女学生按着喇叭让她避开,沙袖动都不动。

女学生把脑袋伸出来问一明:"她是谁?"

沙袖说:"他老婆。"

一明说:"你怎么来了?"

沙袖说:"回家说。"

一路上沙袖都没说话,默默地流眼泪,一直流到家里还在流。一明跟在后面解释,怎么解释都没用。一明后来对我说,真的没有什么,至少他没对那个女人动过歪心思。他已经找借口推辞了,但是女学生盛情难却,他是个男人,总不能告诉她说为了避免老婆生疑吧。但是沙袖不听,她说只要想推辞,怎么可能找不到理由呢。沙袖也有道理,除了死亡,还有什么拒绝不了的呢。

出了事一明就找我,希望我能为他开脱一点。他以为沙袖会大吵大闹，进了门他就对我打手势递眼色，让我出来，看那样子我就知道出大事了。

沙袖只是安静地淌眼泪，没有弄出任何大动静。一明却是手脚并用去解释，脸都涨红了，他的脸一红就像已经做了亏心事。一明说，这么多年你还不相信我？不信你问穆鱼。

我只好说："一明不会有问题的。我们同学四年，上下铺的兄弟，我知道的。"我正准备把大学里一明洁身自好的证据再次拿出来，沙袖打断了我。她的声音很平静，听起来和哗啦哗啦的眼泪没什么关系。

沙袖说："其实你们有什么我又能怎样？在这里我就是个废人，我什么都不知道，什么都做不来，一个人活下去都成问题，我凭什么要求你那么多？随你，你想怎么样就怎么样吧。"

说完抹一把眼泪就回房间了。一明和我都愣在那里，感觉像是攒足了力气的一个拳头准备打出去，突然发现对方只是一团棉花。失重感让我们俩大眼瞪小眼，不知该怎么办。边红旗从房间里伸出头，问我们出了什么事，看了一明沮丧的脸立刻明白了，招招手小声说：

"又出问题了？什么事告诉我，我帮你搞定。对付女人我还是有一套的。"

没等一明把事说清楚，沈丹就在边红旗的房间里叫他。老边说："过会儿再说，我先把这边的事解决了。"脑袋缩进去，门也关上了。

一个人改变需要多久。 乱了

沙袖变了，老往两个极端跑。安静的时候一天听不见她说一句话；冷不丁就热闹了，彻底放开的那种热闹，百无禁忌，常常让我一愣一愣的。除了买菜和散步，她几乎不出门，该攒书的时候攒书，这几乎成了她的工作，每次看到她安静地看着电脑屏幕时，我都会觉得，她的攒书事业可以一辈子做下去，一本完了再来一本。累了就开音乐，还会放摇滚，跟着敞开嗓门喊。以前她是不喜欢摇滚的，张楚的那种轻摇滚也不喜欢。然后就是找我和边红旗聊天，瞎说，什么都说，荤段子也不太忌讳了。边红旗很得意，他肚子里有无数的荤段子，现在终于可以放开手脚讲了，沙袖不再反对让他多少有点受宠若惊，越发地肆无忌惮。有时候沈丹或某个女人来找边红旗，他们房门关上后，沙袖也会主动和我说起门后的事，让我猜，他们现在究竟在干什么。她的变化让我吃惊。

更让我吃惊的是，她大白天也开始穿睡衣在客厅里走来走去了。因为不出门，干脆一天到晚都穿着睡衣，头发也不像过去那样讲究。一明为此提醒过她，沙袖说，我又没什么外交活动，又没人要看，收拾那么利索干什么？你看天都热了。是的，天开始暖和了，开始热了，穿睡衣和拖鞋一点问题都没有。我有时候会想，大概是逐渐适应城市的生活了，刚来北京时她传统而且保守，绝对不会穿着睡衣出现在一明之外的任何一个男人眼里。现在禁忌都没了。

沙袖的一些小动作开始让我心跳。她穿着睡衣站在我门口，问我怎么查资料，需要哪些书。她把左边的光脚从拖鞋里拿出来，放到右边的小腿上，轻轻地挤着小腿上白皙的肉，大脚趾分明在动。她的裙子被撑起来，在客厅灯光的映照下，看得见两条腿在裙子里的模糊轮廓。她也会挠痒痒，让睡衣的领口变得更低。我得低下头，我的脸比她还红。

"那你帮我查。"她说。

我打开电脑开始搜索她要的资料，她凑过来，上半身在我的头顶，我的头发感受到她的呼吸、身体的暖香和身体不明部位不经意的摩擦。一条资料查完，我要流出一身的汗。我不知道怎么会这样，她离开时的微笑有点放肆，拖鞋击打脚掌的声音故意弄得很大。

周五的晚上，十点钟左右，一明打电话回来说，他们同门师兄弟刚讨论完一个案子，要出去小聚一下，然后再到海淀体育馆的练歌房唱歌，问沙袖去不去。沙袖说不去，已经洗过澡了。一明勉强了一会儿她还是不去，一明就让她早点睡，不要等他，他回来可能会比较迟。这是常有的事，他们师兄弟经常聚会，吃饭，唱歌，打保龄球，他们有钱，帮别人办案子，或者导师请客，导师是有名的教授和律师，一口袋的钱，他们叫他老板。过去沙袖常和一明去，她的歌一明老板都叫好。

挂上电话沙袖站在原地发呆，她刚从浴室出来，头发还是湿的。她把毛巾绞来绞去，一把摔到旧沙发上，在客厅里喊：

"穆鱼，老边，有喝酒的吗？"

说完她就去敲边红旗的门。老边不在，去沈丹或者其他某个女人那里了。这些天他很郁闷，不能出门找生意，觉也睡烦了，只好出去解闷。我从房间里出来,问她,真的假的,半晌不夜的喝什么酒?

"喝,当然要喝,"她走到我门前,脸激动得都红了,"有酒吗?"

我犹豫一下说:"有。"

一共五瓶啤酒,我喝了三瓶,沙袖喝了两瓶。晚上剩下的菜。在我房间里一边看碟一边喝,王晶的《黑白森林》。沙袖的酒量按说没这么大的,但她坚持要喝,半瓶下去她其实就差不多了。我不让她喝,她拿眼睛瞪我,说她是山东人,怎么会不能喝?喝完了一瓶,我又制止,她推开我,说:

"你欺负山东人是不是?舍不得这两瓶酒我就不喝。"

她的脸开始红了。我完全可以劝住她的,但是我没有坚持,我记得当时犹豫了好一会儿,还是决定和她继续喝。沙袖喝了酒变得更漂亮了,眼睛里有了动人的水在流动。我不再看碟片了,看她。

两瓶完了沙袖说热,已经没法平视着看我了,要么盯着我,要么斜视,浑身的热度看得见。她说你这屋里真热,开始在脖子边上挠,抓出了一道道指甲印。她对我说,穆鱼。手扶着我的膝盖向我凑过来,说,我难过。

她的上身在我眼皮底下,我看见了睡衣里面的内容,头嗡地响了。她竟然连胸罩都没戴,我看见了两个闪光的红乳房。沙袖的手伸过来,一只手抓住我的肩头,一只手抱住了我的脖子。

她又说:"穆鱼,我难过,我为什么难过?你说。"

她的胸部在起伏,身体在抖,很冷的样子。我也冷,热得受不了了的冷。我真想抱一抱这个柔软的火炉。沙袖说:"我难过。"她的声音像在哭。我掐了一下左腿，又掐了一下右腿。沙袖哭了，嘴里还在说，我难过。

"你醉了，"我说，抓着她的胳膊把她拎起来，"我扶你回去躺一会儿。"

"我没醉。我就是难过，我想哭，我想回家。"

沙袖放声大哭。我把她架到她的房间里还在哭，哭得不大正常，有点像笑。我不知道怎么照顾一个喝醉了的女人，想当然地给她敷了一条湿毛巾，她不领情，一把扔到书桌上，碰倒了水杯，把一本书泼湿了。这样我就更不知道怎么办了，坐在一边听她哭，直到她哭声渐小睡过去。我回房间时已经凌晨两点半，一明还没回来。

一明什么时候回来我不知道，第二天中午他起床后，我决定和他谈谈。

"你没发现沙袖有点不对劲儿吗？"

"我不是瞎子，"一明说，"可我跟她解释过无数次了，真的什么也没有。"

"她不相信？"

"我也不知道她信不信。她老是摆出一副漫不经心的样子。"

"问题是，"我伸头看看客厅，沙袖不在，接着说，"我前几天还看见你从那车里出来。"

"什么时候？在哪？"

"前天，碰巧看见了。在海淀。"

一明说："真的没什么，我发誓。你也不相信？"

"我相不相信没有意义，关键是沙袖。你得让她相信。"

"这学期的课马上就结束了,以后我再也不会坐什么倒霉的小车了。"

这么说他还要坐下去。具体事情我不清楚,不好乱猜。末了我告诉一明,该说的我都说了,应该为沙袖考虑一下,她真的不容易。

一明说:"我明白。"

几天后我回了一趟家,母亲说家里有事,重大的事,必须回去。到了家我发现风平浪静,还是老样子。母亲说,有人给我介绍了个女朋友,让我去看看。我说我现在还不想谈女朋友,我在北京还一事无成我拿什么去谈?

母亲说:"北京有什么好?待在家里我都能抱上孙子了。再说,就这么漂着也不是个事,没个根。眼看着三十的人了,你不急我和你爸急。"

他们逼我去相亲。女孩是我们那个市的邮电局职员,平心而论,长得的确很不错,个头什么的也合适。收入更不用说了,母亲说,除了邮电系统和几个大学,我们这地方还有哪个单位能有这么好的待遇?感觉挺不错。她说她在不少刊物上读过我的文章,差点把我给羞死。她很认真地说,真的,她很喜欢,还向我讲述了她对我的几篇小说的理解。她大概是硕果仅存的文学女青年。如果不是文学青年,她恐怕也懒得理会我这样的无业游民。

"那都是些骗钱的小玩意,说出去让人笑话的。"

"大家都说挺好的,"她说,"我们这边很多人都知道你哪。"

她的意思是说,在北京我不怎么样,但在我们这个小地方,也大小算是个作家了。真让我哭笑不得。

"必须要在北京才能写作吗？"

"这倒也不是，北京的氛围可能好一点。不过也说不好，其实在北京我基本上也是一个人埋头自己搞。"

"那为什么不回来？"

我无话可说。有时候我也在怀疑，现在留在北京对我的意义到底是什么？是一种朝圣还是一个仪式？或者仅仅是一个蒙骗自己的形式和借口？

我说："我再想想。"

半个月后，我从故乡返回北京，正赶上边红旗搬家。不是完全意义上的搬家，尽管房间收拾空了，但他要求这个房间还为他保留着，过一段时间他还会再搬回来，下半年的房租他都交了。严打开始了，据可靠消息说，抓到一个是一个。老边担心连累我们，也担心住在这地方太显眼，他要搬到一个偏僻隐秘的地方。那天帮他搬家的是他的两个办假证的朋友，车也是极相熟的人的，彼此都信得过。大大小小的东西一车全运走了。我要送他到新居，边红旗说算了，那地方实在不是人待的地方，而且，他压低声音跟我说，为了安全起见，他们相约不把地址告诉外人，请我们多包涵。

临走时我们送他下楼，沙袖磨磨蹭蹭在房间里不出来，一明就叫她快点，老边要走了，我们送送。

沙袖在房间里大声说："送什么送，是搬家又不是去死！"

边红旗笑笑说："沙袖说得对，我又不是去死，别送了。搞得跟遗体告别似的。"

尽管如此，老边和我们还是在楼下等着沙袖来告别，但沙袖终究没有下楼。我只听到她在房间里打开崔健的摇滚，声音巨大。她让我越来越看不懂了。

北京杂种

边红旗的新家我去了一次，完全出乎我的意料，他竟然住在蔬菜大棚里。那地方已经靠近香山了。

有一天傍晚，我在房间里关电脑，正准备陪沙袖下楼买菜，边红旗打我手机。他说他一个人在北大里面转悠，想约我一起吃个晚饭。我说只我一个？一明和沙袖呢？

"算了吧。就你一个人，"边红旗说，声音有点低沉，"他们俩以后再请。"

我说好吧，听他说话那死样子，好像有点事。我跟沙袖说，有个朋友找我谈点事，晚饭顺便就在外面吃了，菜场我就不陪你去了。

沙袖说："怎么全世界就我一人不忙？一明不回来吃了，你也不吃了，我还做什么劲？好了，你们都走吧。"她把手提篮往地上一扔，进房间关上了门。

我又给边红旗打电话，我说老边，就剩沙袖一人在家，叫上吧。

边红旗结巴了半天才说："好吧，就怕她不愿意。"

沙袖果然不愿意。她在门里说："我说过了不去，说不去就不去！"

我只好自己去了。还不到吃饭时间，我们在未名湖边上碰头。边红旗蹲在垃圾箱旁边的石头上抽烟，以便于把烟头扔进垃圾箱里。

一根接一根地抽。

"你在这儿抒什么情？搬走了连电话也不打了。"

"想打，没什么说的。"

"没什么说的你找我干吗？"

"有点难受。我在湖边转了一圈，发现很久都没有写诗了。"

"靠，你没写诗就难受了，我没饭吃那该怎么办了？"

说完我自己都呆掉了，从什么时候开始，我在北京考虑的只剩下了吃饭问题？我也蹲下来开始抽烟，一左一右守着垃圾箱，抽完了就扔进去。未名湖水里的天色暗下来，在湖边看书和谈恋爱的学生陆续离开。出了北大我和边红旗再说文学可能会矫情，但在湖边，愁闷还是沉重和真诚的。

边红旗的最后一个烟头没有扔进垃圾箱，而是用脚碾，碾完了对着湖水吐了一口痰，说："他妈的，喝酒去！"

我们在北大艺园二楼的餐厅里要了一盆水煮鱼和几个小菜，开始喝酒。问他最近过得怎么样，他说躲在塑料大棚里日子还能好到哪儿去？

"你怎么住塑料大棚里？"

"安全，"边红旗招手让小姐拿了一盒"中南海"，"现在也难说安不安全，警察要想搞你，世界上就没有安全的地儿。前几天就有一个哥们儿被逮了，傻蛋一个，就住派出所对面，真以为最危险的地方就最安全。"

"想象不出那地方怎么住。"

"要不，过会儿去看看？"

"不是不带外人去么?"

"操,你是外人?"老边喝多了就大舌头,"你以为我在北京还有几个朋友?吃完了我就带你去,不去也得去。"

要不是边红旗拉着扯着,我还真不想去,他说了,有点远,快到香山了。我们在西苑转了一趟车,晃荡了很久才到。下了车他带着我沿一道墙根往前走,大约五分钟,前面一片开阔的野地,房屋稀疏,都是平房,找不到路灯,幸好月亮还不错。他指着西北角,那儿。我看到了一排排塑料大棚拆掉后的墙框,两头是一个个简易的小棚屋。很多小屋里透出灯光,听见有人在说笑,还有电视机和收音机的声音。这些小屋里住的都是外地来的民工、生意人,当然也有不少办假证的。

"你们都住那里?"

边红旗答非所问,指着一棵树底下黑魆魆的隆起的地方说:"看见那个土堆子?我的假证什么的都埋在那里。有人藏在树上,有人塞在砖头底下,一人一个地方。反正不能放在屋里。"

我说:"靠,开了眼。跟地下情报组似的。"

边红旗的小屋里有两个人跷着脚丫子在看电视,其中一个是那天帮他搬家的老乡,跟他住一个屋,另一个是来串门的安徽人,同行。看见外人进来了他们愣了一下,老边的老乡随即下了床跟我握手:"大作家来了,欢迎欢迎啊。"

安徽人也站起来对我笑笑。边红旗说:"什么大作家,我兄弟!不是外人,我兄弟!"

屋里够简陋的,蔬菜大棚想豪华也豪华不起来,生活用品乱七八糟地丢满一地,做饭的一套家伙放在门外搭起的另一个更小的棚子里。

"我看你还是搬回去吧。"我说。

"过段时间再说吧。"

他要给我倒开水,几个水瓶都是空的,就从床底下摸出两瓶啤酒,用牙齿咬开盖子,让我解渴。我哪还能再喝,就给了他老乡和那个安徽人。

他老乡说:"老边,听说青头被抓了。"

边红旗一屁股坐到床上,说:"抓就抓呗。好好的人蹲家里还要死呢。"

他老乡又说:"风声更紧了。"

"哪天不紧?"边红旗说,从床头的一堆乱书里挑了半天抽出一本书来,翻到一页给我看,"谷川俊太郎的诗,写得真好。这几天看得我难受。"

边红旗在这里读诗,有点意思。我接过来,书中选了日本诗人谷川俊太郎的几十首诗,我也很喜欢。我们谈了一会儿这个日本诗人,我就告辞了,再迟了公交车就没了。临走时我带上了谷川俊太郎的诗,边红旗说,值得好好看。

回到承泽园已经十一点半了。我正在换拖鞋,一明一脚踹开了我的门,冲着我的下巴就来了一拳。我一屁股坐到地板上,完全给他搞蒙了,觉得下巴都掉下来了。我在地上摸另一只拖鞋,半天才在屁股底下找到。穿上鞋还没站直身,又来了一拳,我重新坐到地上。他指着我,手指直哆嗦:"你,你他妈浑蛋!"

他还要动拳头,被我抓住了。我摸了一下嘴和下巴,鼻子出血了。张嘴变得困难,活动了几次下巴才说出话来,我说:"你神经病啊,打我干吗?"

"你比我清楚!"

我又不懂了。我找了卷纸塞住鼻孔,脸仰起来,说:"你疯了是不是?"

"袖袖有了!"一明疲惫地坐到我床上,用拳头捶我的床。

"什么有了?"

一明又愤怒了,跳起来揪住我衣服,眼珠子都快把眼镜给顶下来了。

"你还装蒜,我瞎了眼找了你这个朋友!好,我就让你告诉我,你什么时候跟袖袖,那个的?"

我终于明白了,沙袖怀孕了。他认为是我搞的鬼。

"你瞎说什么?"我一把将他推回床上去,"神经病!这事要问你自己,关我屁事!"

"她说不是我的。是谁的她不说。"

我一下子愣掉了,沙袖怀孕跟他无关?真是怪事。

"那也跟我没关系啊。"

"整天待在家里,除了我,不是你是谁?"

"沙袖说的?我找她。"我抱着下巴拍她的门,"沙袖,你出来!你为什么诬赖我?"沙袖躲在房间里一声不吭。我用力地拍,还是没有动静,"你出来沙袖!"

拍了半天她就是不答应,我只好回来,一明站在我门口,他不知道该用什么样的眼神看我。我突然想起点什么,问他:"她真的有了?真的不是你的?千真万确?"

"我也以为是我的,戴了套也不是百分之百保险,但她说了,不是我的,她和别的男人那个过。那些天她和我怄气,好像我们也没干过那事。"

"那老边呢?"

"可能性不大,她对边红旗感觉不太好。"

"这是两回事,"我说,赶紧跑洗手间洗冷水脸,鼻子又流血了,"你先问沙袖,问清楚之前不要瞎猜疑。"

我洗过脸止住了鼻血,一明的门大开着,他对着沙袖大喊大叫。一明气坏了。我关上门给边红旗打电话。

"沙袖有了。"

"沙袖有了?啊,什么?你说什么?"

"沙袖有了。"

"你什么意思?"

"没什么意思。"

"不可能,"我能听到他从床上坐起来的声音,"怎么可能?就一次。"紧接着又说,"她跟你说什么了?"

"什么也没说。"我说,关了手机。

刚关上边红旗又打过来,边红旗说:"我,明天我过去。你跟一明说,我对不起他。"说了一句就挂了。

这时候我听见一明在叫:"边红旗,狗日的,我杀了你!"他从房间里冲出来,头发都乱了,在客厅里跳来跳去,他不知道自己要干什么,想了半天才想起要打电话。我把电话按住了。

"你别拦我,我一定要杀了这狗日的!"

沙袖在屋里安静地说:"跟别人没关系,是我主动的。"

一明抱住我好长时间也没把声音哭出来,他的头在我肩膀上摇来摇去,把眼镜也甩掉了,摔碎在水泥地板上。除了那次他父亲去世,我从没见过他这样哭过,一点声音都没有。

今夜无人入睡。一明在我房间里抽烟,把我一直舍不得抽的两包"中华"烟都抽完了,我也陪着他精神抖擞地坐到了天亮。沙袖偶尔去卫生间,拖鞋经过客厅的声音异常清晰。

第二天一早大家的精神就不行了,我下楼买了早点,他们俩都没吃,也不说话,人都变旧了,老了好几岁似的。一明躺在我的床上,两眼半睁着。我告诉他,边红旗今天要来,一明的眼睛大一下就闭上了,眼泪流到我的枕头上。他把枕巾抽出来蒙上脸,又开始了没有声音的哭泣。我不知道他在想什么,是对边红旗的即将到来充满愤怒,还是恐惧?我想是兼而有之。这个白天前所未有地安静,天气凉爽,有点像深秋,往深处静,往绝望处静。它被安静深埋起来。

直到晚上他们才开始吃点东西。我先劝一明,我说你是男人,能承受的要承受,不能承受的也要承受,沙袖还看着你哪。一明一边吃一边流眼泪,他说除了父母去世,他没有这么死过,真跟死了一样。我说什么也别想了,一切都会好起来的。然后去劝沙袖。她抱着膝盖坐在床上,两眼发直,我熬的稀饭放在一边都快凉掉了。

"吃点吧,沙袖。你大概不知道,你一直是一明的精神支柱,你垮了，他也就不行了。"

沙袖埋下头，声音沙哑稀薄，她说："你去看看一明。我吃。"

那天边红旗最终还是没有来。开始我也不希望他过来，但是不过来归不过来，总该给我打个电话问一下情况吧，他是彻底没有音信。我很火，无论是作为朋友还是作为一个当事人，我觉得他都不地道。晚上我到卫生间里给他打电话，关机。拨了好几次都不通。他在逃避，这让我更火，后悔把他带进这个承泽园来，罪魁祸首是我，完全是引狼入室。

第二天边红旗的手机还是关着，我忍不住去了蔬菜大棚，我来讨伐。他的房门虚掩着，他和他老乡都不在。一股浓重的臭脚丫子味扑过来，屋里比前天晚上更乱，床上的书乱七八糟摊了一床。我掩上门，看到旁边一个民工模样的男人在门前引煤球炉，就上前打听。

"你是谁？"他很警惕。

"我是他朋友，上次来过的。"

"哦，"他说，低下头继续引炉子，"昨天被警察抓走了，一起抓了好几个。"

我在炉子前站了一会儿，烟扬出来呛得我鼻涕眼泪都出来了。我谢过那人开始慢腾腾地往回走。说抓起来就抓起来了。我重新打开他的房门，看了看，又关上。走到大棚的尽头，我看到前天晚上看到的那棵树，是槐树，树下的土堆被掘开了。看来边红旗真的被抓起来了。

你是谁？ 从哪里来， 要到哪里去

关于沙袖肚子里尚未成形的孩子，他们俩发生了争执。一明觉得极其别扭，这不是自己的地里被别人抢先下了种那么简单。这种子是一个人，它有朝一日要来到这个世界上，和自己生活在一间屋子里，和他面对面坐在一个饭桌前吃饭。他不能想象，如同不能想象边红旗每天都要在他们的生活里插一杠子一样，那个孩子的眼里闪动的是边红旗的目光。他要沙袖做掉。

沙袖一度答应的，但是后来又变卦了。变卦的原因我不是很清楚，好像是一个女人打电话来，找一明，听口气跟一明很熟，而且不是一般的熟。不知道是不是沙袖太过敏了，要么就是那个开宝马的白领打的。总之那个女人的声音改变了沙袖的决定，我听到她挂电话的声音，简直是摔。听到动静我从房间里出来，她站在电话旁边，手按在上面，人在抖。

"做掉。"一明还在坚持。

"不，"沙袖脸转到一边，"这孩子是我的。"

"可他不是我的！"

"是，他不是你的。有什么是你的?"沙袖的声音十分悲凉。

"做掉！"

"我不做。"

一明的决定无效，那个可耻的小东西不在他身体里。一明受不了沙袖的决绝，彻底垮了，他蹲下来的样子像个囚犯，捶脑袋揪头发都干。他不坐沙发，就蹲着，或者坐在地板上，烟头扔了一地。我打扫卫生时，在沙发前扫出了很多头发，他的头发本来就不景气，现在更荒凉了。他们为此争论了两天，沙袖坚决不让步。她说："你怎么说我都可以，怎么做也都可以。我只要这个孩子。"

一明一气，在中午衣衫不整地离开家，然后就没回来。晚上也没回来，打他的手机不通，总说关机。第二天还如此。沙袖打电话问他的导师和同门师兄弟，也没人知道他的下落。我们都急了，四处找，把北京能找的地方都找了，就差打110和登寻人启事了。我们在外面跑了三天，回来后都很疲劳，尤其是沙袖，这些天她的休息和饮食都成问题，站在公交车上人都在抖。她老是问我，一明会到哪儿去呢？我说没问题，他不会丢了的，这么大的人了，一时想不通是正常的，不要担心。沙袖就说，他烦我了。我劝她不要瞎想，一明不是这样的人。晚上我随便吃了一点东西就睡下了。半夜里起来上厕所，看到沙袖房间里的灯还在亮，我轻轻地敲了几下门，门开了。沙袖还没睡，床上摊了一堆衣服。

"你在干吗？"这阵势我看不明白。

"我回香野地去，我走了他就会回来了。"

"不行，"我夺下她的箱子，"你就这么走了不是让他更担心？"

"可我真是想要这个孩子，"沙袖说，坐到床上捂住脸，这么多天第一次哭出来。"我知道我配不上他。我什么都没有了，一想到还有个孩子在我身体里，我才觉得我还有点东西是自己的。你知道吗，我在这里总觉得飘着，脚不着地，它让我实在一点。你不会明白的。"

我的确没法真正体会到她的感受,我不知道一个尚未成形的孩子对母亲和沙袖这样的女孩意味着什么。可是我得阻止她继续收拾,他们的事情是要他们自己解决,但也应该等一明回来再说。第二天我早早就醒来了,睁开眼就想一明会去哪,突然想起了香野地,赶快爬起来找沙袖。她已经起床了,正坐在椅子上发呆。

"一明是不是回老家了?"

"没回。他走的第二天我就打过电话了。"

"要不再问问,都几天了。有病只能乱求医了。"

沙袖又打电话。

一明果然在香野地。沙袖的母亲在电话里说,一明两天前回的老家。他说很久没有回来了,要给父母烧几刀火纸。她又问沙袖,是不是吵架了?一明回来时头发乱糟糟的,精神也不好,衣服脏得不像个样子。沙袖说没吵架,一直都好好的。她骗她母亲说,一明本来是到其他地方有点事的,临时决定回家,所以换洗衣服什么的都没带。她母亲说,没吵架就好,以后要好好给一明收拾一下,不能穿得这么乱糟糟的,男人嘛,出去得有个样子。

沙袖母亲又说,她爸陪一明去了坟地,他说一明在父母的坟前哭得死去活来,可心酸了。前天晚上一明还说,他要和沙袖结婚了,他说袖袖已经有了孩子,不结婚怕不太好。所以昨天上午,沙袖父亲陪着一起到派出所已经把证明开了,这几天他就回北京去。她母亲说,现在有喜了,一定要注意身体,可不能马虎大意,等日子差不多了,她就过来帮着照看一下,生了孩子由她来带。沙袖的母亲说了一大堆贴心贴肉的话,然后才想起来说,一明还没起来,要不要叫醒他接电话?

"不要了,让他睡吧,没什么事。"沙袖说,"我在这边挺好的,就是想家。你让一明带点家里的东西来,煎饼、咸菜,什么都行。"

沙袖放下电话就开始哭,整个人瘫在椅子上。这些天一直紧张,突然放下心来,她有点承受不住了。我说这还哭什么,什么事都解决了,一明我知道,他对你真是没的说,离不开你,你看,想通了不是天下太平了。

"担心死我了,他一定把自己折磨坏了。那几天他也不知跑哪儿去了。"

"可能是找个地方想事了。"

沙袖看看我,说:"你跟我说实话,一明他真的没变?"

沙袖的样子很无助,事实上她对自己的生活也无从把握,在这里,她完全失去了在香野地的坚强和自信。

"当然没变,这么多年一直没变。说实话,我挺羡慕一明的,有你这样一个顶梁柱支撑他的生活。"

"你在安慰我,我哪能支撑别人,自己都支撑不了。可我没有办法。"

不管怎么说,情况是好起来了。中午我们做了一顿不错的饭菜,也是这些天吃得最踏实最放松的一餐饭。吃完了睡午觉,要把亏欠的都补回来。我还在做梦,沙袖敲我的门。开了门,她说:

"你陪我去一趟医院。"

"干吗?"我还没睡醒。

"我想,还是不要了。"

"什么不要了?"

"孩子。"

我的哈欠打了一半,一下子睡意全无:"你要,做掉?"

沙袖点点头。

"一明不是想通了么?"

"可是,我觉得挺不好的,我也觉得别扭了。"

"是不是等一明回来再说?听听他的意见?"

"你要不陪我去,我就自己去了。"

我还能怎么说,只好去了。我明白她的意思,她想在一明回到北京时,看到一个和过去没有区别的清清爽爽的沙袖。说真的,这事我也不知道该怎么办。医生显然把我当成了沙袖的男朋友,上来就责怪我一点都不用心,现在到处都是卖套和避孕药的,就不知道防护一下,只顾自己快活,让女人遭罪。

"多久了?"长相慈蔼的女医生问。

"不太久。"沙袖说。

"反应强烈吗?"

"还行。"

"什么叫还行?"

"不太强烈,"沙袖说,然后胆怯地问医生,"很疼么?"

"不动手术,服药就行了。新出的药。你们这些年轻人啊,都快做爸爸妈妈,平常也不注意学习一点生育知识。决定了?"

沙袖说:"决定了。"

医生又看看我,我赶紧说:"是,医生,决定了。"

医生唰唰唰开始开单子，把单子递给我的时候叹息一声："又是一条命啊。"

这句话让沙袖出了门就哭了，她靠着墙，觉得身体发虚。我扶着她坐到椅子上，让她等着，我去取药。付药的医生从窗口递药的时候，在口罩后面意味深长地看了我一眼，搞得我很不自在，她大概觉得我是个杀人犯。我真是替人受过啊，是边红旗还是一明？

从香野地回来，一明气色好多了。他带来了不少香野地的特产，还带回来一块玉佩，是沙袖母亲当年生沙袖时戴过的，她说这是块吉祥的玉，可以保佑孩子在母腹里的成长，对将来顺产也有很大的好处，她让沙袖从今天起就戴上。沙袖拿在手里看了看，放到了抽屉里。

"戴上啊，"一明说，"你妈说戴得越早越好。"

"没了。"沙袖说，起身去了卫生间。又哭了。

一明看看我，我说："她还是决定做掉了。除了你，现在她什么都没有了。"

一明的表情很复杂，说不清楚。他自己大概也说不清楚听到这个消息是什么感受。生活瞬息万变，很多事情都来不及让你想明白，来不及让你接受，就变了。我指指卫生间，让一明过去，他们的生活需要重新开始了。

本来想抽个合适的时间去看看边红旗的，听一个和警界有关的朋友说，这一茬抓的人都关在看守所里，还没判。我想一个人去，不让一明和沙袖知道，边红旗无疑是他们生活里最为浓重的一块阴影。还没成行，家里又打来电话，母亲说，有急事，他们托人给我在市里的晚报社找了个工作,很不错的,要我回去面试,越快越好。我说我不想回去,母亲很不高兴,说我不懂得父母的辛苦,他们在家为了我的将来伤透了脑筋,我却不领情,偏要留在一个人生地不熟的地方,闯出个名堂也就罢了,都上顿不接下顿了还不回头。这句话说到了我的痛处,几年了,我就过成这样。母亲又说,她和父亲眼看入土半截了,想过几天放心日子我都不让,养个儿子还有什么意思。母亲威逼利诱之后,姐姐又来电说,要我明家理识大体,父母大半辈子不容易,他们想抱孙子都快想疯了,几乎到了见到邻居家的小孩都流口水的程度。一句话,如果我尽快回去娶妻生子,完全是在为我们家做贡献,老祖宗都会感激我的。这些都是大话,说到底,他们其实是担心我再混下去,什么都得不到,最后连基本的事业和正常的生活都丢了。

放下电话我就开始抽烟,开始想,一副痛定思痛的模样。几年了,我在北京到底干了些什么?北京对我的意义到底在哪里?过去不是没想过这个问题,但都是一闪念,过一下脑子就忘了。是啊,为什么偏要留在北京?为什么那么多人削尖了脑袋要在北京占下一块地方?大家就那么爱北京么?我想肯定不是这么回事,但是,为什么很多人混得已经完全不像样了,还放不下这个地方?烟盒里的烟都抽完了,还是没想明白。

可是面试的日子已经定好了,由不得我不回去。

回到家,父母见了我眉开眼笑。他们说,应该没什么问题,晚报社好着哪,在我们这地方算是很不错的单位,关键是人家赏识我,将来的前途至少不会差的,据说编制问题也会尽快解决的。这不是一般的诱人了，难怪我父母扛不住。

面试的时候是那个女孩陪我去的，就是上次别人给介绍的女朋友，姓童，我叫她小童。上次见面之后，我们一直联系，打电话，发手机短信，感觉很不错，有点像热恋了。小童让我不要紧张，她爸已经和报社社长兼总编打过招呼了，应该不会有问题。我父母所谓的托人，大概就是托她爸了。他们十二道金牌把我招回，也算是一举两得。小童在我父母和姐姐的监督下，把我收拾得很利索，让我觉得镜子里的那个人看起来还像模像样。

小童直接把我带到社长办公室前，敲门，出来一个头发花白的胖老头，我在本地的电视新闻里见过。

小童说："余伯伯好。"她的手在我身后碰碰我，我说："余总好。"

老头呵呵笑了，"疯丫头，两年多没去我家了吧？越长越漂亮了。"他又看看我，"这就是，啊？丫头，眼光不错嘛。进来，进来。"

小童对他撒了一通娇，说："他胆小，可不要乱吓唬啊。"

老头说："我敢吓唬他，那你还不跑到我们家，把冰箱里的东西都吃光。"

"多少年前的事了，余伯伯还提。"

"好了，不提，说正事。"老头坐到老总椅子上，从档案夹里拿出一大堆纸，随便翻了翻，"丫头送过来的资料我都看了，文章写得很不错，有几篇小说我也很欣赏。年轻有为啊。一会儿几个部门领导都过来，问什么你就说什么，放松点。"然后给秘书打电话，让她把有关领导叫过来。

我看看小童，她竟然把能找到的我的东西都复印下来了。她说：

"是写得很好嘛。"

过来三个男的一个女的，围坐在旁边的会议桌前。老头介绍，我向他们一一致敬。然后就开始了。开始也是随便说。他们分别把我赞扬了一番，说我是眼下本市十分活跃的青年作家，写出了不少质量上乘的小说和散文，虽然人在北京，但是留有余香，能回到家乡效力，理当欢迎。尽管他们夸得还算有节制，但我还是觉得十分难堪，当时我的脸一定被他们夸得青一阵紫一阵，身上开始流汗，真如芒刺在背。接着是闲聊，让我说说对北京的感觉，对北京报业的看法，以及对晚报的一些想法。我就顺嘴瞎说，想到哪说到哪。他们都嗯，或者点头，或者微笑。大概情况就这样，他们都觉得我很不错，年轻，有锐气，有想法，有才华。他们当着老头的面，凡事都说好。接下来我退场，在门外等他们商定结果。大约五分钟，我刚抽完一根烟，一个领导让我和小童进去。

结果出来了，老头说，综合各位领导的意见，面试很成功，他代表晚报社向我表示祝贺，从现在开始，我就是晚报社的一名员工，可以回去准备一下，也可以明天就来报社上班。鉴于我对本市的社会各界情况还不是很熟悉，先让我做一段时间记者，各处跑跑，到时候再视工作情况另行委任。领导们鼓掌，一一和我握手，祝贺我重新成为本市的人。领导们散会了，老头向我和小童表示祝贺，问小童，什么时候请他喝酒。

"随便什么时候。"

"那不行，是那个酒。"老头天真起来也挺可爱。

小童挎着我的胳膊，说："余伯伯，你再说，我就去你们家把你们家冰箱里的好东西全吃光。"

老头呵呵地笑,"丫头也不好意思了。好了不说了。"他拍拍我的肩膀,"小伙子,好好干,先做一段时间记者锻炼一下,对你有好处。还有,要好好对我们的疯丫头,我可是看着她长大的。"

我点头答应。

出了报社,我把领带解下来,到路边买冷饮。刚喝两口水,一明打电话来。

"怎么样?面试顺利吗?"

"还行。"

"那就没问题了。祝贺你!什么时候再回北京?"

"再说吧,可能要过几天。结婚的事筹备得怎么样了?"

"差不多了,我和袖袖决定简单一点,就几个人吃个饭,喝喝酒。你一定要赶回来喝喜酒啊。对了,袖袖让我问一声,你什么时候结婚?她想看看你那位哪。"

我看看小童,她听见了,对我嘟了一下嘴低下头,来回地转手里的矿泉水瓶子。我揽过她的肩膀说:"尽快吧。"

2004 年 5 月 19 日,在北大万柳

逆时针

1

周围的人都坐着或蹲着，段总的父母站在电子大屏幕底下，显得很高。段总母亲说，这是为了让儿子好辨认。火车提前二十分钟到站，他们出了站发现广场上人多得像赶集，就找了这人少的地方站着。屏幕上在播新闻，有个国家着了火，半边领土都烧红了。段总的父亲刚抽完烟，丢烟头时对儿子说，地方小就是没办法，一把火都扛不住。说话时左边的嘴角往上拽，好像说句话花了他不少力气。段总跟父母介绍我："秦端阳，跟你们说过的。"

"嗯嗯，端阳，好名字。"老爷子郑重地要跟我握手。

我放下那只破旧的藤条箱子，伸出手："伯父好。"

"别，"老爷子摆摆手，左嘴角又往上拽，"叫老段。"

我看看段总，平常我都称他老段。我俩一个系毕业，他是高我四届的师兄，别人都叫他段总，我不习惯，当面从来都是老段。现在来了个更老的老段。段总说:"就老段吧,别跟他争。"路上他就跟我说,他爸拧,得顺着。那就老段吧。

段总又说:"妈,房子就是端阳帮找的。"

我赶在老太太要夸我之前就说:"伯母好。"

老太太没来得及说话,老爷子的左嘴角又扯上去:"叫老庞。姓庞。"

"就老庞,"老太太说,"都这么叫。给你添麻烦了。"

我说哪里,应该的。好么,一个老段,一个老庞。这老两口。

上了段总的车,老段坚持把藤条箱放座位上,要让它也看看窗外的北京。这是老段第三次来北京,也是藤条箱第三次来。最早是"大串联"的时候,年轻的老段拎着新买的藤条箱挤上火车,转了大半个中国到了北京,看见伟大领袖站在天安门城楼上向半空里挥手,激动得藤条箱跟着一块儿抖。第二次是送儿子来北京念大学,一心想把藤条箱推销给儿子,革命传统不能丢,但当时的段总不答应,坚决又让他带回去了。那时候已经九十年代中期,不是所有的传统都能让人喜欢的。拿不出手。老段就拎着空荡荡的藤条箱从长安街上走了一趟,怀完旧就回家了。现在是二十一世纪的北京,老段把脑袋伸到车窗外,语重心长地说:

"真他妈大。来三次了它还大。"

老庞让他赶快把车窗关上,马路上汽油味太重,她犯晕。又让老段别瞎感叹,看什么都要插上一嘴,当老师都当出后遗症了。老段是光荣的人民教师,在小镇上撅着屁股干了三十年,教过的学生数以万计,还培养出了一个在首都念大学又在首都工作的好儿子。

在那个小镇上，空前的，至今也还是绝后的。老段笑眯眯地接受老伴的批评，多少年了，他早把这批评当成私密的夸奖。谁能教三十年的书又培养出一个好儿子？全镇找不出第二个。再说，北京的确他妈的很大，来三次了照样大。所以老段又重复一遍："就是大。"

车在四环上都跑不动，堵得不像样。辅路上的车头挨着屁股，慢得像一动不动，这条路如同一个狭长的停车场。老庞有点急，也有点怕，她没见过这么多的车，过两分钟问一句到没到，她要看儿媳妇。段总的老婆快生了，老两口来伺候月子，帮忙带孩子。段总说，再拐两个弯就到。两个弯很漫长。出了四环，我指了一条近道斜插过去，车子又兜了几个圈子停在一片平房前。

老段说："不是住二十一层么？"

"这是您和妈住的，"段总关上车门开始拿行李，"租的。"

老庞掐了老段一把，说："平房好，踏实。住高了害怕，都到天上去了。"

我赶紧跟他们解释，这地方环境其实不错，旁边就是一个小公园，平常可以散散步锻炼身体，周末晚上天要好，还会放两场露天电影。买东西吃饭都方便，离段总的住处也不远。段总那栋楼二十四层，步行过去一刻钟。我得拣好的说，这房子是我帮着租的。段总前些日子说，爹妈要过来，有合适的帮他留意一下。正好院子里有一对小两口要搬走，简单的一居，我伸着脑袋瞅了一圈，还不错，起码比我住的要好。段总说，你说好就好，拿下，多少钱都拿下。就拿下了。和我一个院子，我租的房子在柿子树右边，左边的就是这个。段总的心思我明白，老两口人生地不熟，靠我近，他照应不过来还有我呢。

铺盖和日用品新买的,整齐地码在床上,人到了就能开始生活。放下行李老庞又急了,要看儿媳妇。来这里不是为了过日子的,天底下没有比看儿媳妇更大的事。

段总只好说:"她在医院呢。"

老庞以为生了,眼都大了。这可是早产哪。这么大的事竟不早说,这孩子。要是胳肢窝里长出翅膀,她现在就要往医院飞。"娘儿俩都好?"老庞问。

"还有半个月,保胎呢。"

老庞把翅膀收起来,出了一口气,然后觉得现在就在医院保,有点早了。最主要的,在那个地方保,她使不上劲儿,那地方医生说了算。来之前她让老段把能搜集到所有针对孕妇的方子都写下来,煲汤的,进补的,当然还有保胎的。十六开大白纸整整六张。白折腾了。

"他们家人要求的,反正也花不了几个钱。"

段总的老丈人和老丈母娘在澳大利亚,帮定居在那里的儿子看孩子。段总说,他大舅子生了个大鼻子深眼睛黑头发的小杂种,长得还不让人讨厌。岳父岳母顾不上女儿了,但是坚决要把爱心遥控过来,电话里通知女婿,今天该干啥啥啥,明天该干啥啥啥,后天又该干啥啥啥。日程在南半球已经定好了,去医院保胎即为其中之一。

既然是人家要求的,他们就没法多嘴了。老庞看见老段正在点烟,一把将香烟从他嘴上揪下来,说:"就知道烧你的白纸棍!把鸡蛋拿出来!"老段把嘴角往上拽拽,从包里拎出一塑料袋挤扁了的煮鸡蛋,起码有十个,屋子里一下子充满了刚刚变质的煮熟的鸡蛋黄味。

2

老段戴着老花眼镜歪着头在院子里到处看。没住过这种大杂院的人都会觉得新鲜,屁大点地方竟然能住七家。户主其实只有两家,他们尽量把自家人都塞在一两间屋里,空出来的房间租出去。这还不算,我租的那家还在旁边自己动手盖了一间,单砖跑到顶,压两块楼板,再苫上石棉瓦,就算房子了。一样能租出去。在北京,你把猪圈弄敞亮了也能租个不错的价钱。不过老段老庞住的房子还是好的,几十年前正正规规盖起来的,青砖黑碎瓦,敦厚结实,屋子里空间也大。段总有钱,让老子住太差他没面子。贴着墙房东又盖了一间小屋,分成两个格子,一个做厨房另一个做洗手间,有电热水器,可以冲澡,所以是按一居室的价钱租给段总的。我租的没这些,只是一间光秃秃的屋子,十三个平方,和房东共用一个露天的水龙头,要洗澡得自己找澡堂,上厕所只能去巷头的公共厕所。夏天还好,到了冬天,半夜里北风跟逛大街似的没遮没拦地吹,撒泡尿需要相当大的勇气,所以我养成了坚决不起夜的好习惯。

老段歪着头一直看到我屋里。我跷着脚丫子在看小说,我老婆占据了我们唯一的一张桌子在校对一本书。她刚在一家出版社找到工作,编辑兼校对。有好选题就编书,没好选题就校对,这样她就能保证没活干的时候也能赚到钱。那张可以折叠的方桌既是书桌也是饭桌。在十三平方米的空间里,我们要最大限度地把生活化繁为简。

"忙呢,"老段说,"我就过来看看。"

"别啊,您进来坐,"我把屁股底下那张像样的椅子腾出来递给他,从床底下拿出个小马扎。我指着我老婆,"我媳妇,文小米。"

我老婆站起来说:"段伯伯好,我给您沏茶。"

"小——米,"老段把两个字中间的距离拉得很大,右手食指像教鞭一样漫长地点一下,长辈的意思就出来了,"端阳说你很听话,好。叫我老段。"

后来我老婆说,这老段,说我"听话"是啥意思?是不是觉得我傻,一心一意跟你到北京来混,苦日子也过得下去?我说你可不能这么想,他们那地方夸女孩子都这么夸,那意思是乖,贤惠,可爱,能吃苦耐劳。我老婆哼了一声,又给我灌迷魂汤,我也就剩这点美德了。我就继续安抚说,我老婆觉悟高,听话。不管这"听话"做何解,放在我老婆身上基本不算离谱。本来我们俩在苏北的一个小城里过得还不赖,有固定工作,前年我头脑一热,辞了工作来北京,把她也给鼓动来了。只能租这种小房子了。有半年的时间我们俩都找不到工作,眼看口袋越来越瘪,手中没粮我心里发慌,肠子慢慢就青了,有点后悔来这鬼地方。真他妈没事找抽型的。我老婆倒镇定了,既来之,则安之,就不信还能饿死在首都?后来我做了记者,正好碰上师兄段总当头儿,日子才稍稍安定下来。

那天老段来串门,坚持让我老婆叫他老段。我老婆也不客气,就给"老段"沏茶,然后问他和老庞住这里是否习惯。老段说得相当艺术,"北京太大,这里太小。""睡着了都不敢大声磨牙。"还有,"老庞说了,没事别往人家门口站。"老段说,没法不往人家门口站啊,出了自己门就到别人门前了。这么说时他笑了,他不但站过了我们家门口,还坐进了屋里。老段说:"跟我说说,公园在哪?"他有点憋得慌。

我决定带他过去看看,问要不要叫上老庞一起去。他说不用了,他找到了老庞也就找到了,她还收拾呢。我就让小米去老庞那里认认门,看能否帮上点忙,然后去了公园。

那公园不要门票,附近的居民都喜欢去散步和锻炼,尤其老头老太太。空气好,有树木和草坪,方圆几里,只有那里才能看到规模大一点的绿色。老段抽了一下鼻子,说应该让老庞来,她对北京的空气过敏,觉得到处都在泄漏汽油。又说,再好的公园也没法跟他家比。他的小镇是山城,漫山遍野都绿,野草深得都能埋人,像个巨大的氧气罐。家在半山腰的一块平地上,栽什么长什么,种什么结什么,退休了他没事干,在屋檐底下养了三十六盆花。"不知道现在怎么样了。"他惆怅地说,"屋后是片竹林,天没亮鸟就叫,比闹钟还准时。风吹竹林你听过没有?像弹琵琶,《十面埋伏》。"

我记不起来《十面埋伏》是什么样的声音。

"医院去了?"

"去了,帮不上忙。人家都弄好了,吃的喝的都记在本子上,叫营养配餐。医生护士一会儿一趟,一会儿一趟,晃得我眼晕。我跟老庞老碍人家的事,只好往墙角躲。晾那儿也招人烦。"

老段很失落。没事干,又人生地不熟的。儿子忙,他不在医院他们俩也没法去,儿媳妇的确是自己的,可不熟,来北京之前也就见过两次,跟见北京次数一样。人家跟你亲不起来,叫你爹妈也亲不起来,一句话嫌少两句话嫌多,大眼瞪小眼最后都不会说话了。都难受。还有儿媳妇的朋友、同事来探视,嘻嘻哈哈说私房话,听也不是不听也不是,只好在一边看着人家笑,因为总是微笑,脸上的肉都僵硬板结了,像两个头脑出问题的老傻子。老段还好点儿,可以隔三岔五躲进洗手间抽根烟缓口气,老庞连这点爱好都没有,只能守在那里干挨。

"多见几次就熟了,"我宽慰老段,"有了孙子就更熟了,那跟爷爷奶奶生来就亲的。"

听到"孙子"老段立马眉开眼笑了,幸福从心底里往上泛,哗地就铺满了一脸。就冲这小东西来的。老段说:"孙子好啊。个小狗日的!"

老段其实不算老,才六十,除了左嘴角说话会往上歪斜地拽,整个人都是直的,状态好时眉毛都打算立起来,一看就是好身板。时值黄昏,公园里的人多起来。狗也多起来,跟人一块儿遛弯。你想象不出竟有那么多的狗,而且一个比一个长得不像狗,有像猫的,有像熊的,有像熊猫的,有像狐狸的,还有像耗子的。正儿八经长一张狗脸的很稀罕。有只狗蹭着老段的腿要挨着他撒尿,吓老段一跳。他不是被突如其来的狗吓着了,而是被它那副尊容吓着了,又黑又瘦,肋巴骨一根根摆着,真不比耗子大多少,一把捏死问题应该不大。长得跟耗子还有点距离,具体像什么我看了半天也没看出门道。老段跳一下,让狗主人有点不好意思,大叫:"三郎,往哪撒呢!"是个四十岁左右的女人,也穿一身黑衣服,说句话浑身的肉都颤颤巍巍地抖,肚子上起码堆了三个救生圈。我怀疑她克扣了小狗的口粮。那狗接受了批评,立刻把后腿夹紧了,不尿了,却兜着圈子开始咬自己的尾巴。我头一次见到如此短的狗尾巴,几乎可以忽略不计,在尾骨那地方幅度极小地跳一下,又跳一下,像扑扇一只小耳朵。小狗够不着尾巴。越够不着越要够,整个身子就在原地转圈,像个推磨虫。老段一定也没见过,比我兴趣还大,脖子越伸越长。主人说:"三郎,还咬!"三郎翻了一下小眼,意犹未尽地正常走路了。

"狗也长变样了,"老段说,"原来不是这样的。我在北京住了好几天,要么狗,要么狼狗,顶多是哈巴狗。"

他可能又想起"大串联"了。我说:"这些年不是日子好过了么,进化得快了。"

"那也不能往耗子方向进化啊,"老段十分不理解,半天了又嘟囔一句,"长变样了你说。"

经过居民健身器材那一块,我问他要不要动一动。老头老太太大都爱往那里集中,慢悠悠地聊天、运动、过日子,玩什么器材都像在打太极。老段看看表,说还是先回去吧,老庞该等急了。他退休以后,老两口从来没有哪次分开超过两个小时的。我们就往回走,刚出公园大门,看见小米领着老庞正往这边走。人家说多年的夫妻成兄妹,他们俩是多年的夫妻成一个人。

老庞递给老段一粒含片,说:"怕你咽炎又犯了,就送过来了。"

够含蓄啊。

老段幸福又诡秘地对我笑笑:"我有慢性咽炎呢。老毛病。"然后对老庞说:"还是公园空气好,你要不要去吸两口?"

"还母园呢,"老庞说,"哪来那闲情!我倒是惦记了我那两只老母鸡。"

回到院子里,我们各做各的饭。段总提前把炊具都给配置齐了。小米炒菜我打下手。没有厨房,到做饭时就把电炒锅端到门外做,阴天下雨就在屋里凑合着糊弄一下。小米倒上油,小声跟我说,你猜段总他妈过去是干什么的?我哪知道,家庭妇女?业余接生婆!小米说得很隆重,跟说希拉里要竞选美国总统似的。他们镇上医院的妇产科忙不过来,经常把她请去。我还看见她收拾那套家伙了呢,大刀子小刀子,还有剪刀,磨得明晃晃的亮,一点锈都没有。真的。她说了,带过来就为了应急,怕来不及到医院。她还说,别看东西土,使起来顺手,接生自己孙子,她心里有数。

这老庞,真敢想啊。那剪刀还不知道是不是做裁缝用的。这要让段总老婆听见了,没怀上孩子也吓得跑医院去了。

"你听见她说那两只母鸡了没?"小米说,"就刚才。老庞特地给儿媳妇准备的,单喂。要么到山上捉虫子给它们吃,要么在饲料里拌中药喂,老中医配好的方子。大补,既能保胎,又能下奶。"

"那怎么不带来?"

"火车上哪让你带两只大活鸡呀?段总担心他们坐车累,托过去的同学提前给他们定了卧铺票。没办法。老庞本来想坐大巴来的,私人承包的车,想带什么带什么,赶头猪上去都行,只要你付足够的钱。"

"扔家里不是白喂了?"

"邻居给照顾着。等着想办法弄过来。来之前老庞把药饲料都调好了。"

我扭头往他们那边看,老庞正端着一锅东西从厨房出来,矮小精悍的一个老太太。老段背着一只手站在门外抽烟,两眼望天。

小米抱怨说:"你妈要能像老庞那样对我就好了。"

"我妈要是也那样,不是她抽风就是你抽风。你不怕我还怕呢。"

3

老段老庞去过三次医院,连着三天。第四天,正硬着头皮收拾要去,段总来了,让他们今天就别去了,在家歇着吧,医院里挺好的。老两口当然知道这不是儿子的意思,是"医院里"的,儿子只是替人家绕了弯子。这就是说,"医院里"也不喜欢来来往往的。可是,"来"就为了"往"的,不"往"谁没事千里迢迢"来"北京干吗?儿子建议,要不去圆明园、颐和园转转,离这不远,好不容易来一趟。老庞说,当我们旅游呢。

段总说:"要不,帮我把家里收拾收拾?自从她进了医院,就乱着。"

老庞说:"好。"总算找到事做了。这是给儿子打扫房间呢。

那天老两口在儿子的二十一层里一直干到了天黑。看上去哪个地方都清清亮亮,一抹布下去还是脏。都说北京风沙大,一点都没

错,大到一定程度门窗都挡不住,该怎么进来还怎么进来。都收拾好,老两口子坐在沙发里相互看看对方,迅速达成了两个共识:

1. 这是个好家;

2. 看样子儿子的确闹大了。

如果说他们还有第三个共识,那就是:好,真他妈的好。"他妈的"是老段加上的。段总的家我去过几次。一百六十平方米,光卫生间就两个。有时我里里外外看我十三平方米的小屋,想如果再大十二倍会是啥样。想不出来。我念书时数学就不好,平面几何立体几何都差。没概念。回到家我从来没跟小米说过。这是朋友们传授的经验,在北京,千万别拿大房子刺激老婆,要出人命的。

段总的房子不仅大,还豪华。这其实根本都不用想。不豪华要那么大干吗?段总这几年发了,虽说只是报社的部门老总,那也是老总,我们报社的薪水从来不相互公开。段总老婆也有钱,家底子好,陪过来的嫁妆差不多就是一套房子。这没办法,先天的。现在她还在一家休闲的媒体上班。据段总的玩笑,她上班也就是个聚在一起聊天的由头。从去年开始,上班不只为了聊天,还为了炒股,一办公室的人都盯着电脑屏幕,不管哪个数字蹦一下,都会有人大呼小叫。然后大家相互讨论,论证之后再决定是继续攥着还是出手,或者是再进别的。段总的老婆在弄钱上很有一手,直觉好,别人赔了她赚,别人赚了她继续赚。因为遵从父母的越洋之命,提前住进医院,依然不忘炒股,一闲下来就用手机上网,看又涨了多少。

我东拉西扯这些的意思是,段总有钱是正常的,房子弄得豪华也是正常的。

那天傍晚老两口干完了活,要出门的时候才发现一直没换鞋,赶紧换上拖鞋把木地板又重擦了一遍。然后相互提醒对方,以后记着换鞋,人家不叫换也得想着换。

第二天下大雨,从早到晚就没停下。气温一下子就降下来,穿长袖T恤在外面走都有点冷。我在郊区折腾了一天,冒雨采访一个新闻。昨天傍晚报社得到消息,该地一小领导升官,更小的领导们集体为他送行,在饭店门口放了一挂三万头的鞭炮,响了一半突然停下了,半天没动静,一个看热闹的小孩跑上去看,鞭炮又开始炸了,那孩子大叫一声,左眼没了。这事在当地影响相当大,但是见到记者他们什么都不肯说,要么是没看见,要么是不清楚。我在医院见到了那孩子,除了鼻孔和嘴,整张脸都裹在纱布里。孩子问我:"叔叔,我还能看见吗?"我说:"能。"搞得我很难受。出了医院重新去找拒绝接受采访的主要当事人,要升官的领导,他手下的小领导,以及饭店的老板,总算从其中两个人的嘴里撬到了一点东西。采访完了才感觉到冷,回到市区已经晚上八点多了,正在一家拉面馆里边吃热乎的拉面边写报道,段总打我电话。

"跟我爸妈说一声,"段总的声音很急,他在医院,"可能要生了,已经进手术室了。"

我想不对啊,没到日子啊。我收拾笔记本就往家赶。老段和老庞正坐在我屋里说雨。因为儿子在北京,他们习惯了每天晚上看北京的天气预报,对北京气候跟气象局局长一样有发言权。老段说,两年了北京没下过这么大的雨。老庞看见我湿漉漉地回来,心疼地说，大城市活人就是不容易，你看端阳才回来，也不知道林子回来没有。林子是段总的小名。他们老两口刚刚去过段总的楼，站在雨地里数到二十一层的窗户，是黑的。他们坐在我的小屋里，加上小米，满满当当的，我进了屋转个身都困难。看老两口情绪还不错，我才说：

"段总在医院，可能要生了。"

老庞噌地站起来："这么早？"老段还茫然地看着我，被老庞一把拽起来："快，把我东西拿着，去医院！"

老庞到底是见过世面的，这时候还不忘把她的那套家伙带上。只是她没想到这里的妇产科跟他们镇上不一样，来多少产妇医生都够用。除此之外，她还让老段从藤条箱子里拿出一个包，那里面有她在家时一针一线缝出来的几件小衣服。我们四个打一辆车，都去了。雨小了一点，马路上的水排不掉，车跑起来像船。老两口一个劲儿地催司机，快，快。司机说，那我也不能飞啊。

段总正在走廊里这头转到那头，手里捏着根烟捻来捻去，这地方禁止抽烟。请的二十四小时护工看雇主站着，也不好意思坐，半倚在墙上。她一点都不紧张，尽管只有十九岁，但生孩子的事她见多了。她跟段总说，没事，生出来就好了。说得像"肚子疼时，上趟厕所就好了"一样清淡。段总的一颗心哪放得下来，自己的老婆和孩子呢。我们四个人并排冲进走廊，段总也没觉得有多隆重，只是心不在焉地说一句：

"都来了？"

我说："过来陪你抽根烟。"

老庞说:"人呢?"

段总指指里面。肃静。医院这种环境,看起来白得像一无所有,其实重得压死人,哪个想在这地方大声喧哗。老庞习惯性地要冲进手术室,被老段拦住了。这是北京的妇产科,别跑顺腿了。段总说:"妈,别担心,主刀的大夫是这里最好的。"

老庞掂量掂量手里的家伙,好像对"最好的"大夫也不是很放心。她问:"怎么会这样?"

"下午她到医院门口去,遭了点雨,受了凉。"

老庞立马严厉了,指着护工:"你怎么让她往雨里跑?这都什么时候了!"

"我是不让的,"小护工打着手势辩解,"可她非要去网吧。我去个厕所她就下楼了。"

"什么网吧?"老庞不懂。

"就是上网的地方。"老段说,"用电脑上网查东西。是吧端阳?"

我说是。我正背着笔记本,做好了持久战的准备,如果段总的老婆迟迟生不出来,我可能得陪他们一夜,我得赶在天亮之前把稿子写出来。

段总说,跟护工没关系,是他老婆自己的问题。不仅是淋雨着了凉,还有个原因是受了刺激,股票今天大跌,掉下去的速度有点惨不忍睹。他老婆买的两支股都赶上了。本来她午饭后躺床上迷迷糊糊要睡着了,一个同事给她电话,说完了,跌了;跌了,完了。跌之后的数字让她一直凉到脚心。她赶紧打开手机上网查,刚拨溜几下手机没电了。关键时候掉链子,她一定要出去找个网吧亲自看两眼。怎么可能跌成这样，简直没天理。小护工不让去，那也不行，一分一秒都是钱呢。钱是什么？他妈的血和汗，还有过日子的信心和平衡感。换了衣服就出去了，雨下得正酣。肚子挺出去太多，一把伞管不了全身，再加上风吹过来再吹过去，除了头发还算干的，其他地方都湿了。这问题还不大，关键是电脑上显示的股票曲线，一点弧度都没有，完全是九十度垂直往下掉，跟谁照着直尺画的悬崖似的，血淋淋的绿，能听到咣当一声摜峡谷底的声音。当时她身边上网的人就听到有人惨叫一声，而她自己则是听见肚子里有人惨叫一声。她抱着肚子就不行了。

老庞不明白："炒什么股？股怎么炒？"

老段继续充当解说："就是把钱放到电脑上给人花，再下小钱。"

"自家的钱为什么给人花？还能下小钱？"

"人家花你的，你也花人家的嘛。你多花点不就赚了？"

老庞更糊涂了。老段因果关系也连不上去，干脆说："不说了，说了你也不懂。"左嘴角拽得更厉害了。

老庞也就不再问。她安慰儿子说："林子你放心，不会有问题的，妈在这里。"

小米在身后掐了我一把，我知道她想笑，于是我回掐了她一把。不该笑的别乱笑。

六个人突然都没声音了，安静得有点怪异，都伸头踮脚往手术室里看，看来看去还是那扇门。段总走到我面前，在我耳边小声说：

"其实也就十来万。女人哪，就是扛不住个事。"

我不知道他这话是啥意思，也许是因为紧张，所以我建议一块儿去洗手间抽根烟。这是眼下放松神经的唯一方法。

段总的老婆在手术室里折腾一夜,想生,感觉总是不能完整地找到。要是剖腹产早就完事了,但她不,提前跟段总商量过了,不到万不得已不切一刀,怕肚皮上留道疤。她看见过女同事小肚子上的那道生命之门,打开容易,关上也容易,但你想关得不留门缝不容易。后来医生累了,她也累了,只好切了。那会儿天都亮了。

在这之前,我跟段总和老段去了洗手间好几次,抽烟。三个男人躲在厕所里抽烟还是挺有意思的,像三个黑手党。都为了等孩子,但对孩子其实知之甚少。老段也是外行,有老庞那样能干的老婆,我不用猜都知道老段在家就是个甩手掌柜。他只是半天问儿子一句:"男孩?说定了?"段总只好一再重复:"B超说的。"除此之外,说得最多的就是股票,也就是涨涨落落的事。段总不炒股,不是他不关心这事,而是没时间,报社的事情实在太多。到了凌晨,他们爷儿俩出了洗手间,我留下来,坐在马桶盖上打开笔记本,得把报道写完。

小米和护工陪着老庞坐在椅子上,到了后半夜两个年轻人蔫了,下巴开始往下挂,过几分钟就要点两次头。老庞依然精神抖擞,一直握着她的那套家伙跃跃欲试,一脸革命前的表情。直到护士面无表情地推开门说:

"女孩。五斤四两。大人小孩都正常。"

老段、老庞和段总几乎同时跳起来。

老段绝望地说:"三代单传哪!"然后小声咕哝一句:"完了!"

老庞狐疑地看着护士的背影:"没生错吧?"她的意思是,是不是产妇多了，给弄错了。可是今夜分明只有儿媳妇一个人在生。

段总一直希望要女孩，我怀疑他说男孩是骗父母的。现在他显然很高兴，胳膊一挥，大喊："五四，耶！"跟当年参加新文化运动的大学生一样兴奋。

我们进了病房看段总老婆。伟大的母亲现在很虚弱，麻药还没有退干净，只扑扇两下眼对大家表示：看见你们了。除了段总，其他人都不敢太靠前。段总握着她的手，耳语了一句。后来，他让我猜当时他在说啥，我说你们两口子的耳边风我哪知道。段总就义正词严地交代了：

"我对老婆说：你是我们段家历史的终结者。"

4

生完孩子两天，我和小米去看段总老婆和孩子，当然段总和他爹妈都在。小家伙小脸还没舒展开，眼睛拼命地闭，整个世界就在眼前，她不看。我找了一些常用又保险的词句赞美了一下，只能这样，当时我实在看不出小老头似的有什么好。我老婆煞有介事地说，额头、耳朵和下巴像爹，鼻子、嘴巴和眼睛像妈，所以长大了一定很漂亮，把段总老婆乐坏了。不知道她从哪里看出来的，反正我是没看出来，都没长开呢。要我说，只像她自己。

段总老婆好受多了，刚喝完老庞在家熬的萝卜丝鸽子汤，脸明显大了一圈。剖腹产之后要把肚子里的气排掉，萝卜和鸽子汤都是治这个的。段总老婆躺着跟我们聊天，小米不懂事，冒冒失失问她有奶了没有？段总老婆赶紧摇头说：

"我才不要有呢！"

"没奶孩子吃啥？"

"奶粉啊。"段总老婆说，"朋友们早告诫我了，千万别母乳喂养，不好断；最重要的，"她顺手拍了一下小米的乳房，"喂完孩子就不成个样子。难看死了。以后你可得小心啊。"

我老婆脸唰地就红了，结结巴巴地说："那不都浪费了？"

"农民想法！肉烂在锅里，慢慢就没了。"段总老婆说，然后转脸对段总说，"说好了啊，喂奶粉。你订了没有？"

段总说："还真订啊？都说母乳对孩子好。"

"还有都说不好的呢！"段总老婆撒娇了，听声音我就知道撒得不小，"你说话不算数！我就要你订！"

段总眼看着就软了："好，订订订。过会儿我就打电话。就按大夫说的？好，没问题。"

老庞不同意，她也算半个妇科专家："还是母乳好，孩子聪明。奶粉里面你知道他们塞了啥东西，没准吃出毛病来。吃奶粉的小孩都黑。"

段总老婆没说话，只是对段总递了一下下巴。看来他们分工很明确。果然段总说话了："妈，你说的是那些国产的劣质奶粉，我们要订的是进口的，按配方生产，缺什么补什么，比母乳营养还全面。"

"也是营养配餐？"老段说。

老庞用脚后跟磕了他一下，老段不吭声了。这种事老公公插嘴不合适。老庞不死心，说："再好的奶粉也是奶粉，我就不相信，牛身上出来的能比自己亲妈身上出来的好？"

段总老婆只好亲自出马了。她说："一袋奶粉上千呢，人家更科学。"

段总也说："越科学越好。"

老庞就不好再说了。不是被庞大的"科学"吓着了。人家做爹娘的都共识了，做奶奶的这一杠子不能插得太过头，远了一辈呢。但她明显不乐意。晚上回到住处，在院子里转了好几圈最后还是进了我们的小屋，扯完半天咸淡，终于忍不住了。

"你们年轻人到底都是怎么想的？"她忧心忡忡地说，"还科学，牛能比人更科学？祖祖辈辈都是吃娘奶长大的，有点钱倒变天了，改随畜生了。"开了头老庞有点打不住，也不避讳了，"女人不喂奶，长那两个大泡泡袋子干吗？留着看？叽里咕噜乱晃荡，干活都碍事，有什么好看的！"我老婆脖子都红了，老庞视若无睹，继续发牢骚，"林子当年要不是吃我的奶，哪能长成这样？我们邻居，建军他妈，生下孩子就没奶，建军吃奶粉，你看给吃的，黑不溜秋跟从小煤窑里爬出来的，学习也不好。没办法好啊，头脑跟不上。跟林子一个班念的，林子考来北京念大学，建军呢，给人家开大卡车，还三天两头出事，今天压死只鸡，明天碰断棵树。他妈天天在家给菩萨烧香，求老天爷保佑别撞上人。你说糟不糟心。"

小米看这架势三两分钟是解决不了的，索性放下手里的校稿，向她请教点育儿经验。我们俩眼看着就三十了，提前学学没坏处。你没看见段总他老婆，自从决定要孩子，又是逛书店又是上网搜索，还去听专家讲座,床头一摞书,《育儿宝典》《新妈妈手册》《健康宝宝快乐妈》《你想做天才儿童的父母吗?》,等等,每晚睡觉前都要钻研半小时。

小米问:"母乳喂养到孩子几岁合适?"

"只要孩子爱吃,多大都行。"

"那段总,吃到几岁?"我问的时候完全是一脸坏笑。

"三岁啊,"老庞自豪地说,"那段时间我老生病,怕传染林子,就一咬牙一狠心,决定掐掉。林子不习惯,还要吃,奶水好吃啊。我就在上面抹鱼胆。"

三岁的段总一试味道不对,苦啊,撇嘴了,再试,又撇嘴了。就说:有东西。问是什么?年轻的老庞为了速战速决,干脆恶心恶心儿子,说:屎。三岁的段总果然就不再吃了。在这之前,段总想起来就往老庞怀里钻,哪怕正在和伙伴们玩,想起奶味也会撒腿就往家里跑。

"就那会儿断了。"老庞说,"过些天我又问林子,还吃不吃?这孩子说,不吃,有喜。他小时候说话不清楚,把屎都说成喜。"

把我和老婆给笑歪了。我心想,不是母乳好么,段总三岁了还说不清楚一个屎字。

老庞也就对我们发发牢骚,段总两口子最后还是决定给孩子喂进口奶粉。又过了两天,段总老婆有奶了,胀得难受,老庞企图趁机再游说一下,段总老婆根本不搭茬,让大夫开了药水,几针下去乳汁又回去了。

段总老婆在医院住了半个月才回家。这段时间老庞和老段尽心照料，只要能做的都做，只要能想起来觉得有必要的，也做。虽然是个孙女，终结了段家漫长的男丁时代，但她还是姓段，还是自己儿子的骨肉，来不得半点马虎。儿媳妇虽说也不怎么太听话，总有让老两口参不透的仙点子，但还是儿媳妇，该怎么好还是怎么好，这点道理老两口还是明白的。人家不听你的也正常，你是来帮忙干活儿的，不是来替人拿主张的。

但是，该拿的主张不拿也不对。比如孙女的名字，爷爷那是理所当然要拿主张的。不拿是不对的。不能总宝宝、贝贝、宝贝贝地叫。孩子刚生出来老段就焦虑了，跟我借汉语大字典、唐诗宋词选和古文观止。本来以为生男孩是板上钉钉的事，突然改生丫头了，老段在家琢磨了大半年的一堆名字都没用了，只好连夜翻书。起码翻了三夜，老段眼珠子红得不行，把一堆书还给我了，说齐了。不仅找到了名字，而且还用他业余研习的阴阳八卦推算了一番，那是相当好的好名字。跟我们不能透露，要见到孩子再说。

老两口颠儿颠儿地把名字送到医院，段总告诉他们，名字已经取好了，叫段郑悉尼。老段当时就叫了，怎么成日本人了！听起来也不对味啊，段郑悉尼，猛一听像"端住稀泥"，这哪是个名字啊，不行。老庞见儿媳妇躺在病床上不吭声，本能地觉得有猫腻。她又问儿子一遍："叫什么？"

"段郑悉尼。"

老庞反应过来了。刚才懵懂是因为不懂地理。她早听说亲家现在在澳大利亚的一个啥地方，悉尼，就是这儿。明摆着，这专利亲家已经提前申请了。她跟老段说，挺好，就悉尼吧。她把两个字咬得相当重，老段只要不是突然老年痴呆不可能听不懂。老段嘴张开一半，果然不说话了。儿媳妇笑眯眯地说："爸，妈，别站着，坐啊。段，给爸妈拿葡萄吃。"老段和老庞坐下来，一颗葡萄吃了好几分钟。儿媳妇又说："爸，妈，你们别生气，名字不就一个代号嘛，跟阿猫阿狗没区别。我爸妈就是想，我哥不是在澳大利亚么，生个孩子叫北京；我和段在国内，孩子叫悉尼，又有咱俩的姓，不是一家人亲上加亲嘛。"

"是啊，是啊，"老庞说，"应该的，有纪念意义。"

"纪念意义"这样文绉绉的词在老庞平常是绝对说不出口的，尽管舌头打结她还是坚持给说出来了。她觉得鸡皮疙瘩也跟着出来了。没办法。跟亲家不高兴就是跟媳妇不高兴，跟媳妇不高兴就是跟儿子不高兴。咱们是为了高兴来的。

老段却在心里嘀咕，何止纪念，等于上了保险，一个北京，一个悉尼，丢了都好找，直接进大使馆要人就行了。大名人家占了，小名总该能轮上吧。"这样一说，倒也有点意思，"老段站起来，一讲重要的事他就不爱坐着，职业病，"我和她奶奶就给取个小名吧。我俩合计了一下，觉得还是土点好，就叫臭臭吧。要是男孩，就叫臭蛋了。"

儿媳妇的两只大眼慢慢变小了，鼻子眼都往一块挤，吃了辣椒似的，"爸，是不是，太土了点吧？"

"不土，一点都不土。大俗大雅。贱名好养活，一准大富大贵。"

"爸，要不再想想？"儿子打圆场，"叫牛顿怎么样？"

"嗯，叫牛顿好，"儿媳妇在床上拍手，"咱俩理科都不行，让闺女好好学,当院士去!"

老段刚想说,女孩子家叫牛顿,太不着调了!儿子及时总结发言:"爸,妈,那就叫牛顿吧。听说名字对性格和能力的塑造有很大影响,不能让悉尼跟我们一样偏科了。"老段几乎要挥起拳头抗议了,老庞踢了他一脚。肯定是人家两个专利一块儿申请了。一把年纪了怎么还那么不懂事呢?怪不得退了休也没熬成个副校长。该!

老庞倒无所谓,老段放不下,好歹几十年的知识分子,不仅是面子问题。怎么说丫头的"段"也在"郑"前头。老段就跟我嘀咕。我跟老庞想法一样,一定是澳大利亚那边有统一部署。上班时见到段总,我就说我们段郑悉尼的小名取得好啊。段总说,好什么,硬邦邦的,我倒是喜欢她哥家那小杂种的小名,歌德。听得我一愣一愣的,靠,那个是学文科的,叫莎士比亚不是更酷。

"没办法,"段总说,"有孩子你就知道了,烦着哪。我爸妈是不是不高兴了?"

"段伯很生气,后果很严重。"

"抽空替我说说,我也不容易啊。想把两头都摆平,怎么就他妈这么难呢。"

"比当老总还难?"

"难太多了。哪天你能把三个家都摆平,你做我老总。你看,她生孩子,非常时期,你让她一天不高兴,她可能就像慈禧似的,让你一辈子不高兴。再说,别扭起来对身体也不好,也搞得大家更生分。只好委屈自己爹妈了。你说是不是?"

5

段总老婆出院那天我没去,陪小米去另一家医院复查了。前几天他们单位体检,查出她卵巢有问题,片子上有两个阴影,是囊肿还是囊腺瘤医生也不敢肯定,而且有结节。建议换家医院再查。我对瘤这个东西一直很敏感,总在想象里认为那是阴险邪恶的花朵要盛开,所以赶紧托人找北京最好的几家医院去查。在北京,像样点的医院就跟火车站一样挤,挂个号队伍要绕好几圈一直排到露天地里。我从别人手里买了个号。很多人靠这个吃饭,跟倒黄牛票一样,排上了就卖,再排。靠山吃山,靠医院吃医院。去了两家医院,大夫说法不同,一个认为是巧克力囊肿,一个认为是囊腺瘤。但结论相同:剥离掉。理由是,我们结婚不久,阴影妨碍我们要孩子。那当然得剥离。

为确保万无一失,我带老婆去了第三家医院。大夫说,要想要孩子,还是尽早做了好。不管是囊肿还是囊腺瘤,问题都不大,这病发病率挺高。腹腔镜,小手术,就在肚子上打几个眼,仪器钻进肚子里,电脑上操作。

"不过,也不好说,"大夫说,"究竟病情如何,还得手术的时候才能看清楚。"

"不过,"很要命,我都结巴了,问,"可能出现哪些情况?"

"最坏的可能是,切除卵巢。"

就是没法要孩子了。我手脚唰地就凉了,跟静脉注射了冰块一样。小米的脸也白了,两只手死死地掐住我胳膊,眼泪哗哗地流。我们俩都喜欢孩子,活蹦乱跳的那么个小东西,肉滚滚的。前些天小米看见段总的女儿,回家路上就跟我叨叨,我们是不是也来一个?我说不来,生出来扔大路上养啊。我的意思是,再混两年,等有了房子,从从容容地再来。看来还是盲目乐观了。

"大夫,"我说,要声泪俱下了,"大夫。"

"年轻人,想开点,"大夫边往外走边说,"没孩子不照样过!人家丁克,追着赶着都不要。要做,我们尽量帮你保住卵巢。"

我还想再咨询,人已经没影了。我突然觉得这大夫挺可恨,女的,五十岁左右,戴冰凉的银白色金属边眼镜,薄嘴唇,嘴角下垂,不会笑。朋友说,她是这家医院里该领域最牛的大夫。我照样恨她。

"怎么办?"小米说。

"回家。"

"我是说,没孩子怎么办?"

"回家。"

我握着小米的手,软软的,还凉。老婆,我们回家。

小米没心思做晚饭,我们就在外面随便吃了点。我尽力开通她,没孩子掺和正好,咱好好过二人世界,郎情妾意,举案齐眉,听着都诗情画意,人家想多过几天还没机会呢。再说也未必就没有,当医生的从来都是相对主义者,就喜欢这也可能那也可能,主要是用来逃脱责任。小米说,能生不要是一回事,生不了又是一回事。到时候我们还是喜欢孩子怎么办?

"领养一个。还有挑拣的余地,五官不标准的不要,智商低于一百三的,不要。"

"要是领养的孩子跟咱们不亲怎么办?"

"咱们对他好,就亲了。"

"要是孩子长大了找到亲生父母了怎么办?"

如果这问题我还能回答,小米会永无止境地问下去。她受的刺激的确不小,头脑已经不会拐弯了。我说你看那是谁,在我们院门口转来转去。那时候天已经黑透了。其实我已经看出来了,是老段,背着手跟看学生晚自修似的。见到我们,像亲人一样迎上来。

"复查怎么样?"老段问。

哪壶不开提哪壶。"没大事。"我说,"段总那边挺好的?"

"挺好,"老段搓着手说,"院出得很成功。老庞在那照顾。"

"哦,是应该照顾一下。"走进院子,我开了门。

"今晚不回来了。"老段跟着我们进了屋,"闲着没事,有闲书我看一本。"

我指指书架让他自己挑。小米情绪还没缓过来,头有点疼,我让她收拾一下早点睡,睡一觉啥事都没了。老段挑了一本章回小说、一本政治八卦,犹豫该看哪本。我让他都拿着,一块儿去他屋里抽根烟。出了门我就开始点烟。老段从老花镜上面看我:

"端阳,你有事。瞒不了我。复查有问题?"

进了他的屋我才说:"小问题。可能对生孩子有点影响。"

"你是说,可能生不了?"

"也没那么严重,大夫就是猜测,有那么一说。"

老段一屁股坐到床上。"我就说嘛,年头坏了,"他忧心忡忡地说,"看看你们大城市,年轻人跑过来,好好的生孩子都有问题了。没问题的,B超说好是男孩,临生了变样了!"他还在为没抱成孙子遗憾,随即声音小下来,"这样看,有个孙女已经不错了。"然后嗓门又抬起来,"我就说嘛,你看公园里到处走的,狗都赶上人多了!刚刚我还去了趟公园,你猜我看见什么了?一条狗,坐在婴儿车里,一个女人推着。那狗一只前腿搭在栏杆上,另一只举在耳朵边,过几秒叫一声,跟领导检阅部队似的,说同志们,辛苦了。"老段手也跟着比画,学那只长毛的京巴敬礼,乐得我差点给烟呛着。

"说正经的,"老段也点上烟,"大城市问题大到天上去了,当年我来北京的时候,五更头大马路上没几个人,更别说汽车,拖拉机都没有。现在好了,车挤人,人挤车,一个个忙得像抢银行。大街上哪还有个氧气,都是他妈的二郎八蛋,就是二氧化碳啊。"

老段到底是个老语文教师,懂得修辞。他严肃地认为,一定有问题。要说好,还是他们那地方好,山清水秀,草木丰茂,随便抓一把都是氧气。年轻人啥毛病也没有,只会担心生多了国家罚款,那家伙,一黑灯就一个,一黑灯就一个。"你猜猜我们家老庞生完林子之后,又怀了几次?"老段把嘴凑过来,神秘兮兮地问我。

我哪猜得出来,也没啥意义。我敷衍地晃了晃右手。

"五个?"老段得意地笑了,"再加一半,还多。八个!"他做出一个"八"的手势,然后神情黯淡下来,"八个啊。"都流掉了。

居然没把老庞折腾垮,真是奇迹,现在还这么利索能干。可是,他跟我说这些有什么用?我觉得挺烦,大夫的话没法像烟一样,说吐掉就吐掉,吸进去了就出不来。我的烦躁体现在我一根接一根地

抽烟上,不用打火机,直接续着了。老段也看出我的心不在焉了,就叹口气说:

"其实我就想让你放松放松,事再大装心里也不解决问题。我也是。老庞突然不回来了,我还真有点不习惯,就想找人说会儿话。人老了,比你们年轻人还怕事。"

他把老花镜拿下来,我看见了他的两个沉重的眼袋。然后是夹着香烟的手,手背显出光亮泛黄的老人的痕迹。从眼袋和两只手,你一定看不出老段年轻时如何风华正茂、如何意气风发,但是,你一定能看见他现在老了,在这个晚上没着没落,孤单一人。我突然就想通了,该怎么样就怎么样,担心和猜测都是多余的,既然大夫都不能确切知道,我们知道什么?

手术了再说。

6

那一夜没睡好,一直说话到下半夜。我开导她。女人此刻的心情你要理解。多余的东西长在她身上,直接关系到有无下一代的问题,她有相当的压力。最后小米咬牙切齿地说,好,明天手术。

去了医院才发现手不手术我们说了不算,要大夫和病房拍板。首先是主刀大夫有没有时间。那位不会笑的大夫姓陆,在医学院兼教授,博士生导师,只能没课的时候上手术台,还得把之前已经挂过号的病人先解决了才行。然后是病房。病床跟火车座位一样紧俏,也得排队。护士长说,今天满员,回家等着吧,空下来就通知你们。

小米积蓄了半夜的勇气一下子散了,说要不就算了吧,怕挨那一刀。我说不是刀,几个小洞而已。都站了队了。其实我也怕,想想在肚子上钻几个洞,那也够瘆人的。

那两天碰巧我不忙,很多小新闻我在一两个小时内基本都能搞定,待在家的时间比较多。白天陪小米,晚上陪老段。老段很孤单。

段总老婆一个人照顾不了牛顿,尤其是半夜,喂孩子换尿不湿她就忙了前爪,老庞得坐镇。白天再帮着做饭,洗洗衣服,中间照看下牛顿,一天就很充实。老庞忙得开心,来就是干这个的,说明自己还有用,不是吃闲饭添累赘的。相比之下老段用处就小了,只能帮着买买菜,然后擦家具。这两项工作花的时间都不多,待在二十一楼上他又不好意思干坐着,只好拿起抹布再擦一遍。因为里里外外都得照顾到,那段时间就看到他一个人的影子四处闪现,老庞实在不好意思再不开口了,就说:"老段啊,家具擦坏了。你能不能坐在沙发不动呢?看看书也行。晃得我眼晕。"儿媳妇也说:"爸,没事您看看电视。"老段哪好意思。因为儿媳妇在说这话时,顺手把自己的房门关上了。她忙自己的事。一是坐月子;二是继续研究育儿宝典,原来只是理论,现在实践也跟进了,得重新认识;三是想起来就到电脑上看看基金。炒股导致牛顿提前来到这个世界上,为此她后悔得都想给别人几个耳光。在她看来这相当于早产,所以时刻担心牛顿会留下什么后遗症,谁都知道早产容易出问题。她请教了很多医生和朋友,各说各的理。有的说才提前十天,没问题,人家拿破仑是七个月的早产儿,照样做皇帝打到俄罗斯;有的说那不行,有一天算一天,要是没影响谁还愿意足月子再生?拿破仑,你看他那个头，明显吃了早产的亏。最贴心的朋友说，木已成舟，眼下最可行的是，好好养活，各方面齐头并进，增加营养，增强体质，把亏牛顿的都给补回来。她想，就这意思。为了专心致志补偿牛顿，她把股票都抛了，买基金，赚一点算一点。大多数基金都善解人意，只涨不跌，不过涨得慢了点。过去她嫌基金赚得不过瘾、不刺激，不屑去玩。

别人都在忙，他一个大闲人坐在客厅里神仙似的看电视，老段干不来。所以他觉得很难受，宁愿早早回到平房里来，孤单是没错，那也是自由的孤单。除了看书，他把大部分时间都耗在公园里，看看风景，在健身器材上活动几下，然后回来告诉我又看到几条稀奇古怪的狗。有一条他远看认为是小绵羊，近看还认为是小绵羊：头和尾巴长了一团蓬松的小卷毛，两只垂下来的肥厚大耳朵上毛最长，四只小蹄子上方各留着一圈长毛，像女孩子穿的低筒矮靴靴筒上的一圈人造毛。这还不算，不知道是天生的还是人工染发，两只耳朵是粉红的，尾巴是黄的。完全是只楚楚动人的小绵羊，主人却说那是狗，还报了一个怪异的名字，他没记住。

老段不厌其烦地跟我讲这些，希望我也能对那条莫名其妙的狗感兴趣。然后又跟我说，他发现公园里有圈鹅卵石小道，很多人穿着薄底鞋或者袜子或者干脆光脚在上面走，按摩脚底穴位。旁边还竖了一块大牌子，画了两只大脚掌，标明穴位在哪里。好玩的在于，所有在小道上按摩脚底穴位的人都是逆时针倒着走。后脑勺上没长眼，一个个走得小心谨慎，不免跌跌撞撞。为什么不正着走？为什么不顺时针？老段问我。

我也不明白，但这事我知道，当初我也纳闷，还问过几个正在走的老人，他们也不知道。他们说，他们开始走的时候，大家已经这样走了，就成了不成文的规矩。开始不习惯，慢慢就习惯了，感觉还挺好。你只能理解为，这样走对身体更有好处。所以我跟老段说："多走几次，您就习惯了。"

老段夜晚的孤单没有持续几天，老庞回来了。儿子请了一个年轻的保姆，就把老庞解放出来了。但是老庞被"解放"得很不舒服。开始儿子啥都没说，突然带回来一个三十岁左右的女人。那女人到了家里，儿媳妇把她带到房间里秘谈，不到四十分钟，那女人就灰着脸离开了。儿媳妇对儿子说："这哪行！文化水平太低，意识也跟不上，土了。"老庞不知道他们在干吗，又不便多嘴，只管闷头干活。第二天又来了一个，更年轻，长得也不错，时髦的衣服一穿，完全是个大城市里的小少妇。秘谈完了，儿媳妇陪着她笑眯眯地出了房间。

"定了吧，"儿媳妇说，"今晚就住这儿。"

老庞没弄懂，问儿子："来亲戚了？"

段总说："请的保姆。我和小郑怕您累着。"

老庞当然知道保姆是干什么的，但她还是纳闷，难道自己不是保姆？难道自己还做不好保姆？"不就这点活儿么？我一人也干得了，"老庞说，"你妈还没老成那样。"

段总说："您来之前我们也请的，是钟点工，做做饭打扫卫生什么的。"

"过去我不管，现在不是我来了么。"老庞的第一反应是，小两口觉得自己不尽心。

新来的保姆赶紧去了厨房，开始擦洗煤气灶。刚动手，牛顿醒了，张开嘴就哭。老庞往围裙上抹着手上的肥皂泡就要跑过去，嘴里嘀咕小乖乖这才睡多会儿，保姆已经冲到牛顿旁边了。儿媳妇站在客厅走道里说："妈，让小王来吧。她女儿刚五岁，她懂。书上说，年轻人带孩子对婴儿有好处。"儿媳妇说完就进屋继续研究育儿宝典了，牛顿被保姆摆弄两下果然不哭了。老庞愣了。她知道儿媳妇说这话不是有意的，但她还是心里一沉，那也就相当于书上说：老年人带孩子对婴儿不利。大概是暮气太重，不能让孩子活泼。那个新来的小王正咿咿呀呀地逗牛顿，声音欢快悦耳，情绪高昂，如果牛顿现在就会笑，一定笑得咯咯的。老庞一下子觉得自己老了，习惯性地摸一下脸，无数道皱纹汹涌而至。

段总发现母亲一直站在原地，问："妈，您不舒服？"

"舒服，"她说，"小王歌唱得真好听。"

"小郑就想找个能说会唱的保姆，"段总说，"她现在都不让我在家唱歌，怕弄坏了咱们牛顿的审美感受力。"

平心而论，段总的确喜欢唱歌；平心而论，段总的歌唱得实在很不咋地，跑调不说，声音还像铁钉划过玻璃，一首歌听下来，你感觉到的就是一颗喝醉酒的钉子没头没脑地在一块巨大的玻璃上乱窜。老庞对"审美感受力"这个术语有点陌生，但意思她肯定自己已经听懂了。

"妈，您怎么了？"

"墙上那幅画歪了。"老庞说，"你脚上的袜子要不要洗？"

"下午洗完澡刚换的,您忘了?"

想起来了。儿子出差刚回来,然后洗澡换衣服,脏袜子现在在洗衣盆里。老庞回到洗衣盆前坐下,听儿子搬动椅子去调整歪掉的油画。本来家里挂了很多奇怪的油画,人不像人,树不像树,老段跟她说那叫抽象画。抽成那样当然不像了,老庞不喜欢。前天段总又买了几幅新的换上,人是人,山是山,水是水,比照相机照出来的还要好看。牛顿妈让换的,要让牛顿睁眼就能看见优美的图画。这也是育儿宝典上说的,对孩子好。凡是对孩子好的,都是对的;凡是对孩子成长有利的,都要去做。老庞有一搭没一搭地搓袜子。儿媳妇从屋里出来说:

"段,过两天我还得去美容。书上说了,母亲的形象对孩子影响最大。"

老庞伸长脖子看洗手池上方的镜子,看见一张衰老的脸。老庞想,怎么就没想到自己早已经抽象了呢,真是越老越不自知了。

晚饭时老庞说:"林子,我想回去住。"

"为什么?在这边不是好好的么?"段总不明白。

"我怕你爸一个人睡不好,孤魂野鬼似的。再说,有小王在,丫头也省心。"她总是不愿意说"牛顿"两个字,觉得难为情,像外语。

段总老婆用筷子捅一下段总的胳膊,意味深长地说:"笨死了!妈不是怕爸爸孤单嘛。"

老段连忙摆手说:"我不孤单。我真不孤单。"

"我在这儿也没什么事,"老庞说,"明天做早饭我再来。"

"妈,您就别着急过来了,"段总老婆说,"有小王呢。她饭烧得也挺好。"

老庞就回来了。她知道儿媳妇没有恶意,也不是那号小肚鸡肠的人,但她还是觉得儿媳妇的大大咧咧其实也伤人的。老庞回到平房老段很开心,重新找到组织了。他把左嘴角一个劲儿地往上拽,跟我说:

"还是平房好啊,平房好。林子想得就是周到。"

7

午饭后我在报社正开会,小米打我手机,说医院通知她,今晚就住院,病床腾出来了。我说这么急?一点准备没有。小米说,护士说了,过这村就没这店,那就不知道什么时候才能轮上了。那就住,你先收拾一下,我马上回。跟段总请了假,挤上公交车就往家跑。

带了几样简单的日常用品去了医院。小米紧张,说怕。我说还没做呢。手续不复杂。主要是交钱。押金一万。幸亏我把银行卡都带来了,三张卡才凑出一万来。病房在十二楼,八床。刚把东西放好,护士在门外喊:"八床,检查。"

病房里三张床。六床,七床,八床。六床是个清瘦的姑娘,马上出院,她妈正帮她收拾。七床四十多岁,密云人,一家小私营企业的老板,昨天刚手术,正躺着,床的右侧垂着一个塑料袋,里面有半袋血水,塑料袋上的导流管一直插到她的肚子里,为的是把手术后的废血排出体外。她也是腹腔镜,肚子上钻了几个洞。

半个小时,小米缩着脖子回来了,说:"大夫说,明天上午手术。"她怕,看到七床渗出来的半袋子血更怕了,抓着我的手要回家。她的手冰凉又哆嗦。

七床笑了,让她老公把帘子拉上,别让渗血袋露出来。"没事,就看着吓人,"她说,"麻药一打你啥都不知道了,想疼都疼不了。"然后六床母女跟我们告别,七床说,"回去好好养几天,消停了给我做报告啊。"

六床一挥手:"没问题。"

"知道她什么病么?"六床走后,七床对我们说,"子宫癌。切了。刚化完疗。你看人家那精气神。三十岁。知道自己是绝症,好不了。就是一个状态好,没辙。"

"那她,"小米说,"不怕啊?"

"开始怕。要死的事,谁不怕?刚进来绝望啊,拒绝治,还没结婚呢,年轻,漂亮,多好的时候啊。晚上也不睡觉,就埋头哭,护士换了三个枕头还湿。"

"后来怎么这样的?"这种事在故事和传说中常见,觉得没啥,真人站跟前就好奇了。

"八床,"七床指指小米的病床,"你之前的八床,刚走。也是癌。化疗九次了。五年前就说晚期,不行了,自己坚持要治,她说她不能死,要等儿子考上大学再死。"

"考上了?"

"明年考。她很乐观,觉得等到明年没问题。六床,小顾,活活被感动回来了,整个人一下子变了。你们看见了,哪像个癌症病人。"

七床的老公给我们两个苹果:"多大的事,别怕。我公司前年赔了两百万,一滴眼泪没掉。吃苹果。"

真是看不出来。六床收拾东西时还唱着"让我们荡起双桨,小船儿推开波浪"。

晚饭之前,六床来了新人,一个超级大胖子,胳膊根子赶上小米腰粗,上床一个人上不去,得她妈和她姐又搀又搬才弄上去。刚二十三岁。后来我们一直叫她胖丫。急诊,腹痛。大夫检查之后说,住吧,明天手术。也是腹腔镜,比小米的严重多了。上了床就哼哼,要吃肯德基。她妈气呼呼地说,肯德鸭你吃不吃?胖丫就说,不给吃我就哭。她姐说,你哭啊,哭就把你扔床上,自己下来。胖丫噘着嘴说,那好吧,不哭了。大家都乐了。

出了医院大门,我还是紧张,不由人。这地方是医院,不是游乐场。这么想越发佩服前八床和前六床,两个患绝症的女人。今晚不让病人家属陪床,手术后才行。大夫嘱咐我,明天早点到,要家属签署手术协议。这是我头一次被赋予"家属"的身份,因为一个手术,我是家属。大夫说,他们尽量帮我保住卵巢。我们的孩子。

回到家我坐在床上发呆,抽烟,说不清楚,心里乱糟糟的,觉得拥挤的十三平方米的小屋很荒凉。来北京以后,除了出差,我和小米还没有分开过,现在她住院了。掐掉烟我开始洗衣服,平常都是小米洗,生活突然落到了我的肩膀上。在这之前,我还真没有仔细琢磨过"生活"这两个字。洗了一半,老段和老庞过来了。老庞说：

"怎么你洗了？小米呢？"

"在医院。"

"定下来手术？"老段问。

"明天上午。"

"走，"老段拍拍我肩膀，"进屋抽根烟，说说话。"

我们到屋里坐下来。他开始安慰我，问题不大，首都的医生我们还是应该充分信任的。我跟老庞交换过意见，她认为没问题，小米这么年轻，该有的孩子一个都不会少，放心。来，再抽一根，抽我的。我觉得老段突然不啰唆了。过一会儿老庞拿着空盆进来，说，衣服已经晾了。让我很过意不去，竟然让她老人家帮我洗衣服。

"洗件衣服有什么，这孩子，"老庞说，"我给儿子儿媳妇天天洗呢。"

可我不是她儿子。只好说谢谢。继续说手术。他们提出明天陪我一起去，我说不用，忙得过来。

"想忙也没得忙，医生在张罗。"老庞说，"你们都大了，再大也是孩子，这种事头一回碰上，父母又不在身边。信姨一句话，多个人多分精神，陪你们说说话也好。"

我坚持说不用。他们还得去段总那边。

"端阳，别争，"老段说，"听老庞的，她懂。"

我还是不想惊动他们。

第二天早上六点我就出门，他们的门还没开。我想早点去陪陪小米，这一夜不知道她睡得好不好。刚进住院楼就看见老段和老庞坐在门边的椅子上,他们竟然早到了。我说:"这,你们怎么来了?"

老段颇为得意,说:"我跟老庞走来的。走了一个半钟头。"

"人老了,觉少,赶点早汽油味也小。"老庞说,"就当锻炼身体了,一路问到这里。"

当时我感动坏了。从住处到医院,拐了十八道弯也不止。老庞一直不愿意到处溜达的,北京太大,车水马龙的,还有环线和立交桥,想起来她都头晕,何况还有晕车的毛病。

"那起得也太早了。"我实在过意不去。

"早点车少,汽油味小。"老段说。

进病房的入口有值班人员守着,必须拿到通行证才能上楼。我去窗口要证,工作人员说探望家属每次只能去两个人,只给我两个证。我说我们三个人,我老婆今天做手术。

"大夫,不能通融一下?"

"都是病人至亲?"窗口里面问。

"都是。"

"什么关系?"

我一下子愣了,什么关系呢?

"我是他爸,"老段拍自己胸口说,又拍拍老庞肩膀,"这孩子他妈。我们是病人的公婆。"

窗口里面伸出个圆圆的胖脑袋,四十多岁的女人,看了看我们三个。"不像啊。"她说。

老庞说:"我儿子随他舅,单眼皮,头大。"

胖脑袋说:"头是不小。"给了三个通行证。

老段乐呵呵地说:"端阳,可不是老头老太要占你的便宜啊。"

病房里都起了,没进门就听见六床的胖丫在哼哼,今天她也手术。小米赤着脚坐在床上,松松垮垮的病号服显得她小而清瘦。她没想到老段和老庞会来,赶紧跳下床。

"小米,还说爹妈不来,这不来了。"七床性格外向,跟谁都能说上话,让他老公给"叔叔阿姨"搬椅子。她说,"叔叔阿姨,你们坐了一夜的火车吧?我就说呢,爹妈知道了现长翅膀也会飞过来的。"

老段说:"是啊,这么大的事,能不来么。"

老庞也顺着说:"这俩孩子,还不让来呢。"

上了十二层楼,他们就从我父母变成我岳父岳母了。我和小米也不好挑明,虽然不叫爹妈,但那排场完全是爹妈的排场。七床一个劲儿地跟老段和老庞夸小米,您女儿很勇敢,不怕了,昨晚还抖呢。老庞说,这孩子胆小,给你们添麻烦了。

陆大夫的助手让我去签字。她说手术不大,接着又把可能出现的最坏情况详细地跟我说明,不只是卵巢能否保住,还有,基本上大家都能想到,最坏的可能。然后问,签不签?小米被推进手术室之前,麻醉师也来这一套,全麻,可能会休克、昏厥,甚至停止呼吸,签不签?明知道我不得不签,还拼命地刺激你,简直折磨人。

小米和六床一起推出病房。我们去楼下家属等候区待命。大夫嘱咐我不要随便乱走,一旦手术出现意外,比如腹腔镜搞不定,得动刀子,或者卵巢必须切除,在这些重大决定之前都得和我交换意见。这栋楼上有好多间手术室,很多种手术同时都在做,所以家属等候区坐满了人。旁边有个小喇叭和几部电话,手术室有事需要通知家属,电话就来了,然后值班人员对着小喇叭叫:某某某的家属在吗?速来几楼手术室。或者,手术已经结束,病人已进病房。等等。我和很多家属一样,眼睛和耳朵都盯着那个小喇叭。

我不想坐,椅子冰凉。那天有点阴,温度明显低下来,我有点冷,手脚都在出冷汗。我在大厅和楼门前之间走来走去。我担心喇叭里突然喊"文小米的家属"。时间走得很慢。老段和老庞也站着,偶尔跟在我身后。他们只是默默地跟着我走,老段想起来会按一下我的肩膀。喇叭过一会儿打开一次,每次开关一响我就停下来竖起耳朵,心跳往脖子上跑。不是找我。不是找我。还不是找我。老庞攥了一下我的手说:"相信姨,没问题的。"我说嗯。后来老段不见了,我也没在意,十分钟后他回来,买了豆浆、油条和包子,他们知道我一定没吃早饭。等我磨磨蹭蹭地吃完,那个时间上手术应该已经完成了一半。老庞说:

"一切顺利,不会再有事了,跟老段出去抽根烟吧。我盯着。"

然后她找了张椅子坐下。这段时间里她和我一样心里没底,但她不说。我的一颗心咯噔落了地,跟着眼泪哗地就出来了。内心里充满了感激,我穿着旧T恤,身无长物,真想把手机和手表一起送给他们。好像是因为他们在这里,手术才没有出现异常一样。我到口袋里找烟,忘带了。老段说:

"走,抽我的。"

连抽了三根烟。老段说,昨晚回去老庞就说,一定要来。这人遭事了,都脆弱,身边就是有个哑巴,也能跟你说说话。我直点头。

我说手术结束了你们就回去吧,段总那里还等着呢,来之前也没打声招呼。

"没事,多陪一会儿,"老段说,"你和小米跟林子不一样,你们俩更不容易。"

在北京两年多,很多人对我说过你们不容易,我都一笑置之,没啥感觉。老段这句话让我有了感觉。我爸妈,小米的爸妈,他们不知道小米现在正在手术室里,很可能永远也不会知道。对两头父母,我们俩向来报喜不报忧,不想让他们担心,担心也使不上劲儿,反倒把他们的生活弄得一团糟;此外,也是虚荣吧,不想让他们知道我们"不容易",很多时候我们也并没有觉得有多不容易,很多年轻人在北京都这么过,甚至还不如我们。我和小米一次次和父母说,不错,挺好,一切都好,很好,相当好,你们就别操心了。我一直认为,我们应该有能力过上一种不需要父母操心的生活。

"对我们做父母的来说,"老段吐一口烟,忧伤地说,"帮不上忙更操心。等你们做了爹娘就明白了。"

外面开始下雨,我和老段进楼。喇叭里在叫胖丫的家属,手术已经结束。接着叫我。老庞对着我松开她的左手,满手心的汗。老庞长出了一口气,说:

"你们男人不知道,女人要生不了孩子有多要命。"

刚做完手术的小米很虚弱,嘴唇焦干,病床的一侧垂着渗血袋,另一侧挂着导尿管。她尽力睁开眼睛对我们笑。护士说,都认识吗?小米点点头。护士又说,病人的麻药还没彻底消散,别让睡着了,十二个小时之内不能饮食。陆大夫此刻正在进行下一个手术,护士转述她的话:手术很成功,卵巢几乎完好地保存下来。她们说话像白大褂一样简洁干净。

七床说:"全麻劲儿大,跟小米说说话,让她醒着。按摩一下腿脚,恢复得快。"

小米的手脚冰凉,我帮她按摩。老庞坐在床头跟她说话,说她这么多年里对女人的经验,还有孩子,以及补养身体的方法。对术后女人的休养,老庞很有一套。可惜段总老婆不听她的,只认白纸黑字,认为那才是科学。老段帮不上忙,坐在一边,不时替老庞补充几句。

三个小时之后麻药才逐渐散掉,已经是下午,小米感到了伤口的疼。能忍受。段总打我手机,说他爸妈不见了,我说在医院呢,正帮我照看小米。段总上班早,新来的保姆小王把家里收拾得也妥帖,小郑就把公婆的事忘了,午饭后才发现不对,老两口今天没过来,赶紧给段总打电话。段总开车就往平房跑,没找到才找我。老段接的电话,说:

"小米刚做手术,你妈说,看完了就回去。"

我让他们现在就回去,老庞不答应,要看小米打完这两瓶点滴再说,回去也没啥事。一直拖到傍晚,段总带了些水果、营养品和一个花篮来到病房。他抱怨父母不和他通个气,也怪我不跟他说手术的事。昨天请假我只简单地说去医院。段总给老段带来一个新手机,让老段以后随身带着,免得找不到人。他跟小米说了会儿话,就开车把老段和老庞接走了。

七床说:"咦,不是小米爹妈么?我怎么看不明白了?"

"看不明白就对了，"我说，"小米爸妈在老家呢。"

"你们这邻居倒好，跟亲爹亲妈似的。"

"比亲爹亲妈还好，"胖丫恢复了精神，饿得肚子咕噜咕噜直叫唤，"我要吃肯德基。"

她妈不理她："那你就哭吧。大夫说了，坚决不能让你吃。"

胖丫说："那我要听摇滚，我要上网跟朋友聊天。"

"你就作吧你。"

8

小王做饭也是一把好手。她在北京待久了，饭菜的口味跟段总老婆很对路子，因此，如果不是特殊情况，老庞只能降为替补，需要的时候也可以打打下手。她的口味离北京太远。这样一来，老庞的活动范围就小了。她在二十一楼的工作主要是：买菜（一般和老段合作）；打扫卫生（一般与老段合作）；洗衣服；做饭和带孩子那要视小王的情况而定。此外，这是后来才慢慢争取到的工作，洗尿布。老庞绝非为了抢工作才坚持让牛顿用尿布，她不喜欢像大三角裤衩一样的尿不湿，任何加工过的东西在她看来都不可能有棉布来得舒服，自然，吸水，透气，保护牛顿的小屁屁。至于环保，老庞是不关心的。

开始段总老婆不同意，尿不湿是科学的产物，理应是最好的，而且他们的确也是买的最贵的尿不湿。后来她在一篇文章里偶然看到，科学认为，尿布还是棉布的好，才勉强同意，而且只答应白天给牛顿用。做尿布也费了不少事，先买来最好的棉布，然后裁剪成大小合宜的十来块，老庞担心自己的针线活儿做出来糙，不好看，就找裁缝来做，每一块尿布编上号才开始用。

尿布由老庞洗，老段认为这是她自作自受，但老庞很乐意，只要是为孙女好，她甘愿一天到晚洗尿布。为了让儿媳妇早点把身子养好，老庞把搜集好的食补方子私下里交给小王，让她按照方子上的说明来。小王当然没问题，她的确也想不出如此多的好方子。段总老婆每次喝完小王炖的汤，都要夸赞一番。小王也坦然地替老庞领受了。

这样老庞和老段其实并不忙，一大早步行去早市买菜，挑最新鲜的，很快就能回来。然后老庞开始洗衣服，老段开始打扫卫生，拖地，擦家具。也很快。如果想离开就可以离开，老段可以一天不再过来，老庞也只需要在傍晚来一趟，把积累一天的尿布洗干净。

开始干完活儿就离开，是因为闲下来实在没事做，只能像两个老白痴一样坐在沙发上看电视，或者远远地看着孙女的小脸，仔细地体会做爷爷奶奶的美好感觉。老两口都觉得这样不好，咱们不是来养老的。牛顿贪睡，哭两声蠕动两下又睡着了。老庞对小王带孩子的水平还是由衷佩服的。小王在段总老婆的监督下，很快就养成了极其良好的习惯，能够根据牛顿的面部表情和发出的各种细小的声音判断出她可能要干什么。比如说，牛顿正睡着突然哭了，那一定是需要奶嘴伺候；如果躺在那里不安分，乱动，那一定是该换尿布了。牛顿很小，生活简单，只需要几个动作就能把自己表达清楚。掌握了规律，小王也不忙了，她没有平房，所以必须待在那里；老庞和老段不行,赖这不走就有点乐不思蜀的嫌疑了,尽管房子很大,足够好几个闲人相互对视一直坐下去。他们能回平房就回平房。

有一天老段问我:"你看,我和老庞是不是像你们城里人说的钟点工?"

"可千万不能这么说,"我说,"您是段总的爹,老庞是段总的妈。钟点工怎么能跟你们比呢,太开玩笑了。"

老段幽怨地说:"其实钟点工也挺好。"

要说段总老婆不孝顺,那也是冤枉,她跟公婆的理解完全弄拧了。她觉得把老两口解放出来多好啊,闲着比累着强。他们没事了就离开,随他去,来一趟不容易,在我们首都的土地上走一走、看一看,也算没白来。至于饭菜,她的确是更习惯小王的手艺,她是个直肠子,喜欢有啥说啥而已。在自己公婆面前说真话是罪过么。她是为老两口考虑过的,给老段配手机就是她的主意,租平房也是,她担心老人住半空里不习惯。电梯速度也快,上天入地的,心脏不好的年轻人一般都不敢坐,何况老人。她一说段总就觉得对,的确没错,你挑不出毛病。段总在工作上挺认真,也敬业,生活里多少有点马虎,自己亲爹亲妈还能有什么,随便他们就是了。

有一天老婆跟他说,爸妈来好多天了,故宫都没去过,抽空带他们去看看吧。段总觉得可行,硬是说服老两口,开车把他们送到天安门附近。老庞是不愿意去的,没兴趣,另外觉得不干活儿还让儿子花钱带着游山玩水到处看景,不合适。刚停好车准备下去,报社有急事找他回去,他就硬塞给老段五百块钱,让他们自己买票进去,下了班他过来接。老两口在广场上转了一圈,穿过天安门来到故宫前。老庞一看门票太贵,不要看了,不就几间屋么,电视上看得多了。老段倒是好奇,男人心底里多少都有个皇帝的梦,做不上看看也好。但一个人进去也没意思,干脆都不进。就在城外护城河边坐下来,喝了两瓶水,吃了两个煮玉米,一直等到傍晚段总的车来,屁股都坐麻了。

我劝过老段和老庞,没用。他们啥都知道,就是心里头别扭。来了不干活儿,走了又不对,多难受人。他们就来看小米,从段总家出来就往医院走。我一般只能晚上陪床,从护士那里借个躺椅,放在小米床边睡。夜里她要翻身、喝水或者睡不着,叫我一声就行。白天我要跑新闻去单位,只好请了个护工,我不在的时候帮着照看。老段和老庞一来,护工小袁就轻松多了,有时候把午饭都省了。老庞常常在平房里做好午饭、熬好汤带过来,呼啦啦一起吃。她的食补艺术在儿媳妇那里施展不了,全用到小米身上了。他们俩买菜都两份,一份给二十一楼,一份做好了送十二楼。

小米住了四天就出院了。伤口差不多了,我们也没那么多钱。出院那天,我从单位赶过去,老段和老庞已经帮着把所有东西都收拾好了,就等着我去结账走人。胖丫恢复得慢一点,和七床都是明天才能出院。分别时还颇动了一番感情,胖丫让小米一定记住她的QQ号,她可以陪小米一天聊二十四小时的天。七床说,只要小米不嫌弃,想跳槽就往她的槽里跳,绝对高薪聘请。病友相当于战友,也算同生共死过的。相互说了一大堆体己话。

上了出租车,老段得意地跟我说,他和老庞去找陆大夫了,详细地咨询了小米的情况,大夫说,不会有任何问题,只要你们不怕违反计划生育，完全可以生出一支足球队来。然后他说："你猜陆大夫为什么不笑？牙大。一张嘴就亮出一大排石碑。"

有点损，但我们没有批评他。小米出院了。照陆大夫说的，比进去时更好。

9

小米出院之后不能剧烈运动，也不能躺着不动，要慢慢走，小范围活动，以免产生新的结节。洗衣服、打扫卫生我没问题，但我不在家她的吃饭成了问题。老庞说，她包了。我要付伙食费，她死活不要，我只好隔三岔五去菜场，一次多买些菜回来，连他们老两口的一起。还买了乌鸡、黄芩、红枣、枸杞，麻烦老庞帮着煲汤。老庞很高兴，每次都做出不一样的味道来。我也跟着沾光，心想这口味多好啊，不知道段总老婆的味蕾是怎么长的。

因为我要照顾小米，段总那段时间不再给我安排出差，傍晚我基本上都能按时回家。吃过饭，我就搀着小米和老段老庞一起去公园散步。老两口看人家在鹅卵石小路上倒退着走好玩，也跟上去走。开始不习惯，老要往后张望，怕跌倒，走两次就慢慢习惯了，也说好，按着脚底下舒坦。干脆去早市买了两双薄底的运动鞋，每天晚上都要逆时针倒退上几十圈。老段就是玩个新鲜，他让我帮他到图书大厦买本有关足疗的书，没事就戴着老花镜盯着看，看看书上的脚板示意图，再看看自己和老庞的脚底，指指戳戳说下次再走得如何用力，使了劲儿会对身体哪个相应的部位有好处。

逆时针倒走一定程度上改变了老段的某些想法。除了天伦之乐，他在北京终于找到了另外的一点乐趣，无所事事的感觉让他很难受。在医院的时候，我和七床的老公聊起"京漂"，老段小声问我："端阳，你说我算不算'京漂'？"我想都没想，当然不算。老段自言自语，"我看算。"过一会儿又嘀咕，"我他妈比漂还漂。"现在，傍晚的几十圈倒退让他有了点奔头，他又跟我说："其实北京也是不错的，过日子嘛，静下来哪都一样。"

不到一周又变了。因为老庞的情绪不对了。

首先是"珍宝蟹事件"。

段总老婆突发奇想，要吃珍宝蟹。珍宝蟹是什么蟹，说实话之前我没见过，只知道这东西很贵。老庞和老段都没听说过。既然想吃老庞就得去买，兜里装着儿媳妇刚给的一千块钱菜金。到早市老两口直奔海鲜棚，问了好几家才问到珍宝蟹。的确是够贵的，一只就要他妈的几百块钱，简直是明火执仗的打劫。老两口倒吸一口凉气。

"便宜点呢？"老庞心虚地问。

老板打眼就知道这不像吃珍宝蟹的人。外地口音，老头老太太，买菜的小包都捂得严严实实。他随口说："一个子儿都不能少。新鲜的活蟹，没有低过这价的。"

老庞听出来了，老板的意思是，死蟹才能便宜。她巡视一圈大盆里张牙舞爪的珍宝蟹，眼睛突然亮起来，有只蟹正轻飘飘地伸直它的很多条腿，动作相当苍白。凭经验，老庞知道它快了。她碰碰老段的手，小声说："看见没？就那只。"老段半天才找到，点头。老庞说：“走。”老段稀里糊涂就被拽走了。

出了海鲜棚，老段问：“啥意思？"

老庞说："等它死。”

别的菜都买完了，老庞说："去看看，死了没？"

老段回来说："还动着。"

"先抽根烟，"老庞说。她看着老段把烟抽完，"再去看看。"

老段跑过去又跑回来："好像还没死透。"

"那你再抽一根。"

这根烟抽完了，老庞说："走。"

那只蟹依然没死透。老庞伸手把它抓起来，说："跟死了没两样。挺不了一个钟头，我知道的。"

老板也知道。与其一个钟头之后当成死的卖，不如现在卖。讨价还价之后，六十成交。

"就买一只？"老段问。

"你还想开养殖场啊？"老庞说，"就你那胃，吃这么贵的东西消化得了？"

"人家给你可是一千块钱啊。"

"你头脑坏了？哪有拿一千块钱来买菜的！你当咱们儿子开银行啊。再说，小郑月子还没出彻底，这东西吃多了伤人。"

老段想也对，这东西寒气大。回到二十一楼才发现把儿媳妇的精神领会错了。儿媳妇说，怎么就一只？老庞说，太贵了。不是给你们钱了么。那也不够买几只的。能买几只买几只啊。不是想给你们省点钱嘛。那也不能从嘴里省啊。

"哎呀，"儿媳妇突然叫道，"怎么还是只死的？"

老庞说："买的时候还活着，不信问你爸。"

儿媳妇说："这帮奸商，我打电话给工商局，举报他们！"伸手就要摁手机。

老庞赶紧拦住了，这事不怪人家卖蟹的。"是我，想便宜点，"老庞难堪坏了，半辈子活过来还从来没这么丢过人，"买了只半死的。"

"死了还有什么好吃的！"儿媳妇哭笑不得，又觉得不能伤老人的面子，赶紧往回拉，"没事了妈。我也就心里馋，也想让您和爸爸尝尝，真蒸出来可能又不想吃了。"

儿媳妇留面子了，老庞懂，但她还是窝心。当爹娘的谁不想替孩子省一点呢。省错了。要是儿子，她大可以发一通牢骚接着再教育一顿，关键人家是儿媳妇，生活在大城市，从小过的跟你就不是一样的日子。老庞有点灰心和无所适从，为自己的农民气，小家子气。老庞不高兴老段也没法一个人单独高兴，老庞垂下头，他的头只会垂得更低。晚上散步他吞吞吐吐地问我：

"北京的父母都是怎么过的？"

"不知道。"

"那，像我和老庞这样，子女在北京，父母过来了，是怎么过的？"

我依然不知道。其实这不是外不外地、父不父母的问题，而是生活观念的问题，然后是交流沟通的问题。当然，骨子里的东西可能一辈子也沟不通，那就没办法了。我现在就没办法，跟老段老庞说不清楚。再说了，我他妈的算哪根葱啊。

过了些日子，"珍宝蟹事件"差不多了，"两只鸡事件"又来了。就是老庞在家兢兢业业养了大半年的两只母鸡，老家有人来北京走亲戚，帮着捎来了。坐长途大客，两只鸡往蛇皮口袋里一塞，扎上口一路带到北京。老段跟邻居打电话，操心他的花花草草和老庞的两只鸡，顺便表达一下思乡之情。邻居说正好有邻居去北京，带上不？老庞在一边说，带，当然带。两只鸡到北京，正赶上段总出差，老段"麻烦"我带他们俩去莲花池汽车站。他们想见见邻居。

那真是邻居相见，分外眼红，老庞眼泪吧嗒吧嗒往下掉。邻居是和老庞年纪差不多的老太太，多少年都在一起聊天，她为老庞的激动感到难为情。"哭什么？"她说，"好像儿子儿媳妇让你受多大委屈似的！"老庞心里嘀咕，委屈大了，但嘴上硬气得很，自己儿媳妇，没得说，对她和老段那个好啊，比儿子都贴心。这个面子得要。老段着急问他的几十盆花草，邻居说，大部分都活着吧，谁有你那些闲心去伺候这东西。老段心疼得左嘴角直往上拽。那花花草草这些年耗了他多少精力。老段忍不住踢了一脚蛇皮袋，两只鸡清清嗓子在北京各叫了两声。

这两只鸡的用途很明确。在院子里先杀一只，按照最精妙的配方煲出了一锅鸡汤，象征性地盛了一碗给小米，余下的老庞用砂锅端到了二十一楼。进了房间老庞就喊小郑，快喝掉，还热着呢。因为珍宝蟹的事，小郑这些天发现公婆有点不对劲儿，就想刻意表现得好一点，听见名字就热情回应，捏着一张表格出了房间。她正按照网上提供的最新资料，在给女儿设计两个月后的营养配餐，哪一天该加苹果汁,哪一天该补充西瓜汁,哪一天该增添胡萝卜素。清清楚楚的一笔账。

"香,"老庞打开砂锅盖,热气冒出来,"真香。刚做好的。"

小郑抽了抽鼻子,说:"妈,什么味?感觉不对。"

"我用药材喂了大半年,味道当然跟一般的鸡不一样。"

"妈,是鸡汤?"

"是啊,邻居帮我从老家带过来的。"

"妈,"小郑无奈地说,"您知道的,我从不吃鸡。"

老庞慢慢抬起头,看着儿媳妇无辜的脸,可是她比儿媳妇还无辜啊。

"你不吃鸡?我不知道啊。"

"哦,忘了跟您说了。"小郑歪着头想了一下,的确没跟婆婆声明过,可是,"您该知道的,您看我从来没让您买过鸡。"

老庞感觉脸上的皱纹在一根根往下挂,如果对面有镜子,她相信镜子里一定会出现一张难看的苦瓜脸。老庞在那一刻绝望极了,儿媳妇没有错,毛病都出在自己身上。

小郑发现情况不妙,赶紧补救,说:"妈,我的意思是,您喝吧。"

老庞从众多的皱纹里挤出两个嘴角的笑,说:"我喝。我喝。"

当然她不可能一个人喝,段总不在家,她和老段和小王把鸡汤喝了,把鸡肉吃了。看着老段和小王勤奋地咀嚼大口喝汤,吃得虎虎生风,老庞眼泪都快出来了,自己一口都吃不下。大半年哪。

那天老两口早早就回了平房。我嫌屋里闷,坐在院子里写一个新闻稿,看见老庞蹲在门口看剩下的那只鸡,足有一个钟头。那只鸡腿上拴着红布条,系在一块砖头上,围着砖头像拉磨的驴一样转圈子,眼睛始终也不离老庞。它没想到从蛇皮袋里再露出脑袋,就到了如此陌生的地方,它对这里充满好奇和恐惧。它不知道自己还认不认识对面的老太太。

第二天清早,我迷迷糊糊听见梦里有只鸡在凄厉地叫喊。就几声,消失了,我继续睡。我和小米起床时已经上午八点。不赶着上班我们通常都睡懒觉。脸对脸发一阵呆,刷牙洗脸,坐到桌子边想早饭到底该吃点什么。老段端着砂锅进来了,身后跟着老庞。

老段说:"来,小米,快喝,刚出锅。"

他打开砂锅盖,一股很多年都没闻到过的香味直往我鼻子里钻。我最先做的不是推让,也不是感谢,而是跑到门外找那块砖头。还在。红布条也在,但是像一条射线,另外一头空空荡荡。我说梦里的鸡叫怎么如此逼真。

"喝!"老庞简直像一个可怕的监工,指着砂锅声色俱厉地对小米说,"都把它喝了!"

小米看看我,胆怯地往碗里盛汤,被迫喝毒药似的。烫,小米喝得很慢,老庞就站在一边看着。等她喝完那一碗,老庞慢慢坐到床沿上,两行眼泪掉下来。

她和老段让小米把鸡汤都喝了,一顿喝不了两顿,两顿喝不了三顿。反正是她的活儿了。小米说,她伤口都愈合了,恢复得挺好。老庞说:

"喝!恢复好了也要喝!"

等于花了大半年时间替陌生人喂了一只鸡,我十分过意不去。老段一挥手,把我的歉意抹掉了。"老庞心里难受,"他说,声音平静而又忧伤,仿佛在说他的慢性咽炎,"你们别在意。"

我们只有感激和不安。

"我想回去了,"老段又说,眯缝着眼看天上的太阳,"北京的太阳让人犯晕。"他把我递过去的中南海牌香烟叼在嘴上,点上,说话的时候烟卷上上下下地抖,"更要命的是,落下去还会再升起来。"

其实那会儿北京的太阳已经是大而无当,看起来挺亮,早就不热了。

老段不是随口说说。他的确想回去了。可能与花草有关;可能与帮不上忙有关,现在偶尔抱抱牛顿都有心理障碍;也可能与老庞有关,老庞心情不好,他也好不了。此外,他觉得自己无所事事也就罢了,还拖累了老庞分一份心来照顾自己,二十一楼的活儿也不能全身心投入,越这样越容易出问题。有个晚上他拎着一瓶二锅头来找我喝酒,下得有点猛,舌头很快就大了。小米担心他喝醉,让我带他去公园醒一醒。在假山旁边遇到一条雄壮的德国黑背,老段蹲下来向狗招手,拽着舌头说:"你过来,咱俩说说话。"我赶紧把他拉起来,那东西您也敢惹。

10

在北大附近采访,结束后直接回家,大约下午两点半。老庞慌慌张张跑到我们小屋,说老段不见了。上午他们都在二十一楼,十点多他说出去走走,午饭时回来。饭都吃完了也没回,打手机关机。老庞以为他在平房睡着了,回来找,不在。又去公园找,还是没有。老庞担心出事,她记得老段出门之前还去看了牛顿。牛顿睡着了,看不见他的老脸。房间里播放轻柔的曲子,为了陶冶牛顿的情操。老段还碰了碰牛顿的小脸。老庞回过头想,怎么想怎么觉得那像告别。我一听也紧张,骑上我的破自行车就往外跑。老段的活动范围我基本清楚,公园、小酒馆、旧书店,最远可能去图书大厦。

后三个地方我都找过了,没有。图书大厦人多,我让服务台用喇叭广告了三遍,还给他们留了联系方式。一圈下来跑了一身汗。回来经过公园,死马当活马医又进去。我骑着车子边边角角都转了一遍。那会儿人少,只有风吹草木和阳光播撒的声音。东南角背阴处有人叫一声,我骑过去,一群老头围在那里下象棋。没有老段。我掉转车头要走,看见树阴里有个人蹲在地上逗一只小狗,竟是老段。我骑过去,小狗看见一个大家伙冲过来,吓得尾巴夹到肚子底下扭头就跑。

老段招手喊:"别跑!你跑什么!"回头看见我,"就这条还像个狗样,你又把它吓跑了。"

那条狗的确长得最像狗,有点脏。已经跑出了公园。下棋的老头里没人上去追。我经常在附近见到流浪猫,流浪狗倒是头一回见。我说老段同志,您快把老庞急出心脏病了,还有闲情逸致跟小狗玩。老段看看手表,哦,都下午了。然后摸肚子,是有点饿了。

"手机呢?"

他从口袋里摸出手机,摁了几下说:"他妈的,没电了也不跟我说一声。"

看来老段的状态还不错,我们虚惊了一场。

但是当天傍晚就出事了。

一起去公园散步。我和小米在平坦的水泥路上慢慢走,老两口去逆时针倒退。分手也就十分钟,小米歪着头说,好像有人叫你。我找了找,没听见。小米又说,好像有,你再听。我竖直耳朵,果然有。"端——阳!端阳——!"老庞的声音,都不像了,尖细,惊恐。我想一定出事了,撒腿就往鹅卵石小道上跑。老远就看见一团人围在那里,我扒开人群,老段像只大虾似的躺在路边一动不动。老庞抓着老段的手,脑袋转来转去在喊我。老庞说,走着走着突然就摔倒了。我背起老段就往医院跑。最近的一家医院离公园跑起来也就十分钟,有叫120的工夫我都到了。

老段看起来不胖,背上身才发现并不轻,一百四绝对打不住。到急诊室把他放下,我都快瘫了。老庞竟然也跟上了我的速度。她跟大夫重复了刚才的情况,倒退时,可能被绊着了,也可能是一脚踩虚了,反正就倒了。她没拉住。

"头着地了吗?"大夫一边听心脏一边问。

"没有吧,"老庞一脸的汗,"歪倒在地的。好像也碰了一下。"

手机响了,我到外面接电话,是小米。她回家把我们所剩无几的现金和银行卡都拿来了,正在半道上,问我老段怎么样了。我说不清楚,大夫正诊断。挂了电话我突然想起得把这事告诉段总,他是老段的儿子。段总刚下飞机,在轮盘前拿托运的行李,接到电话声音也有点变,说马上就来。

段总从机场直接打车到医院。那会儿老段已经没事了,正躺在病床上输液。诊断结果是短暂休克。老年人常会有的现象。有人咳嗽一声都会短暂休克。我也短暂休克过。工作时跟一班人去黄山玩，回来时车翻了。当时晚上十一点左右，刚下过雨，正经过一个小县城。那地方在修路，路面和旁边的深沟落差足有一米五，路面落满碎石子。我们的金龙中巴为追赶前面那辆同来的大巴，司机一个劲儿地加速，后轮碾着碎石子猛地一滑，车屁股甩出了路面。屁股下坠，车头就往上扬，落到沟底后车头才跟着落下来。我睡得迷迷糊糊，感觉自己突然飞了起来，然后什么都不知道了。等睁开眼时，发现自己倒在车里，坐我旁边的女导游蜷在我身边。我对她说，你怎么睡成这样了？我要拉她起来，拉了两次她都没反应，然后我听见身后有人开始哭叫，意识到出事了。我抱着导游往车外走，发现车门突然变大了，相当宽敞，我从容地走了出去。清醒了才知道，车前巨大的挡风玻璃碎了，我从那里走出来的。出来了导游也醒了。后来大夫说，我和导游的情况都属短暂休克。

段总担心不仅短暂休克这么简单，想让老段在医院里多观察几天。老段不答应，现在就想拔掉点滴离开。他想回家。

"那也得打完了再回。"段总说。

"你爸是说回咱们自己家。"老庞说。

段总半天才反应过来老段的"自己家"和北京的自己家不是一回事。段总不让走，一家人在一块儿这才待上几天啊。他打算忙过这阵子，等小郑也方便了，一家人出去玩玩，让爹妈把北京好好看看。再说，老庞在这里，老段一个人回去他不放心。老段不说话，翻了个身把后背给了儿子。

老庞说:"就让他回吧,家里没个人你爸也操心。"

段总说:"妈,是不是我和小郑哪个地方做得不对?"

"没有没有,你们做得都很好,"老庞拽拽老段的衣角,"你爸就是想家了。"

老段得到提示,扭过头来说:"林子,爸就是有点想家了。"然后又把脸转回去,眼圈就红了。

段总坐在椅子上抓了一会儿头发,说:"这样,要回您和妈一块儿回。"

"我就回去看看,"老段这回没扭头,鼻音出来了,"过两天说不定又回来了。你妈在这儿总还能帮你们点忙。"

老庞也说:"我不能走,小王一个人忙不过来。我还想多看看咱们牛顿呢。"

那天晚上一家三口一直商量到点滴打完。段总妥协了。老段铁了心要回。段总说好吧,我帮您订车票,过几天可得回来啊。老段说好,尽快回。

11

两天以后的车票,老段早早就收拾好了。要回去他其实也高兴不起来,老庞也是。这些年可能从来没分开过这么久。也许一个月,也许两个月,也许好几个月。那两天我和小米常常看到老两口坐在院子里,不说话,也不干别的。有时候太阳很好也会去公园,随便找个地方,还是坐着,他们不会像城里的老头老太太那样亲昵地拉手,甚至坐着的时候身体都不接触。就坐着,在大太阳底下,身后两个一动不动的圆影子。

分别的前夜,他们依然什么都没说。后来老庞跟我说,那夜里她老是醒,说不出来由。醒来了她就用手指去碰老段的额头,一点一点碰,当她把手指变为手心时,老段在黑暗里睁开了明亮的眼。

第二天早上老庞按时醒来,老段还在睡。她和往常一样,给老段冲一杯鸡蛋花生奶。具体做法是,把鸡蛋打碎搅匀,用少量开水冲熟,然后倒入一杯已经冲好的花生奶。多少年都这样。区别在于,过去用的麦乳精,这东西逐渐稀少了之后,改用花生奶了。老段不喜欢喝纯牛奶,只有加了花生味才喝。冲好后,她把杯子放进热水里炖着,等老段起来喝。然后找来一张纸,把做法和用量写清楚,折好了放进藤条箱的夹层里。她希望自己不在的时候,老段每天早上也能喝到鸡蛋花生奶。

早饭也做好了,老段还没起。老庞想,男人就是男人,心再重也就那么回事,该怎么睡还怎么睡。她想叫醒他,又想老段接下来要坐十几个小时的火车,肯定睡不好,就让他多睡会儿。于是搬了凳子坐到门口。这感觉像在家里一样,多少年了她都习惯于没事的时候坐在院子里,看看山,看看树和草,听鸟在看不见的地方叫。老庞鼻子一酸。然后听见屋里有玻璃摔碎的声音。

老庞急忙跑进屋,看见老段拼命地对她挥动右手,右腿也在动。左侧睡姿,左胳膊左腿都压在身底下。老段的表情和动作都有点怪异,枕头上流了一摊口水。他碰掉了床头柜上的玻璃杯。不太像老两口之间的撒娇,也不像开玩笑。老庞问,怎么了你?老段喔喔喔地说:

"我，动，不，了。"

老庞头脑里闪过一个黑色的词。她赶紧过去扶老段，果然是半个身子不利索了。老段被扶起来坐在床沿上，右手搭上老庞的肩膀，左胳膊只能弯，左手像僵硬的鸡爪一样毫无规律地乱抖。老段的右嘴角开始往上拽，舌头也不灵光了，老段说："我，的，左，脸，是，不，是，没，了？"一串口水掉下来。老庞看着他的脸，左半边基本上像木瓜一样板着，偶尔逃跑似的哆嗦一下，相比之下右半边脸上的动作和表情就显得极其夸张。老段的脸上仿佛藏着两个人。

老庞又想起那个黑色的词：中风。然后在屋子里就凄厉地喊我的名字。当时我在做一个分成两半的莫名其妙的梦：一半的梦中出现一条小路，越走越窄，让人担忧；另一半梦里，很多人像瓶塞一样挤在电梯口要进去，电梯门却迟迟不开。我就醒了。

段总联系的是北京治疗这方面疾病最牛的一家医院。老段住进去了。问题不是很大，但家肯定是没法回了。火车票作废。老段还是不死心，哆哆嗦嗦地说，他想回家治。

"都这样了您还回？"段总说，然后转向老庞，"妈，全中国最好的大夫在这里。"

老庞一声不吭，只是抹眼泪。她不知道该听谁的。

一直忙到下午三点才吃午饭。我和段总坐在医院门口的小饭馆里，段总无奈地说，人老了，你弄不清他在想什么。待得好好的你说你回什么家嘛，你看出事了。一点办法都没有。

2007 年 9 月 11 日，海淀南路

兄 弟

寻找孪生兄弟的少年从两军对垒的中间地带走过,在杀声震天之前,对左右两队人马各看了一眼。月光正好,我躲在人群里,看见他转向我们一边时,梦幻般地笑了一下。

一个星期以前,他从南方某个城市来到北京,下火车,背着双肩包,走走停停,最终落脚到我们隔壁的院子,和几个江西来的卖盗版光盘的住在了一起。本来他想跟我们合租。宝来被打成傻子回了花街,两张高低床就空出一个床位,但行健和米萝借口最近有老乡要来,没答应。哪有什么老乡,他俩就是看他不放心,聊完后就把人家打发走了。

"你看他那眼神,"行健对着我半眯一双眼,"迷离吗?"我点点头。"像个神经病吗?"米萝问我。我也点头。必须承认,行健学得很像,他的大眼睛阖上一半,立马山远水远,恍恍惚惚如在梦中。

他们断定这家伙有毛病。想想也是,正常人谁会到北京来找另一个自己。开始他跟我们说,还有一个叫戴山川的人活在这世上,就在北京。我们说,当然,只要不是稀奇古怪的名字,两千多万人里肯定能抓到几个同名的。不,戴山川纠正我们,不仅同名同姓,他跟我是同一个人。我、行健和米萝三人后背上的汗毛瞬间竖了起来。同一个人!戴山川眯起了眼,目光幽幽地放出去,像一只翅膀无限延长的乌鸦飞过城市的上空,从北京西郊一直飞到了朝阳区,再往前,飞到了通州。当时我们坐在屋顶上,这是我们能够给客人提供的最高礼遇。我们希望他能睡到宝来的那张空床上,这样就可以把每个人的房租从三分之一降低到四分之一。

"看,这就是北京。"行健在屋顶上对着浩瀚的城市宏伟地一挥手,"在这一带,你找不到比这更好的房子了。爬上屋顶,你可以看见整个首都。"

戴山川慢悠悠地点头:"嗯,我一定能在这里找到戴山川。"

"你确定要找的是戴山川?"我问。

"不是戴山河?"行健问。

"或者戴山水?"米萝说。

"不是。"戴山川自信地笑了笑。后来我们一致认为,不管从哪个角度看,他笑得都有点诡异阴森。戴山川一边笑一边说,"我要找的就是另一个自己。"

接下来他坐在屋顶上我们唯一的一把竹椅子里,跟我们讲他要找的那个戴山川。他是看着那个戴山川的照片长大的。他从口袋里摸出一张揉皱了的五寸照片,一个白白胖胖的男孩咧着嘴傻笑,可能一岁都不到,顶着一头稀疏柔软的黄毛。"戴山川。"他说。然后从另一个口袋里又摸出一张照片,十岁左右的男孩,人五人六地穿着一身花格子小西装,双手叉腰继续傻笑,为拍照临时梳了一个三七开的分头。他说:"我。"

"戴山川。"我说。那个不到一岁的小东西八九年后变成了花格子西装,又过了六七年,小西装和我们一起坐在了黄昏时分北京的屋顶上。不会错,看得出来的。

"我。"

"你就是戴山川。"行健说。

"他是他,我是我。"

"戴山川就是你。"米萝说。

"我是另一个他,他是另一个我。"

有点乱。

行健先觉得问题不对的,他指着飞过头顶的一群鸽子说:"狗日的打下来一只吃吃。"

我和米萝一起追着鸽子看,但戴山川的目光依然像乌鸦一样宽阔地滑翔,鸽群不在他眼里。他坚持要跟我们说说另一个戴山川的事。

事情其实很简单,我们可能都经历过。小时候不听话,父母就会说,早知道不要你了,要另外一个了。另外哪一个呢?另外一个"我",或者我的"兄弟"或"姐妹"。在父母的叙述中,那个"我"或者我的"兄弟姐妹",因为养不起,因为不听话,因为某些其他原因,送人了。现在他们后悔了,因为我们让他们很头疼。必须承认,这一招挺好使,年少时我们的小神经都绷不住,担心真有个谁掉头杀回来,穿上我们的衣服,戴上我们的帽子和手套,端了我们的茶杯和饭碗,抢了父母给我们的爱,代替我们活在这世上,于是乖乖地做回个好孩子。这种玩笑式的骗局也就管用那么几年,大一点再怎么编排我们都不信了。大人肯定也觉得编下去很无聊,又转回到最好使的方法上:简单粗暴型责骂。但是戴山川跟我们不一样,他是家里独子,爷爷奶奶、外公外婆、爸爸妈妈、叔叔阿姨、舅舅姑妈,一大群人供着这么一个宝贝疙瘩,哪舍得动粗的,连假想敌都舍不得给他树立成别人。这个世界上,能与他竞争的只有他自己。一岁不到,他不好好吃饭,爷爷奶奶指着一张镶在精美相框里的大照片(就是他掏给我们看的五寸照片的放大版)说:

"认识吗,这是谁?"

戴山川指指自己。

爷爷奶奶摇摇头:"不是这里的你,是在北京的你。"

戴山川晃晃悠悠走到穿衣镜前,要钻进镜子里把自己找出来。他不好好睡觉,爸爸妈妈也指那张大照片给他看:"再不睡,咱们换了那个戴山川回来吧。"

戴山川赶紧闭上眼。

只要家里人往相框里一指,戴山川立马老实。戴山川说,很多年里,他最怕的人不是父母,不是老师,也不是班上抽烟打架的男同学和马路上游手好闲的流氓阿飞,而是墙上的那个自己。他怕到了恨的程度。那个远在北京的自己,他是他最大的敌人。那张照片拍得很立体,不管从哪个角度看,两只眼睛都在盯着你。小小的戴山川用眼睛余光扫一下相框,在北京的那个自己就警醒地注意到了,搞得年幼的戴山川被迫成了整个小区最听话的孩子。进了学校,他也是好学生典型,老师一次次要求大家向他看齐。他想过把照片给毁掉，不敢明目张胆地下手，装作不小心碰掉了相框，玻璃碎了。母亲倒没怎么批评他，拿去装潢店重新镶了一个更漂亮的相框，还挂在原处。父亲说，别再乱碰了啊。

后来，他终于长大到明白镜框里的那个小孩不过是父母管教和要挟他的借口，因为那个戴山川一直停留在不到一岁的模样，而他一天天长大了。但他发现自己已经离不开他了。这么多年，他只有他自己这一个朋友。没有兄弟姐妹，从学校回家，同龄的玩伴都没有，家里人怕他被人欺负，怕他出去跟孩子们疯玩影响学习，怕他跑步摔倒了，怕他跟别人争执时打架。他只能跟墙上的自己玩。他跟相框里的戴山川说：

"戴山川，你好。"

他又代戴山川回答："你也好，戴山川。"

"戴山川你吃了吗？"

他再自己答："我吃了，戴山川。你呢？"

"我也吃了。你知道《登鹳雀楼》这首诗吗？"

"我还会背呢。白日依山尽，黄河入海流。欲穷千里目，更上一层楼。"

"爸妈今天早上吵架了，你知道为什么吗？"

"天热了呗。"

"晚上又吵了。"

"因为空调没修好。"

"老师下午批评我了，说我不团结同学。"

"那是因为你有我这样的朋友。"

"没错,你说得对。"

没错,相框里的戴山川成了戴山川的朋友。他喜欢跟他说话,他也习惯了想象一个也叫戴山川的自己,如何在一个陌生但十分有名的城市生活。他是最好的朋友,也是唯一的朋友。他一个人在家,从不觉得孤独;或者说,学会和另一个自己交流以后,就不再觉得孤独了。

"没准你真有个双胞胎兄弟呢?"我提醒他。

"要是有个双胞胎兄弟,"行健说,"这事我倒还能理解一点。但另一个自己,咳咳,听着都瘆得慌。"

"除非你有精神分裂症。"米萝说。

"我也想过,"戴山川坐在我们的屋顶上,把那张五寸旧照片翻来覆去地看,"但我爸妈说,他们只生了我一个孩子。一个人在世上,会不会真有自己的分身呢?"他从兜里又掏出一张照片,显然是他刚拍的,"比如,你们在北京见过一个长得像这样的人吗?"

行健打了个哆嗦,撇撇嘴:"不行了,憋得不行。我得上厕所了。"

他要从屋顶上下来。米萝也跟着下,我也站起来。北京是个大地方,的确什么稀奇古怪的事都可能发生,但这事可能性很小。

"我还没说完呢。"戴山川说。

"不用说完了。"行健已经下到了地上,"空床位暂时不租了,这几天我们老乡要来借住,是不是啊你们俩?"

我和米萝说:"嗯,是。"

事情就这么结束了。我把戴山川送出门,朝隔壁努努嘴:"那边应该还有空床位,你去试试?"

第二天早上我头疼病犯了,在街巷里跑步,经过隔壁敞开的院门,听见有人含混地嗨了一声。我停下,伸头往里看,戴山川蹲在水龙头边刷牙,满嘴泡沫地对我摆摆手。

那段时间我们的活儿都停了,小广告不能再贴了。那是"城市牛皮癣",警察见了抓,城管见了也抓,环卫工人见了也要追着你跑。其他游街串巷的小商贩,开三轮车卖水果的,摆摊卖盗版光盘的,办假证的,地铁口卖唱的,推小车街头巷口摊煎饼果子、炸火腿肠、卖切糕、卖豆浆稀饭包子盒饭的,四处游荡卖笛子、二胡、葫芦丝的,也都老老实实地蹲在出租屋里了。没有人说不许出去,但你要出去那就是找死。全北京都在整顿。听说要开重要会议。

忙着挣钱时,大家相安无事,有矛盾有竞争也没时间掰扯;现在闲下来,有问题解决问题,没事的也相互找个碴,吵嘴的吵嘴,打架的打架,反正都不能让光阴虚度了。开始还是单挑,谁有矛盾谁解决,文的武的都行;后来就乱了,以武为主,谁有矛盾一大群人都上。一个篱笆三个桩,谁还没有几个哥们儿朋友。当然,事情开始也可能只是起因于一两个人间的冲突,后来雪球越滚越大,逐渐分出了派别。反正我差不多看明白的时候,已经每天都有一两场群架了。一个地方的老乡结成伙,职业相近的一群也拉成帮;今天上午我找你的事,晚上就变成了你寻我的麻烦。刚开始都还节制,只用拳头和身体,后来逐渐抄上了家伙,棍棒、铲煤的铁锹、通炉子的火钳,还有年轻人防身的匕首和九节鞭,有的菜刀和炒菜铲子也拿出来了。家伙都挺亮眼,在月亮地里闪闪发光,但真打起来,大家还是知道深浅的。开战之前,双方的带头大哥都提醒自己的队伍:出门在外,都悠着点,一家老小都眼巴巴地看着咱们呢。所以,尽管西郊那段时间事情不断,也伤了几个,但基本都没走原则,打群架更像是个集体游戏,成了清闲无聊时日里的调剂。不得不承认,打架还是挺激动人心的,每天早上醒来,我们一帮游手好闲的家伙都像打了鸡血。

行健和米萝块头大,一身的火气都憋成了脸上紫红的青春痘,这种事肯定不会错过。每天他俩出征前,轮番把房东家里的各种能充当武器的家伙都操练一遍,然后像打虎的武松那样提着出门。我胆小,偶尔跟在江浙一派的队伍里起起哄,充其量是个啦啦队员;真打起来,很惭愧,我就躲到墙角和树根下了,整个人哆嗦成一团。关键是那时候头疼。神经衰弱面对那种场面会突然爆发,我跟自己的脑袋作斗争的精力都跟不上。这种时候,我最常干的就是撒开腿就跑。不是逃跑,是长跑,只有跑步才能振奋我衰弱的神经。

那天晚上,戴山川从两军对垒之间梦游般地穿过,我躲在老乡们的后面。战斗一触即发,我听见脑袋里有一种明晃晃的声音从远处蛇行而至,头疼马上要开始。我拍着脑袋对行健说:

"不行了,我得跑。"

"跑吧跑吧。"行健握着房东留下来的一根油漆剥落的棒球棍,已然进入一级战备状态,"就没指望过你。"

我敲打着太阳穴,后退,像个逃兵,跑步穿过月光下的巷子。跑到"花川广场"咖啡馆那条巷子,遇上戴山川。他借着月光和路灯光看每一家店铺的橱窗和广告牌。我停下来,我都听得出来自己声音里的嘲讽：

"还在找你自己？"

"我就转转。"戴山川一点都不像在开玩笑，"如果真有另一个我生活在北京，那我得把这个城市好好看清楚。"

还不在频道上。

"你就没想过你爸妈从小就在骗你？"

"我知道。那又有什么关系？"他笑眯眯地把盯着橱窗的目光转向我，"我们需要另外一个自己。你想想，如果还有另一个你，想象出他的一整套完整的生活，多有意思！我从小就想，那一个我，我一定要看看他是怎么生活的。"

不在一个频道上。我又问："你不是瞒着家人逃学来北京的吧？"

"我爸妈知道。他们说，好吧，出门看看也好。"

好吧。这一家人都不在频道上。

"你就没想过，这世界上还会有另一个自己？或者，你还有一个孪生兄弟？而你和你的孪生兄弟正好被互换了名字，你其实是作为你的孪生兄弟生活在这里，而你，现在正由你的孪生兄弟代替着生活在另外一个地方。"

有点绕。跑了两条街刚刚缓解一点的头疼又加重了。我脑子有问题，他比我的还严重。

"我没兄弟，只有一个姐姐。"

"如果有呢？"他很认真地提醒我，"再想想。"

没有如果，我对他摆摆手。跑步是治疗神经衰弱的唯一方法，别的只能加重病情。他还要提醒，我已经跑到了"花川广场"的另一边。

"如果有呢?"他提醒鸭蛋,"再想想,你爸妈没说过?"

鸭蛋抱着小腮帮子歪着头想。"有!"他开心地拍着巴掌,"我妈妈说,我要再哭,她就把所有好吃的都给我弟弟。"

"你妈妈说过你弟弟在哪儿了吗?"

鸭蛋撇撇嘴:"没有,我妈妈就说,长得跟我差不多。"

他把鸭蛋从小板凳上拉起来:"走,我带你去看看你弟弟长什么样。"

我站在屋顶上,看见戴山川牵着鸭蛋的小手出了隔壁的院子。

鸭蛋四岁,河南人老乔的儿子。老乔什么不知道,他和老婆带着鸭蛋在北京卖鸡蛋灌饼,每天一大早推着车子到地铁口或者公交站台边,一个鸡蛋灌饼两块五毛钱,多要一个鸡蛋就再加一块。上班的年轻人来来往往,一个早上能卖几百个灌饼。顺带还卖杯装的稀饭和豆浆。两口子一个在平底锅上加热头一天晚上做好的饼、煎出一个个焦黄的鸡蛋,一个卖豆浆、稀饭连带收钱。鸭蛋早上起不来,被锁在家里,不必早早出门的房客顺便帮着照应一下。

老乔一家住在戴山川租住的院子里。区别在于,戴山川和几个卖盗版碟的挤在正房里,老乔一家租住的是院子里单盖的一间屋。西郊租户多,是个房子就走俏,很多房东都在院子里搭建简易房。单砖跑到顶,楼板封盖,再苫上石棉瓦,风雨不怕,就是冬冷夏热。就这样也抢手,便宜,一家人单独租一间,倒也清静。老乔就租了隔壁院子里唯一的一间简易房。

鸭蛋不叫鸭蛋,因为脑袋长出了鸭蛋形,老乔两口子又卖鸡蛋灌饼，大家就叫他鸭蛋。叫多了，老乔两口子也跟着叫鸭蛋，本来的名字大家就给忘了。鸭蛋肯定是独生子，这我敢肯定。老乔说过，能养活一个就不错了，再超生二胎，这几年的鸡蛋灌饼就白卖了，也凑不上那罚款。

老乔带老婆一早推着车子出门了，想找个安全的地方。远点无所谓，整天闲着做不了生意，他们心里急。鸭蛋留在家里跟一帮闲人玩。现在，戴山川把鸭蛋带出了院子。

我在屋顶的太阳底下打了个瞌睡，也就二十分钟，戴山川和鸭蛋回来了。鸭蛋手里举着一张大照片对我喊：

"木鱼哥哥，你看，我弟弟！"什么弟弟，就是鸭蛋自己。这个戴山川是真能忽悠，带鸭蛋去了趟照相馆，就给他捡来个弟弟。那张照片拍得还算讲究，摄影师给鸭蛋换了身时髦的小衣服，衬衫、领结，还有件挂着怀表的小马甲，鸭蛋装成弟弟，两只手有模有样地插在裤兜里。

我走到屋顶边缘，跟戴山川说："你这不是祸害鸭蛋么。"

"怎么是祸害？"戴山川说，"鸭蛋多孤单，整天一个人锁在家里，咱们得给他找个伴儿。"

听得我倒是心头一热。小时候我出疹子，不能见风，又怕传染别人，父母就把我锁在屋里，无聊得我跟闹钟和暖水瓶都聊起了天。我就问鸭蛋：

"鸭蛋，那你告诉哥哥，你弟弟叫什么名字？"

"鸡蛋！"鸭蛋自豪地说，"我叫鸭蛋，我弟弟叫鸡蛋！"

好吧。千万别再给他找个哥哥，要不鸡鸭鹅齐了。

"鸭蛋,你弟弟跟你长得真像啊。"

"那当然,"鸭蛋举着照片对我挥动,"鸡蛋是我弟弟嘛。"

必须说,鸡蛋对鸭蛋起到了效果。这是戴山川跟我说的,老乔两口子请他吃了两个鸡蛋灌饼,外加一杯绿豆粥。那段时间绿豆粥价钱上去了。有专家说,绿豆包治百病,超市里的绿豆价翻了三番还是供不应求。老乔说,鸡蛋太好使了,只要一指贴在墙上的鸡蛋,鸭蛋立马听话,该吃时吃,该喝时喝,该睡觉时睡觉。一个人待着也不吵不闹,脸对脸跟鸡蛋说话,弟弟长弟弟短,那个亲热劲儿,搞得他老婆都想再生一个娃了。

此言应该不虚,那段时间老乔和他老婆的确没找我帮过忙,要在过去,隔三岔五早上我都得跑过去,看看鸭蛋睡醒了没有。

出大事了。没擦枪也会走火,出了人命。周六下午又有一场大战,双方人数都过了三十,抄着家伙,那场面有点壮观。械斗之前照例是舌战。两边对骂时,一辆货车开过来,嘀嘀嘀喇叭声摁得急,大家本能地就紧急往后退。前面的挤后面,后面的继续往后挤。有人被推倒了,侧身倒在一把锄头上。锄头是房东过去在院子里开荒种菜时用的,房子租出去后,锄头就放在杂物间里,被打群架的搜了出来。为了让武器更具有威慑力,持锄头的家伙特地把锄头打磨了一番,明晃晃亮闪闪,能当镜子照,锋利自不必说。寸就寸在,当时持锄人拄着锄柄,锄刃自然就朝上,倒下的胖崔脖子直直就撞了上去,动脉和气管一起切断了。一群人围上来,眼见着胖崔像上了岸的鱼一挺再挺,脖子底下直往外冒血泡,呼噜呼噜只有出气没有进气的声音把大家吓坏了,搓着手干着急。有胆大的上来捂住他的伤口,旁边的人赶紧打120。120到时,胖崔已经死了。

那天我没在现场。戴山川带着鸭蛋爬上了我们的屋顶,一个跟我讲另一个戴山川,一个跟我讲鸡蛋。戴山川说,他游走在人群里,看着一张张千差万别的脸,觉得这世界真是神奇。既然有那么多不同的脸,一定也会有一张跟他一样的脸,他相信长着那张脸的戴山川一定也会在茫茫人海里寻找他。这么一想,他就觉得他跟这个世界有了无穷多的联系,对面走过来的每一个人,都可能是另一个自己。他觉得自己像一环不可或缺的扣,被织进了一张大网里。

"你确信真有另一个自己?"

"这样的感觉不好么?"他说,"鸭蛋都喜欢上了他的弟弟。"

"嗯,我天天跟弟弟说话。"鸭蛋真是给戴山川长脸,他手舞足蹈地说,"我弟弟可乖了,给他糖都不吃,还要给我大白兔。"

我对戴山川说:"恭喜你,这么快就找到传人了。"

戴山川对我挤着眼笑。这时候行健和米萝跌跌撞撞跑回来了。进了门米萝就朝屋顶上喊:

"你崔哥去了——"

"哪个崔哥?"我问。

"胖崔!"行健喊起来。

"去做臭鳜鱼了?"我真没想到米萝还能这么文雅地称呼死亡。我能想到的崔哥就是那个安徽来的胖厨子,做一手好菜,尤其臭鳜鱼。自备的料,在他的出租屋里做,吃得我舌头差点咽进肚子里。

"死啦!"行健的声音都变了。他亲眼看见崔哥血尽气绝,他被吓着了。在人海里找到一个跟自己长得一模一样的人不容易,一个人说死就死也同样不容易啊,但胖崔的确死了。行健和米萝一屁股坐在院子里,我坐在屋顶上一时半会儿也站不起来。我们都吃过崔哥的臭鳜鱼,喝过他熬的母鸡汤。他说,徽菜的特点就七个字:盐重,腐败,有点黄。"腐败"的是臭鳜鱼,"有点黄"的是老母鸡汤。他那么认真的一个人,说到"有点黄"脸都红了。

问题是,胖崔跟谁都没有过节,他只是碰巧那天休息,被同宿舍练摊儿给手机贴膜的老乡拉过来凑数的。

出了人命大家就清醒了,原来这么玩下去也很危险,几支队伍没人招呼就自动解散了。但事情才刚刚开始。一直想整顿城乡接合部的社会治安和闲杂人等,这回逮到了机会。先是半夜三更突击检查暂住证,无证游民一律遣送回老家;接着清查周边的旧房危房和违章建筑,安全设施不达标者一律不得出租,限期加固整改或拆除。以安全的名义,又解决了一部分不安定因素,因为外来者的租住环境多半都有问题。真有深仇大恨的人也打不起来了,没那个心思:被遣送的遣送,被驱赶的驱赶,想留下的赶紧找门路,剩下的烧香拜佛,自求多福。

我们三个半夜被砸开门,手电筒直接照到被窝里。我穿着背心裤衩从箱子里摸出暂住证。米萝记错了地方,箱子里找不到钱包,包里没摸着又去掏衣服口袋,最后在床头柜里翻出来,找到了还被踹了一脚,说他浪费时间太多。

在我们找暂住证的同时,隔壁院子里鸭蛋在哭。另一拨人进了老乔的门,鸭蛋被半夜三更闯进来的陌生人吓哭了。老乔应该是和他们发生了争执,为此还得罪了那些人。我们听见老乔老婆穿着拖鞋噼里啪啦地往外跑,跟在他们后面说:

"你们千万别生气,他真不是那个意思。"

"哪个意思也没用!"一个硬邦邦的男声说,"跟房东说,最迟后天中午。没得商量。"

这个最后通牒指的啥,我们都没深究,没时间。天不亮周围就乱了,收拾的收拾,搬家的搬家,有门路的赶紧投亲靠友。那两天不断有人过来告别。听那些资深的北漂前辈说,好几年没见过这么大规模的清查了。到了"后天",推土机轰隆隆开到西郊,我们才明白通牒要干什么:强行拆除违建房。从西边的巷子一家家往这边推。每一间违建房都推倒,他们知道指不上房东,谁舍得对自己的摇钱树下手。老乔第二天一早就跟房东打电话,房东咬着舌头说,雷声大雨点儿小,哥们儿啥场面没见过,小 case 啦,放一万个心住。但推土机开进了路西的巷子,老乔两口子扛不住了,开始收拾家当。还没收拾完,推土机就从宽阔的院门开进来了。

推房子是大事,我们都去看热闹。戴山川和那群卖盗版碟的也都在,没事干,都猫在家里。那天晚上戴山川差点挨了揍,他算一个刚来不久的观光客,火车票可以作证,但他跟纠察队说明来京理由时,把一个队员给惹毛了。我是纠察队我也毛,什么叫"找另一个自己"?这小子分明在耍他,那队员警棍都举起来了。戴山川发现跟他们讲不清,只好说,来北京是找一个失散多年的兄弟。纠察队说,早他妈这么说不就结了?还找"另一个自己",跟老子拽什么鸟文。拆房队的队长一挥手,推土机直接开到老乔的东山墙下。老乔老婆说,还有几样东西,再给五分钟。队长竖起右手食指和中指:两分钟。然后盯着手表看。

老乔两口子这才真正慌起来,穿着拖鞋往房间里跑,出来的时候拖拖拉拉抱了一大堆,抓到手里的全往外扔,恨不得把床也抢救出来。队长弯下食指和中指,对推土机的司机示意,时间到,开始。推土机司机加了一下油门。鸭蛋突然大叫:

"鸡蛋!鸡蛋!"

在场的都蒙了,鸭蛋叫唤什么鸡蛋?反正我是一下子没反应过来。

鸭蛋哭喊起来:"鸡蛋!我要鸡蛋!我要鸡蛋弟弟!"

他说的是贴在床头的照片。我想冲进去,但推土机的黑烟已经冒出来,开始怒吼着往前推了,我赶紧收住脚。一个人冲进房间,是戴山川。滞后没超过三秒,推土机已经杵到墙上。司机没看见有人进去,因为嘭嘭嘭嘭巨大的机器噪音,他听清楚我们大喊停下和有人时,踩刹车已经来不及了。我们看见老乔一家住的简易房子在左右晃动几秒之后,轰隆隆倒塌了。

连司机都傻眼了。除了鸭蛋还在哭叫他的弟弟鸡蛋,所有人都呆若木鸡。戴山川没出来。

那一段时间的确很长,相当之长。尘烟拔地而起。很多人的下巴都挂在胸前,迟迟没能合上。我们就看着那一堆废墟。一间简陋的房子,连废墟都单薄,石棉瓦、楼板和碎砖头纠缠堆积在一起。司机吓得推土机也憋熄了火。院子里只剩下鸭蛋的哭喊和风声。我确信时间是有声音的,我几乎能够听见时间正以秒针的速度咔嚓咔嚓在走。废墟寂静。然后,寂静的废墟突然发出了一点声响,我们中间谁叫了一声。尘烟稀薄,我们都看见碎砖头哗啦又响一声,一只手从砖头缝里一点点拱出来,一张皱巴巴的照片出现在废墟上。

鸭蛋挣脱母亲,边跑边喊:"弟弟!"

选自《大家》2018 年第 3 期

如果大雪封门

宝来被打成傻子回了花街，北京的冬天就来了。冷风扒住门框往屋里吹，门后挡风的塑料布裂开细长的口子，像只冻僵的口哨，屁大的风都能把它吹响。行健缩在被窝里说，让它响，我就不信首都的冬天能他妈的冻死人。我就把图钉和马甲袋放下，爬上床。风进屋里吹小口哨，风在屋外吹大口哨，我在被窝里闭上眼，看见黑色的西北风如同洪水卷过屋顶，宝来的小木凳被风拉倒，从屋顶的这头拖到那头，就算在大风里，我也能听见木凳拖地的声音，像一个胖子穿着四十一码的硬跟皮鞋从屋顶上走过。宝来被送回花街那天，我把那双万里牌皮鞋递给他爸，他爸拎着鞋对着行李袋比画一下，准确地扔进门旁的垃圾桶里：都破成了这样。那只小木凳也是宝来的，他走后就一直留在屋顶上，被风从那头刮到这头，再刮回去。

第二天一早，我爬上屋顶想把凳子拿下来。一夜北风掘地三尺，屋顶上比水洗得还干净。经年的尘土和杂物都不见了，沥青浇过的地面露出来。凳子卡在屋顶东南角，我费力地拽出来，吹掉上面看不见的尘灰坐上去。天也被吹干净了，像安静的湖面。我的脑袋突然开始疼，果然，一群鸽子从南边兜着圈子飞过来，鸽哨声如十一面铜锣在远处敲响。我在屋顶上喊：

"它们来了！"

他们俩一边伸着棉袄袖子一边往屋顶上爬，嘴里各叼一只弹弓。他们觉得大冬天最快活的莫过于抱着炉子煲鸡吃，比鸡味道更好的是鸽子。"大补，"米萝说，"滋阴壮阳，要怀孕的娘们儿只要吃够九十九只鸽子，一准生儿子。"男人吃够了九十九只，就是钻进女人堆里，出来也还是一条好汉。不知道他从哪里搞来的理论。不到一个月，他们俩已经打下五只鸽子。

我不讨厌鸽子，讨厌的是鸽哨。那种陈旧的变成昏黄色的明晃晃的声音，一圈一圈地绕着我脑袋转，越转越快，越转越紧，像紧箍咒直往我脑仁里扎。神经衰弱也像紧箍咒，转着圈子勒紧我的头。它们有相似的频率和振幅，听见鸽哨我立马感到神经衰弱加重了，头疼得想撞墙。如果我是一只鸽子，不幸跟它们一起转圈飞，我肯定要疯掉。

"你当不成鸽子。"行健说，"你就管掐指一算，看它们什么时候飞过来。我和米萝负责把它们弄下来。"

那不是算，是感觉。像书上讲的蝙蝠接收的超声波一样，鸽哨大老远就能跟我的神经衰弱合上拍。那天早上鸽子们的头脑肯定也坏了，围着我们屋顶翻来覆去地转圈飞。飞又不靠近飞，绕大圈子，都在弹弓射程之外，让行健和米萝气得跳脚。他们光着脚只穿条秋裤，嘴唇冻得乌青。他们把所有石子都打光了，骂骂咧咧下了屋顶，钻回进热被窝。我在屋顶上来回跑，骂那些浑蛋鸽子。没用，人家根本不听你的,该怎么绕圈子还怎么绕。以我丰富的神经衰弱经验,这时候能止住头疼的最好办法,除了吃药就是跑步。我决定跑步。难得北京的空气如此之好,不跑浪费了。

到了地上,我发现和鸽子们的关系发生了变化。它们其实并非绕着我们的屋顶转圈,而是围着附近的几条巷子飞。狗日的,我要把你们彻底赶走。这个场景一定相当怪诞:一个人在北京西郊的巷子里奔跑,嘴里冒着白气,头顶上是鸽群;他边跑边对着天空大喊大叫。我跑了至少一刻钟,一只鸽子也没能赶走。它们起起落落,依然在那个巨大的圆形轨道上。它们并非不怕我,我在地上张牙舞爪地比画,它们就飞得更快更高。所以,这个场景也可以被看成是一群鸽子被我追着跑。然后我身后出现了一个晨跑者。

那个白净瘦小的年轻人像个初中生,起码比我要小。他低着头跟在我身后,头发支棱着,简直就是图画里的雷震子的弟弟。此人和我同一步调,我快他快,我慢他也慢,我们之间保持着一个恒定不变的距离,八米左右。他的路线和我也高度一致。在第三个人看来,我们俩是在一块儿追鸽子。如果在跑道上,即使身后有三五十人跟着你也不会在意,但在这冷飕飕的巷子里,就这么一个人跟在你屁股后头,你也会觉得不爽,比三五十人捆在一起还让你不爽。那感觉很怪异,如同你在被追赶、被模仿、被威胁,甚至被取笑,你有一种莫名其妙的不洁感。反正我不喜欢,但他呼哧呼哧的喘气声让我觉得,这家伙也不容易,不跟他一般见识了。如果我猜得不错,他那小身板也就够跑两千米,多五十米都得倒下。他要执意像个影子粘在我身后,我完全可以拖垮他,但我停了下来。跑一阵子脑袋就舒服了。过一阵子脑袋又不舒服了。所以我自己也摸不透什么时候就会突然撒腿就跑。

　　第二天，我从屋顶上下来。那群鸽子从南边飞过来了，我得提前把它们赶走。行健和米萝嫌冷，不愿意从热被窝里出来。我迎着它们跑，一路嗷嗷地叫。它们掉头往回飞，然后我觉得大脑皮层上出现了另一个人的脚步声。如果你得过神经衰弱，你一定明白我的意思：我们的神经如此脆弱，头疼的时候任何一点小动静都像发生在我们的脑门上。我扭回头又看见昨天的那个初中生。他穿着滑雪衫，头发变得像张雨生那样柔软，在风里颠动飘拂。我把鸽子赶到七条巷子以南，停下来，看着他从我身边跑过。他跟着鸽群一路往南跑。

　　行健和米萝又打下两只鸽子。它们像失事的三叉戟一头栽下来，在冰凉的水泥路面上撞歪了嘴。煮熟的鸽子味道的确很好，在大冬天玻璃一样清冽的空气里，香味也可以飘到五十米开外；我从吃到的细细的鸽子脖还有喝到的鸽子汤里得出结论，胜过鸡汤起码两倍。天冷了，鸽子身上聚满了脂肪和肉。

　　如果我是鸽子，牺牲了那么多同胞以后，我绝对不会再往那个屋顶附近凑；可是鸽子不是我，每天总要飞过来那么一两回。我把赶鸽子当成了锻炼，跑啊跑，正好治神经衰弱。反正我白天没事。第三次见到那个初中生，他不是跟在我后头，而是堵在我眼前；我拐进驴肉火烧店的那条巷子，一个小个子攥着拳头，最大限度地贴到我跟前。

　　"你看见我的鸽子了吗？"他说南方咬着舌头的普通话。看得出来,他很想把自己弄得凶狠一点。

"你的鸽子?"我明白了。我往天上指,"那群鸽子快把我吵死了。"

"我的鸽子又少了两只!"

"要是我的头疼好不了,我把它们追到越南去!"

"我的鸽子又少了两只。"

"所以你就跟着我?"

"我见过你。"他看着我,突然有些难为情,"在花川广场门口,我看见那胖子被人打了。"

他说的胖子是宝来。宝来为了一个不认识的女孩,在酒吧门口被几个混混打坏了脑袋,成了傻子,被他爸带回了老家。他说的花川广场是个酒吧,这辈子我也不打算再进去。

"我帮不了你们,"他又说,"自行车腿坏了,车笼子里装满鸽子。我只能帮你们喊人。我对过路的人喊,打架了,要出人命啦,快来救人啊。"

我一点想不起听过这样咬着舌头的普通话。不过我记得当时好像是闻到过一股热烘烘的鸡屎味,原来是鸽子。他这小身板的确帮不了我们。

"你养鸽子?"

"我放鸽子。"他说,"你要没看见——那我先走了。"

走了好,要不我还真不知道怎么跟他说少了的七只鸽子。七只,我想象我们三个人又吃又喝打着饱嗝,的确不是个小数目。

接下来的几天,在屋顶上看见鸽群飞来,我不再叫醒行健和米萝；我追着鸽群跑步时，身后也不再有人尾随。我知道我辜负了他的信任，我不知道他是不是也明白这一点。因为不安，反倒不那么反感鸽哨的声音了。走在大街上，对所有长羽毛的、能飞的东西都敏感起来，电线上挂了个塑料袋我也会盯着看上半天。

有天中午我去洪三万那里拿墨水，经过中关村大街，看见一群鸽子在当代商城门前的人行道上蹦来蹦去，那鸽子看着眼熟。已经天寒地冻，年轻的父母带着孩子还在和鸽子玩，还有一对对情侣，露着通红的腮帮子跟鸽子合影。这个我懂，你买一袋鸽粮喂它们，你就可以和每一只鸽子照一张相。我在欢快的人和鸽子群里看见一个人冰锅冷灶地坐着，缩着脑袋，脖子几乎完全顿进了大衣领子里。这个冬天的确很冷，阳光像害了病一样虚弱。他的头发柔顺，他的个头小，脸白净，鼻尖上挂着一滴清水鼻涕。我走到他面前，说：

"一袋鸽粮。"

"是你呀！"他站起来，大衣扣子挂掉了四袋鸽粮。

很小的透明塑料袋，装着八十到一百粒左右的麦粒，一块五一袋。我帮他捡起来。旁边是他的自行车和两个鸽子笼，落满鸽子粪的飞鸽牌旧自行车靠花墙倚着，果然没腿。他放的是广场鸽。我给每一只鸽子免费喂了两粒粮食。他把马扎让给我，自己铺了张报纸坐在钢筋焊成的鸽子笼上。

"鸽子越来越少了。"他说，又把脖子往大衣里顿了顿。

"你冷？"

"鸽子也冷。"

这个叫林慧聪的南方人，竟然比我还大两岁，家快远到了中国的最南端。去年结束高考，作文写走了题，连专科也没考上。当然在他们那里，能考上专科已经很好了。考的是材料加半命题作文。材料是，一人一年栽三棵树，一座山需要十万棵树，一个春天至少需要十三亿棵树，云云。挺诗意。题目是《如果……》。他不管三七二十一，上来就写《如果大雪封门》。说实话，他们那里的阅卷老师很多人一辈子都没看见过雪长什么样，更想象不出什么是大雪封门。他洋洋洒洒地将种树和大雪写到了一起，不知道从哪里找来的逻辑。在阅卷老师看来，走题走大了。一百五十分的卷子，他对半都没考到。

父亲问他："怎么说？"

他说："我去北京。"

在中国，你如果问别人想去哪里，半数以上会告诉你，北京。林慧聪也想去，他去北京不是想看天安门，而是想看到冬天下大雪是什么样子。他想去北京也是因为他叔叔在北京。很多年前林家老二用刀捅了人，以为出了人命，吓得当夜扒火车来了北京。他是个养殖员，因为跟别人斗鸡斗红了眼，顺手把刀子拔出来了。来了就没回去，偶尔寄点钱回去，让家里人都以为他发大了。林慧聪他爹自豪地说，那好，投奔你二叔，你也能过上北京的好日子。他就买了张火车站票到了北京，下车脱掉鞋，看见脚肿得像两条难看的大面包。

二叔没有想象中那样西装革履地来接他，穿得甚至比老家人还随意，衣服上有星星点点可疑的灰白点子。林慧聪出溜两下鼻子，问:"还是鸡屎?"

"不,鸽屎!"二叔吐口唾沫到手指上,细心地擦掉老头衫上的一粒鸽子屎,"这玩意儿干净!"

林家老二在北京干过不少杂活儿,发现还是老本行最可靠,由养鸡变成了养鸽子的。不知道他走了什么狗屎运,弄到了放广场鸽的差事。他负责养鸽子,定时定点往北京的各个公共场所和景点送,供市民和游客赏玩。这事看上去不起眼,其实挺有赚头,公益事业,上面要给他钱的。此外你可以创收,一袋鸽粮一块五,卖多少都是你的。鸽子太多他忙不过来,侄儿来了正好,他给他两笼,别的不管,他只拿鸽粮的提成,一袋他拿五毛,剩下都归慧聪。吃喝拉撒衣食住行慧聪自己管。

"管得了么?"我问他。我知道在北京自己管自己的人绝大部分都管不好。

"凑合。"他说,"就是有点冷。"

冬天的太阳下得快,光线一软人就开始往家跑。的确是冷,人越来越少,显得鸽子就越来越多。慧聪决定收摊,对着鸽子吹了一曲别扭的口哨,鸽子踱着方步往笼子前靠,它们的脖子也缩起来。

慧聪住七条巷子以南。那房子说凑合是抬举它了,暖气不行。也是平房,房东是个抠门的老太太,自己房间里生了个煤球炉,一天到晚抱着炉子过日子。她暖和了就不管房客,想起来才往暖气炉子加块煤,想不起来拉倒。慧聪经常半夜迷迷糊糊摸到暖气片,冰得人突然就清醒了。他提过意见,老太太说,知足吧你,鸽子的房租我一分没要你!慧聪说,鸽子不住屋里啊。院子也是我家的,老太太说，要按人头算，每个月你都欠我上万块钱。慧聪立马不敢吭声了。这一群鸽子，每只鸽子每晚咕哝两声，一夜下来，也像一群人说了通宵的悄悄话，吵也吵死了。老太太不找碴算不错了。

"我就是怕冷。"慧聪为自己是个怕冷的南方人难为情，"我就盼着能下一场大雪。"

大雪总会下的。天气预报说了，最近一股西伯利亚寒流将要进京。不过天气预报也不一定准，大部分时候你也搞不清他们究竟在说哪个地方。但我还是坚定地告诉他，大雪总要下的。不下雪的冬天叫什么冬天。

完全是出于同情，回到住处我和行健、米萝说起慧聪，问他们，是不是可以让他和我们一起住。我们屋里的暖气好，房东是个修自行车的，好几口烧酒，我们就隔三岔五送瓶"小二"给他，弄得他把我们当成亲戚，暖气烧得不遗余力。有时候我们懒得出去吃饭，他还会把自己的煤球炉借给我们，七只鸽子都是在他的炉子上煮熟的。

"好是好，"米萝说，"他要知道我们吃了他七只鸽子怎么办？"

"管他！"行健说，"让他来，房租交上来咱们买酒喝。还有，总得给两只鸽子啥的做见面礼吧？"

我屁颠屁颠到七条巷子以南。慧聪很想和我们一起住，但他无论如何舍不得鸽子，他情愿送我们一只老母鸡。我告诉他，我们三个都是打小广告的。小广告你知道吗？就是在纸上、墙上、马路牙子上和电线杆子上印上一个电话，如果你需要假毕业证、驾驶证、记者证、停车证、身份证、结婚证、护照以及这世上可能存在的所有证件，拨打这个电话，洪三万可以满足你的一切要求。电话号码是洪三万的。洪三万是我姑父,办假证的,我把他的电话号码刻在一块山芋上或者萝卜上,一手拿着山芋或者萝卜,一手拿着浸了墨水的海绵,印一下墨水往纸上、墙上、马路牙子上和电线杆上盖一个戳。有事找洪三万去。宝来被打坏头脑之前,和我一样都是给我姑父打广告的。行健和米萝也干这个,老板是陈兴多。

"我知道你们干这个,昼伏夜出。"慧聪不觉得这职业有什么不妥,"我还知道你们经常爬到屋顶上打牌。"

没错,我们晚上出去打广告,因为安全;白天睡大觉,无聊得只好打牌。我帮着慧聪把被褥往我们屋里搬,他睡宝来那张床。随行李他还带来一只褪了毛的鸡。那天中午,行健和米萝围着炉子,看着滚沸的鸡汤吞咽口水,我和慧聪在门外重新给鸽子们搭窝。很简单,一排铺了枯草和棉花的木盒子,门打开,它们进去,关上,它们老老实实地睡觉。鸽子们像我们一样住集体宿舍,三四只鸽子一间屋。我们找了一些石棉瓦、硬纸箱和布头把鸽子房包挡起来,防风又保暖。要是四面透风,鸽子房等于冰箱。

那只鸡是我们的牙祭,配上我在杂货店买的两瓶二锅头,汤汤水水下去后我有点晕,行健和米萝有点燥,慧聪有点热。我想睡觉,行健和米萝想找女人,慧聪要到屋顶上吹一吹。他很多次看过我们在屋顶上打牌。

风把屋顶上的天吹得很大,烧暖气的几根烟囱在远处冒烟,被风扯开来像几把巨大的扫帚。行健和米萝对屋顶上挥挥手,诡异地出了门。他们俩肯定会把省下的那点钱用在某个肥白的身子上。

"我一直想到你们的屋顶上,"慧聪踩着宝来的凳子让自己站得更高,悠远地四处张望,"你们扔掉一张牌,抬个头就能看见北京。"

我跟他说,其实这地方没什么好看的,除了高楼就是大厦,跟咱们屁关系没有。我还跟他说,穿行在远处那些楼群丛林里时,我感觉像走在老家的运河里,一个猛子扎下去,不露头,踩着水晕晕乎乎往前走。

"我想看见大雪把整座城市覆盖住。你能想象那会有多壮观吗?"说话时慧聪辅以宏伟的手势,基本上能够观古今于须臾、抚四海于一瞬了。

他又回到他的"大雪封门"了。让我动用一下想象力,如果大雪包裹了北京,此刻站在屋顶上我能看见什么呢?那将是白茫茫一片大地真干净,将是银装素裹无始无终,将是均贫富等贵贱,将是高楼不再高、平房不再低,高和低只表示雪堆积得厚薄不同而已——北京就会像我读过的童话里的世界,清洁、安宁、饱满、祥和,每一个穿着鼓鼓囊囊的棉衣走出来的人都是对方的亲戚。

"下了大雪你想干什么?"他问。

不知道。我见过雪,也见过大雪,在过去很多个大雪天里我都无所事事,不知道自己想干什么。

"我要踩着厚厚的大雪,咯吱咯吱把北京城走遍。"

几只鸽子从院子里起飞,跟着哗啦啦一片都飞起来。超声波一般的声音又来了。"能把鸽哨摘了么?"我抱着脑袋问。

"这就摘。"慧聪准备从屋顶上下去,"带鸽哨是为了防止小鸽子出门找不到家。"

训练鸽子习惯新家，花了慧聪好几天时间。他就用他不成调的口哨把一切顺利搞定了。没了鸽哨我还是很喜欢鸽子的，每天看它们起起落落觉得挺喜庆，好像身边多了一群朋友。但是鸽子隔三岔五在少。我弄不清原因，附近没有鸽群，不存在被拐跑的可能。我也没看见行健和米萝明目张胆地射杀过，他们的弹弓放在哪我很清楚。不过这事也说不好。我和他们俩替不同的老板干活儿，时间总会岔开，背后他们干了什么我没法知道；而且，上次他们俩诡秘地出门找了一趟女人之后，就结成了更加牢靠的联盟，说话时习惯了你唱我和。慧聪说他懂，一起扛过枪的，一起同过窗的，还有一起嫖过娼的，会成铁哥们儿。好吧，那他们搞到鸽子到哪里煮了吃呢？

慧聪不主张瞎猜，一间屋里住的，乱猜疑伤和气。行健和米萝也一本正经地跟我保证，除了那七只，他们绝对没有对第八只下过手。

我和慧聪又追着鸽子跑。既锻炼身体又保护小动物，完全是两个环保实践者。我们俩把北京西郊的大街小巷都跑遍了，鸽子还在少，雪还没有下。白天他去各个广场和景点放鸽子，晚上我去马路边和小区里打小广告，出门之前和回来之后都要清点一遍鸽子。数目对上了，很高兴，仿佛逃过了劫难；少了一只，我们就闷不吭声，如同给那只失踪的鸽子致哀。致过哀，慧聪会冷不丁冒出一句：

"都怪鸽子营养价值高。我刚接手叔叔就说，总有人惦记鸽子。"

可是我们没办法，被惦记上了就防不胜防。你不能晚上抱着鸽子睡。

西伯利亚寒流来的那天晚上，风刮到了七级。我和行健、米萝都没法出门干活儿，决定在屋里摆一桌小酒乐呵一下。石头剪刀布，买酒的买酒，买菜的买菜，买驴肉火烧的买驴肉火烧；我们在炉子上炖了一大锅牛肉白菜，四个人围炉一直喝到凌晨一点。我们根据风吹门后的哨响来判断外面的寒冷程度。门外的北京一夜风声雷动，夹杂着无数东西碰撞的声音。我们喝多了，觉得世界真乱。

第二天一早慧聪先起，出了屋很快进来，拎着四只鸽子到我们床前，苦着一张小脸都快哭了。四只鸽子，硬邦邦地死在它们的小房间前。不知道它们是怎么出来的，也不知道它们出来以后木盒子的门是如何关上的。喝酒之前我们仔细地检查了每一个鸽子房，确信即使把这些鸽子房原封不动地端到西伯利亚，鸽子也会暖和和地活下来的。但现在它们的确冻死了，死前啄过很多次木板小门，临死时把嘴插进了翅膀的羽毛里。

"你听见他们起夜没？"我问慧聪。

"我喝多了。睡得跟死了一样。"

我也是。我担保行健和米萝也睡死了，他们俩的酒量在那儿。那只能说这四只鸽子命短。扔了可惜，米萝建议卖给我们煮了吃。我赶紧摆手，那几只鸽子我都认识，如果它们有名字，我一定能随口叫出来，哪吃得下。慧聪更吃不下，他把鸽子递给行健和米萝，说随你们，别让我看见。然后走到院子里，蹲在鸽子房前，伸头看看，再抬头望望天。

拖拖拉拉吃完了早饭，已经十点半，慧聪驮着他的两笼鸽子去西直门。行健对米萝斜了一下眼，两人把死鸽子装进塑料袋，拎着出了门。我远远地跟上去。我知道西郊很大，我自以为跑过了很多街巷,但跟着他们俩,我才知道我所知道的西郊只是西郊极小的一部分。北京有多大,北京的西郊就有多大。

拐了很多弯,在一条陌生的巷子里,行健敲响了一扇临街的小门。这是破旧的四合院正门边上的一个小门,一个年轻的女人侧着半个身子探出门来,头发蓬乱,垂下来的卷发遮住了半张白脸。她那件太阳红的贴身毛衣把两个乳房鼓鼓囊囊地举在胸前。她接过塑料袋放到地上,左胳膊揽着行健,右胳膊揽着米萝,把他们摁到自己的胸前,摁完了,拍拍他们的脸,冷得搓了两下胳膊,关上了门。我躲到公共厕所的墙后面,等行健和米萝走过去才出来。他们俩在争论,然后相互对击了一下掌。

我对他们俩送鸽子的地方的印象是,墙高,门窄小,墙后的平房露出一部分房顶,黑色的瓦楞里两丛枯草抱着身子在风里摇摆。听不见自然界之外的任何声音。就这些。

谁也不知道鸽子是怎么少的。早上出门前过数,晚上睡觉前也过数,在两次过数之间,鸽子一只接一只地失踪了。我挑不出行健和米萝什么毛病,鸽子的失踪看上去与他们没有丝毫关系,他们甚至把弹弓摆在谁都看得见的地方。宝来在的时候他们就不爱带我们俩玩,现在基本上也这样,他们俩一起出门,一起谈理想、发财、女人等宏大的话题。我在屋顶上偶尔会看见他们俩从一条巷子拐到另外一条巷子,曲曲折折地走到很远的地方。当然,他们是否敲响那扇小门,我看不见。看不见的事不能乱猜。

对于鸽子的失踪慧聪无计可施。"要是能揣进口袋里就好了,"

他坐在屋顶上跟我说,"走到哪我都知道它们在。"不怕贼偷就怕贼惦记,越来越少是必然的,这让他满怀焦虑。他二叔已经知道了这情况,拉下一张公事公办的脸,警告他就算把鸽子交回去,也得有个差不多的数。什么叫个差不多的数呢?就眼下的鸽子数量,慧聪觉得已经相当接近那个危险而又精确的概数了。"我的要求不高,"慧聪说,"能让我来得及看见一场大雪就行。"当时我们头顶上天是蓝的,云是白的,西伯利亚的寒流把所有脏东西都带走了,新的污染还没来得及重新布满天空。

天气预报为什么就不能说说大雪的事呢。一次说不准,多说几次总可以吧。

可是鸽子继续丢,大雪迟迟不来。这在北京的历史上比较稀罕,至今一场像样的雪都没下。慧聪为了保护鸽子几近寝食难安,白天鸽子放出去,常邀我一起跟着跑,一直跟到它们飞回来。夜间他通常醒两次,凌晨一点半一次,五点一次,到院子看鸽子们是否安全。就算这样,鸽子还是在丢。与危险的数目如此接近,行健和米萝都看不下去了,夜里起来撒尿也会帮他留一下心。他们劝慧聪想开点,不就几只鸽子嘛,让你二叔收回去吧,没路走跟我们混,哪里黄土不埋人。只要在北京,机会迟早会撞到你怀里。

慧聪说:"你们不是我,我也不是你们。我从南方以南来。"

终于,一月将尽的某个上午,我跑完步刚进屋,行健戴着收音机的耳塞对我大声说:"告诉那个林慧聪,要来大雪,傍晚就到。"

"真的假的,气象台这么说的?"

"国家气象台、北京气象台还有一堆气象专家,都这么说。"

我出门立马觉得天阴下来,铅灰色的云在发酵。看什么都觉得是大雪的前兆。我在当代商城门前找到慧聪时,他二叔也在。林家老二挺着啤酒肚,大衣的领子上围着一圈动物的毛。"不能干就回家!"林家老二两手插在大衣兜里,说话像个乡镇干部,"首都跟咱老家不一样,这里讲究适者生存、优胜劣汰。"慧聪低着脑袋,因为早上起来没来得及梳理头发,又像雷震子一样一丛丛站着。他都快哭了。

"专家说了,有大雪。"我凑到他跟前,"绝对可靠。两袋鸽粮。"

慧聪看看天,对他二叔说:"再给我两天。就两天。"

回去的路上我买了二锅头和鸭脖子。一定要坐着看雪如何从北京的天空上落下来。我们喝到十二点,慧聪跑出去五趟,一粒雪星子都没看见。夜空看上去极度地忧伤和沉郁,然后我们就睡了。醒来已经上午十点,什么东西抓门的声音把我们惊醒。我推了一下门,没推动,再推,还不行,猛用了一下劲儿,天地全白,门前的积雪到了膝盖。我对他们三个喊:

"快,快,大雪封门!"

慧聪穿着裤衩从被窝里跳出来,赤脚踏入积雪。他用变了调的方言嗷嗷乱叫。鸽子在院子里和屋顶上翻飞。这样的天,麻雀和鸽子都该待在窝里哪也不去。这群鸽子不,一刻也不闲着,能落的地方都落,能挠的地方都挠,就是它们把我们的房门抓得嗤嗤啦啦直响。

两只鸽子歪着脑袋靠在窝边,大雪盖住了木盒子。它们俩死了,不像冻死,也不像饿死,更不像窒息死。行健说,这两只鸽子归他,晚上的酒菜也归他。我们要庆祝一下北京三十年来最大的一场雪。收音机里就这么说的,这一夜飘飘洒洒、纷纷扬扬,落下了三十年来最大的一场雪。

简单地垫了肚子,我和慧聪爬到屋顶上。大雪之后的北京和我想象的有不小的差距,因为雪没法将所有东西都盖住。高楼上的玻璃依然闪着含混的光。但慧聪对此十分满意,他觉得积雪覆盖的北京更加庄严,有一种黑白分明的肃穆,这让他想起黑色的石头和海边连绵的雪浪花。他团起一颗雪球一点点咬,一边吃一边说:

"这就是雪。这就是雪。"

行健和米萝从院子里出来,在积雪中曲折地往远处走。鸽子在我们头顶上转着圈子飞,我替慧聪数过了,现在还勉强可以交给他叔叔,再少就说不过去了。我们俩在屋顶上走来走去,脚下的新雪蓬松温暖。我告诉慧聪,宝来一直说要在屋顶上打牌打到雪落满一地。他没等到下雪,不知道他以后是否还有机会打牌。

我也搞不清在屋顶上待了多久,反正肚子饿得咕噜咕噜叫。那会儿行健和米萝刚走进院子。我们从屋顶上下来,看见行健拎着那个装着死鸽子的塑料袋。

"妈的,她回老家了。"他说,脚对着墙根一阵猛踹,塑料袋哗啦啦直响,"他妈的回老家等死了!"

米萝从他手里接过塑料袋,摸出根烟点上,说:"我找个地方把鸽子埋了。"

2011 年 12 月 17 日,知春里

Part2

评
论

身份如何认同：祭奠"古典"，或作为"现代"突围的一种方式
——徐则臣小说论
徐　妍　姜宝虎

关键词：徐则臣小说　"古典"　"现代"　身份

摘　要：新世纪（21世纪代称）以来，徐则臣小说从故乡记忆出发，与古典记忆、经典记忆一并铸造为年轻的"旧灵魂"。它从"故乡"系列出发，继而叙写"京漂"系列的"边缘人"世界。这些人物一路打拼，却不断陷入绝境之中，死地逢生。在幻梦碎裂，终踏上"还乡"之路时，"故乡"远矣，但见"现代"这列时间的"夜火车"呼啸而过。在这个被反复书写的现代性"归乡"主题中，徐则臣小说承载的"边缘人"身份认同的焦虑实在一言难尽。

新世纪以来，徐则臣开始营造他的"故乡"系列与"京漂"系列。它们频频呈现于各大主流文学期刊。阅人述事，节制冷静；笔带温情，老到苍冷；手法新锐，古风流动。从短篇小说《忆秦娥》的故乡追忆开始，经《花街》《啊，北京》《跑步穿过中关村》《天上人间》《午夜之门》等城乡双向互动，再到最新长篇《夜火车》《病孩子》叙写现代人的生存困境，表现出创作喷发期的激情状态。小

说以"现代"与"古典"相杂糅的文体探索、现实与理想的两极性书写、学院与民间的双向立场冲击着新世纪的中国文坛。每次出手，常常引起关注。有评论家对作品的笔力称奇：那是"长成"了的小说家对世事沧桑的体认，在体认中又明显地对世道不服气[1]；也有人对它们的题材赞叹不已[2]，还有人对其精神探索感到推崇[3]；有人甚至专门探讨徐则臣小说的叙事美学[4]和"慢"的节奏[5]。但最不可思议的，还是他作为70后一代作家的写作身份问题。即70后一代中国作家如何接续与转换古典美学传统。而隐含其中的人物对身份的焦虑，既包括70后一代作家的身份定位，还包括当代中国作家、当代中国人的身份寻找和认同。

一、新世纪文学中的"旧"灵魂

徐则臣小说在新世纪伊始一经获得关注，便接连获得主流文学界的诸多奖项：第四届"春天文学奖"、首届"西湖·中国新锐文学奖"、第六届"华语文学传媒大奖·最具潜力新人奖"等等。他的作品被评论界认为："见证了一个作家的成熟，也标示出了一个人在青年时代可能达到的灵魂眼界。"[6] 但诸多标签很容易误导我们对徐则臣小说的印象。仿佛徐则臣小说一进入文坛，就汇入了新世纪以来文学创作的某种潮流之中。事实上，徐则臣小说最具特色之处就是与新世纪任何一种文学创作潮流保持必要的张力。当网络文

---

[1] 施战军：《出现徐则臣，意味……》，《文学港》2005年第3期。
[2] 付艳霞：《小说是个体想象的天堂》，《当代文坛》2007年第6期。
[3] 张立新：《在故乡与他乡之间的精神往返》，《当代文坛》2007年第3期。
[4] 张清芳：《省略和空白的叙事美学——论徐则臣小说的叙事特点》，《当代文坛》2007年第6期。
[5] 师力斌：《慢，作为一种人生观的艺术——论徐则臣的小说艺术》，中国作家网，2007年1月18日。
[6] 《第六届华语文学传媒大奖·授奖辞》，见《南方都市报·阅读周刊》2008年4月13日。

学、80 后写作成为新世纪市场化潮流中抢眼的大众文化现象时,徐则臣却如一个铜匠那样专注于手头作品的工艺;当"打工文学""底层写作"成为新世纪批评家所青睐的热门话题时,徐则臣竟直言:"我从来没有刻意要去写'底层',也不认同'底层文学'这一说法。我也不觉得写他们就是写底层,我只想写一写我认识的和熟悉的朋友,他们碰巧游走在北京的边缘,碰巧在干不那么伟大和体面的事业,碰巧生活在暗地。他们从事何种职业对我来说其实不重要,我只关心他们的生活和精神状态。"① 不过,在新世纪各种合唱的语境下,究竟如何选择小说家的创作立场,全不由徐则臣决定。可以说,这位新世纪文学的"新人"固然以"新人"的姿态进入文坛,但最难以抵御的却是一颗恋"旧"的灵魂。故乡记忆、古典记忆、经典记忆一并生成了他小说创作的个人化审美风格。

  1997 年,正在读大二的徐则臣开始了小说创作,并在随后几年里发表了数篇小说,但直到 2002 年,他的第一篇代表作《忆秦娥》才受到关注,可谓一个"慢热"的过程。不过,如果他继续留在苏北的某个小城,这个"慢热"过程或许还将持续一段时间。2002 年秋天,徐则臣来到北京大学中文系攻读硕士研究生,这个"慢热"的过程所储存的能量获得了释放的机缘。北京大学的读书生活既刷新了他的创作观念,也犁开了他恋"旧"的灵魂。换言之,北京大学作为这个混乱时代中的精神高地,既提供了徐则臣系统地接续中国古典记忆和汲取西方现代经典记忆的机缘,也复活了那个已经告别多年的故乡记忆。当然,二种记忆比较而言,故乡记忆是徐则臣小说的出发点。如他自己所说:"对所有作家来说,故乡永远都是最重要的。"② 不过,如果没有古典记忆和经典记忆的参照,故乡记忆

---

① 《好小说要形式上回归古典,意蕴上趋于现代》,见《南方都市报·阅读周刊》 2008 年 4 月 13 日。
② 张昭兵:《徐则臣访谈》,《青春》2009 年第 5 期。

也不可能被激活。

自《忆秦娥》后，徐则臣接连发表了短篇小说《鸭子是怎样飞上天的》和《逃跑的鞋子》，开启了"故乡"系列创作的自觉阶段。从此，徐则臣小说围绕"石码头""花街"这两个"故乡"的核心场景展开，生发出"水""船""岸""树""花"等意象，这些意象与"故乡"系列中的人物一道聚合为新世纪文学中的"旧"灵魂。这颗"旧"灵魂与当下小说日日"追新"的人物心理很是不同，一段往事、一个旧梦往往构成人物一生的信奉。但这个"旧"梦必将被现实生活所唤醒，由此，人物对"梦"的追求与"醒"的幻灭便生成其抒情化叙事结构。《花街》中的主人公修鞋匠老默以沉默的方式守护了一生的秘密情愫。他与麻婆的旧日恋情不仅是他孤苦生活的精神支撑，也同时启动了小说追忆"故乡"的抒情化叙述结构。《石码头》一开篇就升腾着如薄雾一样的水汽，随着情节的发展，灼热的气息越来越让人窒息，只有"石码头"才能够让木鱼尽情地放飞少年的想象，压抑与释放、眷恋与逃离的少年灵魂由此生成了小说诗化的叙事声音。《鸭子是怎样飞上天的》中的少年"我"和少女小艾一同嬉戏在童年梦想的旷野上，可彩蝶姑姑年午和母亲等成人轻而易举地粉碎了少年的梦想，梦想的飞翔与跌落遂构成小说的感伤基调。《失声》借助少年视角，讲述了人世间的憧憬与灾变，体察了少年成长过程中经历的真情和悲情。《最后一个猎人》目送"最后一个猎人"的光荣与梦想，整个叙事结构回荡着悲怆的声响。《梅雨》中的少年伴随着周身散发着幽幽的玉兰花香气的女性的消亡完成了自醒的成长仪式，整个诗化的叙事过程美丽又忧伤。"《弃婴》如油画般鲜亮，《奔马》则如水墨画般素淡。"[1] 但无不传达出少年时代梦境的终结。至于《紫米》《水边书》，均是长篇小说《午夜之门》的内

---

[1] 邵燕君：《徐则臣〈弃婴〉〈奔马〉》（短篇小说），《上海文学》2005 年第 1 期。

容构成。《午夜之门》可谓徐则臣小说"旧"灵魂的集中呈现。小说结构精巧：少年主人公木鱼经"石码头"告别"故乡"，经历了漂泊、战争、流血、死亡、欲望等诸多磨难，最终，又漂回了"故乡"。可"故乡"还是那个"故乡"吗？"我"还是从前的那个"我"吗？卡尔维诺在解读荷马史诗《奥德赛》时指出："必须寻找、思考、记住归程：危险在于，这归程可能还未发生就被忘记。"① 木鱼告别"故乡"步入蓝塘、误入左山、飘至"故乡"，经历了遗忘、回归、再告别的循环过程，对于少年成长而言，既是一个上升的过程，也是"故乡"记忆生成的开始，同时也是梦想醒来即幻灭的开始。总之，在"故乡"系列中，"花街"不再是简单的"水边巷"，而是散发着温暖炊烟的"故乡"之肉身；"石码头"也不再是现实世界中运河上的码头，而是"故乡"通向想象世界之灵魂；"故乡"也不是一般意义上的故乡，而是一个人的出发地、归属地、幻灭地、心灵再出发的起点。

　　徐则臣小说中的故乡记忆接续了现当代文学史中的古典记忆的链条。徐则臣小说中的故乡记忆近接汪曾祺、林斤澜、曹文轩、迟子建等当代作家对"故乡"的古典想象，远承鲁迅、废名、沈从文等现代作家对"故乡"的古典诗化叙事。先说当代作家对徐则臣"故乡"系列小说的影响：汪曾祺小说的骨架坚实、构思精致被徐则臣的短篇所借鉴；林斤澜小说的理趣与诗意、抒情性与批判性从徐则臣小说的叙述话语方式中可见踪迹；曹文轩小说语言质地的洁净温润、人物形象的优雅高贵以及关于时空的精妙处理方式，如河流一样注入徐则臣小说的叙述文脉中；迟子建小说温情与悲凉相结合的叙事基调，也仿佛在徐则臣小说中呈现。再看现代作家为徐则臣

---

① 卡尔维诺：《为什么读经典》，黄灿然、李桂蜜译，译林出版社2006年8月第1版，第12～13页。

"故乡"系列提供的养分:鲁迅对乡土中国农民的悲悯之情、其诗化小说节奏的从容之美、"归乡"的叙述模式转换为徐则臣小说中批判性的叙述立场、舒缓的叙述语调、"梦"与"醒"的故事结构;废名小说中少男少女以梦为生的甜美与苦涩与徐则臣小说中"故乡"世界里小儿女的梦想的本质异曲同工;沈从文笔下女人们的纯真和刚烈、男人们的勇武和执着、动物与风景和人相通的灵性,更是被徐则臣小说所汲取。

与此同时,西方现代主义大师同样是徐则臣的榜样。在放逐大师的时代,他却"把大师挂在嘴上"。卡尔维诺的轻逸美学、卡夫卡孤冷幽深的现代哲学、福克纳的意识流动和多角度叙述、博尔赫斯小说中交叉累复的叙述路径、赫拉巴尔笔下"边缘人"的高贵气质等等都是生成其小说品质的资源和力量。不过,需要说明的是,徐则臣将西方现代主义大师放置在神圣的位置上,并非仅仅为了小说叙事的艺术,也是为了抵抗后现代主义震荡后当下中国文学平庸化的现状:"要改变目前平庸懈怠的文学现状,我以为首先要在作家们空荡荡的内心树起高于'现实'尘埃的经典的'塔',让文学复归到它最基本的品质上去;不惮于把大师挂在嘴上,时时检点和测量自己,精神抖擞地回到作家该去的地方。"①

正是由于徐则臣这位新世纪文坛的"新人"格外珍爱一颗"旧"灵魂,才呈现出独特的精神面貌、艺术探索,进而在新世纪各种文学潮流风起云涌之际,保有自身的审美品格。但是,什么是"故乡"?什么是"古典"?什么是"经典"?对于70后作家徐则臣而言,并不是一个确定性的存在。无论是作为个人的"我",还是作为小说家的"我",从哪里来?到哪里去?都是尚未被确定的追问。也许,对于新世纪背景下"长成"的徐则臣来说,"梦"与"醒"、"故乡"

---

① 徐则臣:《把大师挂在嘴上》,《中国图书商报》2006年12月19日。

与"他乡"、"古典"与"现代"、"经典"与"时尚"之间的界限并不存在;与其说他在"故乡"系列中继承了"古典"美学传统,不如说以追忆的方式对其做了一次祭奠。

二、"边缘人" 身份悬空的疼痛

徐则臣并未在"故乡记忆""古典记忆""经典记忆"所生成的"旧"灵魂中获得身份的确证和恒久的依托。作为个人的"我"和小说家的"我",其身份始终处于悬空状态。不过,当《午夜之门》中的木鱼归乡又离乡,另一条道路已经开启。更确切地说,叙述"边缘人"命运的小说集《跑步穿过中关村》《天上人间》和长篇小说《夜火车》传达了徐则臣试图借助"现代"从"古典"突围的尝试。

与"故乡"系列的"花街""石码头"等场景不同,"京漂"系列将北京这个充满象征含义的现代化大都市作为人物的生存背景,而且,偌大的北京,空间又被缩小到作者熟悉的中关村、海淀、北大、西单、颐和园、石景山。不过,北京的空间与"故乡"的场景并非全无联系。事实上,都市"边缘人"的现在和未来如血脉一般衔接着"故乡"人的过去。如果说"故乡"人的"旧"灵魂是徐则臣小说人物的前世,那么都市"边缘人"的"新"梦则是他们的今生。两组系列的人物尽管各有不同的生存背景——"故乡"的自足性与"都市"的开放性属于两种系统,但随着中国现代化进程的加速,他们都是被市场化经济大潮所裹挟却又被忽略的群落。在"故乡"系列中,昔日天经地义受到尊敬的猎人高桑(《南方和枪》)和杜老枪(《最后一个猎人》)不仅被现代化进程边缘化了,而且成为现代秩序所清除的对象;就连曾经照亮"花街"的女性青蓝(《南方和枪》)、散发玉兰花香气的女人(《梅雨》)也或者消亡,或者从异乡飘荡到异乡。在"京漂"系列中,带着梦想、从不同的"故乡"来到京城的边红旗、敦煌、保定、矿山、文哥、夏小容、七宝不仅居无定所，而且他们所操持的"职业"——卖假证、卖黄色碟片、卖假古董，都是现代社会中非法的行当。相较而言，"故乡"人更多地感受到市场经济浪潮所带来的隐在的伤痛，而这些"京漂"们则更多地承受其显在的痛苦。无论哪一种伤痛，根底上都源自现代中国人身份的悬空。

其实，身份悬空，可谓百年中国人挥之不去的焦虑。虽然20世纪现代中国一开端，中国人就踏上了"中国梦"的旅程，可这个通向未来"中国梦"的旅程却是以遗忘"故乡"的身份悬空为代价的。换言之，百年来中国人所追寻的"中国梦"一直笼罩在西方文化的中心话语之下，中国人始终处于身份悬空的焦虑之中。何谓"中国"？何谓"中国人"？何谓"中国作家"？何谓"中国知识分子"？这些问题在现代性范畴内处于暧昧不清的状态，如李杨认为"'中国'是一个人造的事实，一个'想象的共同体'，是西方全球化的产物"[1]。那么，何谓"身份"？阿兰·德波顿在《身份的焦虑》一书中将"身份"定义为"个人在社会中的位置""狭义上指个人在团体中法定或职业的地位。而广义上——即本书所采用的意义——个人在他人眼中的价值和重要性"[2]。阿兰·德波顿认为身份的焦虑是"担忧我们处在无法与社会设定的成功典范保持一致的危险中，从而被夺去尊严和尊重，以及担忧我们当下所处的社会等级过于平庸。"[3]显然，阿兰·德波顿只是针对现代性与西方社会西方人而言的。对于中国人来说，"身份"则别有一番更为复杂的滋味。

---

[1] 李杨:《文学史视野下的现代性问题》，山西教育出版社，2006年版，第298页。
[2] 阿兰·德波顿:《身份的焦虑》，陈广兴、南治国译，上海译文出版社，2009年版，第5~6页。
[3] 阿兰·德波顿:《身份的焦虑》，陈广兴、南治国译，上海译文出版社，2009年版，第5~6页。

徐则臣的"京漂"系列就是将目光聚焦在京城里遗忘"故乡"且被都市所遗忘的群落。这群人用徐则臣的话语表达叫作"边缘人"。如何理解"边缘人"？徐则臣说道："我至今没有弄清楚'边缘人'的确切概念，但我清楚他们和所谓的'有为青年'不一样，他们没有北京户口，没有正式工作，除了身份证，很少有拿得出手的证明，时常也需要躲躲藏藏。他们基本上是金领、白领、蓝领之外没有'领'的那个阶层。在某种意义上，他们是这个社会旁逸斜出的那一部分，歪歪扭扭地在一边独自生长。"① 按照徐则臣的理解，"边缘人"大致属于这样的群落：从严格的意义上讲，"边缘人"不一定来自乡土农村，有的来自市镇，但他们一定不出生、成长在北京这样的大都市；他们告别"故乡"来到北京，却在北京被"现代"视为"边缘化"乃至"非法化"的存在。在此，值得追问的是：他们为什么不约而同地选择北京？并非仅仅为了"淘金梦"，还有"中国梦"。这种"中国梦"的情结，在颇为引起关注的"京漂"小说《啊，北京》中表现最为明显。这个中篇的主人公边红旗来自苏北小镇，原本是一个体面的初三语文教师，具有诗人情怀，却选择了在北京以卖假证为生，期间，婚姻、生存几次濒临危机，可他还是守在北京。其中全部的理由就是因为边红旗浓郁的"中国梦"的情结。小说这样描写边红旗来北京的第一个夜晚："然后他来到了天安门前，见到毛主席的巨幅画像时，眼泪又下来了。从小就唱《我爱北京天安门》，现在竟然就在眼前了，像做梦一样。他趴在金水桥的栏杆上，看见自己的眼泪掉进了水里，泛起美丽精致的涟漪。他就想，北京啊，他妈的怎么就这么好呢。"同样，《跑步穿过中关村》中的主人公敦煌"刚来北京，跟着保定混，梦里除了数不完的钱，就是迎风飘扬的国旗，他能听见仪仗队咔嚓咔嚓的脚步声整齐划一地经

---

① 徐则臣：《跑步穿过中关村·自序》，重庆出版社，2008年9月第1版。

过他的梦境。"《三人行》中的"京漂者"小号、佳丽、康博斯"在很多时候盘旋在内心和理想里的,并不是什么美好的生活,而是'北京'这个地名。首都,中国的中心、心脏,成就事业的最好去处,好像待在这里就是待在了所有地方的最高处,待在了这里一切都有了可能"。可以说,"天安门""毛主席巨幅画像""金水桥""国旗""仪仗队""心脏"这些意象传达了70后一代人对北京的想象,即70后一代人"中国梦"的情结。

然而,不得不承认"边缘人"对"中国梦"的想象与当下现实形成错位关系。这一点,已有评论者指出:"问题的实质就这样被锐利地揭开并推向前台:计划体制下的意识形态信念以及情感归宿,与市场体制状态下严酷的生存现实,这一巨大的反差把'京漂者'推入的既是迷惘的深谷,更是炼狱般的心理煎熬,这就是'京漂者'生存境遇的实质。"[①] 随着徐则臣对"边缘人"在北京的命运体察得愈加深切,"边缘人"的"中国梦"以及由此生成的北京想象经历了一个变化的心路历程。从《啊,北京》《西夏》描摹天真的"中国梦",经由《跑步穿过中关村》"中国梦"的碎裂,到《我们在北京相遇》《把脸拉下》《天上人间》"中国梦"被现实的严酷性所撕裂,再延伸到长篇小说《夜火车》"现代"无所不在的规训,"边缘人"可谓体验了身份悬空的各种疼痛。尤其是"边缘人"对梦想的追寻却导致了一个始料不及的荒谬结果:在追求三位一体的"北京人""中国人""中国梦"过程中却身份全无。市场经济体制转轨之后,"边缘人"在北京的身份处于文化意义和生存基础的双重悬空。这种悬空感,在《跑步穿过中关村》已现端倪。主人公敦煌一出场,已经不再是一个别"故乡"到京城的满怀憧憬的外来者形象,而是一

---

① 何志云:《序:"京漂者"及其故乡》,见徐则臣:《鸭子是怎样飞上天的》,作家出版社,2006年版,第3页。

个刚刚被释放出来的、无处安身的"边缘人"形象,以往对北京的想象已经幻灭。到了《我们在北京相遇》,这种悬空感更为强烈。从"香野地"来到北京的沙袖只要一出门,就失去方向感,每天无所适从,心灵既疲惫又虚空。但是,沙袖在这篇小说中毕竟属于"配角",流露的只是内心隐隐的疼痛,小说中作为"主角"的男人们则更多地承受着身份悬空时内心被撕裂的疼痛。但是,"边缘人"并没有因为在北京身份的悬空而放弃成为北京人的梦想。相反,他们更加孤注一掷地打拼自己的北京人身份,也便付出了更高昂的代价。《天上人间》中的子午具备了乡土中国的"怪才"因子:"头脑一向好使,也就因为太好使而一事无成。"但是他刚一出北京站,就感受到一种无路可走的迷茫。随着他对北京人身份的痴迷,他不仅遭遇到现代社会的围剿,而且踩踏到现代化大都市的诱惑的陷阱:金钱与女人,结果付出了生命的代价。《夜火车》中的主人公陈木年似乎与上述中篇的主人公不同,他大学毕业,才情洋溢,深得名教授的欣赏,本应被现代社会所接纳,并有机会获得现代人所向往的"高等"身份。然而,在现代社会中,任何一个从既有轨道中游离出来的脱轨行动,都必然地被看作现代社会的敌对者,一向以本能的方式进行反抗的陈木年也便成了现代社会中彻底的"边缘人"。

需要指出的是,徐则臣在叙写北京的"边缘人"命运时,并没有放弃"归乡"的行程。只是他笔下的人物屡次归乡,屡次幻灭。《我们的老海》《九年》《还乡记》《露天电影》都是还乡之作,但无不"叙述故乡的丧失"[1],或者说,叙述"知识阶级回乡而离乡的故事"[2]。这意味着徐则臣在新世纪文化背景下自觉地重叙由鲁迅所开

---

[1] 藤井省三:《〈故乡〉接受史》,董炳月译,第193页,新世纪出版社,2002年版,第34页。
[2] 藤井省三:《〈故乡〉接受史》,董炳月译,第193页,新世纪出版社,2002年版,第34页。

创的"离去——归来——再离去"①的现代小说的"归乡"叙述模式。

三、乌托邦的固守与古典美学传统的裂变

无论是"故乡"系列，还是"京漂"系列，徐则臣小说中的人物大多属于"一根筋"的形象。这是徐则臣的"顽固的理想主义"在起作用，如他的自述："这两年，我突然喜欢把'理想主义'这个词挂在嘴上，几乎认为它是一个人最美好的品质。"② 可以说，固守乌托邦之梦，是他作品中人物共同的特异之处。

在"故乡"系列和"京漂"系列中，无论人物遭逢多少磨难，都保有"理想主义"的信念。姑且不说"故乡"系列中的老默、麻婆、高桑、杜老枪、木鱼、伞兵等各有执念，就是那些"漂"在北京的"边缘人"也始终为"理想"而活。如果说最初的"京漂"小说《啊，北京》《西夏》《三人行》更多地呈现出单纯的"理想主义"，那么自《跑步穿过中关村》的一跃则表现了悖论的"理想主义"。此后，《我们在北京相遇》中的一明等"边缘人"越是对北京充满迷惘，就越是"打算像一棵树一样在这里扎下根来"，尤其是《天上人间》中的子午，可谓更深地陷落到"理想主义"的悖论性深渊之地。子午越是遍尝"京漂"的各种苦楚，越是将理想作为反抗的极端方式："等我赚够了钱，就要个北京老婆，在北京安家。我干别的营生去，开公司，做老板，开他妈的十家旅馆，第一次来北京的穷人全他妈的免费，想吃吃，想住住。"这种"理想主义"的描述，当然带有对"边缘人"的局限，同时使得小说与当下文学对经

---

① 钱理群、温儒敏、吴福辉：《中国现代文学三十年》（修订本），北京大学出版社，1998年版，第42页。
② 徐则臣：《前言：悲观、出走和理想主义》，《夜火车》，花城出版社，2009年版，第1页。

验的庸常化或残酷化处理有根本的区别。或者说,中国当下文学大多倾向于将庸常人生或残酷人生作为小说中的"现实",而徐则臣的小说更愿意以"理想主义"提升小说中的"现实"并对"现实"保留一缕温情。

但是,徐则臣小说所坚守的"理想主义"带有浓郁的悲情色彩,正如他自诩为"悲观的理想主义者"①。事实上,徐则臣小说的"理想主义"不同于以往现当代文学史上的济世思想,只是个人化的自救方式的一种。随着20世纪90年代以来"理想主义"被放逐,"故乡"作为乌托邦的象征同时也被荒芜化。当"故乡"渐渐变得面目全非时,徐则臣小说中的人物纷纷告别"故乡"。然后,作为城市的"边缘人",又不禁追忆"故乡"的种种模样,如《我的朋友堂吉诃德》时常怀念过去"大杂院"的温暖时光:一个院里的谁都认识,上一趟茅房要跟所有人打一遍招呼。多热乎。"可是,逝者不再。他们发现许多已经印刻在脑海里根深蒂固的东西,开始动摇和解体。于是,他们常常一身双影、一腔双调。由此,徐则臣小说的"理想主义"更为复杂:它以追忆"故乡"的方式虚无化了"故乡"记忆。进一步说,徐则臣所塑造的人物固然守护了"故乡"记忆,但也隐含了一种可怕的空无;这一空无由内心升起,延展却也掏空了以往现当代古典形态作家曾经讲述的"故乡"的自足性。也许,"故乡"的意象不过是徐则臣自己感性的投射,寄予了他对诸多焦灼的抵抗。于是,徐则臣一边追忆"故乡",一边犹疑那个苏北的水边的"故乡"果真能自行其道,自外于现代性与市场经济汇合的洪流吗?显然,与现当代古典形态作家对"故乡"所怀有的准宗教般情怀相比,徐则臣小说中的"故乡"处于风雨飘摇的困境。或者说,置身于这个"现代"终于铺天盖地的时代,徐则臣不再确信"故乡"的实有:

---

① 李浩:《徐则臣:内心树起经典的塔》,《文学报》2008年2月21日。

"别人的情况不清楚,反正我觉得现在只能精神还乡了。而且这个还乡让我常感到沮丧,每次回到故乡我都觉得自己像个异乡人、局外人,故乡慢慢地已经变得陌生了。"① 这样,徐则臣小说与其说是接续了现当代文学史上的古典美学精神,不如说是裂变了其古典美学精神。也许,"70 后作家正处在一个暧昧的'可塑期'"②。如何在古典与现代之间定位,尚还处于犹疑、观望的时期。

徐则臣小说因此在固守乌托邦之梦的旅途中裂变了古典美学传统。或者说,对于一个作家来说,身份的悬空最终体现在小说的审美世界的营造上。阅读徐则臣小说,不可忽略他小说中审美形式的摇摆:一边是"故乡"系列的"古典"的审美之重,一边是"京漂"系列的"现代"的审美之重。徐则臣在一篇颇能代表小说创作观的访谈中说道:"过去我想,好的作品应该是'形式上回归古典,意蕴上趋于现代',既能在形式上为大多数国人接受,又能经得起多种阐释和解读,让一千个读者有一千个哈姆雷特;现在稍微有点变化,主要是前面半句。这一年多,我越发觉得刻意经营古典的形式未必科学,世界在变,文学对世界的呈现和表现方式也不应墨守成规。"③这段话语算得上徐则臣对其小说审美形式之所以徘徊在"古典"与"现代"之间的补充注释,其中既隐含了徐则臣对小说"古典"传统美学形式困境的"现代"突围的努力,也申明了"古典"美学传统裂变为"现代"形式的依据。作为 70 后作家,徐则臣不可避免地与废名、沈从文等前辈古典形态作家的审美精神存在差异:前辈古典形态作家再怎么接受现代主义思想和技巧,也还是内化在古典形式之内;而徐则臣的小说再怎么继承古典美学传统,还是难以抵御现

---

① 张昭兵:《徐则臣访谈》,《青春》2009 年第 5 期。
② 徐则臣:《70 后的写作及可能性之一———在韩国外国语大学的演讲(节录)》,《山花》2009 年第 5 期。
③ 张昭兵:《徐则臣访谈》,《青春》2009 年第 5 期。

代主义的权力话语。要知道,在 70 后一代作家的文学记忆中,他们从事文学创作的起点就是"先锋小说"对现代主义的形式实验。在 70 后一代作家的文学词典上,无论是"虚构"还是"写实",其实都限定在现代主义的范畴之内。如何叙述?如何经营小说的形式?如何确立审美精神?"现代"的"先锋小说"对 70 后一代人的影响比"古典"美学传统更深入骨髓。然而,徐则臣毕竟与其他 70 后作家有所不同:他无法忘怀"古典"美学传统而彻底投身于"现代"的洪流之中。结果,他在"古典"世界中以"现代"的形式探索,在"现代"形式中又回望"古典"的美学精神,这种审美观的双重取向使得他的小说形式充溢着尖锐的冲突与对立,藏匿着古典美学传统裂变后的蜿蜒曲折的踪迹。

从徐则臣小说的基调与情调,从徐则臣小说的少年"出走"主题,从徐则臣小说的"风景"的演变,稍微留意,我们就会发现:徐则臣对于小说的开头通常耐心备至,因为开篇奠定了小说的叙述基调。只是,令人诧异的是:他虽然擅长选取古典形态作家惯用的风景画开篇,却透露出现代主义的孤冷和幽寂。不过,他的小说并没有"现代"到底,而是在"现代"的基调确立后不断渗入"古典"的一脉温情。这种"现代"的基调与"古典"的情调相互对照的方法,倒是与鲁迅的《故乡》《风波》等小说颇为相通。《还乡记》一开篇就散发着鲁迅小说《故乡》的萧索的"现代"气息,接下来却回荡着"古典"的优美、感伤情调。反过来也成立:有的小说开篇本来传达了"古典"的优美、感伤情调,如《镜子和刀》,可接下来,却寒光闪闪,诸多细节散发着一种让人窒息的"现代"气息。我们再稍微留意,同样会发现:"成长小说"的故事模式被徐则臣不断"重写"。不仅少年叙述者或主人公执意告别"古典"的"故乡",而且少年反叛期的"出走"欲念延续到成人世界。无论是少年还是成人,"飞"与"跑"作为小说人物的"出走"方式,贯穿在各个小说的情节发展变化过程中。对此,徐则臣解释道:"可能是我想出走。"① 的确,徐则臣对"成长小说"故事模式的"重写"不在于重复了"出走"的主题,而在于"重写"了"出走"的动因。如果说"飞"的方式代表着一个人的少年时代对"古典"梦想的追逐,那么"跑"的方式则意味着一个人的成人时代对"现代"困境的逃离。论及徐则臣自身,"出走"意味着新世纪以后 70 后一代中国作家对身份悬空的焦虑的抵抗。我们继续留意,还会发现徐则臣小说的"风景"面临沙化的危机。从"故乡"系列中的"花街""石码头""水""芦荡""槐花""柳树""雪地"等"古典"意象,演变为"沙尘""建筑物""高速公路"等"现代"物象,这或许意味着徐则臣小说祭奠"古典"的"故乡"后在"现代"的"都市"所承受的无奈与迷惘。当"风景"遭遇沙化,"古典"美学传统安身立命的细部已经被"现代"所淹没。

由上观之,徐则臣小说由"古典"美学传统裂变为"现代"审美世界势不可当。这种裂变尽管让作者、读者和人物一道战栗,如沙袖所说"从里到外都是大冷天",但没有人,包括作者,能够改变这种趋势。

自新世纪以来,徐则臣小说从"故乡"记忆出发,结伴"古典"记忆与"经典"记忆,而铸造为新世纪文学的"旧灵魂"。它先是靠"水"而居,继而乘"船"一度"出走",漂泊在北京的"边缘人"世界,一路打拼,却不断陷入绝境,死地逢生。在幻梦碎裂后,终踏上"还乡"之路,然而"故乡"远矣,但见"现代"这列时间的"夜火车"呼啸而过,跨上它,再度"出走"。在这个被反复书写的现代性"归乡"主题中,徐则臣小说承载的"边缘人"身份悬空的

---

① 徐则臣:《前言:悲观、出走和理想主义》,《夜火车》,花城出版社,2009 年版,第 1 页。

焦虑实在一言难尽。其中,"边缘人"的隐喻已经逾越生存层面的某个特定群落,延展为 70 后一代作家、当代中国作家、当代中国人的身份困惑。只是面对尚属"未知数"的中国当代文学走向,我们不禁要问:过去一个世纪,中国文学试图跟上世界文学的步伐,其中被边缘化的处境有目共睹;新世纪之后,中国当代文学的世界化是否仅仅意指中国经验的世界化,而不意指中国古典美学传统的世界化?

《名作欣赏》2010 年第 1 期

小说、批评与学院经验
——论徐则臣兼及 70 后作家的中年转型

孟庆澍

内容提要 在 70 后小说家群体中，徐则臣得到了较多关注。然而"京漂小说""边缘写作"的标签却遮蔽了文本更为超验的主题意蕴。人与世界的冲突构成了小说的内在矛盾。作为人物对环境的反抗，"寻求"成为小说反复出现的母题，这不仅决定了小说的基本结构，而且使小说带有浓厚的存在论色彩。同时，徐则臣批评家与小说家身份的共存构成了另一二元对立。他所接受的学院训练，使他巧妙地将批评与创作转化为互为生发的共生关系。理论与批评不再是想象力的敌人，而是重要的写作资源。在 70 后作家普遍面临中年转型之际，学院经验可以使他们获得更多反省和自觉，进而有意识地追求"有难度的写作"，更早地挥别写作青春期。

以十年为单位，对当代作家进行代际划分与讨论，在受到颇多质疑的同时，也难以遏制地流行起来，这或许恰恰表明了此种分类法的某种便利与合理。在一些评论家的眼中，70 后作家"缺乏个性"成为他们的集体个性，"难以区分"恰恰将他们与其他作家区分开来，这不能不说颇具几分讽刺的意味。在此，我无意也无力推翻人们对 70 后作家的整体判断。但或许正是由于缺少对 70 后作家的严肃切实的个体研究，以及由此导致的 70 后作家经典化进程的停滞，才助长了这种貌似合理、实则粗疏的看法的流行。本文的目的，即在于从个案出发，对 70 后作家徐则臣进行传统的作家论研究，试图借助这种古老的批评方法，结合作家身份的多重性，把握其写作活动的独特与复杂，并以此透视 70 后作家所面临的中年转型问题，从而对"70 后写作的可能性"① 问题做出自己的回应。

一、小说

在整体上"不成功"的 70 后小说家当中，徐则臣是相对成功的一位。从 1997 年开始写作，十余年间，徐则臣已经发表《夜火车》等四部长篇小说，出版五部中短篇小说集，斩获多个文学奖项，其作品也被译为数国文字。无论是作品数量还是影响，徐则臣都堪称 70 后小说家的代表。正因为如此，他也受到媒体和批评界更多的关注。由于文风质朴，解读起来并不算困难，人们很快总结出徐则臣小说的三类题材："京漂""故乡"和"谜团"②。此后接踵而至的各种评论也多围绕这三类题材展开。《跑步穿过中关村》问世后，徐则臣声名鹊起，同时也逐渐被视为一个带有"题材决定论"倾向的作家——他的小说被贴上了"京漂小说""底层文学""边缘写作"等时髦标签，在日渐走红的同时，他也成为 70 后一代中辨识度最高的作家之一。

然而，这对徐则臣而言或许并非幸事。尽管小说中确实有部分涉及北京，但因此将他限定为"京漂作家"，则无异于将他等同于一个因偶然触及社会热点问题而走红的文坛幸运儿，一个有意无意的

---

① 徐则臣：《70 后的写作及可能性之一》，《山花》2009 年第 5 期。
② 见徐则臣小说集《鸭子是怎样飞上天的》目录，作家出版社，2006 年版（下同）。

机会主义写作者。至于那种认为徐则臣的京漂小说是表达了对"居京民生之多艰"的感叹,以及反映了"这几十年来改革开放的风云变幻"的观点①,则似乎又将之等同于摹写现实的报告文学。我以为,小说题材的相对集中并不等于主题的单调、显豁。徐则臣的小说确实较多涉及"北京"和"故乡",但他无意对之做司汤达所说的"行走在大街上的镜子"式的再现。他并非不关心底层、边缘和城市,但这些并不是他小说写作的真正目的②。在琐碎生活细节的表现之下,徐则臣所思考的毋宁说是一些更为超验、更具思辨性的主题。他坦承自己患有"意义焦虑症",总想追问"意义的意义"——"我更喜欢想象自己一步一步走到足够高的地方,直到把这个世界看清楚"③。

"出走",是徐则臣小说最容易被辨认出的主题。徐则臣曾在《夜火车》前言中提到,"出走"是自己一种强烈的冲动,不仅许多小说在题目中有着"出走"的意象,"还有躲在题目后面的更多的'出走'"④。因此,"出走"成为一些评论者借以发挥的关键词。然而,如果我们将徐则臣的小说按照时间顺序排列,就可以发现其中隐藏着一个比"出走"更重要、更具有涵摄意味的母题:"寻求"。在徐则臣的绝大多数小说中,"执着地寻求"几乎成为人物的规定性动作,这也使小说充满着戏剧感。在早期的《花街》(2004)中,修鞋的老默因为有负于麻婆,竟用半生岁月痴守,至死方休;老班不断试验,为的是制造出最完美的枷锁(《刑具制造者》,2004);诗人边红旗一边卖假证,一边苦苦寻求摆脱婚姻困境的方法(《啊,北京》,

---

① 何志云:《序:"京漂者"及其故乡》,《鸭子是怎样飞上天的》。
② 徐则臣曾表示:"我从来没有刻意要去写'底层',也不认同'底层文学'这一说法。"见徐则臣、黄长怡:《作家应该小于其作品》,《朔方》2009年第8期。
③ 徐则臣:《老屋记》,《光明日报》2012年8月24日。
④ 徐则臣:《前言:悲观、出走和理想主义》,《夜火车》,花城出版社,2009年版,第1页。

2004);王一丁对西夏身世的追问与西夏对王一丁的依恋同样执着(《西夏》,2005);成名作《跑步穿过中关村》(2006)中,在与旷夏和夏小容的两段感情间歇,敦煌近乎偏执地寻找着七宝,仅仅因为七宝是保定的女人,而"寻人"也就成为这部小说一条隐而不彰的线索;范小兵被父亲用鞋底打得皮开肉绽,依然不愿放弃当伞兵的理想,直到从放水闸顶跳下,摔断左腿(《伞兵与卖油郎》,2007);六鬏老太从被卖到海陵的时候就想逃走,但直到老死也未能如愿,离开的愿望终于如腐朽的绑腿和绣花鞋化为尘土(《六鬏老太》,2007);老周不顾周围人群的白眼,近乎迂腐地追求与邻居建立和谐、自然的人际关系(《我的朋友堂吉诃德》,2008);居延虽然感受到唐妥深沉的爱,但直到最后才摆脱对情人胡方域几乎病态的寻找和心理依赖,长大成人(《居延》,2009)。在近期的写作中,"寻求"依然是徐则臣小说重要的叙事元素。在长篇小说《水边书》(2010)里,郑辛如的痒病使陈医生痴迷于其中,他苦寻治疗的方法,以至于自己最后也得上了这种因意念导致的心病;在女儿郑青蓝出走之后,郑辛如每年都要到运河与淮河沿线的城镇寻找,找回女儿成为他生活的唯一信念。失意的咸明亮最大的梦想是想有辆车,他搜集废弃汽车零件,终于拼凑出了一辆丑陋无比的"汽车",并不惜以制造车祸的方式保护自己的梦想(《轮子是圆的》,2011)。由于"寻求"主题以变奏的形式反复出现在小说中,导致徐则臣小说中出现了引人瞩目的"痴人系列"。

对于小说的这一倾向,徐则臣曾多次以"理想主义"来概括。但我以为,这一朴素的命名并不足以穷尽小说的主题意蕴。"出走"和"寻求"如同两支彼此呼应的旋律,共同构成了小说的复调式结构,而其主要功能则在于思考人与环境、世界的关系问题。事实上,在小说中,人物执着寻求的行为总是将他们与身边的日常生活对立起来,使他们成为环境的不协调者,而"出走"的潜在心理动因也正是来自与环境的持续冲突。因此，对于徐则臣而言，他笔下的主人公就化约为二："困境"以及"困境中的人"，它们构成了一对富于张力、彼此生发的矛盾。这一矛盾的存在决定着徐则臣小说的深层语法，小说内在的形而上意蕴也正来自于此。我们可以看到，在人与环境这一主要矛盾之下，衍生出一系列次要矛盾，构成了徐则臣小说中常见的叙事元素：理想与现实、北京与老家、漂泊异乡与固守小城、丰富的精神生活与匮乏的物质生活……他的许多重要文本，基本上都是表现这些矛盾冲突连绵不断地展开，以及人物在其中的辗转挣扎。

值得注意的是，小说家并不追求解决这些矛盾，而是有意识地保留了开放性的结局。特别是在那些"京漂小说"中，无论是留在北京还是回到故乡都有着充分的理由，而人物也就永远处于难以抉择的纠结状态之中——一个戛然而止的结尾，这几乎成为徐则臣小说的标志。套用他的说法，就是"当故事的最后一句话停下的时候，小说飞了起来"①。这并非小说家在炫技，而是与他的生存思考有关。在他看来，困境中的人需要有所行动，但行动的结果——"寻求何物"与"走到何处"其实并不重要，因为"寻求"本身就是存在的意义。

理解这一点其实并不困难，早在一篇发表于 2001 年的小说中，徐则臣已经暗示了自己简朴却并不简单的人生哲学。在这篇充满挫败感的小说当中，主人公穆鱼不在宿舍附近的小店买烟，而偏要去更远一点的地方，因为"这样就可以让他产生一种类似于追求感的东西，他希望不断有新的目标在前面召唤自己，因为生活需要我们不懈地奋斗下去，做成一件事，再去接手另一件事"②。这里所提到

---

① 徐则臣：《小说的可能性》，《文学港》2005 年第 3 期。
② 徐则臣：《二〇〇一年一月一日的生活》，《厦门文学》2001 年第 8 期。文中及以下引文中着重号均为笔者所加。

的"追求感",或隐或现,贯穿于徐则臣此后的小说,成为文本的精神底色。在《我们在北京相遇》中,作者又写了下面一段充满隐喻的对白:

"他们都挤到北京来干什么?"沙袖重复了一遍。
"找条路呗,"我说,"就像我,还有边红旗那样的。"
"北京有什么好,那么大,出一趟远门回来都找不着家。"
"那是你方向感不好,"一明说,"方向感好的人,到了地狱也能摸回到家门口。"①

所谓"找条路""方向感"和"回家",无不与"追求感"有着某种或正或反的呼应关系,从而使这篇看似写实的"京漂小说"具有了某种出人意料的含蓄蕴藉的效果。又如《啊,北京》里,边红旗骑车回苏北老家,途中感慨:

越来越觉得做人真他妈荒诞,就这么跑,像西绪福斯,累得都想死在路上了,但是没办法,还得跑,上了路就回不了头了。②

在这里,所谓的"追求感"不仅是人物能动的愿望,在他行动之后,更变成不可摆脱的宿命,从而产生了强烈的荒诞感和悲剧感。只是这种存在之思常常隐藏在徐则臣对生活实相的描写中,不易被读者所察觉,有时还会使读者产生小说家"只关注写实",如同狄更斯笔下那位格拉德葛莱恩一样的错觉③,并据此将他的日常写实插上

---

① 徐则臣:《我们在北京相遇》,《人间烟火》,春风文艺出版社,2009年版,第164页,第177页。
② 徐则臣:《啊,北京》,《跑步穿过中关村》,重庆出版集团,2008年版,第89页,第56~57页(下同)。
③ 在《艰难时世》里,这位格拉德葛莱恩宣称只要事实,"其他什么都不必去理会"。因而被狄更斯称为"现实的人"。见[美]彼得·盖伊:《历史学家的三堂小说课》,北京大学出版社,2006年版,第12页。

"底层""边缘"等标签。在了解徐则臣小说中所隐含的朴素的存在论哲思之后，重读那些"京漂小说"，我们当对所谓"写实"有新的认识。

除了卖假证、出售盗版光盘、租房等"京漂"们的日常活动之外，徐则臣小说中表现较多的便是食色等"人之大欲"。带有存在论色彩的思想底蕴，使小说对食色欲望的处理迥异于泛滥着恶趣的鄙俗描写。例如，"下馆子"是徐则臣的北漂叙事中不可或缺的叙事场景①。有时，它作为结构性元素，起到交代背景、推动故事发展的作用。如《三人行》（2005）开篇便写康博斯与班小号以吃火锅为赌注，引出女主角宋佳丽，其后又在康博斯为宋佳丽做晚饭打下手的过程中交代两人经历。在接下来大大小小的饭局中，人物关系逐步深入，情节也随之峰回路转。直到故事的结尾，班小号赶到车站为宋佳丽送行，手里提的也是"满满的一袋五香鸡胗"②。在《把脸拉下》（2007）中，"我"本是假古董贩子魏千万的受害者，但在几次小酌之后，竟鬼使神差地被魏说服，成为魏的同伙。在《啊，北京》里，边红旗和"我"初次见面，就到北大西门外的小酒馆"喝一顿"，当边红旗搬进"我"和朋友合租的套房之后，又请大家吃水煮鱼。此后，"吃水煮鱼"的情节在小说中频繁出现，而这道菜也俨然成为北京的象征：

> 那顿饭我们就水煮鱼聊了不少，边红旗说，他去过成都，在那儿也吃过水煮鱼，感觉味道也不错，但不知怎么的，就是放不下北京的水煮鱼。小唐说，不是放不下北京的水煮鱼吧，是放不下别的吧？沈丹就隔着边红旗去打小唐。边红旗就笑，

---

① 在徐则臣以北京为背景的小说里，频繁出现"下馆子"的场景，如《三人行》（2005）里，前后共十五次写到吃饭；在系列小说《啊，北京》《我们在北京相遇》中，"下馆子"也多次出现。
② 徐则臣：《三人行》，《鸭子是怎样飞上天的》第140页。

不说话。后来，有一次边红旗做成了一桩大买卖又请我们吃饭，他解释说，其实不是因为沈丹，为什么他目前也想不明白，就是觉得北京好……①

显然，徐则臣如此偏爱表现"下馆子"，不仅是因为对于"京漂"族而言，下馆子是日常生活中不可缺少的交往活动，更因为在聚餐过程中，人物可以展现丰富的精神活动。正如他在小说里所说："馆子是个好地方，几杯酒下去了人就放开了，一下子就亲密了，一下子就无所谓了。所以我一见别人不高兴，我就想办法让他进馆子，让他在饭桌上坦坦荡荡，变得透明。"② 在这里，饮食不仅是写实性的，更是写意性的；不仅是出于形而下的食欲的满足，更是人物精神活动的需要。

对"性爱"，徐则臣也有着类似的处理。他经常写到男女之情，然而即使是直接描写性行为，我们看到的也更多是温暖、洁净而非赤裸的肉欲。性诚然是生理欲望的满足，也更是精神的交流。在《跑步穿过中关村》中，敦煌和旷夏做爱之后忽然产生了奇妙的心理体验：

敦煌从旷夏身上滚下来，身心一派澄明，无端地觉得天是高的云是白的风是蓝的，无端地认为现在已是惠风和畅，仿佛屋顶已经不存在，沙尘暴也从来没有光临过北京。③

又如《西夏》里一段堪称精彩的性爱描写：

四周一片漆黑，我看见眼前两个黑亮的点，我感觉到了西

---

① 徐则臣：《啊，北京》，《跑步穿过中关村》，重庆出版集团，2008年版，第56～57页（下同）。
② 徐则臣：《我们在北京相遇》，《人间烟火》，春风文艺出版社，2009年版，第177页。
③ 徐则臣：《跑步穿过中关村》，《跑步穿过中关村》第131～132页。

夏温热的呼吸,是她的眼睛。她在盯着我看。她在我怀里,手插在我的衣服里,我的手也插进她的衣服里,她的身体细腻滚烫。我们的眼越来越近,呼吸声音越来越大,像两列夜行的火车喘息着驶向对方。黑夜浩大简洁,满天地都是火车的呼啸声,急迫,焦躁,执着,永远也不会错过的两列火车重合了,你找到了我,我找到了你,黑夜没有了,火车也没有了,只剩下同一节奏的呼啸声。①

阅读这样的文字,读者不仅丝毫没有不洁之感,相反却会触摸到灵魂的悸动。而将做爱之人比作"夜火车",则无意中暗示徐则臣对于性爱的描写绝非是"写实主义",而是指向更为深邃高远的内心世界。因为在徐则臣的词典里,"夜火车"是一个精神层面甚至是人生哲学层面的意象,是非常个人化的、对"人的存在"的文学隐喻。换言之,在小说家看来,肉体的结合也是灵魂彼此发现的过程,这同样是"寻求"主题的延续。

不能否认,描摹变化万千的世相是徐则臣最擅长的技艺。在他笔下,红尘万丈、纷乱繁华,皆扑面而来。然而,在及物的写作之外,徐则臣或许更在意那些沉默抽象、可以被隐微感知而难以被确切洞察的观念,那些"一切跟'人'的灵魂、内心困境和怀疑、追问息息相关的东西"②。正是这些观念性的思索与追问,使小说变得厚实、丰沛、深沉,具有了某种内在的超越性和复杂性。或许我们可以将之理解为一种对于表象的穿越——在浮世绘的技法之下,对"物"的经验和书写渐变成精神层面的沉思与探问,其中蕴含着此在与彼在的辩证,使小说在穷尽世相的同时,亦具有了向上飞升的可能。

---

① 徐则臣:《西夏》,《跑步穿过中关村》第35~36页。
② 徐则臣认为,这才是真正文学意义上的"现实"。见《把大师挂在嘴上——读卡尔维诺〈为什么读经典〉》,《把大师挂在嘴上》,上海文艺出版社,2011年版,第42页(下同)。

二、批评

在徐则臣的文学世界,除了作为文本深层语法而存在的"人与环境"之间的二元对立,还有另一层富于张力而不为人知的对比关系在发挥作用,这就是小说家与批评家身份的共存。在通读他的各类文本之后,我惊讶地发现,除了人所共知的小说家身份之外,徐则臣还堪称一位本色当行的批评家。除了 2011 年出版的批评随笔集《把大师挂在嘴上》之外,徐则臣还发表了相当多的评论、笔谈、会议发言,接受过数十次访谈,其中既包括对国外经典作家和国内同辈作家的评论,也包括深入的自我剖析和批评。事实上,如果同意将这些访谈和发言也视为宽泛意义上的文学批评,那么人们将会发现,徐则臣的批评文字数量之多,在 70 后小说家中几乎绝无仅有。同时,作为北大中国当代文学专业的硕士毕业生,徐则臣受过严格的文学批评的科班训练。毕业后,他又多年担任《人民文学》的职业编辑(在我看来,筛选稿件本身便是一种持久、枯燥而严厉的日常批评行为)。借用蒂博代的说法,徐则臣所从事的正是"专业工作者的批评"[1]。从生计的角度,甚至可以说徐则臣首先是一位职业批评家,然后才是一位小说家。在他的文学实践中,批评的重要性或许并不亚于小说。

这一事实如此显而易见,却又如此被人忽视,不由使我产生了一些疑问:在小说之外,徐则臣为何如此勤事于批评?其虚构写作与理论写作之间是怎样的关系?小说家、批评家身份的二重性于他有何种意味?其旺盛的批评欲与批评能力与学院背景是否有关?如果将他的批评实践视为"学院化"的一种表征和结果,这对他及有相似背景的一些 70 后作家而言又意味着什么?

在我看来,对于徐则臣而言,文学批评之所以不可或缺,首先

---

[1] [法] 蒂博代:《六说文学批评》,生活·教育·新知三联书店,2002 年版,第 46 页。

在于它是小说写作的重要资源。通过职业化的阅读和批评,通过持续的比较和参照,他思索、酝酿并确立了对小说的基本理解。通过对中外作家的不断阅读、分析和批评,他认为所谓好的小说,是"在形式上回归古典,在意蕴上趋于现代"①,也就是要求小说不仅具有现实感,而且能够获得精神和哲学的深度,能够指向人的内面世界。他在评论同代作家李浩时,反复提到优秀小说应该是"既有沉实的内容,又有飞扬的意趣;既有形而下的落实的叙述,又有足够的形而上腾飞的力量"②。他在论及福克纳的时候,又忍不住借题发挥,再次强调缺乏精神高度是当前中国文学存在的严重问题。正是通过文学批评,通过对文学时代病症的诊断,他对"好的小说"的理解逐渐浮出水面。

不仅如此,对于如何写出"好的小说",如何在写作中具体把握写实与写意的关系,如何处理生活细节与抽象理念的平衡,徐则臣也通过批评进行了更为深入的思考。他比较了菲利普·罗斯的《凡人》与黑塞的《悉达多》,认为自己更喜欢前者。原因在于前者中有着"小说应有的丰沛的人间烟火和日常细节",而后者"只是一个人在往一个抽象的真理狂奔",人物的历程早已被作家预设好:

> 黑塞在小说里给了形而上充分的空间,形而下的世界则寥寥几笔,我看不到一个人在通往未知的征程中必将面对的无数的偶然性,也看不到他在众多偶然性面前的彷徨、疑难、否定和否定之否定,那些现实的复杂性被提前过滤掉了,生命的过程因此缺少了足够的驳杂和可能性。③

徐则臣对《悉达多》的缺陷——过于偏重理念而忽视日常生

---

① 徐则臣:《小说的可能性》,《文学港》2005 年第 3 期。
② 徐则臣:《李浩小说的几个关键词》,《把大师挂在嘴上》第 126 页。
③ 徐则臣:《孤绝的火焰——重读黑塞》,《把大师挂在嘴上》第 7 页。

活——有着深刻的认识,这显然得益于切身的创作经验。当然,通过批评将创作经验上升为自觉的理论认识,也有助于他在自己的写作中避免此类陷阱。在这里,批评与小说创作构成了互为生发的共生关系。通过批评,徐则臣确立了"最朴素、最基本的小说立场"[1]——他对简约与丰厚、节制与准确之间关系的判断[2],对作家与作品之间关系的思考,对作家世界观的重视,对方法论的有效性和有限性的认识,无一不是通过对卡佛、麦克尤恩、帕慕克等当代经典作家的批评,通过与参访者的对谈而表述出来,并反躬自省,凝结为自己写作的重要法则。他的批评所体现的感受能力与所抵达的深度,非多年的写作实践不能及此;反之,他也不断通过批评,反思、修正自己的文学写作。因此,无论是评点经典作家还是创作访谈,徐则臣的文学评论皆可视为一种指向自我的作家型批评。换言之,在他的批评过程中,小说家的身份始终在场并发挥着作用,他对经典作家的阅读与批评"不等于取消自己,而是用以汲取、警醒、反思和照亮"[3]。他要以批评与自己的写作构成参照和比较,进而更准确地衡量自己在当代中国文学版图乃至世界文学图景中的位置——对于一个小说家而言,批评在此时此刻变得异常重要。抽象艰深的文学理论与讲究逻辑的批评不再是想象力的敌人,而变为可以令他获得更宽广的文学视界的重要写作资源。

在我看来,这一现象背后所隐含的意义值得认真探讨。对于徐则臣来说,批评不仅是自我教育的一种手段,追根溯源,它首先是文学教育的产物。时至今日,职业化的文学批评往往意味着一整套文

---

[1] 徐则臣:《回到最基本、最朴素的小说立场》,《把大师挂在嘴上》第213~214页。
[2] 徐则臣:《如果我说,卡佛没那么好》,《把大师挂着嘴上》第15页。
[3] 徐则臣:《把大师挂在嘴上——读卡尔维诺〈为什么读经典〉》,《把大师挂在嘴上》第41页。

学知识的习得——文学史的繁复脉络、审美感受力的激发、理论的操练与多元批评模式的应用,而这往往依赖于学院系统的熏陶与教化。徐则臣曾经自述,进入注重学术、理论的北大之后,面对严格的学院训练,自己一度备感"煎熬焦虑",因为大部分时间都用于写小说,"显得特别没有学问"。然而在导师的指引下,他很快便找到了使学术训练与文学写作彼此兼容的方法。尽管徐则臣轻描淡写地将学术阅读称为"翻翻新理论",其效果好像也只是让自己"不自卑",但实际上,他对理论的认识从此大为改观:"相对系统的理论训练对写作大有裨益,两者其实一点都不矛盾,不仅不矛盾,还相辅相成相长,它们共同修炼你的心智和感知,让你可以站在一个更高、更开阔的视野里审视世界和文学。"[①] 直到现在,他仍旧对理论兴趣甚浓,认为理论的重要性不仅在于告诉你怎样把小说写得更好,"最重要的是,教给你如何观察和理解这个世界,从而更好地建立文学和世界的联系""只要善于转化,理论知道得越多越好"[②]。显而易见,徐则臣的批评实践和能力与学院经历有着密不可分的联系。

更重要的是,学院背景使徐则臣在从事小说写作时具有了一些特殊的素质。

首先,相对完整的学院教育使他具有了更为开阔舒展的文学视野,从而具有了在"世界文学的坐标系"中写作的自觉意识。小说家与批评家的双重身份,使徐则臣在写作中不断检视自我及同代作家在世界文学体系中的位置,不仅是在当代中国,更在跨国界文学版图中确认自己的方位,进而寻找变化、创新、突破的路径。因此,如果说"五四"作家有着强烈的进化论支配下的文学史意识,以至于在 20 世纪 30 年代便早早制造出《中国新文学大系》,进行自我经

---

① 徐则臣:《每部小说里我都要解决自己的一个问题》,《青春》2009 年第 5 期。
② 徐则臣、熊万里:《听徐则臣谈写作》,http://1blog.sina.com.cn/s/blog_4c8783e101001fee.html。

典化和历史化，那么徐则臣更多拥有的可能是空间意识，亦即在共时性的全球文学空间中对自身进行考量和定位。

其次，系统的文学阅读和批评经历，使他对自身写作既有足够的期待，也有充分的自省。换言之，学院背景的意义在于使徐则臣可以借助对经典的分析与参照，实现对自我的深刻认知和不断超越。他对自我的认识，从自发的、经验的、朦胧的、粗浅的感受，上升为自觉的、理论的、系统的、深入的思考与表述，变得逐渐清晰。这种思考和表述是持续性的，并自觉地转化为写作实践，学术训练使他的文本隐含了写作者与自我表达、批评者与自我反省之间的张力。例如，他对自己小说写作的题材、模式类型及局限有着清醒的认识。他认同批评界对其小说三种题材类型（北京、故乡、谜团）的划分，但与众不同的是，在这三种类型中，他对评论家较少关注的"谜团"类小说相当看重。这并非是出于敝帚自珍，而是因为这一类型"是我多少年来的隐秘的方向，就是尝试开掘小说意蕴的无限可能性。我以为好小说在意蕴上应该是趋于现代的，是多解的、凡墙都是门的、一千个读者就有一千个哈姆雷特的，而我力求在比较古典的形式下实现这个意蕴的无限可能性的经营"[1]。事实上，近年来徐则臣已经很少涉及"北漂"题材，因为此类小说的潜力已尽，再写下去只能是重复自己；"故乡"类小说的创造空间更大，但由于是主打产品，在形式层面不宜过于另类，而且也面临着与其他作家的"故乡书写"相区别的困难。因此，探索小说写作的可能性、寻求艺术创新和突围的重任实际上是由"谜团"类小说承担的。徐则臣并不否认这类张扬想象力的"谜团"小说与 20 世纪 80 年代的先锋小说有某种血缘关系。然而，在先锋小说备受嘲弄和冷落的今天，他对这类小说的坚持毋宁说更是突破小说极限的一种尝试与实验。

---

[1] 傅小平、徐则臣：《区别，然后确立》，《黄河文学》2007 年第 6 期。

他并不愿意固守某种获得市场青睐的小说类型，而是不断在中短篇小说的写作中实验各种写法，提防自己的写作滑入轻松惬意、名利双收的惯性模式，这其实意味着一种开放的理论思维与小说写作实践之间彼此激励的理想写作状态。他曾在一次访谈中说：

> 在我的想象里，好小说是开放的，关于好小说的理论也是开放的，我希望我的思考也是开放的，这就意味着，当我的努力事与愿违时，我能够及时地反省和调整。不是最终非此即彼地服从哪一个，而是尽力找到最合理的那一条路。所以，事与愿违不可怕，并行不悖也不可怕，恰恰是一帆风顺可能更糟糕，它会让你忘记反思这回事。①

可以说，学院经历带给徐则臣最突出的知识分子气质便是他的反思能力，这使他对自己以及当代小说存在的不足有着特殊的敏感与批判能力。他从同代作家那里不仅看到了值得学习的长处，更看到了需要自己警醒的问题②。他虽然注重日常生活细节的呈现，但又非常警惕那种匍匐在现实上的、"小而温暖的精神抚摸式文学"。他笔下虽多写小人物，但并不认同所谓的"底层文学"，对某些题材凭借"道德"的优势，制造巨大的意识形态力量，以及其中的裹挟力和利益造成的文学投机的风气更是深恶痛绝③。更重要的是，他对于作为一种成熟文体的小说在今天的困境有着透辟的认识："你想在别人已经到达的终点上再往前走半步都很难，你想在自己的极限处再往前走半步更难——这个终点和极限既是题材意义上的，也是艺术和思想意义上的。"④ 这既使他对写作的限度有冷静的估计，又使他

---

① 傅小平、徐则臣：《区别，然后确立》，《黄河文学》2007 年第 6 期。
② 徐则臣：《李浩小说的几个关键词》，《把大师挂在嘴上》第130 页。
③ 徐则臣：《把大师挂在嘴上——读卡尔维诺〈为什么读经典〉》，《把大师挂在嘴上》第 42 页。
④ 徐则臣：《局限与创造》，《创作与评论》2012 年第 1 期。

对如何突破这一限度有清醒而理性的认识，即放弃对潮流的追逐，回到小说的基本面，讲究"语言、故事、结构、意蕴，以及真诚的艺术表达"①。

三、学院的意义：兼及 70 后作家的中年转型

值得注意的是，学院背景不仅对徐则臣来说意味深长，对于不少 70 后作家，如冯唐、金仁顺、李浩、计文君、梁鸿、葛亮、李师江、柴春芽、阿乙乃至备受争议的卫慧而言，"学院"都是一个无法绕过的关键词②。成长于政治平稳、经济发展的 20 世纪八九十年代，大多数 70 后作家都受到了相对于上一代作家更为完整规范的学校教育。正如冯唐所说，70 后依靠学习改变命运，"成群成队地进入北大清华而不是在街头锻炼成流氓"③。看起来，比起有着历史体验的 60 后和过于商业化的 80 后，70 后作家或许是书卷气最浓的一代。问题在于，对这些 70 后作家来说，学院教育除了使履历看起来更加完整之外，究竟意味着什么？

在回答这一问题之前，我想先转开一笔，陈述一下自己对于徐则臣以及部分 70 后作家的一个基本判断：他们都通过不断的写作逐渐形成了自己的特色，初步找到属于个人的表达生活经验的方式，并在文坛占有了一席之地。但是，在他们逐渐告别青年时代的时候，也都面临着如何突破自我、实现蜕变的任务。或者功利一些说，如何从 50 后、60 后和 80 后作家的重重夹缝中突围，获得文学史的认可。由于在生理意义上，70 后作家普遍向"不惑之年"逼近，因此我试

---

① 徐则臣：《回到最基本、最朴素的小说立场》，《把大师挂在嘴上》第 214 页。
② 我这里所说的"学院背景"，指的是受过普通本科而非研究生教育。当然，也有一些 70 后作家并非出身学院。
③ 冯唐：《惟楚有才，于文惟盛》，http：//blog. sina. com. cn/s/blog_670co 1470100knu9. html。

图将这一过程概括为"中年转型"。这是一个与20世纪90年代诗学领域提出的"中年写作"既有联系又有区别的概念，它意味着写作立场、写作方式的深刻转变——在写作立场上，既要保持对自我的忠实表达，又要直面社会人生，"把自己放进时代和现实里。"① 在写作方式上，不再单纯依赖自身经历写作，而是可以借重经验、想象、虚构和同化生活的能力②，对人与生活的复杂关系进行更深刻的理解与更丰富的表现；与此同时，从矜才使气的类型化的青春写作，转换为沉静内敛的更多元化的中年写作，从而打开具有无限可能性的写作空间。当然，作家的情况千差万别，并非所有人都需经历"中年转型"——有些在写作生涯早期就少年老成、世事洞明，也有一些终生跳不出"青春写作"的窠臼。然而，对于大多数从青少年时代开始起步，并有可以预期的漫长文学生涯的70后作家来说，写作风格随着步入中年而逐渐成熟，并非一个伪命题。

徐则臣虽未明确提到过"中年转型"，但他显然注意到并承认写作与年龄之间的某种关联③。随着年龄渐增，他开始越来越多地谈及自己以及同代作家面临的困境以及突围的可能。在他看来，"70后是没有'故事'和'历史'的一代人"④。依赖自身经历写作、人生经验的同质化、盲目的追随潮流，等等，都是损害70后作家创造力的重要原因。因此，必须摆脱对个人经历的透支消耗，转而获得更丰富、复杂的人生经验：

> 我不是依靠自身经历写作的那类人，我需要的是经验、想象、虚构和同化生活的能力。经验在经历之上，可以直接也可

---

① 李徽昭：《文学、世界与我们的未来——徐则臣访谈录》，《创作与评论》2012年第1期。
② 傅小平、徐则臣：《区别，然后确立》，《黄河文学》2007年第6期。
③ 傅小平、徐则臣：《区别，然后确立》，《黄河文学》2007年第6期。
④ 徐则臣：《70后的写作及可能性之一》，《山花》2009年第5期。

以间接，别人的事、前朝的事都可以转化为你的经验，只要你把它吃透了。包括想象和虚构，都一样，你得吃透。而"吃透"在我看来，就是具备同化生活的能力，把别人的生活变成自己的，把不存在的转变为可能存在的和必然存在的，你把它们拉进你的经验范围内，然后打上你的记号。①

当然，徐则臣或可归入"早慧"的那一类作家。他很早就摆脱了单纯"写经历"的初级模式，自觉地借助"经验的同化"，写出了《刑具制造者》《养蜂场旅馆》《花街》《雪夜访戴》等一系列以想象虚构见长的小说。他也很早就意识到青春写作的挥洒才情、一泻千里并不可靠，好的小说需要"慢"的写作②。尽管如此，他仍然感觉到自我重复的危险正在悄然逼近。他在最近一次访谈中承认，随着对同一个地域、同类题材的书写渐多，必然会有雷同与重复，"对很多问题的思考也很难持续地深入下去""那么，你就得警惕，就要停下来，一边等待一边寻找新的可能性。我现在是边写边等待，隐隐地我又看到了全新的可能性"③。近年发表的《去波恩》和《古斯特城堡》两篇域外题材的小说，或可以视为徐则臣尝试自我更新的一个信号。这两篇小说虽然与徐则臣本人的海外经历有关，其实对作者的想象能力要求更高，而且写得是否成功也还有待于探讨。但徐则臣之所以如此甘犯风险，涉足陌生题材，正是想有所突破和创新："在原有的写作疆土上，我开辟了新的海岸线，多了一个观察和思考世界的向度。和过去的写作相比，这个题材给了我全新的体验。"④在写作方式上，他也"越写越慢"，但同时"也越写越有底"⑤，尽管

---

① 傅小平、徐则臣：《区别，然后确立》，《黄河文学》2007年第6期。
② 徐则臣：《创作谈：吞吞吐吐》，《西湖》2004年第10期。
③ 徐则臣：《答〈人民日报〉胡妍妍问：创作与生活》，http://blog.sina.com.cn/s/blog_4c8783e101014thk.html。
④ 徐则臣：《局限与创造》，《创作与评论》2012年第1期。
⑤ 舒晋瑜：《中国70后作家现状调查》，《中华读书报》2009年12月4日。

要面对新的写作困难。可见，在步入中年之际，徐则臣已在尝试写作的转变。

在70后作家中，徐则臣的变化并非个例。正如朱文颖所说，对于那些不甘平庸的70后作家而言，现在已然到了写作生涯的关键时刻——"真正意义上的中年写作已经开始"①。而在此时，我们忽然发现70后作家的学院经验显得格外重要。相对于50后、60后作家，70后作家的幸运在于科班出身、视野宏阔、见多识广，而他们的不幸也正在于此——他们面临的是人数渐少但同样怀揣大学文凭、见多识广的读者。他们必须面对由中外古典文学、当代中西方小说以及训练有素、口味挑剔的读者共同构成的庞大文学传统，他们必须在这个传统中写作并且受到认可。"影响的焦虑"使他们的文学生涯从一开始就承载着巨大的压力。然而，从另一角度来看，这种压力恰恰也是70后作家进行突围的动力。

学院背景使徐则臣及其他70后作家经历了完整的文学去魅的过程。借用传染病学的术语，通过学院和继续教育，70后小说家实现了文学的"接种"和"免疫"。广泛系统的文学阅读使他们对小说有自己的理解，对形式问题有了纯粹由衷的关注；他们不再对宏大的现实主义史诗顶礼膜拜，同时避免了80年代先锋作家的食洋不化，对于后现代小说的炫目戏法也有足够的判断力；他们将自己与不同代际、不同国别的作家进行比较，力图在更广袤的文学谱系中确立自己的位置，因而有着清醒的自我认识和批判意识。他们一方面对文学经典保持应有的温情与敬意，保持着学习的愿望与能力，另一方面又有足够的见识和坚强的自信对现存文学秩序进行反思和质疑。他们甚至有能力推进对一些根本性理论命题的思考，比如如何处理

---

① 见《苏周刊》对朱文颖的专访，http://blog.sina.com.cn/s/blog_4d864be5010127lm.html。

文学与生活、虚构与写实的关系,如何平衡民族传统与域外资源,如何实现"真正的中国式写作"①,等等。

因此,对于70后作家而言,学院背景是"中年转型"相当有利的条件。在技术层面,学院经历使他们对各种时新创作手法、文体类型、叙事技巧并不陌生,而不断的模仿练习也使他们拥有扎实的写作基本功。正如徐则臣所言:"经过了现代艺术训练之后,谁也没法给自己的粗糙和不及物找到借口。"②而写作技术的娴熟全面,正是获得"综合的写作才能"以通向中年写作的保证③。

在形式层面的问题解决之后,所谓"中年转型",更多意味着写作方式和观念的转变。简言之,就是从自动、自发的写作转换为自觉、"力构"的写作,以解决个人经历的有限性、相似性所带来的经验匮乏与透支。系统的文学阅读不仅可以使70后作家习得更多"经验同化"的方法,更重要的是,学院理论训练可以使他们获得更多的反省和自觉,进而有意识地追求"有难度的写作",更早地与写作青春期告别。如果将这一点与80后作家相比较,就更加明显。因此,对于这群有学院经历的70后作家来说,习得的理论和观念变得格外重要。我甚至愿意将之称为理念先于写作的一群——由于事先胸中已有无数成功或失败的样本,因此他们的写作更像是有备而来、按图索骥,往往带有明显的人工设计和自我规划的痕迹④。这也使这些70后作家对理论预设与文学写作的关系问题的思考,与前辈作家有显著的差异。例如,对于声名不佳的"主题先行",徐则臣便有着

---

① 徐则臣:《70后的写作及可能性之一》,《山花》2009年第5期。
② 李云雷:《徐则臣:闷头干活的七零后》,《北京青年报》2011年10月19日。
③ 萧开愚:《90年代诗歌:抱负、特征和资料》,《学术思想评论》第1辑,辽宁大学出版社1997年版,第226页。
④ 葛亮在访谈中承认,他对创作格局的掌控能力,从叙事到谋篇布局,有相当的部分得益于他的学术研究,"在写作过程中,做到心中有谱,不会是很困难的事情"。见张昭兵:《葛亮:创作的可能》,《青春》2009年第11期。

逆向思维:"我倒是很赞成主题先行,你能主题先行,说明你起码还有点想法,很多作品里你根本看不到主题在哪里,更别说有意义、有价值的想法,小说写完了他都不知道自己要说什么。"[1] 这显然是针对文坛太多的盲目自发写作的有的放矢。

正是由于对理论的天然亲切,这群 70 后作家对于"作家学者化"大加揄扬,将之视为今后文学写作的一种必然趋势,因为这无异于一种自我褒扬与肯定。徐则臣在评论《罗坎村》时提到,小说发展到今天,"故事和细节必须来一剂思想的强心针"。当下的世界与生活无比复杂,这就需要作家具备"丰厚的学识、深致敏微的思辨以及高屋建瓴的概括和抽象能力",因此作家的学者化已是小说文体发展的迫切需要,是"当下小说需要认真思考的真问题之一"[2]。在另一场合,徐则臣又对作家"学院化"做了更为通脱的阐释:

> 这只是个简洁的称谓而已,并非一定要有多高的学历,要在学院里修炼多少年,而是说,有系统的教育,能够通过充分的阅读、思考和训练,逐渐形成自己独特的感受、理解和分析世界的能力。你要找到你一个人的进入和表达世界的文学路径。[3]

他强调,在当今瞬息万变的世界中,要想获取真正有价值的素材,并且能够透过现实表象发现"真相和本质",必须具备学者式的眼光:"你得有能力化腐朽为神奇,要在平中见奇,化常为异;这仅靠过去作家通用的直觉是不可靠的,你得有实打实地分析研究和发现问题的能力,还得有别致的、独特的表达方式。和别人区别开来,

---

[1] 徐则臣、熊万里:《听徐则臣谈写作》,http://blog.sina.com.cn/s/blog_4c8783e101001fee.html。
[2] 徐则臣:《〈罗坎村〉的意义》,《把大师挂在嘴上》第 86 页。
[3] 李徽昭:《文学、世界与我们的未来——徐则臣访谈录》,《创作与评论》2012年第 1 期。

然后确立自己,都需要你具有充分的思考和发现的能力,'学院化'势在必行。"① 同为 70 后作家的李浩也提到,克服对日常生活经验的依赖,需要思想力作为后盾:"未来的写作,作家学者化是一个重要的命题,至少要能贯穿到他小说的每一部分,包括对语言、母语的扩展和冒险,包括对流行思想的反思、思考和抵抗,包括对一些惯有的习惯的冒犯,这可能是小说需要提供的诸多可能性的存在的理由。"② 对于这群有着学院经历的 70 后作家来说,所谓"学院化",既是一种应然的理想,也是一种已然的现实;既是写作的趋向,也是再出发的根基。同时,"学院化"也隐然成为这些 70 后作家的某种代际特征。尽管从长时段的文学史来看,任何整体性的代际划分都是可疑的,但对于徐则臣以及有类似背景的 70 后作家而言,"学院"不仅是一个隐秘的入口,更将是一个有效的命名。他们不断自我克服、充满潜力的写作将会印证这一判断,对此我并不怀疑。

《文学评论》2013 年第 2 期

---

① 李徽昭:《文学、世界与我们的未来——徐则臣访谈录》,《创作与评论》2012 年第 1 期。
② 舒晋瑜:《70 后作家的反抗》,《中华读书报》2012 年 6 月 27 日。

徐则臣文学版图的合并再生
——从长篇小说《耶路撒冷》谈起

刘欣玥[①]

摘 要："京漂系列"和"花街系列"是徐则臣小说世界中基本公认的两大板块，长篇小说《耶路撒冷》用"回乡"模式将花街与北京两大空间的书写有机地结合在了一起，并引入了全新的空间"耶路撒冷"，勾勒出主人公与"成长花街——出走北京——重返花街——到耶路撒冷去——到世界去"的路线。文学空间的板块扩张实则与徐则臣对历史的思考相互映衬，在北京与花街通过"回乡"模式合并的表象之下，是《耶路撒冷》为70后一代人的独特历史著书立传的明确意识。通过"内历史"与"外历史"双轨并行的方式，徐则臣探讨了一代人建构自身的精神信仰、寻求历史主体性和合法性等命题，以"出走"的姿态让自己的创作通向了更广阔的疆域。

关键词：《耶路撒冷》 70后 历史

中图分类号：I206.7

文献标识码：A

文章编号：1008-9853（2015）01-113-04

[①] **收稿日期**：2014年10月15日
作者简介：刘欣玥，女，1990年生，广东广州人，北京大学中文系博士研究生。

一

如果将长篇小说《耶路撒冷》放置在徐则臣近几年一系列的作品谱系中，不难发现它是对此前创作的一次覆盖与整合。无论是人物形象、故事情节还是空间背景，大多可以在此前的创作中找到对应，显示了一部长篇小说背后的长期积累与写作技法的反复训练，这是作者的一大创作特色。但这一次徐则臣要探讨的是 70 后一代人的成长史，这是一个比此前创作都要宏阔得多、野心也大得多的观照视野，"一代人"的设定，注定了作者必须运筹出一个更复杂、容量更大的叙事架构。总的来说，《耶路撒冷》的写作有如一场长跑，用皇皇四十五万字的篇幅回顾了徐则臣此前的全部创作，反思和再现了一代人的成长，也为日益浮出地表的 70 后写作奠定了一块分量足够的基石。

"京漂系列"和"花街系列"是徐则臣小说世界中基本公认的两大板块，从一开始，徐则臣的创作就透露出一种独特的空间建构意识：一端是"花街"和故乡，一端是"第二故乡"北京。《耶路撒冷》用常见的"回乡"模式将"花街"与北京两大板块有机地结合在了一起，并引入了全新的空间"耶路撒冷"，不仅如此，小说开篇就借铜钱之口和初平阳的专栏说出了一个更大的远方："到世界去。"如果我们跟随小说主人公初平阳的步伐，就可以整理出一条"成长花街——出走北京——重返花街——到耶路撒冷去——到世界去"的路线，随着多个空间的勾连、重叠与延伸，徐则臣延续了自己小说一贯的"出走"姿态，这一次他走得比从前更远，其文学空间版图也衍生出了更大的疆域。

北京是徐则臣创作空间的起点，"京漂"书写是徐则臣此前受到关注和认可的创作成就，如今已经成为属于他的独特的创作标识。在徐则臣的笔下，反复出现的办假证的、卖盗版光盘的、各种没有营业执照的小摊贩，早已形成独树一帜的充满"野"性和勃勃生机的文学群像。从最早的《啊,北京》《我们在北京相遇》,到后来的代表作《跑步穿过中关村》,徐则臣一点点明确了自己对这个被忽视的"亚文化圈"的书写任务,而这群草根人物形象也早在反复演练和打磨后日趋圆熟。这一次,我们几乎并不意外地在易长安身上与他们再次重逢,但这时候的北京已不再仅仅是边红旗、敦煌、易长安们的北京了。如果此前徐则臣的北京更多的是"京漂"族的活动舞台,是投射在这个外来群体身上,制造生存困境和身份焦虑的巨大阴影,到了《耶路撒冷》这里,北京已远远胀破了原来的框架,小说中的五个主人公都曾因为各式各样的原因先后来到北京,北京是这一代人出走后不约而同选择的第一站,是逃避以景天赐之死为象征的"原罪"的终点和回归的起点,此时他们的身份已经变得复杂多样,北京也不再是众人执迷不悟的目标归宿,生存焦虑明显淡化后,取而代之的是更多精神上的困惑:我们要到哪里去?哪里才是我们的归宿和尽头?这一次,北京承载了许多全新的思考:作为历史现场对重大事件的回顾与再呈现,全球化时代中的精神迷茫等等[1]。

以故乡为原型塑造的"花街"则是徐则臣的另一块创作版图:缓慢到有些凝滞的时间,依旧封闭保守的空间,交错在石码头、运河、花街、东西大街和一再出现的地方风物之中。与北京截然不同,花街勾勒了一幅充满水乡风韵的世情画卷,当地人的情感纠葛和精神隐秘往往成为小说的核心。在《花街》《忆秦娥》《人间烟火》等篇目中,徐则臣在高扬理想主义和生命力之外,亦雕琢出日常琐碎、细腻和缓的一面,花街的美丽面容近乎与世隔绝,与历史和现实问题无涉。但在《耶路撒冷》中,花街的现实感陡然增强,其"回乡"模式之下的文化景观,充满英国文学地理学学者迈克·克朗(Mike Crang)所说的文学空间的"家园感"(sense of home)。家园给出走后重返的主人公以归属感和安全感,以及重新清理自我的场所,但已经失落的家园只能提供追缅,无法扮演最后的归宿——主角只能作短暂停留后再度出走。在《耶路撒冷》中，几个童年伙伴先后重返花街，引发一系列创伤记忆的重现、对父子两辈关系的反思以及个人"罪感"的清洗。但促使初平阳重返花街的目的仍是卖掉大和堂，换取去耶路撒冷留学的学费，初平阳的"回归"是为了再次"出走"，这不禁让我想到小说扉页上的那句话：

> 都出去了。都出去吧。跑得越远越好。[2]

在初平阳的"回乡"故事里面，我们看不到鲁迅笔下故乡的凋敝衰败或闰土们的麻木，家园的失落以全新的面目和意义出现：粗鄙的商业化和现代化潮流已经顺着淮河涌进了宁静的苏北小城。小说里无中生有的翠宝宝纪念馆，一派热闹荒唐，沿河风光带御码头上停靠的别扭的仿古画舫，在唤醒并讽刺着读者或许并不陌生的当下经验：同质化的仿古观光业层出不穷，其看似光鲜实则粗劣的面孔背后是一个正在死去的故乡，日常本色与古朴世道人心已经丧失——小说结尾船夫老何之死，转喻出这份隐忧的沉重。昔日的风情与人伦恰如老何最拿手的鱼汤，鱼就在船边捕捞，从不放调料，碗筷都不干净，却有着柴火烧出的醇厚鲜香。老何离开划了几十年的船，穿着清朝的服装怪异地死在御码头上，鱼汤从此失传，花街也再不是从前的花街了。徐则臣向来并不尖锐，"回乡"镜框下的花街，充满了面对现代性入侵的无力和悲凉，有讽刺，有谴责，也有反思。而小说结尾暗示大和堂面临拆迁的未卜前途和拯救斜教堂的行动，或许是作者身为一个"悲观的理想主义者"所期盼的最后一丝圜余地。

二

如果可以将一个作家笔下文学空间的变迁类比地理学的大陆板块漂移学说，那么在徐则臣文学版图的漂移与聚合中，北京和花街的合并是极其关键的一步。勾连北京与花街的"回乡"模式只是一个表面的叙事技法,如果要探究其内部根源,则还要讨论徐则臣对"历史"的独特处理。因为在"出走"行动所带动的陆地空间移动背后,一代人的时间和历史就像大陆板块间的海水一样,从未停止流动。

70后是一个在80后出现后才被追认的命名,这种代际命名的方式虽然已经在今天的文学界取得了相当的合法性,但仍旧存在许多裂隙和遮蔽。《耶路撒冷》中徐则臣却对70后这一命名进行了毫不迟疑的自觉使用和大兴土木的主动建构,这在其同辈作家的笔下是前所未见的。要为70后一代人著书立传则必须处理"历史",初平阳等人从北京回到花街,包括在结构上与小说情节交替出现的名为《我们这一代》的专栏,都正是为了清理一代人自己的历史。用徐则臣自己的话说,历史从来都不是均质前进的,他将意义重大的历史事件称为"拐点",对70后一代人而言,他们恰恰诞生和成长在一段"拐点"特别密集的历史区间中[5],这是作者理解的70后命名的合法性的根源所在,也为70后书写提供了与众不同的丰富话语资源。历史被经验的方式不同,被呈现的方式则理应不同,70后无法再模仿和延续50后、60后的做法,他们需要建构出一套属于自己的全新历史言说方式。那么,70后的历史应该如何被呈现?在《耶路撒冷》里几乎出现了这一代人经历过的所有重大历史事件:改革开放、北约轰炸中国驻南斯拉夫大使馆、"9·11"事件、中国加入WTO、巴以战争、"非典"、汶川大地震、北京奥运会……徐则臣始终没有停止质疑重大历史事件与个人之间的直接关系。大历史到底和个人有没有关系?如果有的话,又是通过怎样的途径、在怎样的层面、在多大的程度上真正影响了在历史中成长的一代人?这种质疑在小说中被呈现为"内历史"与"外历史"的双轨并行,如果"外历史"是大历史事件的客观存在,那么"内历史"就是每个个体的历史,是主观经验到的历史的独特样态,作者对内、外做出了清晰的区隔。比如初平阳和前女友舒袖相识于 2001 年 7 月 13 日晚上,他之所以对这一天印象深刻,是因为这一天是宣布 2008 年奥运会举办权花落谁家的日子,这一天初平阳还鬼使神差地"预言"了当年的"9·11"事件;又比如易长安身处抗议美国轰炸中国大使馆的游行队伍中却感到了丧失自我的恐怖。面对 70 后的成长,徐则臣试图将历史还原到个人亲身的、在场的、私密的经验中,以此建立言说历史的可靠性和有效性,或者更为感性地说,建立一种有血有肉、有痛感的真实关联。在"内历史"中占据中心地位的是景天赐之死,作者反复暗示景天赐的死不是一个意外,这是初平阳、秦福小、杨杰和易长安四人合谋的结果,这一创伤记忆成为每个人背负的沉重"原罪"——这或许解释了为什么在小说中所有出走的主人公都必须重返花街,因为这里有他们每个人都无法逃避的"内历史",只有清理并超越景天赐之死投射在每个人成长史中的"幽灵"[1] 和阴影,只有在"原罪"得到救赎的可能之后,初平阳们才有可能离开花街[3]。只有在解决了历史和时间问题之后,主人公才能继续他们的空间移动,到颇具象征意味的耶路撒冷去,或者用小说中铜钱的原话说,"到世界去"。

在这里终于要谈到"耶路撒冷",这个在徐则臣小说世界中首次出现的新空间,它的庞大身影,一直在小说的纵深处散发着石头质感的异域魅力。在徐则臣的文学版图中,北京和花街相继宣告无法担任"出走者"们最后的归宿,因此作者抛出了一个全新的远方:耶路撒冷。这一搭建在北京与花街之上的额外空间,几乎可以与"世界"相互置换,也注入了更多更为复杂的思考命题,用徐则臣的话说,可以装载一个更符合长篇小说容量的"核"。小说中其实存在

---

[1] "幽灵"一说来源于中国人民大学研究生薛子俊在联合文学课堂中的发言稿。

着两个耶路撒冷：一个是实指，初平阳决定远赴留学的希伯来大学的所在地；另一个则是高度抽象的，象征着每个人心中或明确或幽微的精神皈依。出现在小说中的"耶路撒冷"并没有在宗教意义上深挖的必要，因为与其说它是那个客观存在的东方古城、三教圣地的宗教符号，不如说它是一个直接建立在初平阳诡秘经验、私人情结之上的独特地理坐标。这个读音抑扬的外来词最初借由秦奶奶念《圣经》时的"声音"出现，在初平阳的童年记忆中萦绕不去，逐渐变成贯穿其成长始终的神秘召唤。"耶路撒冷"要处理的这股神秘冲动，与其说与宗教相关，不如说与信仰相关更为恰当。

早在 2008 年接受采访的时候，徐则臣就已明确提及"信仰"之于 70 后书写的重要性。"70 后的一头被攥得死死的，另一头突然又被大撒把，最大的问题是精神上，这是一群极需信仰却又往往可能找不到信仰的人。"[4](P149) 70 后独特的成长背景和成长经验决定了他们"哪边都不靠"，他们无法像 50 后、60 后一样借助历史话语指认自己的主体存在，又无法像 80 后、90 后一样抛却历史，与社会转型后的现代化、市场化潮流共进退，与此同时，他们身上还背负着亟待清洗和救赎的"原罪"。信仰的缺失让 70 后长期处于精神焦虑的"无主状态"，因此"信仰"成为继"历史"之后徐则臣要处理的又一个"70 后关键词"。如果我们反问一句：徐则臣笔下的人物为什么要一而再，再而三地出走？或者说出走的意义何在？也许不难发现，"出走"最终是为了寻找一代人的精神信仰。行至小说尾声，真正的耶路撒冷是否出现已经无关紧要，因为初平阳已经找到了"耶路撒冷"这个词、这股神秘冲动之于他的意义："对我来说：她更是一个抽象的、有着高度象征意义的精神寓所……有的只是信仰、精神的出路和人之初的心安。"[2](P503) 这里的"心安"让我想起了徐则臣一篇名为《此心不安处是吾乡》的创作谈，巧的是在文章的最后有这样一句话："如果我碰巧生活在上海、广州，或者香港、纽约和耶路撒冷，时间久了，我想我的写作也会与它们发生关系，即使我可能在哪儿都很难有生根发芽之感。"[5](P141)不安是书写的起点，但如果说那个时候的"心安或不安"主要来源于一个外地青年能否在北京安身立命的焦虑，到了《耶路撒冷》这里，则通向了一个更大的命题：70后一代能否成功建构自身的精神信仰，找到属于自己的历史主体性和合法性？但在本土无法完成自我，而要以"耶路撒冷"这样一个异域空间作为想象的救赎之地，似乎又暗示了一种"中国文化内部不能再有自我引渡的资源"[6]的时代困境。又或许正如徐勇所言："《耶路撒冷》其实是写出了后现代语境下的全球化时代的精神上的无家可归和重建家园的悖论及努力。"[1]这都是随着"世界"视域的引入而带来的一系列新的问题与困惑。

《到世界去》是徐则臣一部散文集的名字，是铜钱口中发人深省的诳语，也是小说中《我们这一代》专栏文章中的第一篇。这个短语的反复出现，暗示了作者对个人、文学与空间关系的极大关注，也能给今日的长篇小说创作者和读者提供新视野和新启悟。用初平阳的话说："世界"已经从一个名词变成了一个动词，这个动词的使用者正是每一个在真实的地球上快速移动的中国人，是小说中从未停止步伐的"出走者"，同样也是信奉"越复杂，越缓慢"写作信条的徐则臣本人。可以说，"出走"的冲动正是徐则臣的文学版图一再扩张的原动力。从淮海小镇出发，历经北京的挣扎、洗礼与对故乡的再审视，在这个日趋成熟、变动不居的文学世界里，徐则臣的写作也和他笔下的人物一样，通向了一片更宽广的天地。

《南京师范大学文学院学报》2015年第1期

参考文献：

[1] 徐勇. 全球化进程与一代人的精神自救——评徐则臣的长篇新作《耶路撒冷》[J]. 当代作家评论，2014（4）.

［2］徐则臣. 耶路撒冷 ［M］. 北京：十月文艺出版社，2014.

［3］联合文学课堂之徐则臣《耶路撒冷》讨论会：与"我们"有关的70后写作 ［EB/OL］. 凤凰网，http：//book. ifeng. com/wenqing /detail _ 2014 _ 06/13/154510 _ 0. shtml.

［4］徐则臣、马季. 徐则臣：一个悲观的理想主义者 ［A］. 徐则臣. 跑步穿过中关村 ［C］. 广州：花城出版社，2008.

［5］徐则臣. 此心不安处是吾乡 ［A］. 跑步穿过中关村 ［C］. 广州：花城出版社，2008.

［6］邵燕君. 出走与回望：一代人的成长史——评徐则臣长篇力作《耶路撒冷》［N］. 文汇报，2014 - 06 - 28.

"心灵史" 的经验表述及其方法
——由《耶路撒冷》兼及 70 后写作问题

杨丹丹

继"京漂"和"花街"系列小说之后,徐则臣出版了潜心写作六年之久的长篇小说《耶路撒冷》。这部长篇小说整合了"京漂"和"花街"系列小说的某些共同主题:出生于 20 世纪 70 年代的青年"出走"故乡,奔向城市,在城市中寻找自我存在的方式和路径,并在精神挫折和失败中"回归"故乡,试图以此来保持和维护内在精神生活的完整性、独特性和有效性,"我想通过这部小说清理 70 后这一代人的经历和心灵。这代人非常重要,他们的人生观和世界观形成时恰逢中国社会发生巨大转型。你不可低估他们,因为当这代人有足够的力量之后,他们的奋斗、爱情、生存压力和理想焦虑,又反过来对社会施加影响。"[①] 从徐则臣的自述中所显露出的一个核心观念是,徐则臣试图把 70 后一代人的生活经历和精神样态通过文学讲述的方式进行一种"显学"处理,将 70 后作为一个问题放置在中国社会转型的宏大时空和背景下进行审视、思考。这既可以看作

---

① 徐则臣、吴越:《70 后作家长篇佳作不断,将迎来他们的时代》,《文汇报》2014 年 2 月 20 日。

徐则臣对自我写作的一次集中清理、整合和调整，也可以看作对 70 后一代作家在中国当代文坛的"身份之谜""灰色"处境与"尴尬"[①]位置的一次突围和纠正，更可以视作 70 后独特的生命经验和精神体验对 70 后一代作家所提出的写作要求。

　　70 后有哪些独特的人生经历、生命经验和精神体验？从不同的视角切入，可以产生相异的答案，一个最直接和基本的判断是，70 后一代充满了前所未有的复杂性、暧昧性和矛盾性，"是关注精神信仰、灵魂存在和内心世界的一代，是思想驳杂、风格多样、艺术观念比较先锋的一代，是充满疑问、进退两难、泥沙俱下的一代，他们在自我与社会之间、传统与现代之间、乡村与都市之间、童年记忆与中年感怀之间，不断摇摆，很难简单定位。"[②] 在此意义上，70 后一代的所有问题更像是一个繁复的、精密的体系，在这个体系内部，大问题镶嵌小问题，小问题又构成更为复杂的大问题，彼此相互关联，不可分割。因此，对于 70 后一代的有效文学讲述，既不能简单地对这一代人的生活和经历进行机械的复制和拼贴，也无法仅仅通过单向度的文学想象予以解决，应该选取一个核心视角进入这个问题系统，通过对这个核心问题的阐释来展开 70 后一代独特的人生景观。所以，《耶路撒冷》将 70 后一代的"心灵史"作为进入 70 后问题系统的核心视角，通过对"心灵史"的深度审视，有效完成对一代人问题的深刻反思，"我的确在尽力梳理一代人的经验和精神脉络，但仅限于我的思索和发现……整部小说我都在忠实地表达"我"和"我们"的困惑和发现，以及我认为可能会出现的众多问题……文学是一个人面对世界的方式，它要从一个人的独特角度切入这个世界，带着个人辗转的疑难、洞见和体温。如此，作家和文

[①] 孟繁华、张清华：《70 后的身份之谜与文学处境》，《文艺争鸣》2014 年第 8 期。
[②] 张艳梅：《70 后作家小说创作的几个关键词》，《上海文学》2014 年第 7 期。

学的存在才有意义,才有其必要性。"[1] 也正因为这样,徐则臣对 70 后一代的文学讲述被认为是一种个体性的灵魂书写[2]。

一、没有所指的 "世界"

在《耶路撒冷》中,"世界"是一个极为重要的叙事要素,作品中的初平阳、舒袖、易长安、秦福小、杨杰等主要人物都与"世界"发生了密切关系,他们纷纷从故乡"出走",选择"到世界去"的人生方向和行为方式。或者说,《耶路撒冷》将 70 后一代的人生和命运纳入到一种全新的"世界框架"中去重新进行审视和思考,"到世界去"成为 70 后独特人生形态和发展轨迹的逻辑根源,与现代社会生活逻辑、经济逻辑、文化逻辑相互交织在一起,并逐渐形成一股支配性力量,对 70 后一代产生了重要影响。但在小说中,"世界"却是一个没有具体所指的带有寓言性、想象性和虚拟性的无法真切感知和现实确认的空间,正如初平阳与铜钱关于"世界"的对话:

他问铜钱:

"你想到世界的哪个地方去?"

"到世界的世界去,"铜钱疲倦地说,"就跟你一样,远得几年不回一趟家。"[3]

在铜钱的无意识话语中,并没有对"世界"进行命名和指认,"世界"的确切空间地理位置变得不再重要,重要的是"到世界去"这一行为本身,而正是这种渗透性、持久性、隐蔽性、复杂性甚至

---

[1] 徐则臣:《〈耶路撒冷〉的四条创作笔记》,《鸭绿江》2014 年第 5 期。
[2] 2008 年,徐则臣凭借《午夜之门》获得第六届华语文学传媒大奖"**最具潜力新人奖**"。徐则臣的写作"以一种平等的思想、冷静的观察介入当代现实,并以叛逆而不失谦卑的写作伦理建构个人的历史,使其中的每一个人都拥有被理解的权利……见证了一个作家的成熟,也标示出了一个人在青年时代可能达到的灵魂眼界"。
[3] 徐则臣:《耶路撒冷》,北京十月文艺出版社,2014 年版,第 23 页。

变异性的思维逻辑和行为方式，成为70后一代人独特生命体验的重要载体。"到世界"在两个层面上对70后一代产生重要意义：

1. 时间上的"缺场"。一般意义而言，在中国历史语境中，"世界"具有明确的"向前看"的时间属性，"世界"作为一种隐喻性存在，与现代、西方、先进、发展等指向未来的现代性词汇之间具有同一性，并与其形成紧密的整体。但指向未来的"向前看"是建立在对历史的理性批判和清理基础之上的，是历史的延伸和拓展，历史塑造了未来，同时未来也是在阐释历史，理解"世界"的内部结构和发展逻辑，只有深入解剖"历史"才能够建立起具有完整演进链条的"世界"。但关键问题是，70后是一群没有明确历史意识和完整历史谱系的一代，现代革命历史的繁复和吊诡，及其滋生出来的革命理想主义、激情主义、乐观主义与70后擦肩而过；商品社会、消费文化的兴起和铺展，及其生成的享乐主义、拜金主义和虚无主义又无法被70后完全认同；网络社会和虚拟世界的疯狂蔓延，及其生成的个体主义、娱乐主义、解构主义更是将70后驱赶到社会边缘。因此，70后是缺少"历史"和"故事"的一代人[1]，这意味着在70后的文学讲述中，"历史"处于缺席状态，"历史记忆在文本中的缺席显示出了一个历史的空场"[2]。那么，对于历史缺席和空场的弥补只能指向未来，以对美好未来和诗意现代世界的想象填补历史的巨大空缺，以"向前看"来回避"向后看"的虚无和尴尬，将个体向外扩展，在"世界框架"中重新定义自我历史和时代特性，主动将历史宏大叙事的规训和压制、集体主义的驯服和管束、解构和反叛一切秩序的青春激情与自我脱钩，个体精神在"到世界去"的思维驱动下慢慢凸显出来。

---

[1] 徐则臣：《70后的写作及可能性之一》，《山花》2009年第3期。
[2] 杨俊蕾：《"七十年代书写"的文化分析》，《求是学刊》2002年第2期。

正如徐则臣所说:"我写了很多出走和在路上的小说。一个作家最初的写作可能源于一种补偿心理,至少补偿是他写作的重要原因之一。现实里得不到的,你会在虚构中张扬和成全自己。"[①] 所以,在《耶路撒冷》中,初平阳在北京艰辛的求学之路并不是为了实现自己的学术理想,杨杰在北京建立自己的水晶商业王国也不是为了追逐名利,易长安在北京贩卖假证与攫取金钱无关,秦福小在北京漂泊也不是为了生存,他们的找寻、奔走、周旋、逃亡和漂泊都是为了完成一个人生姿态——"到世界去",这是他们出走故乡,到北京去的重要意义。

2. 时间上的"在场"。对于70后一代而言,20世纪90年代是他们成长的关键时期,也是他们人生观、世界观和价值观生成的重要节点。与其他历史时期相比,20世纪90年代是一个断裂和超越的年代,中国试图对旧有社会结构、经济模式和文化体系进行全方位的现代化革新,传统与现代、新与旧、停滞与发展、西方与东方的不断冲突和对峙,追求现代、走向世界、全球化、国际化成为20世纪90年代恒定的中心话语和社会诉求,"无论是国家、社会、城市,还是个人的自我意识,都事实上在进入一个后历史或者全面超越传统的阶段"[②]。进而言之,这种全方位的变革为个体精神的重新塑造提供了一个恰切时机,"人们的心理和情感,人们理解世界和处理自身命运的方式完全改变了"[③]。70后一代作为"在场"的群体无法避免地被裹挟其中,现代、全球、世界、国际成为一种无可辩驳的时代话语被粗暴地根植在70后一代的精神世界中,对70后一代构成了持续性的精神冲击力和诱惑力,对故乡之外的想象和向往成为70后

[①] 张艳梅、徐则臣:《我们对自身的疑虑如此凶猛——张艳梅对话徐则臣》,《理论与创作》2014年第3期。
[②] 朱其:《70后艺术:市场改变中国后的一代》,《文艺研究》2006年第3期。
[③] 陈晓明:《自在的九十年代历史终结之后的虚空》,《山花》2000年第1期。

一代的集体无意识,他们总是试图虚拟和想象一个寓言性的"去地方化"的现代空间,把自己的青春经验、未来设想和精神趋向放置在这一空间中展开,这一空间既保持了当下生活和现实故乡的真切性,同时又具有未来社会和现代生活的模糊性,以此来保持现代与未来之间的激情、张力和困惑,并制造了独特的 70 后文学景观,"二十世纪九十年代以来的某些'另类'写作,其实是社会总体想象的一个组成部分。这个总体想象指向域外、接轨、全球化,指向俗话所说的'现代',对于自身的现实,已经不是不满因而要改变它,而是根本就不想认识自身的现实而渴望用另外一种全新的现实来整个地替代它。"① 因此,70 后作家鲁敏的《思无邪》《纸醉》、艾玛的《人面桃花》《小民还乡》、魏微的《流年》《乡村、爱情和穷亲戚》、梁红的《中国在梁庄》、乔叶的《最慢的是活着》《盖楼记》《拆楼记》、刘玉栋的《我们分到了土地》、李师东的《福寿春》、张学东的《妙音山》、甼愚的《田园诗》、徐则臣的《西夏》《天上人间》《跑步穿过中关村》等一系列小说中都存在一个以故乡和乡土的封闭、陈旧、僵化、停滞等"前现代"特性作为参照系而构建的现代、发展、新奇,时刻孕育着变动的另一个空间和另一番景象,讲述"到世界去"的故事成为 70 后作家的集体诉求和文学核心意识形态。所以,在《耶路撒冷》中,初平阳、易长安、杨杰、秦福小纷纷"出走"故乡,在现代都市空间北京中"寻找""逃亡""奔波"和"流浪"②,以此来证明自己的"在场"。

---

① 张新颖:《知道我是谁——漫谈魏微的小说》,《当代作家评论》2003 年第 1 期。
② 张艳梅、徐则臣:《我们对自身的疑虑如此凶猛——张艳梅对话徐则臣》,《理论与创作》2014 年第 3 期。

二、"半路人"的精神创伤

如果说"到世界去"是 70 后一代无法逆转的命定的人生姿态，那么在"出走"故乡，与"乡土"断裂之后，他们被迅速抛入到"世界"的巨大旋涡中，被陌生的现代城市及其滋生的现代生活所裹挟，在展开全新人生的同时，突然发现自我始终在城市中飘浮和游荡，无法在城市生活中彻底安放自己的灵魂，不能真正融入到现代化的城市生活中，虽然身体已经告别了故乡，但精神却始终没有随着身体一起沉入到城市，一直行走在"到世界去"的半路上，在故乡与城市的撕扯中变成身份模糊的"半路人"，这是 70 后一代所共有的一种人生状态、身份意识和精神认同，"所以在我的小说里，整个所有人是走在从乡村到城市的半路上"[①]。所以，在《耶路撒冷》中求学的初平阳、经商的杨杰、贩卖假证的易长安、四处打工的秦福小虽然实现了"到世界去"的行为，但个体精神却时刻被破碎感、无根感和漂泊感所包围，这种精神感觉无法轻易捕捉，时而隐藏，时而显现，不断消退却又悄然而至，最终成为个体无法掌控和突破的精神症候，并充盈在小说的细节中。在《耶路撒冷》中有一段关于杨杰脸部的细节描写：

> 看完报纸，杨杰站到洗手间的镜子前。
> ……
> 杨杰有个毛病，焦虑和不焦虑的时候都爱对脸皮动手，把脸皮重叠、对折、挤压，直到感觉了疼，再继续挤。没准就是为了疼才挤，因为那种疼让他清醒，仿佛在潜意识里提醒他，你是谁。
> ……

---

① 徐则臣：《一代人自我表达的可能性》，《南方人物周刊》2014 年 9 月 6 日。

现在白头发开始成几何级数增长。岁月留痕，一个中年男人纠结地站在卫生间里的镜子前。长久地站在镜子前不是因为他自恋，而是因为震惊，好像突然看见了一个新的自己。

杨杰想，放松。他对着镜子让自己放松。这张脸力求风平浪静。但他知道，这张脸里其实藏了不少小秘密。35年来，他虚荣过、功利过、虚伪过、算计过，甚至恶心过，他也辛苦过、煎熬过、焦虑过、绝望过、坚忍过。是不是所有白手起家、有着传奇乃至荒唐的发家史的商人都这副尊容？①

在小说中，杨杰是一个成功的商人，通过水晶生意积累了大量财富，在北京获得了常人难以企及的经济能力和社会地位，与一般意义上生活陷入困顿的"京漂"群体有着十分明显的差异，是从乡村走入城市通过个体奋斗实现"翻身"的典型性人物。但随着小说的铺展，我们发现杨杰超出了人们对于"奋斗""翻身""成功"的想象边界，杨杰在小说叙述中逐渐由一位具有超强掌控力和支配城市生活的成功商人变成了一位无法解决自己精神顽疾的失败者，他总是在噩梦中惊醒，不断面对自己内心的恐惧，在尔虞我诈的生意场中躲闪，迷失在"我是谁"的焦虑中，粗暴地与妻子性爱来填补空虚的内心，担忧自己失去已有的财富和地位。同样，初平阳也不可避免地陷入精神伤痛的无限循环中，与舒袖之间由恋爱到婚外情的伦理拷问，对自己学术理想的怀疑，困顿生活状态的焦虑，以及精神生活的残缺使自我丧失了生命的鲜活力。易长安在通过贩卖假证攫取财富的过程中游走在法律与道德边缘，对爱情、婚姻失去了信念，不断地更换性伙伴，在性爱中宣泄自身的迷茫和焦虑。

但有意味的是，《耶路撒冷》没有将杨杰、初平阳、易长安、秦福小的精神顽疾和难题处理成乡村与城市、传统与现代、新与旧之

---

① 徐则臣：《耶路撒冷》，北京十月文艺出版社，2014年版，第275~277页。

间的冲突和撕扯所形成的命题，他们的精神困境与国家、社会、历史、时代等宏大话语没有内在的关联，与现代城市生活中的金钱、物质、欲望、消费等符号没有直接性的因果关系，"他们所描述的情感创伤或生存破败，更多是个人的记忆，而无关国族和社会这些宏大命题"[1]。所有的精神难题都指向了景天赐的死亡这一独特的个体记忆。景天赐的死亡在《耶路撒冷》中被处理成具有隐喻和象征意文的事件，而"事件"最核心的特征便是"创伤"[2]，围绕着景天赐的死亡，初平阳、杨杰、易长安、泰福小的内心隐秘世界被彻底打开，每个人都无法推脱景天赐死亡的罪责，易长安认为景天赐的自杀是由于自己的引诱，杨杰认为是自己提供了景天赐自杀用的手术刀片，初平阳认为自己没有对景天赐进行及时救助，秦福小认为自己由于嫉妒和仇恨偷窥了景天赐自杀而没有施救，景天赐的死亡成为每个人精神生活的障碍和精神世界的原罪，"我绕不开的中心位置肯定是天赐……放不下，抛不开。既然抛不掉，那我就守着他们，走到哪里都带着"[3]。只有超越和清除这一障碍，才能将每个人从精神困境中救赎出来，保持精神生活的完整性。所以，他们共同返回了自己的故乡，重新聚集在花街，购买大和堂，成立花街斜教堂修缮基金，以此实现对自己精神世界的清理和救赎。或者说，景天赐死亡事件在各自精神世界中的存活，为个体重构自我精神世界创设了一个通道和入口，现代城市生活可以在现实层面上完成对现代个人的形塑，但内在精神层面的原罪和创伤却不断地否定和打压外在现实层面上树立起来的现代个体形象，这种错位和对峙使其无法构建一个完整意义上的现代个体，因此，将个体记忆中的精神创伤治

---

[1] 谢有顺：《70后写作与抒情传统的再造》，《文学评论》2013年第5期。
[2] 严泽胜：《巴迪欧论"存在"与"事件"》，《清华大学学报》（哲学社会科学版）2013年第6期。
[3] 徐则臣：《耶路撒冷》，北京十月文艺出版社，2014年版，第247页。

愈就成为无法回避的命题："我愿意从最朴素的立场上去理解人物，希望为他们找出来路。对我来说，来路比去路更重要，'不知生，焉知死。'不知来路也就很难找到恰切的去路。"[1]

如果考察 70 后的文学，我们会发现在 70 后文学中存在一个恒定的主题，就是现代个体的生成、塑造和完成的问题。这种现代个体主要有三种类型：一种是以卫慧、绵绵、安妮宝贝的文学书写为代表的，与消费文化和商业语境紧密粘贴在一起，试图通过对金钱、物质、欲望和肉体的极度放大和张扬，来塑造现代个体形象；一种是在"新"国家、"新"社会、"新"时代的现代性意识形态的唤询和引诱下，逃离故乡，奔向城市，试图在城市生活中重新构建现代个体形象，如漂在北京的边红旗、子午；一种是以鲁敏、乔叶、金仁顺为代表的"小城镇叙事"[2]，个体从城市退回和坚守故乡，对乡土进行诗意的想象和再造，塑造一种温情、淳朴、真挚、高贵的现代个体形象，现代个体的最终确立是以对乡土为表征的传统文化和民族文化皈依中完成的。这三种类型构成了 70 后文学的主要人物谱系，但《耶路撒冷》中的初平阳、杨杰、易长安、秦福小却并不在这一人物谱系中，他们虽然带有这一人物谱系的某些特征，但与之不同的是他们重新打捞起现代个体精神中的"原罪"和"创伤"这一被隐藏和忽视的话题，并试图对其进行反思、反观、弥补和救赎，这也是《耶路撒冷》对 70 后文学写作的一次拓展和超越。那么，精神救赎的路径又在哪里？

---

[1] 徐则臣、姜广平：《"每一代人都有自己的精神和叙事资源"》，《西湖》2012 年第 12 期。
[2] 梁鸿：《小城镇叙事、泛意识形态写作与不及物性——七十年代出生作家的美学思想考察》，《山花》2009 年第 4 期。

三、没有离去的"秦环"

《耶路撒冷》中有另外一个隐喻性的人物——秦环。秦环在小说中并不属于 70 后一代人物谱系,在小说叙述中也不占有大量篇幅,但秦环却是小说中不可或缺的重要人物,秦环的重要性在于她背后的故事及其隐含的精神指向。那么,初平阳、杨杰、易长安、秦福小与秦环之间构成了什么关系?这种关系在小说中具有何种意味?

在小说中,他们与秦环的关系,或者对秦环的认知最初源于一种陌生和神秘。一般意义上而言,秦环与易培卿、初医生等"花街"上的其他老人没有明显的差异,固守着"花街"重复人类的生老病死,将自己的命运和生活与"花街"的变迁和震荡捆绑在一起。但在初平阳、杨杰、易长安等人的眼中秦环却与众不同,"我奶奶就是跟别人不一样。在花街,区别于众人其实是件让人难为情的事,街坊们更习惯于泯然众人,过被大家淹没的生活,那才安全。"[①] 这种差异性带来一种陌生化和神秘感,而这种陌生化和神秘感来源于秦环对基督教的虔诚信奉,所以,秦环在"花街"的宗教生活成为少年们的偷窥对象:

> 你们继续偷窥秦环在斜教堂里。在那个暑假,这种偷窥几乎是常态。秦环陡然放大了声者:耶路撒冷……
> 你的耳朵动了动,一个奇怪而又悦耳的音节。"秦奶奶说什么?最响的那几个字。"
> "一路撒冻?"杨杰说。
> "是野猪瞎蹦!"易长安纠正。
> "要不,是一路瞎蹦?"杨杰也不确定了。
> 你觉得都不对。凭你的直觉,"野猪"和"瞎蹦"不足以让你的耳朵动起来。你们蹲下来,在窗户底下争论那四个字最可

---

① 徐则臣:《耶路撒冷》,北京十月文艺出版社,2014 年版,第 226 页。

能是什么。争论半天,杨杰说:"神经病!就是太上老君又跟咱们有屁关系?争得一头子劲儿!"①

在这一"偷窥"细节中,少年们对秦环在教堂做礼拜的最直接的感受就是新奇和陌生,他们不能确认"耶路撒冷"的正确发音,无法理解"耶路撒冷"的意义,也无从知道秦环为什么会在教堂中诵读《圣经》。在小说叙述中我们知道,秦环之所以信奉基督教,是因为她想通过宗教信仰来治愈和超越自身的精神创伤,历史的苦难将秦环推向了宗教世界,在宗教中寻找信仰和精神皈依,以此消除历史的荒谬,重新使自己的生活变得完整和有意义。但少年时期的初平阳、杨杰、易长安的日常生活并没有被纳入到历史苦难、革命暴力、政治斗争等宏大话语指涉的范围,或者说,他们仍然没有意识和感觉到精神创伤,没有对现实生活感到不适应,追寻童年生活的轻松、自由和快感是他们的主要目标。

但当小说把"花街"的故事逐渐推远,将少年们引向了集体"出走",讲述他们的城市生活时,这一情形发生了颠覆式的改变,或者说,"出走"为他们理解秦环的宗教行为提供了一个恰切的时机和方式。他们"出走"故乡,进入城市,实际上是在个体与城市之间进行一场交换,个体希望在城市中实现自己对现代社会的想象,城市希望通过对个体的召唤构建一个全新的现代空间,这种交换一旦开始,就会形成一种固定的契约关系,这种契约关系设定了双方的责任和义务,个体能够为城市提供外在的助推力,推动城市的现代化进程,城市为个体提供有别于乡土的现代性生活和精神体验。但当他们逐渐贴近、摩擦和拥抱城市时,他们发现自己并没有在现代城市生活中感觉到幸福和快感,城市内部的冷漠和残酷击毁了他们的憧憬和希望,个体只是完成了一次按照规定程序设定的一次

---

① 徐则臣:《耶路撒冷》,北京十月文艺出版社,2014年版,第217~218页。

"出走""找寻"和"成长"的故事,个体根本没有破解这一自动运行程序的密码,而个体精神却陷入迷茫、无序和困顿中,并持续带给个体一种尖锐的刺痛感。这个时候,他们惊奇地发现花街的秦环和斜教堂并没有因为他们出走故乡而变得遥远而模糊,而是越来越清晰而明确,如同一个潜伏者始终隐藏在他们的内心深处,在恰切的时刻就会不经意地出现,以自身的故事及其携带的精神信仰的力量,刺穿城市生活的表象,将他们带出精神的困境:

> 很多年以后,你在北京王府井遇到一位瑞典的老先生,这位老先生手里拿一本中文版《圣经》,站在街头,逢人就指着某一段文字请教路人该怎么念,是什么意思。他说他在学习中文。其实他的中文说得相当不错,那些汉字他全都认识。初平阳问他为什么还要装假请教,瑞典老先生说:"我想让主的声音走进每个人的心里。"初平阳想到了秦环。那个时候,主的声音只能走入一个人的内心。①

在此意义上,秦环的故事是一个关于信仰的故事,一个如何让自己的内心安宁的故事。那么,我们有必要回到 70 后文学如何讲述现实生活这一问题上。普遍意义上,由于缺乏直接的历史感,70 后作家十分迷恋对现实生活的讲述,"直面'此在'的现实生活,尤其是面向非主流的边缘化日常生活"②,与其他代际作家呈现出明显的差异性。但在对非主流的、边缘的、个人性的现实生活指认的过程中,理想、信仰、价值、伦理等非现实性精神要素遭到遗弃,这种遗弃不仅表现在整体性、复杂性、多样性的现实生活在文本中的消散,更体现在精神因子在现实生活中被抽空,"有限的经验在叙述中要么呈现为壅塞的板结状态,要么被稀释成寡淡的疏离状态……经

---

① 徐则臣:《耶路撒冷》,北京十月文艺出版社,2014 年版,第 220 页。
② 洪治纲:《代际视野中的 70 后作家群》2011 年第 4 期。

验叙事和情绪文本之间出现了一条相当明晰的相互隔离的裂缝,其间的空洞使作品的'意味'无处容身"[1]。那么,如何对70后写作的精神局限性进行纠偏?我想,《耶路撒冷》给我们提供了一种方法和一种可能性:文学是有关信仰的表述,能够让个体内心安宁,"为现代化转型提供精神动力和文化基础"[2]。

《文艺争鸣》2015年第7期

---

[1] 黄发有:《激素催生的写作——"七十年代人"小说批判》,《广播电视大学学报》(哲学社会科学版)2001年第2期。
[2] 张福贵:《东北文化历史构成的断层性与共生性》,《学习与探索》2014年第7期。

轻的或重的
——评徐则臣短篇小说《如果大雪封门》
杨庆祥

如果大雪封门,这世界会是什么样子?这北京还是不是眼前的北京?

如果大雪封门,我们应该站在哪个位置,才能看清这个城市以及自己的内心?

徐则臣的小说人物林慧聪来自南方,他对大雪充满了想象和渴望,在高考语文考试中,他毫无顾忌地写下了这个渴望——《如果大雪封门》。作文的内容不得而知,但结果确凿无疑,他落榜了,于是他来到北京跟叔叔放广场鸽。从事这一仅仅能够维持基本生活的工作的动力是,在北京也许能够看到一场真正的大雪。

徐则臣满足了他笔下人物的愿望,在鸽子一天天莫名其妙地减少,林慧聪即将离京回乡的前夕,30年一遇的大雪不期而至——大雪果然封门了。在大雪来临之前,他们不止一次地想象大雪覆盖下北京的场景:"我想看见大雪把整座城市覆盖住。你能想象那会有多壮观吗?"这是林慧聪的想象;"那将是白茫茫一片大地真干净,将是银装素裹无始无终,将是均贫富等贵贱,将是高楼不再高、平房不再低,高和低只表示雪堆积得厚薄不同而已——北京就会像我读过的童话里的世界,清洁、安宁、饱满、祥和,每一个穿着鼓鼓囊囊的棉衣走出来的人都是对方的亲戚。"这是叙述者"我"的想象。

  雪后的景观是否满足了两人的想象,有兴趣的读者可以去小说中寻找答案。我感兴趣的是这两个人本身的精神状态。毫无疑问,他们依然属于徐则臣小说中的"京漂小人物"系列,在繁华的北京从事着没有尊严和保障的工作。他们属于"看不见"的那类人群。但是这篇小说最有意思的地方就在于,正是这些我们的社会"看不见"的阶层,却试图用一种另外的视野来看我们存在的这个世界。无论是"我"还是林慧聪,他们都有一种强烈的"看"的冲动,林慧聪想看到雪,而"我"作为一个隐秘的讲故事的人,则想看到一切故事发生的秘密。正是在这种勃勃迸发的看的欲望中,建立了徐则臣小说的双重叙事冲动:一是对于具体日常生活的一种农民式的执拗,不管这种生活本身在整个社会结构中处于多么"底层"(我非常谨慎地使用这个词语)的位置,也不管这种生活最后带来了多么巨大的伤害;二是对作为具有"精神呼吸自由"的人的热爱,在这种热爱中,徐则臣试图不是去简单地同情,而是去理解他看见的那些人物:行健、米箩、林慧聪,甚至是那个在小说中仅仅作为影子一般存在的宝来和无名的女性。如果说在以前的小说中,因为某种生存的惯性,徐则臣更多的倾向于书写某种原生态的生存者的挣扎,那么在《如果大雪封门》这篇小说中,他则更倾向于对人物内在精神向度的挖掘和书写。生存的残酷依然如故,小说的开篇宝来就因为被人打傻了而不得不离开北京回花街。但是,这一非常具有戏剧性色彩的故事被放弃了,它没有成为小说的中心和高潮,而仅仅是作为一个背景被虚化处理。这是徐则臣这篇小说非常明显的特色,他不再着意于某些突发性的、具有冲突意义和戏剧色彩的事件或细节,比如尾随米箩和行健幽会无名女性,如果在传统的短篇小说中(比如莫泊桑的小说),这一细节毫无疑问会构成一个重要的桥段,徐则臣却点到即止。他试图恢复日常生活本身的节奏和无序感，在非因果逻辑中描写一种生活状态，由此，他的这篇小说充满了现代感。

也许更值得注意的是这篇小说中的空间布局。短篇小说的空间往往会受制于篇幅的限制而呈现出比较单一的空间感。但是这篇仅仅九千多字的作品却明显有着非常丰富的层次。它至少有一个隐在的空间、一个具体的日常空间和一个精神性的空间。隐在的空间是指城市和乡村这种似乎二元对立的空间对照，在徐则臣的小说中则是北京——花街的地理迁徙，这是自"五四"新文学以来被广泛关注的城乡叙事在当代的延续和变种，从这一点来看，可以说，徐则臣是"五四"新文学忠实的继承人之一。这同时也是徐则臣的写作地理学，而且他在一步步扩大这些地理学的内涵，比如在最新的长篇小说《耶路撒冷》中，这一地理学被扩展到全球化的范畴。具体的日常空间则指的是人物赖以展开其故事和生活状态的具体所在，比如《跑步穿过中关村》中的中关村，比如在这篇小说中出现的当代商城，它们往往与现实的地理位置一一对应，它们强化了故事的真实性，并唤起了读者的阅读信任。《如果大雪封门》不仅有上述特征——典型的由此处到彼处的线性挪动，同时还建构了另外一类更抽象的空间，这一空间不是水平型的，而是垂直型的，具体来说，是在"高——低"这一立体的向度来展开。在小说的开篇，"我"就来到了一个特殊的地方——平房的屋顶，这个屋顶的"高"与平房的"低"构成了第一组关系；"高度"并不止于此，在屋顶之上，"我"看到了成群的鸽子，"我"和林慧聪在小巷子里追逐着鸽子，鸽子的"高"与身处陋街小巷的"我们"形成了另外一组关系；"高"还在继续上升，如果说鸽子作为一种"高"最终还要落到地面上来，那么，在鸽群上面的"天空"则是一种永恒的高度，徐则臣并没有对这一高度进行具体的描述，但是它几乎是一种笼罩性的存在：鸽子、追鸽子的人、大雪覆盖下的北京和整个世界，都在天空的高度下呈现出某种神圣感。有论者认为这篇小说有一种诗意，我觉得可能不仅仅有诗意，而更是具有一种宗教感，虽然这一宗教感在小说中还显得非常朦胧。但正是这种非理性的、发自生命内在的宗教感让这篇小说活了起来，宗教内在于"我"和林慧聪的内心，正是在对生命内在本质的持守中，一种具有精神向度的"当代人"出现在我们面前。

这些人：叙述者"我"、南方人林慧聪，以及《耶路撒冷》中的初平阳，他们在生存的困境中试图超越这一困境，将更大的力量致力于内在精神的完善。在这个时候，小说的轻重开始变得辩证起来：如果说戏剧性的冲突和悲剧感的人物命运是一种"重"，那么，对大雪的渴望和对雪后世界童话般的想象就是一种"轻"；如果说北京的城中村是一种"重"，那么，城中村的一个小小平房的屋顶就是一种"轻"。

大地为重，天空为轻；在大地上匍匐劳作的人为重，而当匍匐劳作者跳上屋顶，追逐鸽子、大雪和天空的光影时，这些人就飞起来了。

这些人遍布在我们的世界，但因为某种自傲和局限，我们看不见他们。

但是如果大雪封门，如果你突然在这个喧嚣的都市听到鸽子划破黄昏的声音，你或许就看到了一切，不管这个时候你是否神经衰弱如一个讲故事的人。

看到这一切的人有福了。

《文艺报》2014年9月17日第2版

告别 "在场的缺席者"
——略论徐则臣小说

郭 艳

内容提要：徐则臣的文学表达真诚而朴素。在一个常识阙如的时代，回归常识无疑意味着智识的健全，朴素表达则更现文学的勇气。他摹写了一个个徒步的肉身和灵魂在城市生存中庸常而无奈，却能够在精神焦虑中叩问"我是谁"，并且在日益坍塌的伦理文化困境中艰难地重构自身现代个体的文化身份与合法性。

关键词：边缘与主流 城与人 现代性焦虑 当代英雄

徐则臣是一个真诚的叙述者，文风沉稳而敦厚，气质内敛而心存高远。他静观大城小事，照亮平庸个体的精神维度。他冷眼文化裂变的城和人，又时时在不经意间闪耀着理想主义的丝缕光亮。

他的小说秉承了批判现实主义传统，在写法上又有着现代派的浸润。作为70后的实力派作家，《水边书》[①] 年轻生猛的成长率真纯粹，《苍声》中对于"文革"的少年视角，在青春生长的背面叙写一代人的精神苦闷与迷惘，这种生长不同于以往年代物质匮乏的苦难，

---

① 徐则臣：《水边书》，上海文艺出版社，2010年版。

却在风俗和观念的嬗变中凸显 70 后对于村镇生活的独特记忆。《天上人间》①《我们在北京相遇》《伪证制造者》叙述了徐则臣眼中"新北京"以及混迹于这座巨型城市的各色人物,从而让他获得了一个更为阔大辽远的视域:从乡土社会经验直接进入北京叙事,而北京又是一个新旧杂糅、兼容并包、无所不有的时空场域。《夜火车》②中对于当下知识分子精神层面进行深入剖析,木年的校园成长经历凸显了前辈学者受制于权力话语的懦弱与退让,以及同代人受制于物质欲望的可怜与悲哀。身受北大文化的濡染,多方面和世界文学的亲密接触,以及身在文学现场的人生境遇,这些都在相当大的程度上让他获得了一种多声部的话语能力。由此,《到世界去》③ 和《把大师挂在嘴上》④ 表达了当代中国青年智识者对于乡土、自我和世界的现代认知,这种认识不再具有强烈的民族、地域和文化的独异性,而是以日渐成型的现代人的眼光去打量并重塑自己的中国记忆和世界经验。近期长篇《耶路撒冷》⑤ 最为突出的品质是对于世道人心宅心仁厚的摹写,大胆地以人物来结构长篇叙事。人物在当下是最难以勾勒和描写的,而徐则臣通过笔下一个个人物凸显出这个时代个体文化身份认同的复杂性,不同时代人们之间无法认同又互相体恤的同情之理解。这种同情之理解在当下文化中是稀缺的,因此也凸显了 70 后一代作家观照自我和世界经验的当下情怀与现代性特征。

京漂的边缘人生与转型中国的主流价值

徐则臣的小说呈现出了一个更为干净、纯粹、日常的中国人的

---

① 徐则臣:《天上人间》,新星出版社,2009 年版。
② 徐则臣:《夜火车》,花城出版社,2009 年版。
③ 徐则臣:《到世界去》,长江文艺出版社,2011 年版。
④ 徐则臣:《把大师挂在嘴上》,上海文艺出版社,2011 年版。
⑤ 徐则臣:《耶路撒冷》,十月文艺出版社,2014 年版。

当代生存状态,一个有别于苦难和残酷人生经历的中国叙事。他在温情和平淡中凸显出近30年中国人常态的生活经验,重新打量一代中国人可能具有的精神生活和精神特征。即便是伪证制造者,徐则臣也写出了他们进入工商业社会之后"人"的意识和现代个体生命的常态欲求。如果说20世纪80年代小说试图从政治伤痕中恢复"人"的基本内涵,90年代以来小说是对"人"食色性的集中展现,那么徐则臣则用他的北京系列小说呈现出一个个"现代人"的自我认知。

在中国城市化的过程中,数以亿计进城的淘金者可以汇聚成一个巨大的奔跑的人。这个从乡土出走的巨人身心摇动不安,情感混乱迷惑,灵魂下沉挣扎。漂在北京的人,吸引他们的是现代城市和城市的生存方式:个体的、自我的、封闭的、冷漠的,同时又各自相安的私人化生活。贫富差距依旧触目惊心,然而却被混迹于快餐店、超市、百货公司甚至于公园景点的人流冲淡,且在无数的霓虹灯和广告的暗示下,人人都觉得自己正在或将要拥有机遇与财富,成为城市的主人。边红旗、子午、姑父都是这样一个个拥堵在现代性时间维度上的淘金者。伪证制造者是独特的社会群体,但是作者笔力所在并非伪证制造者真正的江湖生活,而是着力于边红旗的追梦人生——对于现代都市的迷恋,一种摆脱乡土伦理羁绊的沉溺。由此,边红旗们所呈现的都市边缘人的常态生存和西方城市迥然有别,这里没有西方现代都市的常见病——冷漠、麻木乃至变态,而是充斥着狄更斯笔下城市平民的真诚、坦率,即便是伪证制造者的犯罪行为,也在狡诈和欺骗中透着某种不加掩饰的热情与冲动。边红旗的人生其实是无数奔赴城市、冲破中国乡土伦理者的人生,有着义无反顾的背信弃义和盲目乐观。当下的中国很多人尽管没有制作伪证,但在商品经济消费文化的挤压中,时时也会有着和"伪证"类似的人生境遇。由此,这些伪证制造者引起周围人的同情,甚至也映照出了周围所谓守法者自身面对城市生存的虚妄和虚与委蛇。

由此，徐则臣的北京系列小说不能算作单纯意义上的京漂小说，他的独特之处在于以一种相对平视的现代人视角去看待个体生存和精神生活。他笔下的京漂一族虽然身份各异，但从个体对抗现代性庸常生存逼压的角度来说，伪证制造者、卖盗版光盘的小贩和大学生、研究生、教授是没有彼此之分的。伪证制造者边红旗、子午和姑父俨然将伪证制造当作一个挣钱养家安身立命的职业。姑父的情人路玉离最后拿出2万元，这种行为让民生之艰和罪与罚纠缠在一起，无法用乡土伦理也无法用城市规则解释，人性之光亮温暖与粗鄙冷漠可以深深隐藏在同一个肉身之中。然而现代都市是最具诱惑与欺骗性的地方，由此边红旗们最终无法在一个冷漠的城市找到真正的归宿。

徐则臣笔下的京漂系列人物看似社会边缘人群，然而京漂一族的边缘人生与转型中国的主流价值观同构，所谓的边缘人物却承载着叙述中国转型期移民现代梦的重新寻找。在北京系列小说中，边红旗们的精神状态集中折射了当下中国人主流价值观念的嬗变。文本没有极度变形扭曲的身体与欲望描写，而是温和地叙述了一代青年的群体性价值共识，刻画了一个个走入无法预测的未来的当代中国青年的背影。一明和沙袖，边红旗和老婆、情人，姑父的悲喜人生，"我"摇摆不定的人生路线……在一个移民城市，边缘其实就是未来的主流，当我们在中关村看到伪证制作者和盗版光盘贩卖者的时候，无疑会想起自己初来城市时的一无所有，那种站在天桥上看如潮车流的孤独与寂寞。即便在城市拥有了一套房子，甚至于生儿育女，混迹于如潮车流中的时候，我们内心依然时时会魅影般掠过巨大的荒漠感——现代人巨大的孤独终于开始以日常的形式缠绕在70后一代中国人的心头。

城与人：城市生存和现代性身份焦虑

北京城与人的关系在老舍那里是城市贫民艰难的生计问题，在王朔那里是无知者无畏的心态问题，到徐则臣这里终于转换成现代个体的日常精神状态摹写。徐则臣以中关村为原点的北京叙事，重构了北京作为一座现代城市和个体之间的关系。作为政治符号的北京，被无数的笔墨建构成一座无法和个体庸常生活发生联系的存在。同时，北京作为一个现代城市的内部肌理，往往被多元文化的丰富繁盛所遮蔽。然而北京在徐则臣的笔下消解了政治符号所蕴含的微言大义，真正被还原为一座栖息着现代个体的城市，而且是一座和青春成长、现代生存发生关系的城市。生存在一个现代都市永远都是第一位的，于是北京成为一个具体可感的生活场域。北京的包容性一如她对各色人等耐心毅力和吃苦耐劳精神的考验一样巨大，年轻的身体跑步穿过中关村，挣扎在当下生存中的灵魂则纠缠在爱欲与情感、性情与物质、理想与现实之间。对于奔赴现代城市的年轻人来说，北京具有比其他城市更多的未知性和诱惑性，于是个体在北京的命运成为一种现在时的命运，北京城的精神状态终于和个体有了直接的联系。在徐则臣笔下，一批批对现代城市充满幻想的男男女女奔赴到现代城市提供的狭窄逼仄的生存空间，且乐此不疲，以自己的热忱、盲目和冲动汇聚成一幅鲜活、嘈杂、喧闹、充斥着荷尔蒙乃至堕落与犯罪的城市图景。现代个体的精神状态呈现出了一个巨型城市的喜怒哀乐，所有人物都像我们自己一样真实。在这样现在时的写作中，我们沉溺于某种偷窥的惊喜和旁观的讥讽中，在对于现场人物的沉溺中，消解了我们对于当下生存的种种惶惑、躁动与厌烦。徐则臣的小说通过对当下北京城的诉说，塑造了一个个徒步的肉身与灵魂在北京浮世绘的生存，这是他的写作对于当下文学最为独特的意义。

徐则臣的小说直面日常性以及庸常生存的尴尬境遇，并在理想主义的照耀下书生气十足地讲述着自己视域内现代城市对个体的逼压。小人物的庸常人生却成为时代的绝好注脚：飞蛾扑火般涌向城市的庸常和无法遏制的生存渴望一起焦灼着年轻的心。北京系列小说之所以能够元气充沛地诉说"我们"，正是因为在城与人的关系中，"我们"已经天然地将城市作为不离不弃的第二故乡。《天上人间》中"我"和边红旗们同居一室，以平等个体的关系建立了某种友谊，这种常态生活中日渐增进的情谊消解了城市的压迫感，哪怕是一顿水煮鱼，也让混迹在中关村的各色青年获得对于城市生活的满足感。然而，折磨人的依然是"我是谁"的精神性困惑：沙袖无法抓住任何东西的失重感，一明面对欲望时的犹疑彷徨，边红旗跨越乡土伦理的理屈词穷，姑父浮浪人生的极度失败感，"我"夹杂在其中的种种无奈和同情……每一个人都在都市的人流中寻找着机会且追问着"自我"的意义。徐则臣的叙事并不聚焦扭曲变形的膨胀欲望，也没有乡土伦理塌陷的肉身搏斗，更非官场厚黑的模拟与教唆。在他的文本中，每一个行走在现代性旅途中的个体不再有着贵贱高低之分，而是常态都市漂泊者真实到骨髓中的生存痛感，这种痛感以各种方式凌迟着现代个体的日常生存，沙袖的一无所有中的出轨，一明无法名言的无根感，边红旗旺盛生命力中透出的荒谬感，姑父一生的荒唐感……在徐则臣的小说里，即便是所谓京漂小人物的命运，也沾染了一切时代的仓促、躁动与善变，因此，他的小人物便从庸常生存中透露出时代精神的真切回应。

徐则臣的小说呈现出了一座城市中现代性身份焦虑产生的一系列精神困境，其中最为独特的是在罗列小人物命运的同时，对于城市代表的所谓文明与知识的解读。每一个从乡土社会进入到现代文明的人都会痛切地领悟到徒步过程中肉身的沉重与轻盈，以及灵魂的下坠与飞扬。

长篇小说《夜火车》呈现出了个体现代成长的疼痛，这是带着审视和自嘲的疼痛书写，成长带着青春的冲动、率性和无知，一起奔涌在通向成熟也意味着平庸生存的道路上。在后辈探究窥视的目光中，学院知识分子连同所谓的知识、权力一起成为后辈无法接受的现实。在这部小说中，被扣押的两个证书无疑是一种隐喻，多少中国青年在获取证书的路途中牺牲个性与天才，走向一种被规范的生活模式。当下真正的读书人已经所剩无几了，不幸木年是个早慧而执着的读书人。学院开启了木年的现代心智，同时又让他深深受伤于一系列无法解释的遭遇。现代知识文明带着双面利刃行走在白昼与暗夜中，那种被学院规约打压的挫败感，无法表达情感的懦弱，对道德先生和道德文章的沉溺与怀疑，无法正视生活与情感之后逃离的欲望……徐则臣在呈现出种种生存逼压的同时又描述了这种现代性身份焦虑对于现代个体心智成长的意义。木年正是在巨大的压力下一步步体验到利刃之痛，走入无法挽回的命运。他目睹前辈肆意操纵自己命运的现实，理想主义破灭了。木年刺向魏鸣的那一刀是现实的又是非现实的，那一刀是如此的致命：同辈庸俗却酣畅淋漓的身体被利刃穿过，前辈隐秘而伪善的精神也裂开了巨大的伤口。理想主义者木年最后搭上没有归途的夜火车，是身体更是灵魂。小说具有相当现实的隐喻性和意指。现代文明培育出的学院和现代知识个体之间依然充斥着巨大的张力，在错乱的现实和历史中，一代知识青年最终只能在迷惘和孤独中走入更大的虚无。

由此，他的小说人物获得了现代性身份，并且写出了一座城市中由现代性身份焦虑产生的一系列困境。他的人物都实实在在地生活在庸常中，又群体性地上演了对于自身焦虑的挣扎与抗争[1]。庸常现代的个体对于自身生存困境与精神焦虑的自觉意识，以各类痛感

---

[1] 参见丹尼-贝尔《资本主义文化矛盾》，严蓓雯译，江苏人民出版社，2007年版。

的方式开始了"我是谁"的追问,这也是获取现代身份合法性的一种途径与方式。在徐则臣的小说世界中,中国经验不再是物质匮乏的苦难和欲望身心的坍塌,而是日渐觉醒的精神痛感和文化身份认同,这是徐则臣北京浮世绘的洞见与创造。

《耶路撒冷》与当代英雄

在北京系列小说之后,《耶路撒冷》是作者重新思考现代性、传统乡土、文化与个体生命经验的精神炼狱。小说诚实而不虚妄,宽厚而不妥协,直面一代人的精神困境。作者试图找到消解现代性精神焦虑的方式,返乡作为最经典的方式,又一次出现在小说中。在一个文化格局发生重大变化的语境中,作者敢于面对内心的真实,勇于站在被质疑的知识分子立场上来观照时代的精神气质和特征。这个长篇写出了命运感,这种命运感不是个体人物一生的遭际与经历,而是大时代中无数平庸个体的命运感。现代人生存的碎片化、无方向感和伦理价值判断的混乱等等,是个体被抛入现实生存无法回避的宿命。易长安、舒袖、吕冬、杨杰……这些生活在我们身边的人物,在《耶路撒冷》到世界去的大情境中袒露着时代青年忙乱而琐屑的物质主义生存和无所作为的苦闷,这些人物就是当下 70 后一代自我生存的写照,由此这个长篇中的人物可以当作一代人的文化标本。小说中的初平阳是一个具有文化身份自觉的知识分子形象,在知识分子被嘲弄的当下,初平阳是独异的,而徐则臣也冲出了内敛低调的写作个性,终于以"记忆是一种责任"[1]的心态来建构自己的文本和风格。如果说一直以来徐则臣的文风以质朴内敛取胜,那么《耶路撒冷》则无疑带着"落拓江湖君莫问"的飘逸和旷达,一

---

[1] 参见雅克-德里达《多义的记忆——为保罗-德曼而作》,蒋梓骅译,中央编译出版社,1999 年版。

路为中国青年智识者正名——庙堂家国与市井江湖都在一代人冷眼热心的胸襟里荡气回肠。

小说主人公初平阳显然不是一般意义上所谓的典型人物，他具备当下接受高等教育的莘莘学子的诸多特征：读完本科，读硕士，读博或者找钱出国，这原本是一个非常平面化的毫无戏剧冲突的非典型化人物，然而徐则臣又一次从常态生存入手，剖析个体在时代中肉身与灵魂的挣扎与苦痛。就像无数个我们曾经做过的一样，初平阳的返乡是对于水乡风物人情的彻底决裂与破坏——因为他要卖掉祖屋，攒钱去朝拜自己心中的耶路撒冷——象征所谓现代知识与文明的一所大学。

因为太急于到达自己心中的耶路撒冷，于是就以出卖大合堂为代价，初平阳和姐姐一起以亲情的名义让自己的父辈彻底斩断和故土的精神联系。初医生夫妇是具有中国传统文化素养、善良有礼的中国人，溺爱孩子的父母最后给出了自己的解释：就是两间破屋……同意出售大合堂，只要能够和孩子生活在一起，哪里不一样？家人和家的观念在无形中已经取代了传统社会中的伦理文化秩序，集中体现了父辈在日益逼仄的传统文化处境中的退让，这种退让从容而哀伤。父辈善良、无奈又带着盲目的信任将未来寄托在子女"到世界去"的行动和信念上。这种生活时刻发生在转型期的中国社会，在无声的土崩瓦解中，在现代线性时间维度奔跑的中国和中国青年从未停下脚步。

然而，70后一代最为突出的特征是骑墙或者说瞻前顾后的文化姿态，因此才会有初平阳深入骨髓的痛苦。初平阳们了解父辈的忧伤与担心，但他们依然义无反顾地前行，带着肉身和灵魂的重负，与最亲密的乡土和家人刻意地制造着远行和离别。汪曾祺的水乡意境在小说的前半部依然有着小提琴悠扬的旋律，在运河及其两岸飘荡着乡土风俗画的余韵。作为一个阅读者，潜意识里当然更希望作者能够提供更多的运河故事，无关乎当下的边城叙事，难得浮生半日的白日梦，看看水乡审美的过去。然而时代毕竟是迅猛的甚至于是破坏性的，小说的下半部也无法坐稳大合堂的气场。在这一点上，作者无疑是残酷的。因为在温暖宽厚又逼仄压抑的乡土上，即便是日日鲈鱼莼菜，也无法掩盖一种不能和世界同步的失败感，这种根深蒂固的失败感来自于环境、体制、文化、生活方式和个人兴趣爱好等等从宏观到微观的复杂精神体验。

由此，初平阳的返乡之旅实质上是一次论证自己文化身份的过程，通过与乡土现实的再次正面遭遇，凸显出了自身与乡土精神的同构与断裂。其同构性在于他对乡土无限的理解与回忆，那种对于大合堂药味的回味，对于父母和运河的体恤，同时他也直接目睹了乡土被伪古典化的尴尬与黑色幽默。初平阳返回大合堂的时候，他是清醒的，因而也是所有人中最为痛苦的一个。返乡其实是为了告别最后的乡愁，彻底以一个无故乡的姿态进入真正的现代生存困境——无根的精神漂泊与流浪。大合堂和老何鱼汤已然逝去，乡愁本身已经伪乡愁化了，所以初平阳大声告诉自己和乡土：自己要去"耶路撒冷"。初平阳有着明确的现代性思路，尽管带着犹疑和无限怅惘，却依然要"到世界去"，在这样一个目标的支撑下，初平阳具备了当代英雄的悲壮色彩。

在物质主义的当下，欲望话语裹挟着大众文化的平庸媚俗，现代个体被欲望所诱惑，同时又群体性地刺激了更大的消费欲望。消费文化杀死了古典主义与浪漫抒情，同时也冰冻了人性的柔软温润，日渐走入世俗化娱乐至死的狂欢。在如此平庸化的时代，什么样的人才能算得上当代英雄？一如司马迁所言："千人之诺诺，不如一士之谔谔。"[1] 直言胸臆在这个时代是匮乏的，坦陈自身精神困境和价

---

[1] 参见《商君列传第八》，《史记》，中华书局，2007年版。

值抉择也是弥足珍贵的。《马太福音》第 10 章中，耶稣说："那杀身体不能杀灵魂的，不要怕他们！惟能把身体和灵魂都灭在地狱里的，正要怕他们。"正是因为初平阳是个始终有着灵魂追问的个体，且在返乡之旅中将这种追问延展至一代青年，通过文化标本式的人物抵达时代文化精神本质。那杀灵魂的消费与欲望尽管无处不在，小说在展现出欲望泛滥和人性冷漠的同时，却赋予初平阳反省自我、他者和世界的心胸和能力，他的当代英雄身份便应运而生。《耶路撒冷》试图勾勒出一个中国青年智识者的代言人，摹写时代巨变中一代新人的价值选择和天下情怀。初平阳在精神困境和灵肉迷惘中依然坚定前行，告别乡土却在巨大的悲悯中与乡野芸芸众生异质而同构，清醒而坚定地向着现代性的利刃之尖走去。从这个意义上来说，初平阳丝毫不亚于任何一个文学史上的当代英雄，在虚无与黑暗中闪耀着这个世纪最后的理想主义光芒。

告别 "在场的缺席者"

徐则臣的文学表达真诚而朴素，在一个常识经常阙如的时代，回归常识意味着智识的健全，朴素表达则更现文学的勇气。在一个快生活的时空中，他的小说提供了徒步的风景和人物。小说中的火车具有双重的隐喻：对于乡土来说，火车意味着到世界去；对于世界来说，乡土依然属于到世界去的一部分。在这样互文的小说意境中，一个个徒步的肉身和灵魂在城市生存中庸常而无奈，人物在灵魂下坠的过程中，却能够在精神焦虑中叩问"我是谁"，并且在日益坍塌的伦理文化困境中艰难地重构自身现代个体的文化身份与合法性。

徐则臣的小说和当下写作有着一定的距离，显示出独特的品质。一，给当代文学提供了记录时代精神气质的人物。在碎片化同质化的当下生存中，初平阳们是 70 后一代的文化标本。《耶路撒冷》的意蕴和题旨表明：写作不仅仅和私密情感、身体欲望、世俗权力有关，更和一代人切肤的精神痛感有关。我们从未放弃过对于自我、他者和世界精神维度的审视，同时以现代人的平等视角重构东西方文化经验。当代英雄初平阳们仍然踟蹰而行，如西西弗斯般抱石而上，努力重构自身现代性身份。二，徐则臣描述现代个体的精神状态和焦虑，但并非仅仅是个人化写作和个人经验的记录。相反，他的写作始终关注一代人的现实生存。从某种意义上来说，他的写作有着批判现实主义锐利的光亮，行文却温厚平实，以现代公民意识来观照当代中国经验，平民意识和平等意识让他的人物卓尔不群。三，徐则臣描写正常人与庸常人生的搏斗，且让他们始终保持着"人"的尊严。无论是男人和男人之间，还是男人和女人之间，大多以最常态的方式建立情感或其他联系，在情感摹写中凸显人物的心灵世界。四，《耶路撒冷》坦陈智识者的现代文化身份认同，明晰表达自己对世界的认知和看法。当下写作消平深度乃至价值混乱，作者往往除却强化混乱的现实之外，没有任何意义可以表达。在现实生活流的叙写中，大多70后在犹疑和内省的精神状态中遮蔽了自我成长的真实声音，因此在沉默的夹缝中难以抵达真正的自我。徐则臣为袒露一代青年真实的精神困境，表达同质化个体的时代命运感，从而将写作和自身的价值观、世界观表达贯通，由此他的写作在多声部话语中凸显了作家自身强悍的精神力量。这种精神力量照亮复杂的经验世界，也让70后作家告别"在场缺席者"的尴尬，重新表达属于时代新人的中国经验和中国叙事。

《中国现代文学研究丛刊》2014 年第 5 期

问题意识、历史意识与形式意识
——徐则臣论

江 飞

从《跑步穿过中关村》《天上人间》到《如果大雪封门》,从《午夜之门》《夜火车》《水边书》到《耶路撒冷》《王城如海》以及刚刚出版的《青云谷童话》,十余年来,立志创新、不走老路的徐则臣恪守"修辞立其诚"的写作伦理,马不停蹄地奔跑在"通往乌托邦的旅程"上,不仅实现了对重复的规避、对路障的跨越,一砖一瓦地建构起"一个人的乌托邦",同时也召唤着批评家们对其穷追不舍,谈论不休。事实上,无论是"花街系列""京漂系列",还是"谜团系列",无论是关于中国的事,还是关于"外面的事",在不同的题材背后,徐则臣始终聚焦于那群身心离散、精神动荡的"走在半路上的中国人",坚持以人与世界的关系为中心解决问题,以个体的时代感重述历史,以共时性的结构形式表现共时性的生活世界,竭力逼近某种真相。问题意识、历史意识与形式意识的基本建立,使其作品实现了对当下现实问题的反映、对历史深度的揭示,以及对形式美学的创新,具有了一定的"当代性"以及"走出当代性"的可能。

一、问题意识：以人与世界的关系为中心解决问题

一个显而易见的疑问是，在短短十余年时间内，徐则臣何以能够从人才辈出的 70 后作家队伍中脱颖而出，并表现出可持续发展的潜力？除了天资禀赋、个人勤奋、编辑职业等因素之外，我以为一个至关重要的原因是——徐则臣像学者一样写作，有着自觉的、强烈的问题意识。换言之，他并不满足于成为一个纯粹的"文字工作者"，而是有志于成为一个"文学人类学"的学者，以文学的方式提出问题、分析问题和解决问题，像写论文一样写小说，如其所言："写每一个小说都是要解决我的一个问题。"① 这与那些题材跟风的"投机主义者"或是为艺术而艺术的"形式主义者"截然不同。"对问题有话可说"是其写作动机所在，"北京大学中文系毕业"的学院背景为其问题意识的形成提供了思想和技术的有力保障，而其自身从故乡到他乡的生活经验和生命体验更使得这种问题意识既具有生动的个人性，又具有普遍的社会性。从某种意义上说，正是这种难能可贵的问题意识，保证了徐则臣小说的艺术质量、现实质地以及精神思想的穿透力。

归根结底，徐则臣要解决的问题只有一个，那就是人与世界的关系问题。这么说似乎有点大而无当。根据徐则臣的创作经历和文本特点，我们不妨把这个中心问题再细分为三个子问题，即人与乡土的关系问题、人与城市的关系问题、人与其内心的关系问题。

人与乡土的关系问题。在徐则臣的早期小说《花街》《失声》《镜子和刀子》《梅雨》《水边书》《石码头》《花街上的女房东》《人间烟火》《苍声》《大水》《最后的猎人》以及《水边书》中，"花街"就是"故乡"，就是整个世界，人要么在故乡死去，要么离开故乡，

---

① 徐则臣、张艳梅：《我们对自身的疑虑如此凶猛——张艳梅对话徐则臣》，《创作与评论》2014 年 3 月号（下半月刊）。

奔赴异地，于是死亡和出走成为不可避免的主题。其实，"花街"并非徐则臣的故乡，按其所言："花街不在我老家，而在我曾经读书和工作的一个城市，京杭运河穿城而过，作为故事的背景，花街和运河更适宜进入小说，我就把故乡的人事搬到了花街。"经过这番有意的移植，江苏淮安一条几百米长的街巷，就替代其真实故乡江苏东海而成为一个日益丰盈的虚构的"故乡"，成为其占领的第一个"文学根据地"。在"花街系列"小说中，徐则臣的时空装置还并未打开，"花街"仿佛是一个静态的遗世独立的地方，一个传奇的、文化的、风土人情和审美的所在。比如在以"花街"命名的第一个短篇小说《花街》中，徐则臣如此写道：

> 从运河边上的石码头上来，沿一条两边长满刺槐树的水泥路向前走，拐两个弯就是花街。一条窄窄的巷子，青石板铺成的道路歪歪扭扭地伸进幽深的前方。远处拦头又是一条宽阔惨白的水泥路，那已经不是花街了。花街从几十年前就是这么长的一段。临街面对面挤满了灰旧的小院，门楼高高低低，下面是大大小小的店铺。生意对着石板街做，柜台后面是床铺和厨房。每天一排排拆合的店铺板门打开时，炊烟的香味就从煤球炉里飘摇而出。到老井里拎水的居民起得都很早，一道道明亮的水迹在青石路上画出歪歪扭扭的线，最后消失在花街一户户人家的门前。如果沿街走动，就会在炊烟的香味之外辨出井水的甜味和马桶温热的气味，还有清早平和的暖味。①

这种平静简练的白描，这种诗意质朴的情境营造，不由得让人联想到沈从文、汪曾祺等一脉相承的中国乡土文学基因和抒情传统。但是也不难看出，这种田园牧歌式的乡村图景是作者怀旧加想象的

---

① 徐则臣：《花街》，《当代》2004年第2期。

产物，是作为一种理想背景而存在的。作者的意图似乎并不在讲述故事，甚至叙事方式也是非常传统、老老实实的，然而却依然具有动人的力量，这主要得益于作者对故乡"典型环境中的典型人物"（比如麻婆）的命运书写，或者说他把人物与背景、故事有机地融合在了一起。

随着写作的日益深入，徐则臣开始更深入地思考和直面人与乡土的关系，那就是：故乡的衰颓和青春的荷尔蒙共同孕育出一种强烈的"出走欲"和对未知"世界"的探究欲，于是在成长过程中，外面的"世界"逐步逼近，乡村和土地则不断远离，这种远离"不仅是物理意义上的远离，更是精神意义上的远离"[1]，结果"我"成为"故乡的异乡人"，故乡不再是"我"的心安之所。由一个理想主义的眺望者变为一个带有浪漫主义情怀的出走者，继而变为一个现实主义的漂泊者，这种自我身份的不断确认在一定程度上影响了其小说人物的命运，比如花街少年陈小多为一个飘逸的侠客梦而出离故土，远走他乡（《水边书》）；大学生陈木年为了满足自己扒火车逛世界的"出走欲望"而"虚拟杀人"，孰料最终真的走上杀人、逃亡的不归之路（《夜火车》）；初平阳义无反顾地卖掉故乡的"大和堂"而奔赴异国他乡，为的是让自己去往让自己心安的世界——耶路撒冷（《耶路撒冷》）。背井离乡、满怀乡愁、无乡可归，这是现代中国人的必然命运。

人与城市的关系问题。几乎在构建"花街"的同时，徐则臣就开始了对故乡之外的"世界"——城市的书写。从《啊，北京》《伪证制造者》《跑步穿过中关村》《天上人间》《如果大雪封门》，到《耶路撒冷》以及最近的《王城如海》，徐则臣越来越自觉地投入到对"城市文学"的建构中，这是因为他深刻认识到自己的生命所在

---

[1] 徐则臣：《别用假嗓子说话》，河南文艺出版社，2015年版，第204页。

和文学使命所在：一方面，城市是自己的日常生活和根本处境，是自己面对和思考这个世界的出发点和根据地，而对乡村则越来越陌生，尤其对当下中国复杂的城镇化进程中人与土地的关系一知半解，仅仅依靠虚构是无法接近故乡和乡土中国的现实的。另一方面，莫言、贾平凹等前辈作家已将乡土文学写到极致，乡土性是他们的世界观和方法论，而如今的乡土中国"正在经历前所未有的社会转型，现代化和城市化战尘滚滚，一路吞噬乡村，所谓的田园牧歌正在成为传说，人与土地的关系变得空前的暧昧和痛切——换句话说，一个乡土的中国正在快速地、以畸形的方式消失：乡土中国消失了，乡土精神消失了，皮之不存，毛将焉附，乡土文学的前景可想而知"。① 乡土文学前景堪忧，而城市文学在乡土文学一统天下的当代文学格局中"只是草蛇灰线般地存活着，在写作技巧的积累、对写作资源的开掘以及城市书写的审美系统与意义空间的建构等方面，依然贫弱"。② 基于此，徐则臣逐步由乡土叙事过渡到城市叙事，将笔触聚焦于人与城市的关系，为建立"一个丰沛、自足的城市书写的传统"而尽心尽力。这种对乡土文学自觉规避、对城市文学自觉担当的写作意识是一个优秀作家尊重文学事实、尊重自我创作的一种清醒的抉择，正如他始终坚持以乡土中国的立场审视城市化的进程。

比如《王城如海》，这是徐则臣真正以"北京"这座城市为主人公写的一部小说。虽然此前的"京漂系列"小说同样写到了北京城，但事实上作者是以旁观者的视角写一群文化程度不高、从事非法职业的边缘人（如敦煌、宋佳丽、边红旗、周子平、陈子午、沙袖、孟一明、姑父、小唐、文哥等）眼中中国的北京，北京作为一个外

---

① 徐则臣：《别用假嗓子说话》，河南文艺出版社，2015年版，第205~206页。
② 徐则臣：《别用假嗓子说话》，河南文艺出版社，2015年版，第205~206页。

乡人向往和投奔的乌托邦而存在；而《王城如海》中的北京则是海归、精英、大学生、保姆、快递员以及"蚁族"等（如余松坡、罗冬雨、罗龙河、韩山）不同阶层体验到的世界坐标里的北京。作者以城市人的身份直面城市和不同人物的不同城市生活体验，在"王城"所遭遇的经济发展、空气污染、生存、信任等种种危机中质询城市，在阶层差异的比照中拓展城市与人的小说主题。二者的共同点在于，主人公们其实都是"城市异乡者",[1] 他们虽然都生活在城市，但精神之根都深埋在故乡的文化土壤里，即使是像余松坡这样的在美国学习生活多年的著名先锋导演，导致其精神危机的根源依然是在兰水乡余家庄。那时18岁的余松坡为争取入伍当兵的唯一名额而告发了堂哥余佳山，导致后者被判为"反革命暴乱分子"而入狱15年，出狱后沦为疯子。总之，城市，只是他们的安身之所，却不是安心之地。

之所以这样设置人与城市的关系，与其对"中国的城市化"的理解密切相关。徐则臣借余松坡之口意味深长地说道：

> 你无法把北京从一个乡土中国的版图中抠出来独立考察，北京是个被更广大的乡村和野地包围着的北京，尽管现在中国的城市化像打了鸡血一路狂奔。城市化远未完成，中国距离一个真正的现代国家也还有相当长一段路要走。一个真实的北京，不管它如何繁华富丽，路有多宽，楼有多高，地铁有多快，交通有多堵，奢侈品名牌店有多密集，有钱人生活有多风光。这些都只是浮华的那一部分，还有一个更深广的、沉默地运行着的部分，那才是这个城市的基座。一个乡土的基座。[2]

---

[1] 江飞：《扎根、悬浮与飞翔 "城市异乡者"的精神寓言——论徐则臣〈新北京Ⅰ：天上人间〉》，《艺术广角》2009年第6期。
[2] 徐则臣：《王城如海》，人民文学出版社，2017年版，第66页。

在徐则臣看来，中国的城市化是一路掠夺又一路抛弃乡村的大跃进式的城市化，乡村和小城镇被人为地、生硬地嵌进了城市里，圆满自足、真正意义上的城市化远没有完成，这种城市化的结果导致了一大批身心离散、精神动荡的人的出现，导致了中国的城市有一半的非城市性或者说有一半的乡土性，因此必须在巨大的乡土中国的大背景下才能真正理解走在半路上的城市化，才能真正理解走在通往城市化的半路上的数以亿计的中国人，按其所言，"我对城市感兴趣，对走在半路上的城市感兴趣，归根结底是对走在半路上的中国人感兴趣"。[①] 徐则臣对走在半路上的中国城市和中国人的这种认知与理解未必合乎当下社会学的或政治经济学的某种衡量，但毋庸置疑，这并非一种文学想象，而是基于自己长期以来留心观察、用心体验与潜心思考的结果。由自我推及他者，由北京而想象中国，这使得他的小说避免了肤浅片面的或绝对正确的价值判断，既不同于当下某些怀旧或虚伪的乡土文学，也不同于某些中产阶级趣味浓厚的城市文学，具有一种直面现实的在场感，一种人文关切的深度与社会批判的力度。

人与其内心的关系问题。按梁漱溟所言，人类面临着三大问题，顺序错不得。先要解决人和物之间的问题，接下来要解决人和人之间的问题，最后一定要解决人和自己内心之间的问题。从这个意义上说，人最大的问题在于其内心。无论是聚焦于人与乡土的关系，还是聚焦于人与城市的关系，徐则臣的根本目的在于揭示和解决"人和自己内心之间的问题"，即求解"在路上"的人如何在城与乡、历史与现实、传统与现代之间获得心安，如何与其内心世界取得和解：

关注人的内心世界是个"现代性"的问题，如果你不去质

[①] 徐则臣：《别用假嗓子说话》，河南文艺出版社，2015年版，第208页。

疑和反思,不去探寻和追究,永远不会深入到人物内心。中国古典文学的传统是缺少"现代性"的,精力都放在人的世俗层面上,换句话说,小说都在人的身体之外做文章,所以永远都是烟火繁盛、红尘滚滚,都是热热闹闹、吹吹打打,永远都是上帝视角和一动不动的长镜头。看上去人来人往车水马龙,但就是很少有实实在在的、真真切切的、知根知底的"人"。直到现在,1840 年之后我们"被""现代性"至今,一百七十多年了,我们的文学里依然没有很好地解决"人的内心"的问题。①

在徐则臣看来,中国传统小说偏重于波澜壮阔的时空背景的描绘,而忽视了人的发现和人的内心问题的揭示,即以舞台背景压抑了舞台上的人物。因此,如何"让人在舞台上的位置更凸显出来,把关注点集中于人、集中于人物的内心",如何接续中国文学传统并实现现代性转换,成为徐则臣力图解决的核心问题。

相较于早期作品,《耶路撒冷》与《王城如海》对内心世界问题的探察和揭示显得更为集中和深刻,也因此而弥漫着一种挥之不去的焦虑感和负罪感。正如我在评论《耶路撒冷》时所言,徐则臣"力求以一己之经验和思考接通 70 后这代人的生命体验和精神历程,继而以此揭示一个时代的心灵困境和精神疑难,并试图在一个信仰普遍缺失的社会中重建精神信仰"。② 初平阳、杨杰、易长安、秦福小因为儿时伙伴景天赐的自杀而患上病症各异的"精神病",不得不经历"逃亡—忏悔—自赎"的精神炼狱之旅,最终共同集资修缮教堂,以求得罪恶的缓释、精神的修复、信仰的持存。虽说"惟有王城最堪隐,万人如海一身藏",但对于余松坡来说,内心的焦虑与忏

---

① 徐则臣、张艳梅:《我们对自身的疑虑如此凶猛——张艳梅对话徐则臣》,《创作与评论》2014 年 3 月号(下半月刊)。
② 江飞:《〈耶路撒冷〉:重建精神信仰的"冒犯"之书》,《文学评论》2016 年第 3 期。

悔是无处可藏的,他只能向未知的"灵魂保险箱"解剖作为"告密者"的隐秘内心才能死而无憾,只能继承父亲缓释罪感的《二泉映月》才能由梦游回归常态,才能"重新做回一个心无挂碍的善良人"。① 尽管这种心灵的忏悔与救赎不免带有"托尔斯泰主义"的印记,但这种对重大精神问题发言的责任、勇气与能力毫无疑问是非常重要且难能可贵的,它使徐则臣成为一位有良心、有担当的优秀作家,也使其作品区别于"政治化的文学"或"私人化的文学"而成为真正面向人类内心世界发言的"有声的文学"。当然,徐则臣不可能解决"走在半路上的中国人"的内心问题,而只能揭示这种进退失据、无处安心的精神漂泊状态,正如他只能在古典性审美与现代性焦虑的激烈博弈中将自己的"理想之乡"设置在"花街"通往"北京"的半路上。

二、历史意识:以个体的时代感重述历史

对历史和考古发掘一直有浓厚兴趣的徐则臣自然懂得历史对于作家的意义,"一个作家写到一定程度,不可避免要触碰历史,因为历史能够给作家提供一个宏观地、系统地把握世界和时间的机会,在作家个人意义上,也是一次必要的沙场秋点兵。好的历史小说应该是一部'创世纪'"。② 按我的理解,所谓"创世纪",意味着对历史的重述、对世界的重建、对时间的重组。显然,"重述历史"并非自徐则臣始,事实上,"早在八九十年代之交,年轻一代的先锋派,远离历史与现实,以形式主义实验来叙述他们并不真切的历史,与

---

① 徐则臣:《王城如海》,人民文学出版社,2017 年版,第 196 页。
② 徐则臣、张艳梅:《我们对自身的疑虑如此凶猛——张艳梅对话徐则臣》,《创作与评论》2014 年 3 月号(下半月刊)。

经典历史叙事构成明显对立,开启了重写历史的风气"。① 如果说这批 50 后、60 后的先锋派作家是借现代主义思潮逃离历史和当时的社会现实,是以"一种'逃离'的姿势在写作"的话,那么,对于无法回到历史中去的 70 后这代人来说,已只能借"新历史主义"理论继续"逃离",要么借助史料和想象还原可能的历史现场,要么凭借各自的历史感与时代感重述历史,即摆脱"宏大叙事"的圈套,挣脱形式主义的语言牢笼,向现实挺进,向自我发掘,通过塑造一个个有血有肉、可亲可感、足够复杂、深入人心的人物,通过个体去有效地切入时代、切入历史、切入这个世界,从而呈现出其所特有的历史感与时代感。徐则臣、李浩、路内、弋舟、乔叶等在这一点上表现出殊途同归的默契,与其说这是一种"去历史化的历史写作",②不如说是一种"再历史化的历史写作"。因为他们没有 50 后、60 后作家那么强烈的历史感和对历史的敬畏感,所以,他们对历史的态度既不是现实主义的经典建构,也不是先锋主义的有意消解,而是一种个人主义、多元主义、后现代主义的重建,他们所关心的其实并非历史本身,而是讲述历史的时代和方式,"重要的不是故事讲述的年代,而是讲述故事的年代。福柯这句话应该放在所有打算对历史发言的作家案头",③徐则臣说出了自己以及 70 后这代人打开历史的某种"正确方式",那就是以个体的时代感重述历史,通俗地说,就是"打着历史的幌子做自己的事"。④ 尽管徐则臣等 70 后作家的历史意识和历史叙事策略并不完全相同,但无论如何,"70 后作家

---

① 陈晓明:《众妙之门:重建文本细读的批评方法》,北京大学出版社,2015 年版,第 338 页。
② 曹霞:《70 后:去历史化的历史写作》,《北京日报》2016 年 6 月 16 日。
③ 徐则臣,张艳梅:《我们对自身的疑虑如此凶猛——张艳梅对话徐则臣》,《创作与评论》2014 年 3 月号(下半月刊)。
④ 徐则臣:《在韩〈午夜之门〉讨论问答纪要》,http://blog.sina.com.cn/s/blog_4c8783c10100b828.html。

的关注焦点正在从个人生活转向公共生活,从当下中国转向历史中国,从局部中国转向整体中国,并且试图给出属于自己的理解和阐释"①。

以《午夜之门》这部不太受关注的长篇小说为例。那时的徐则臣还并没有理解到当下日常生活的美,更没有把历史置于现实之中进行审视和发掘,而是本着"一切历史都是个人史"的历史观,"以叛逆而不失谦卑的写作伦理建构个人的历史,使其中的每一个人都拥有被理解的权利"②。他既怀疑真实的历史,又不愿用小说图解历史,于是,他刻意对历史做模糊处理,避开历史的所指,而在历史的能指游戏中狂欢,触摸重大历史事件,而又寻求历史叙事的变异。小说借"木鱼"这个"我"钻入历史深处,"穿过暧昧的家庭伦理,穿过旧时的大家庭的分崩离析,穿过悬置了正义的战争和死亡,穿过流浪、爱情、友谊、精神的回归和一条浩浩荡荡流淌多年的河流"③。以此重建一种可能的历史,即一种"带有个人体温的历史,一个人的听说见闻,一个人的思想和发现,一个人的疑难和追问,一个人的绝望之望和无用之用"④。而这种个人史也是当代史,因为作者"个人"是从自己当前生活中的关切之处或问题出发去重建过去,即在现实关怀的引导下在自身的精神活动和心理世界重建历史,可以说"我"(木鱼)的历史即作者的当下。不难看出,徐则臣是将"克罗齐命题"——"一切历史都是当代史"——付诸个人化的文学实践,即以此时的个体的时代感注入彼时的历史感,使历史与当下

---

① 张艳梅:《70后作家的历史意识》,《上海文学》2017年第5期。
② 第六届华语文学传媒大奖年度最具潜力新人奖颁奖辞,2007年。
③ 徐则臣:《乌托邦、历史和〈午夜之门〉》,第六届华语文学传媒大奖年度最具潜力新人奖获奖演说。
④ 徐则臣:《乌托邦、历史和〈午夜之门〉》,第六届华语文学传媒大奖年度最具潜力新人奖获奖演说。

达成和解，让虚无生出存在，从而建构自己的乌托邦。

涉及部分历史叙事的《耶路撒冷》和《王城如海》，同样是由现实问题而溯源历史，自觉地介入历史，背负历史之恶，试图让历史在现实中扎下根来，让现实在历史的重述中得到合理阐释。比较来看，这三部作品都有意使历史成为现实的历史，使现实成为历史的现实，不同之处在于《午夜之门》主要是以虚构的方式在历史语境中书写情欲（沉禾与二太太、堂叔与继女花椒、婶婶白皮与酸六、"我"、马图与水竹等）的隐秘力量，带有作者个人的青春荷尔蒙的强烈气息，历史叙事中依然交织着成长叙事；《耶路撒冷》和《王城如海》则以写实的方式在历史记忆中揭秘精神原罪的延留，带有形而上的终极追问的宗教意味与哲学意味。可以看出，随着作者对自身生活和精神的焦虑与质疑以及对历史的反思日益加剧，投射到作品中的罪感意识不断增强，忏悔与救赎的主题不断凸显，现实的历史蕴涵不断丰富。很显然，这种基于个人生活经验、灌注时代感的再历史化，有效避免了历史的单一化、模式化、概念化、抽象化，呈现出多元性、当代性的面向，但是也存在着主观化、碎片化、拼贴化乃至走向历史虚无主义的危险。

进而言之，徐则臣自觉地介入、发掘和展示这个时代本身存在的复杂混乱的境况，揭示当代人的物理世界与心理世界，描绘现代生活的多样形态及其所显现的时代的总体性特征，表现出其自身乃至70后作家群体对这个时代的现实体验和集体反思，这使得其作品具有了一定的"当代性"。尽管学界目前对"当代性"的理解人言人殊，但基本可以认同的是，"我们评价一部作品的'当代性'是否鲜明或深刻，实则是在讨论作者是否能够意识到历史的深度，是否以恰当完满的艺术形式表现出历史深刻性。不管是关于历史的叙事还是现实的表现，都是身处当下的人所意识到的问题，在这一意义上，如克罗齐所言，所有的历史都是当代史。它必然是当代人所讲述的历史,所意识到的历史的本质方面"①。按上所述,徐则臣对"克罗齐命题"有着深刻的理解,无论是对历史的叙事,还是对现实的表现,都是当代人基于当下问题而讲述历史和历史的本质方面,在这一点上,问题意识与历史意识实现了交融互渗,凝聚成一种鲜明的当代意识。

当然,这并非说徐则臣的小说已实现了完满的"当代性"。借用阿甘本的概念来说,所谓"当代性",就是一种"既附着于时代,同时又与时代保持距离"的"同时代性"②,是主体与时代之间建立起来的一种疏离感与批判性共存的关系。换言之,一个作家要努力成为不合时宜的"同时代人",而非与时代过分契合的人,既意识到当代性的存在,不深陷其中,又有能力超越当代性,走出当代性,面向未来而开掘。值得肯定的是,徐则臣在《耶路撒冷》中所表现出的重建精神信仰的意图,在《王城如海》中所表现出的对中国城市问题的揭示、对城市化的深切忧思与批判,以及对"恰当完满的艺术形式"的追求,都体现出一个"同时代人"面向未来建构当代价值的努力,让我们看到了实现完满"当代性"乃至"走出当代性"的可能。

三、形式意识:以共时性的结构形式表现共时性的生活世界

"对于文学艺术来说,能揭示出历史深度的作品,一定是在艺术表现形式上找到最为恰切的、同时也是最有创新的能量的作品。"③这似乎是常识。然而奇怪的是,在经过20世纪"欧风美雨"尤其是80、90年代先锋派形式革命洗礼的今天,依然有一些作家只对历史

---

① 陈晓明:《论文学的"当代性"》,《中国现代文学研究丛刊》2017年第6期。
② Giorgio Agamben, *What is an Apparatus*, Sanford University Press, 2009年,第42页。
③ 陈晓明:《论文学的"当代性"》,《中国现代文学研究丛刊》2017年第6期。

深度孜孜以求，对形式美学的当代合理性却不以为然。而正是在艺术形式的当代性问题上，徐则臣表现出匠心独具的一面，即努力追求以最为恰当的、最有创新的艺术形式表现作家所意识到的现实问题和历史深度，力求展现共时性的小说结构与共时性的生活世界之间的同构关系，在文本中实现形式与内容合二为一的当代性。

在徐则臣的小说与创作谈中，"世界"显然是一个意义丰富的高频词。他不断安排其笔下的人物离开故土"到世界去"，离开中国"到世界去"，"世界"既是具象的，如某个城，又是抽象的，如看不见摸不着的"西方"。对于人物而言，"到世界去"意味着寻找生活的出路，寻找精神的故乡，在出走、逃亡、奔波的路上获得可能；对于作家而言，"到世界去"意味着在全球化时代面对越来越趋同的社会问题和心灵问题发言，以及"在世界文学的坐标系中写作"。"到世界去，归根到底是为了回到自己的世界；当然，这一去一来，你的世界肯定跟之前不一样了，因为你由此发现了更多的新东西，重新认识之后的你的世界可能才是世界的真相"[1]。正如"世界中"（Worlding）这个海德格尔哲学概念所揭示的，世界是变动不居的存在，出走是为了更好地归来，在路上是为了更好地看清自己、看清来路与去路，这对于作家和人物来说都是适用的。无论如何，徐则臣认识到的"生活世界"与所表达的"文本世界"都是宽阔的、复杂的。如其所言，世界"有时候它铺展在我们脚下，有时候它卷起来，把我们紧紧地幽闭其中。面对生活，我更喜欢托尔斯泰式的，宽阔和复杂对我来说是认识和表达世界的重要标准"。正是基于这样的世界意识，徐则臣一方面不断拓展自己生活世界的边界，从淮阴到北京到美国爱荷华，感受国内外不同生活的宽阔与复杂；另一方

---

[1] 徐则臣、张艳梅：《我们对自身的疑虑如此凶猛——张艳梅对话徐则臣》，《创作与评论》2014年3月号（下半月刊）。

面,他不断拓展文本世界的边界,让人物从"花街"跑到"中关村"再跑到"古斯特城堡"(如《古斯特城堡》《去波恩》),舞台越来越宽阔和复杂,更重要的是,他试图通过时空的延伸,把"一个纯粹的想象力的操练场"扩建成一个能够容纳整个世界、实现"文学的世界旅行"的"花街",把中国的北京塑造成全球化的、世界坐标里的北京。由此不难看出徐则臣的野心、视野、胸襟、气魄和见识,一种宽阔、复杂、博大的"中年写作"之境正在他和我们面前铺陈开来。

要建立与生活世界相同构的文本世界,关键不在于创新文本的内容,而在于创新文本的形式,因为"只有经过形式,我们才能进入真正的艺术领域,进入从客体到形象的转化过程之中"[①]。如何用共时性的结构形式表现共时性的生活世界,使小说成为一个宽阔复杂的文本,这是徐则臣逐步认识到并在写《耶路撒冷》时用心解决的形式美学问题。在此之前,他追求的是"形式上趋于古典,意蕴上趋于现代",而在此之后他认为"结构才是根本,其他的都好解决"。为了找到与共时性的现代生活相同构的恰当完满的结构形式,徐则臣费尽心思,直到在美国的某个失眠的夜里终于灵光一现——在偶数章使用不同文体的专栏,也就是说,他舍弃了传统的、单向度的、故事整一的长篇结构,而大胆采用了一种共时性的双线复调叙事结构,"主线基本遵循传统故事的惯例,按时间顺序纵向展开情节序列,但在各个事件的安排上又以'景天赐'及其自杀为焦点,围绕此焦点分述以五位主人公为核心的次要事件,从而在情节链上形成焦点凸出、前后对称又彼此咬合的'齿轮'结构;副线则以初平阳为《京华晚报》撰写的'我们这一代'十篇专栏为主体,使情

---

① 〔意〕马里奥·佩尔尼奥拉:《当代美学》,裴亚莉译,复旦大学出版社,2017年版,第77页。

节又如蜘蛛网般蔓延开来。相较于主线无法避免的'故事时间'的线性、故事空间的单一性、故事人物的集中性,副线试图横向地呈现出'叙事时间'的灵活性、叙事空间的开阔性、叙事人物的多样性。二者彼此呼应,邻近交叉,一纵一横,一实一虚,一明一暗,一唱一和,共同揭示 70 后一代人的精神史"①。虽然这种有意打破历时性叙事结构的共时性结构并非徐则臣所独创,而是对陀思妥耶夫斯基复调和布洛赫式复调的综合与融通,在大卫·米切尔的《幽灵代笔》和《云图》中我们也可以看到与《耶路撒冷》类似的对称结构②,但无论如何,徐则臣的这种追求宽阔复杂的形式意识和创新实践是具有世界性的,也是很有难度的。而在《王城如海》中,徐则臣采取了类似的双线复调叙事结构,变单一文体为杂糅文体,但有意降低了难度,比如,只是将作为副线的《城市启示录》的剧本台词置于主线故事每部分的开篇但并未构成其情节,小说整体上形成了一种共时性的、文体杂糅的互文结构,共同指向对城市以及人与城市关系问题的揭示,由此在形式上实现了"做减法"和"收",尽管在内容上收得有些急促。

总之,"一个时代需要一个与它相匹配的形式",对世界的认知方法会影响甚至决定小说的结构方法,反过来说,这种共时性的结构形式也是对共时性的世界所进行的有效回应和解释,其"时代感"与"当代性"不言而喻。从文学的意识形态性角度而言,"解释世界"又何尝不是一种"改变世界"的方式呢?

童庆炳先生曾说:"文学的思想价值,是不能直接呈现出来的。它必须而且也可能'隐藏'在审美的艺术描写中,表面看是情节,

---

① 江飞:《〈耶路撒冷〉:重建精神信仰的"冒犯"之书》,《文学评论》2016 年第 3 期。
② 徐则臣:《与大卫·米切尔对话》,《别用假嗓子说话》,河南文艺出版社,2015 年版,第 270 页。

是情景,是场面,是人物形象,是具体的细节等,但历史的、人文的深厚的思想就隐含在这描写里面。"① 对于优秀文学而言,人文思想、历史思想与审美表现具有同等重要的价值。纵观徐则臣的小说创作,问题意识、历史意识和形式意识目前已基本建立起来,但还远未达到融合无间、随心所欲的境界,更何况每种意识其实都是把双刃剑,比如徐则臣自己就已经意识到"问题意识过强,理性的参与稍不节制,写作状态有时候会比较紧,收得太狠""'完美'有可能是一部小说最大的陷阱和灾难"②。如何实现内容与形式的相互征服,如何在历史与人文之间保持张力,如何把握个人化历史叙事的分寸,如何在"同时代性"和"超时代性"之间保持平衡,对"走在半路上"的徐则臣来说依然是未完成的任务。当然,徐则臣在一系列的访谈和讲演中对当下世界文学、中国问题以及自己的写作和作品所进行的深度追问和本意阐释,让我有理由相信他今后能够完成这些任务,写出一部真正"创世纪"的经典小说(或许他正在构思的一部以考古历史学家为主人公的长篇小说能满足我们的这一期待),因为在今天,一个优秀作家不仅要有相当强的文学创作能力,还要有相当高的理论思辨水平,后者对于避免自我重复、避免同质化写作以及保持可持续发展尤为重要。一言以蔽之,综合实力将决定一个作家究竟能够走多远,走多久,走多高!

《当代作家评论》2018 年第 1 期

---

① 童庆炳:《童庆炳文集第十卷·文化诗学的理论与实践》,北京师范大学出版社,2016 年版,第 377~378 页。
② 三色堇、徐则臣:《"完美"是最大的陷阱和灾难》,《北京青年报》2016 年 5 月 26 日。

拯救与逍遥
——读徐则臣《北上》

樊迎春

徐则臣沉潜四年之作《北上》是极为丰富的，这种丰富当然表现在已经饱受好评的对运河沿岸风土人情、草木蔬食的详细考证和细致描摹，但我认为更重要的丰富性在于其对诸多重要文本与历史问题的回应和讨论。继《耶路撒冷》之后，徐则臣再次触及了家国时代的疑问与个体灵魂的困境——以极为虚构也极为历史的方式。"耶路撒冷"作为徐则臣以同代人之名建构起的心灵乌托邦，其实始终承载着他念兹在兹的"到世界去"的理想召唤。这种召唤足以让千万人生死相与。但四年之后，徐则臣却后撤一大步，离开现世代的目光，回望运河的古老面孔，审视祖辈的旦夕祸福。但毫无疑问，他关切的依然是普遍的当下，那些关于起源与去处的疑问，那些关于兴盛与衰亡的探寻，那些关于战争与和平的思考，那些关于情感与心灵的救赎。在去往乌托邦的旅程中，徐则臣仍然是敏锐而执着的。那么书写《北上》的徐则臣，为"大和堂"内外的自我与他者找寻到了比耶路撒冷更有效的答案了吗？或者说，徐则臣找寻到了不一样的道路了吗？

古今中外以河流为主题的作品不胜枚举，旨趣也多天差地别，但如此明确地以运河为书写对象,以意大利人为主要人物,自 1901 年写起的《北上》还是唤起了诸多并不新鲜却始终重要的中国现当代的话题记忆,那是自 1988 年的《河殇》到 2006 年的《大国崛起》两部产生重要影响的纪录片未曾回避却也未曾解决的问题,徐则臣在开卷之初便在读者心中扎下一根"大河文明"与"海洋文明"邂逅纠缠的刺。随着小说的展开与情节推动,维新变法、义和团运动、八国联军侵华、抗日战争等重大历史事件纷至沓来,看似纷杂厚重的中国近现代史却又四两拨千斤地收束于汤汤大水中的一叶扁舟。相比于两种文明形态的宏观比较,徐则臣显然更关注"大河"自身的历史理性。但这条"大河"不是壮阔传奇的"遥远的东方有一条江"的长江,也不是在《河殇》中被赋予复杂内涵与情感的母亲河黄河,而是人工开凿于两千多年前,在 2014 年被列入世界遗产名录的"大运河"。长江和黄河依地形规律自西向东横穿中国,大运河则由南向北由人工挖掘贯通,附带了不同水系、不同河段的多种水利与治理设施,"大河文明"背后便不只是自然与地理的生态,更携带了人文与社会的多重勾连。出版社以"一条河流与一个民族的秘史"作为宣传语,似乎有野心将其关联至更为宏大的民族与国家问题,"史诗"二字呼之欲出。徐则臣的文字功底与书写意识自然也担得起如此厚重的诉求,但他以何种方式处理这种厚重以及如何将自己独特的历史与文学观念融入其中便成为阅读和理解《北上》的通关密码。

活泼潇洒的意大利人保罗·迪马克以小波罗的外号跃入读者视野,与之相伴的是深沉不得志的没落帝国的文人谢平遥。这种动-静、内-外对照的叙事模式本身就暗示了矛盾的转换与戏剧性的可期。北上的运河猎奇最终证实为充满爱与温情的寻亲之旅,也成为此行所有人的人生转折。善良无邪的核心人物,智慧机敏却有隐痛的文人,辅之以"改邪归正"的保镖护卫,质朴纯真的挑夫兼厨师,奔着一个谁也说不清谁也不知道是什么结果的目标。这趟旅程恍然间有了《西游记》中决绝的朝圣味道。不同于师徒四人最终的邪不压正、修成正果，保罗·迪马克意外死亡，孙过路舍生就义，秦老夫妇葬身火海，还有变法失败、志士逃亡，民间恃强凌弱，庙堂腐朽昏庸，战场堆尸如山，前线血流成河……历史的荒诞与理性在运河两岸以残酷而罪恶的方式完成了对这一渺小团体的洗礼。但也正是这种渺小穿越历史隧道，组建了包括摄影师兼画家、精通意大利语的民宿创始人、考古学家、节目制作人在内的"超级文艺工作者联盟"，他们寻寻觅觅，终将以完全现代化的方式替他们的祖辈表达未竟的对运河的眷恋与爱。这是一个悠长的叙事弧（Narrative Arc），是一场跨越时空的心灵与情感救赎（Redemption）。一百年前落入运河中的手杖终于有了当下的回响，那些罪恶和血腥，那些悲伤和绝望，有了此时此刻的报偿。

    他会产生一个错觉，觉得孙过程他们抬着小波罗，正朝低矮的天上走。①

  "救赎"与"天上"，是小波罗的故乡固有的宗教概念，是来自遥远的海洋文明的微风。小波罗以一己之力窥伺了大河文明的点滴，而他的弟弟马福德则将一生献给了这片古老的土地。他们共同见证乃至参与了东西文明的冲突，也亲自承受了帝国末期的伤痛。小波罗无辜惨死，马福德演绎了前现代版本的更为残酷的《永别了，武器》。对河流的执迷与历经战争的创伤都在一个运河边的姑娘那里得到了释放和疗愈，于是才有了显得弥足珍贵的安然舒适的三十年人生。他和他的哥哥一样，以微薄之力抵抗着运河两岸的罪恶与苦难，以真心真意感受着运河形塑之下的中国人民的爱与怕，以肉身的消

---

① 徐则臣：《北上》，北京十月文艺出版社，2018年版，第322页。

亡成全了谢平遥、孙过程、邵常来、周义彦的家族传承。那些不可名状的巧合与相逢，都因这种拯救与试图拯救具有了中西文明相遇相知的温度。

> 只有我们这样每天睁开眼就看见河流的人，才会心心念念地要找它的源头和终点。对你伯伯来说，运河不只是条路，可以上下千百公里地跑；它还是个指南针，指示出世界的方向。①

但我们终究是不同的。当显得有些油腻不正经的节目制作人谢望和回到运河边的家乡，遭遇的是与他的现代价值理念截然不同的伯伯，"世界的方向"再次指涉了徐则臣"到世界去"的召唤，也明示了运河对运河边的人们生活观念的决定性影响。从哪里来要到哪里去的哲学天问以更具体的形式困扰着他们。运河是世界的能指，它的源头与终点的不可抵达成为运河人永恒的焦虑，成为和兄弟矛盾一样的时间都无法作为的飞地。而对这一焦虑的一种缓解路径或许就是邵家的生活方式，承继了小波罗意大利罗盘的邵氏后人是"北上"之旅中唯一没有真正脱离运河的一脉。最年轻的邵星池做出了上岸的努力，最终却还是要赎回罗盘回归运河。而和谢望和的伯伯一样坚守着运河信念的邵秉义俨然成为与运河同生的水上鸬鹚。吃睡、睡吃，抓两条鱼，喝二两酒。生在这条河上，活在这条河上，死也得在这条河上。②

去而复返的邵星池其实是水上版的高加林，即使是贴着大地呼唤"我的亲人啊"，我们也知道他终有一天会毫不犹豫地离开，而邵星池再次离开之日便是邵家坚守运河终结之时，这也意味着意大利罗盘将真正成为文物，归属于"小博物馆"。谢望和的伯伯和邵家，是运河神秘性的最后一批崇拜者与守护者。但正如当年初平阳对大

---

① 徐则臣：《北上》，北京十月文艺出版社，2018年版，第175页。
② 徐则臣：《北上》，北京十月文艺出版社，2018年版，第109页。

和堂的"背叛",如果听到了世界的召唤,那么即使遗落在身后的是悠长的历史和祖辈的荣光,今天的选择也绝非大逆不道。运河是慈母也是严父,更是声声催促的内心欲望的野兽。

运河,运河,有"运"才有河。不"运"它就是条死水。[1]

和所有书写历史和文化的作家一样,徐则臣也有着深刻的文人知识分子的焦虑和责任意识,但在《北上》中很欣喜地感受到他观念意识的鲜明变化。不"运"的大运河会是死水,"运"的方式却可多变。"大运河"入选了世界遗产名录,《大河谭》项目正需要更多市场逻辑下的投入与关注。或许在此时此刻,"运"本身便代表了一种灵动和变化,对文明与进步的接纳,对现实状况的认知,对欲望野兽的诚实,对即刻选择的随心所欲。老子云"上善若水",在欣赏水的不争与包容的同时,何尝不是提醒我们对自身活力与摆脱桎梏的珍视。在百年沧桑之后,运河与她所养育的人们之间的关系以辩证的姿态迈入了新的阶段。

面对"民族秘史"一般的河流,自称"运河之子"的作家该如何坦然面对她的昨天与今日,更为重要的是如何无愧地走向未来?20世纪80年代,刘小枫以"拯救"与"逍遥"区分中西方精神的原始冲突、两种诗的精神之间的冲突,他认为在中国精神中,怡然之乐的逍遥是最高的精神境界,而在西方精神中,受难的人类通过耶稣基督的上帝之爱得到拯救,人与亲临困难深渊的上帝重新和好是最高的境界。[2] 这一组比较诗学领域的概念却在某种程度上与《北上》有了微妙的呼应。这并非因为意大利人的加入丰富了小说的精神来源,而是在时代、历史、文化、民族、国家的多重维度中,徐则臣找寻到了全新的处理方式。虽然跨时空的戏剧化搭建方式与某些行文风格仍有待

---

[1] 徐则臣:《北上》,北京十月文艺出版社,2018年版,第106页。
[2] 刘小枫:《拯救与逍遥》,华东师范大学出版社,2011年版,第30页。

商榷，但于运河所及之处展现出的不同文明中人面对爱与恨、善与恶、生与死、战争与和平、自由与束缚等永恒矛盾时的挣扎与抗争，对事实、真理、价值与意义的不断探求，其实都触及了当代文学中未得到足够讨论的精神自觉与灵魂建设的问题，这一问题被徐则臣巧妙地借运河的历史和文明以祖辈和今人的群像表现出来。作为人工开凿的运输通道，大运河时刻在创造也时刻在摧毁她的儿女们的肉身与精神，那些被湮没的和被铭记的，共同构成了运河人民的物质与精神状况，那些光荣和梦想，那些痛苦和灾难，都如被意外发现的沉船，难以准确地把握却又散发着惊人的魅力。唯有透过对运河的重访，透过运河儿女的眼睛，重新审视既有的历史结论，重新找寻模糊的价值与意义，才是摆脱今日困境与实现精神救赎的有效途径。也只有实现了这种形而上的超越性的拯救，今天所有有关运河与自身生活的选择才有进入怡然自乐的逍遥的可能性；也只有有了逍遥的可能性，那些在梦中向我们走来的祖辈和在俗世中向我们侵袭的重压与枝节才有可依附的与被纾解的时间与空间。在这样的意义上，徐则臣从刘小枫的中西比较走向了个人特色的自我辩难。

  四年前的耶路撒冷终于以运河的具象再次呈现，那遥远的飘浮的精神乌托邦悄然落地，代之以百年的风雨飘摇，大水汤汤之中是对历史相对真实与普遍价值的体认，是对东西文明都孜孜以求的我是谁我从哪里来我该怎么做的温柔追问，是对全体人类永恒困惑的路在何方的尝试性回答，是谓徐则臣的举重若轻，是谓运河之子的拯救与逍遥。

微信公众号"同代人"2018 年 12 月 20 日

物的关系美学与 "主体间性"
——徐则臣《北上》论

徐 勇

虽然说《北上》这一小说是以时间的交织作为其结构线索,时间的坐标及其隐喻在其中被凸显,但在我看来更是有关空间的故事。即是说,时间的意义更多在于提供了线索或障碍,透过时间的重重迷雾,我们看到的是横亘于时间之流中的关于空间和距离的故事。

之所以说时间既是线索又是障碍,是因为如果没有时间的脉络,我们便无从去把握和编织情节以建构意义,这是我们进入小说和运河历史深处的最佳通道。但另一方面,时间在这里其实又是最大的障碍,因为正是这些看似线索明白的时间的节点,阻止了或者说迷惑了我们,使我们无所适从。时间在这里以如下偶然的和没有规律的形式呈现:2014 年、1901 年、2012 年、2014 年、2014 年、1901 年、1900—1934 年、2014 年以及 2014 年 6 月。这是小说的篇章名的一部分,对应着小说的三部分。我们当然可以坦然地做出如下的抽象判断:这是"民族的秘史"或者什么。但这几乎等于没说。因为,如果不能把前面罗列的几个时间坐标之间的逻辑关系弄清楚,做出这样的判断是无助于小说的深入理解和阐释的。

对于这种时间迷宫，可以做两种解读。一，这是以小说的形式尝试解答一个谜语。谜面就是小说的楔子部分，即以考古发现的形式呈现出来的文物和信件。文物和信件被发掘于同一区域，这样一种空间的"巧合"是否意味着某种隐秘的关系？小说采取的是以果推因的做法，从考古发掘时的2014年逆推至1900年：两个时间点的联系，和1900年作为起点的意义，正是在逆推中建立起来的。二，如果把楔子部分的2014年看成是与结尾部分的2014年6月相呼应的话，这一小说可以说是一个闭合的结构。其时间点中的1901年、2012年以及1900—1934年，都是服务于或对应于这一闭合结构的。它立足的是当下，采取的是现实和历史的对话关系结构，就像小说的扉页上援引的爱德华多·加莱亚诺的话——"过去的时光仍持续在今日的时光内部滴答作响"——所显现出的。从这点来看，说小说是"民族的秘史"或为运河写史当然是有道理的。但问题是，这是"秘史"，而不是"正史"，就"秘史"而言，它总是要游离于或凸显出与"正史"的差异性。即是说，时间的线索常常只是表象，它只是借时间的框架来讲述作者自己感兴趣的故事——有别于"正史"的故事。而这也意味着，时间只是谜语结构中的一些闪耀的点，我们必须透过这些闪耀的点，去揭开其背后照耀不到的黑暗或者说无限的丰富。这种丰富性，从其与时间的关系而言，就是关于空间和空间的隐喻。

一

2014年，在京杭大运河济宁段运河故道，一艘沉船和大量的文物被发掘出来，对此，小说作者有着考古学式的不厌其烦的详细罗列。物与物之间的毫无逻辑的排列和它们的毫无生气，虽难免生发思古之幽情，但也让人震惊和生出寒意：这些都是"死"的物，其冷艳的光芒穿越历史的隧道，指向我们和我们身后的未来。显然，要想恢复它们的生气，仅仅靠考古学的鉴定与推测是远远不够的。这些都是沉入历史深处的和默默无闻的遗存，它们沉默不语，甚至带有欺骗性和迷惑性（比如说乾隆御题的疑似汝瓷），它们一方面在等待人们的解读和探寻，同时也在嘲讽人们，诱导他们误入歧途。这也是为什么考古学家胡念之面对这一大堆毫无逻辑的出土文物时会一筹莫展的重要原因之所在。因为他们缺少大胆的想象，而有些时候，有没有大胆的想象也是考古学能不能产生重大发现的重要前提。物若只是物，其中没有故事，这样的物终究只是遗文遗物，而不能成为历史。就考古学和历史的关系而言，如果不能从一个遗迹中解读出起承转合的故事来，这个遗迹便只具有编年史的意义。它只是死的历史。徐则臣深谙于此，因此，紧随这些发掘出来的文物之后，徐则臣展现了济宁运河附近的居民发掘出来的另一个文物，那是一封一百余年前的信，而且是出自意大利人之手。这就使得这些文物生动起来。一件瓷器、一个镇尺与一封信之间，具有了某种隐秘的关联或联系。对于这种联系，素以科学和严谨著称的考古学是无能为力的。这种联系的建立是文学家的任务。《北上》的写作，从一开始，显现出来的就是文学的魅力和魔力，在某种程度上可以看成是从考古学到文学的转变。文物挖掘出来了，其间的联系，考古学家无能为力，或许只有文学才能建立起真正的联系。即是说，这个时候，只有文学，借助历史，才能使得运河真正鲜活生动起来，矗立在我们的面前。从这个角度看，是文学使得考古学和历史学之间建立起了联系：文学才是历史的魂魄和灵韵之所在。文学能在似是而非和最没有关联的事物之间建立起最为大胆的想象和最富有情理的逻辑。小说最后，只有当考古学家胡念之放弃考古学家的立场和观点，转而从家族史的角度去观察，才最终建立起上述文物和那封信之间的隐秘联系。这当中，真正发挥作用的，显然是文学及其叙事效能。

即是说，徐则臣不是在做运河的考古学，也不是要做运河的历史书写，他想做的是通过与运河有关的物与物之间的联系，建立起一种想象和叙事的维度，借此表现他对运河与人的关系的思考。对于运河而言，真正使得其丰满起来，有其骨骼和血肉的，显示出持久魅力的，还是故事。围绕或者说附着于运河上的发生的故事，才是构成其灵魂的东西。换言之，只有人及人的活动，才能赋予运河以灵魂和历史感。这部小说以考古发现作为楔子，其意义正在于提供了人活动于其中的景深。

那么，现在的问题是，物与物之间的关联及其美学是如何建立起来的呢？显然，仅仅只有物与物的存在，而与"人"无关，这种关系是无法建立的。在这当中，物与物之间的"人"的存在，显然是至关重要的，物与物之间的关联的建立，显然依靠人和人之间的关系的存在，两者具有同构对应关系。

二

徐则臣的《北上》这一小说表面上是在讲述跟运河有关的一群中国人和几个外国人的故事，运河乃小说的核心，是人物发生关系的媒介，但对于故事中人物间的关系而言，最重要的还是语言上的交流问题。很显然，没有语言上的交流，他们的关系亦无法展开。但这种交流是建立在"跨语际"的误读层面。小说的主角之一谢平遥曾是翻译，他一度提出并实践其"翻译的有效表达"主张，即为了让大清帝国朝廷官员和洋人的"谈判和交流变得更加有效"，"翻译的时候他比长官都急，长官表达不到位的意思，他用英语给补足了；洋人闪闪烁烁的话，他给彻底地翻出来，让大人们听着刺耳难受"。表面看来，这里确实是提高了效率，但就结果而言却是破坏了谈判双方的和谐关系，即是说，"有效表达"带来的并不是问题的有效解决。这一情况告诉我们，翻译和表达之间存在着一种模糊性和不准确性。翻译有时候是需要"无效表达"的。

就国际关系上的翻译而言,准确性当然是首要的。但事实上,准确性并不总是奏效或有效的,比如晚清时期的外国使节来华的跪拜礼仪(参见《怀柔远人》)。这里有一个跨语际交流的问题。就谢平遥所处的时代而言,翻译无论如何都是一个文化政治问题,其中涉及权力的诸多要素远非准确与否所能说明或阐释。即是说,只要涉及权力关系,跨语际的交流就不可能做到完全的准确与精确。谢平遥的短暂翻译经历——先是在国与国之间,而后是在人与人之间(中国人和外国人之间)——让他本人和我们明白一点,即对于交流中的关系双方而言,模糊或者说"误读"很多时候比准确更重要。可以说,恰恰是"误读"产生了文学、美和爱。在国与国之间的翻译中,谢平遥虽然失败了,但随后在充当个体的人与人之间的翻译时,谢平遥无疑是很有魅力的:那样一个仇视洋人的特殊时代,正是通过他的翻译,意大利人小波罗和中国百姓之间建立了深厚的情谊。作为小波罗的翻译,谢平遥无疑是"不称职"的,因为他总是歪曲语言交流关系中双方的意思。即是说,他追求的是翻译的"无效性":明白无误的意思,他常常以一种歪曲甚至南辕北辙的意思表达出来。但也正是在这种南辕北辙中,建立起了"人"与"人"之间真正的稳固的关系。"人"与"人"之间关系的建立,并不是建立在稳固性和准确性上,而是建立在模糊性以及超越其上的情感关系上。"误读"是"人"与"人"情感关系建立的关键所在,它为了"人"与"人"之间和谐关系的建立,而不是为了打破这种和谐关系。比如说小波罗和谢平遥之间的关系。谢平遥最初看不上小波罗的那种"装模作样":

> 这种装模作样的动作谢平遥不喜欢。这些年见了不少洋鬼子,真傻的有,大智若愚的有,懵懵懂懂的有,这些都不讨厌,看不上的就是那些装模作样的:要么刻意做出亲民的姿态,谦

卑地与中国人欢笑，骨子里头却傲慢和偏见得令人发指；要么特地模仿中国人的趣味和陋习，把自己当成一面镜子，让你在他的模仿中照见自己，曲折地鄙视和取笑你；还有就是小波罗这号人，一个观众没有，也一脸入戏地销魂表演。①

所以，当他和李赞奇在谈论小波罗，小波罗问他们在说什么时，李赞奇和谢平遥说他的衣服和辫子很好看。这是一种明显的"误译"，它避免了把人与人之间的关系往冲突和矛盾上引，而不是相反。这是其一。

其二，模糊性的"误译"也是一种凸显和忽略的双重选择。它让人忽略可以忽略的，凸显所能凸显的。可以说，正是这种模糊性，使得小波罗逐渐同与他同船的中国人之间建立了深厚的友谊。同样，也是这种模糊性，使得小波罗的兄弟马福德与中国姑娘秦如玉之间产生了深厚的爱情。这种模糊性，就其理论层面看，起到了"去蔽"和恢复的双重作用。它使得交流双方原先的权力关系被打破，失去了作用，也正是在这种"去蔽"中凸显出交流双方的本性：它能起到恢复人的本性或者说使得人的本性得以复归的作用，使得交流的双方在这种"误译"中看到的是彼此活生生的形象。

就国与国之间的关系及其翻译来看，其涉及权力的分布和构成关系。准确固然比模糊要好，但准确本身背后仍旧有权力在起作用。比如说谢平遥的准确翻译，使得双方都"经常莫名地光火"，因为显然朝廷和洋人都不想从对方的话中听出他们真实的想法或意图，他们只想停留在语言的表面。相反，内里涉及的是平等或不平等的权力关系，是"傲慢"、屈辱和"怯懦"。而这些，是交流的双方所不愿承认和不想表达出来的。翻译一旦把这些表达出来，就会破坏双方的平衡。即是说，翻译的准确或"有效表达"其实把交流双方的

---

① 徐则臣：《北上》，北京十月文艺出版社，2018年版，第15页。

权力关系赤裸裸地呈现出来或者说裸露了双方的权力关系。从这点来看,模糊的好处则在于对这种权力关系的屏蔽和改写,它使得翻译出来的语言对于双方而言都是为我所用的和愿意听到的。谢平遥在一路"北上"途中,充当的就是在中国人和小波罗之间的这个角色。权力关系被遮蔽之后,"人"与"人"的关系会以一种"去蔽"或"祛魅"的方式呈现。模糊呈现出来的是语言双方的赤裸状态;或者说,翻译的模糊性呈现出来的是"非政治化"的"赤裸生命"。

关于这一点,对于理解小说很重要。模糊性解放了语言交流双方的"人"与"人"之间的非权力关系,同时也解放了或还原了物与物的关系、物与人的关系。这样一种被解放和还原的关系,其实现的某种程度也就是本雅明意义上的具有宽泛意味的"可译性",模糊发挥的正是使得"可供辨认的碎片"[1]得以重新拼合和还原的神秘力量;进言之,模糊性也就是还原物与物之间、"人"与"人"之间消失了的卢卡奇意义上的"总体性"关系的力量。它是一种打破后重组的力量,也是还原的力量。它无视秩序或原则,它本身就是一种秩序,它以它的模糊性重建一种新的和无限多的可能。就小说的表现内容看,这似乎是在一种殖民话语的框架内展开叙事:中西方不平等的背景下,两个西方青年男性分别从情感上征服中国民众的故事。这当然有权力关系的成分隐含其中。但问题是,两个西方男性同中国民众之间亲密关系的建立是在跨语际的模糊性的"误译"基础上完成的。这种"误译"在遮蔽和打破彼此间的权力关系和不平等关系的时候,使得超越民族国家基础上的具有"人类命运共同体"式的"人"与"人"之间的和谐关系得以凸显。从这个角度看,这一小说具有了超越第三世界民族国家寓言写作的"后寓言"性质。

---

[1] 本雅明:《译作者的任务》,见阿伦特编《启迪:本雅明文选》,生活·读书·新知三联书店,2014年版,第90页。

三

应该看到,这种模糊性恰好也是文学的核心要素:它是文学中人与人之间、物与物之间关系的核心构成部分。就考古学而言,当然要建立起物与物之间的逻辑关系和科学推测,但就文学而言,却尽可以模糊和朦胧。它追求的是物与物之间的象征关系、隐喻关系和联想关系,或者说似是而非、似非而是,是若即若离和雪鸿泥爪。这种模糊性就是文学的"可译性"命题。小说开头部分的出土文物之间的关系,显然是考古学家无法破译的:时代的久远,使得建立这种联系非常困难;但对于文学而言,即使是再遥远的事物之间、再风马牛不相及的人与人之间,也能建立起彼此隐秘的或神秘的联系。可以说,整本小说就是想在历史与现实相交织的不同时空中,和不相干的人与人、物与物之间建立起彼此隐秘的或神秘的关系。这些关系的双方有:谢平遥和小波罗、小波罗和邵常来、孙过程和小波罗、邵秉义和孙临宴、孙临宴和谢望和、胡念之和周海阔、罗盘和信件、博物馆和河船,等等。这些原本都是分散的和零碎的存在,但正因为文学及文学的联想,使得这些人与人、物与物彼此构成了一个有机的整体:文学(特别是小说)的力量表现在,能在这些彼此不相干的人和物建构起神秘的关系来。从这个角度看,整部小说正是建立在模糊性基础上的"总体性"叙事重构。即是说,模糊性才是理解小说的关键之所在。

这样来看就会发现,谢望和的《大河谭》最开始之所以拍不下去或思路受阻,正是因为它深陷于人与人之间、物与物之间的孤立状态之中。他看不到它们之间的隐秘或神秘的关系。他想以大运河为中心,但大运河在其中只起着穿针引线的作用,真正使得围绕大运河的人或物活起来的力量是文学和文学中的故事讲述法则。

小说中的一个主人公孙临宴举办过一个叫"时间与河流"的摄影展。这一主题最为形象地标明了人与人、物与物之间的关系模式。

河流在时间的隧道延展,所展示出来的正是时空的辩证关系:河流既是主体,又是客体,既是空间持存,又是时间之流。这样一种时空关系,用主人公谢望和的话说就是"照片中强烈的故事性","哪怕只是人物的面部特写,你也会觉得那个人的表情里藏着许多故事,如果开口,讲上三五个钟头没问题。更多的照片是生活瞬间的定格,有天地、风物和人。所有景物在摄影家的镜头里都不是死的,而是处于运动中的某个环节,看得见它的承前启后"。照片的视觉性显示出来的是人与人、物与物之间的空间上的"瞬间的定格","故事性"则是一种"运动"中的"承前启后"的时间持存,两者要想显示出关联,必须依靠文学的想象和联想的力量,需要文学的眼光"读出"其中的"故事"来。这样一种读的行为体现出来的就是模糊性,它能建立起不同时空交错下的人与人、物与物之间的呼应关系。

明白了物与物之间的关系,就可以进入这一小说的主题或者说核心——运河了。主人公谢望和用影像拍摄《大河谭》,某种程度上可以看成是作者徐则臣用文字写作《北上》,两者的不同某种程度上只在媒介上。即是说,徐则臣不是要写出运河的历史来,也不是在做运河的考古学,而是想以运河为媒介,写出与运河有关的物与物、物与人、人与人的关系。而这同时也是世界与人,或者说我们与世界的关系之隐喻和表征。我们与世界的关系正是建立在这种以故事为指归和落脚点的模糊性上。这正是我们与世界的关系中让人感动的地方:物和世界呈现在我们面前的并不是冷冰冰的或无温度的存在,而是有着各自的"故事",等待我们去解读,并沉迷其中。文学在某种程度上正是这一解读的方式方法。

在这条运河上,发生了太多太多的故事,如何才能在这些故事间建立起彼此隐秘或神秘的联系呢?这种联系的建立,显然需要作为媒介的物的存在,比如说罗盘和信件,比如说手杖和相机,或者说作为历史遗存的纪念的人名的命名,像马思意和胡念之,等等。

小说中有一个细节非常具有症候性,那就是手杖里的大卫的信件的发掘。当地的一个农民挖到了一支手杖。古董商看中的只是手杖上的玉,而不是手杖中这一封有着百余年历史的信件。但在具有运河情结的商人周海阔眼里,信件的意义则显然要大于手杖上的玉的价值。因为在他看来,这封信里藏着不可磨灭的故事,正是这故事赋予了信件以"灵韵",使得它生动起来,它的价值因而是不可计数的。

这部小说的核心和关键当然是运河和它的百年历史。诚然,这部小说从一开头就有为运河写史的架势——运河的历史和现实联系着中华民族的近现代变迁——且表现出同作者此前同类小说的诸多不同之处,但这只是背景或者说远景。即是说,这一小说在历史与现实的交替结构中确实呈现出某种民族国家寓言的意味,但这只是表面或浅层。更深层的意味则在于以此作为背景,作者想在这一背景下,凸显运河和人的关系,借此写出人与人之间的那种超越民族和种族的感情。这种对关系的表现,使得徐则臣能够突破民族国家寓言的写作,而上升到一个普遍性的高度。这集中体现在意大利人小波罗和马福德两兄弟对运河的热爱上。这里面既包含了对家乡的热爱——中国的运河让他们想到威尼斯和故乡——对他们的祖先马可·波罗的追思,也包括了对人与河流关系的认识,更包含了关于"人类共同体"的思考。这是超越民族国家的关于"人"和自然的命题。在这当中,当然包含了关于中华民族的寓言,但更关乎民族国家之上的"人学"命题。

即是说,它不仅仅是"民族秘史",更象征一种"人类共同体":在这条河上发生的故事,不仅是不同国家的人之间的故事,更是作为"人"的存在形态的故事。在某个关键点上,比如说1900年"义和团运动"和"八国联军入侵中国"这样的时刻,国族身份具有其浓烈的政治内涵,但就是这样的时刻,国族性及其区分也只是相对的,就像马福德和如玉的关系,他们是两个国家的青年男女的关系,更是超越国族意义上的爱情关系。他们之间的爱,具有超越民族国家的意义,所以马福德最后会为了如玉而与日本人同归于尽。

在这条河上,有八国联军和日本人的足迹,他们作为侵略者,显示了其反动的一面。这条河同时也是人性的闪光之河。在沿运河"北上"的过程中,小波罗和周围充满敌意的中国百姓之间建立了深厚的友谊。同时也是在这条河上,马福德和如玉之间产生了爱情,最后又因为庇护这爱情,马福德舍生忘死完成了凤凰涅槃的重生。因为,在这之前他一直隐瞒自己的外国人身份,他是作为一个"失语者"出现在北中国的运河边的。他失去了他的民族国家的身份(意大利人),最后获得的却是他作为"人"的主体性:在对爱的庇护中完成他作为大写的"人"的跃升。这可能就是徐则臣所要表现的运河的魂之所在。

小波罗沿运河"北上"所乘坐的那艘船,某种程度上可以看成是社会的缩影,其中有中国的士绅,有外国人,有船夫,有游民,有官吏。他们之间彼此隔膜,充满芥蒂;他们之间建立的是临时性的关系——随着旅途的结束,这样一种关系随即解体——但就是这样一种临时建立的关系,使得他们在漫长的"北上"途中建立起了超越阶级和民族国家的作为个体的"人"与"人"之间的深厚的感情。这是"人"的意义上的诞生,也是和而不同的中国文化的表征。从这个角度看,所谓运河文学,在徐则臣这里其实是有着巨大的野心的。即是说,他是想借助运河文化以建构全球化时代的国与国之间的和谐关系。这部小说虽然侧重历史,但其落脚点却在现实:现实意识,应该说是贯穿于这部小说始终的。这种现实意识可以理解为一种中国特有的和谐包容精神,一种和而不同的情怀,一种超越历史和当下的胸襟和气度。如果说这一小说想要通过这条河流来表现"一个民族的秘史"的话,这就是其秘史,隐秘而强大:

作为一种精神、情怀和气度，它沿着运河从一百多年前甚至更远（比如说马可·波罗时代）流向现在，若隐若现，始终存在着。从这个意义上讲，运河考古发现的文物，其意义就以如下的层面显现，即它们都是作为传统的力量显示出其当代价值来。它们是无声的，是超越国界的，但也是绵长和持续发生作用的。

四

不难看出，对于《北上》而言，在人与人、物与物之间发挥作用的，是文学的想象和叙事的力量，而不是考古学层面的考据与推理。这也就告诉我们，在小说中，人与人之间，物与物之间，或者说物与人之间，若不建立内在的想象关系，其存在便是零碎的且彼此没有关联的，因而也就是没有灵韵的形态。徐则臣深谙于此。但在小说的最后，在处理《大河谭》的拍摄这件事上，他却有意无意地忽视了这一点。小说的结尾，申遗的成功与否，其实并不与故事发生内在联系，与人物的命运也不必然发生瓜葛。也就是说，运河中发生的故事其实是外在于大运河申遗这一历史事件的，这是其一。其二，申遗成功与民族的寓言之间也并不构成某种象征关系。在小说中，作者虽然触及了这一历史的趋势——以邵秉义父子为代表的运河运输方式的没落——但并没有刻意或凸显出其悲壮色彩：没有从挽歌的角度去展开故事情节的设计和历史感的表达。大运河申遗成功和《大河谭》拍摄的峰回路转，最终使得这种挽歌倾向在一种喜气洋洋的氛围中戛然而止。

即是说，作者想写出物与物之间，或者说人与人之间的关系来，却有意无意地忽略了物与人之间关系的构造。比如说罗盘之于邵秉义家，剪纸制版之于马家（如玉和马福德带着剪纸制版逃走，小说最后却没有派上用场），小博物馆客栈之于周家，其意义常常只停留在象征层面。换言之，在他的小说中，物与人的关系还常常是彼此分裂的或相互分离的：作者无意建立起两者之间的神秘关联来。

这样一种凸显和忽略，某种程度上是作者对"人"的主体性问题的思考之表征。即是说，通过人与人、物与物之间关系的凸显，所建立起来的是一种关系主体，或者说哈贝马斯意义上的"主体间性"，而不是要去揭示或探索"人"的主体的多面性和复杂性。这是一种建立在"跨语际"的语言交流中的"交往行为"："对哈贝马斯来说，交往不仅仅是传递信息，更是建立（或保持）与他人的关系。他说，当一个言说者试图与其对话者达成对某个世界中之物的理解时，这里有着'言说的双重结构'：这两个人既在他们所讨论的对象（命题内容）的层次上交流，同时也在他们关系的主体间性的层次上交流……通过语言，我们能够表现世界，建立彼此之间的关系，并且表达我们的感受、情绪和其他内心状态。"① 就小说而言，这样一种"主体间性"所建立的是和谐的、互为主体和"他者"的主体。如果侧重物与人之间的关系的话，则很难建构这种和谐关系。因为就物与人之间可能的关系论，它所显示出来的是主从关系或偏正关系，所谓"异化"或"物化"，多产生于其中："人"在其中要么常常显得渺小，比如说塞万提斯的《堂吉诃德》；或者就是盲目乐观式的人定胜天，比如说笛福的《鲁滨逊漂流记》。徐则臣的《北上》无意向这些方向发展，它所显示出来的是两者（如果存在主客关系的话）间的和谐关系，而不是要打破这种平衡。就此而论，《北上》呈现出来的其实就是康德美学风格上的优美，而不是崇高了。

邵燕君早在十余年前就曾指出："作为一个极具潜力的新锐作家，徐则臣精于感觉，长于叙述，敏于求新，如果能在历史文化上有更深刻有力的把握，并与对现实的经验和思考贯通，将会有一个更大

---

① 芭芭拉·福尔特纳：《交往行为与形式语用学》，见芭芭拉·福尔特纳编《哈贝马斯：关键概念》，重庆大学出版社，2016年版，第68页。

的气象。"①《北上》无疑是徐则臣这一方面努力的结晶和突破之作，这部作品与作者此前的作品相比，既有内在关联又有新的拓展。徐则臣的作品，一直以来都有一个全球化的背景和底色，也就是说，他始终是在全球化的背景下展开思考和尝试写作的。他通过《夜火车》《耶路撒冷》和《王城如海》等一系列作品的写作，提出如下严峻命题：即全球化时代的今天，我们在被召唤着、牵引着和毅然决然地离开故乡，奔赴远方，流浪北京，朝圣耶路撒冷，然后辗转于巴黎、伦敦、纽约等全球化大都市，在经过了这样一个全球性的空间旅行后回到北京，作为一个当代人（当代中国人），我们该如何安置自身？如何处理自己与故乡的关系？毫无疑问，故乡一直是徐则臣小说的母题和原型，但故乡在他那里其实只具有象征的意义。因为全球化时代的一个残酷现实就是，原本意义上的故乡早已名存实亡或面目全非，即是说，真正意义上的故乡永远是回不去的，因此，文学在某种程度上只能是精神上的返乡和对故乡的想象性重构。在《北上》中，徐则臣再次提出了这一命题。但这次，他是通过两个外国人——意大利人小波罗和马福德兄弟俩提出来的。他们在先祖马可·波罗的感召下远赴中国，马可·波罗从元朝大都沿大运河南下，他们则相反。正是在这种回溯中，历史与现实重叠着，呼应着。大运河使他们想起了威尼斯和他们的家乡维罗纳。这仍旧是物与物之间的关系——在这个关系中，中国的大运河和威尼斯的运河在某种程度上具有同构关系：它们作为故乡的形象，穿越历史时空的多重隧道（1900年、2014年和更早的元朝）联系在一起。可以说，正是在这种文学性的联想中，建立起了他们对运河、故乡、意大利、中国和世界的认同：在这当中，运河、故乡、意大利、中国和世界是五位一体的关系。

---

① 邵燕君：《徐步向前——徐则臣小说简论》，《当代文坛》2007年第6期。

作者此前一再声称要"到世界去",但其实世界既在远方,也在脚下,甚至在历史深处。全球化对于我们而言,既是走向北京,走向耶路撒冷,也是回归历史和遥远的元大都。那是一个怎样的气象恢宏和具有全球视野的时代!《北上》无疑是作者多年写作的一次总结和尝试突破之作。在这部作品中,作者不再仅仅把主人公置于现实意义的全球化背景下,而是深入历史深处,试图从历史深处打捞其与现实具有对话关系的资源。仅此而言,其意义就不可小觑。

《南方文坛》2019 年第 3 期

Part 3

创
作
谈

此心不安处是吾乡

写了一些关于北京的小说,是因为这几年我碰巧在北京生活。自 2002 年开始,我来北京念书,毕业了留下来没走。之前生活、学习和工作过的地方分别是:江苏东海,我的故乡,一个苏北的小县城,我家在乡村,我在村庄里念小学,到镇上念初中,然后在县城念高中;然后是淮安,那时候还叫淮阴,我念完大学的一、二年级;接下来是南京,在宁海路上那所古朴的大学里念了大三、大四,毕业;回到淮安教书;两年之后进北大读研究生。这条路线让我觉得自己总在路上,写作是对过去的回忆和对身边世界的打量。所以我写的小说里,多少都有东海、淮安、南京的影子,我看到的、听到的、感受到的、梦到的和想象到的,真实的和虚构的这些地方。关于南京我写得很少,不知道为什么。其实我挺喜欢这座城市,它离文学最近,有历史,有风情,还有数不清的悲剧和忧伤,但我就是不知道该从哪里下手。南京一直只是影影绰绰地矗立在我的生活和记忆里,四周空旷,像雾一样苍茫。我只记得从隋家仓出发又回到隋家仓的环形跑的 3 路车,一条线出门往北,一条线出门往南,我每周至少一次坐在上面去逛沿途的数家大小书店。尽量只买打折书。此外就是学校周围,我一个人独来独往地乱走。还有鼓楼,那里的邮政大厦里卖杂志,我过一段时间就去买《世界文学》《外国文艺》

和其他报纸杂志。

2000年毕业。八年以后我能想到的南京大概只有这些。两年里，除了3路车、鼓楼邮政大厦和大小书店，我基本上憋在学校的图书馆里埋头看书和写东西，私下里盘算着毕业之前把六朝古都好看的角角落落逐一瞻仰一过，最后几乎啥也没看到。时间到了，该卷铺盖走人了。

除了故乡，北京是我目前待的时间最长的地方。在我想也许我得在这里生活之前，生活已经开始了，海淀、北大、硅谷、中关村、蔚秀园、承泽园、芙蓉里、天安门，有一天我无意中回头，发现它们正排队进入我的小说。最早一个小说《啊，北京》，我没有任何关于"北京"的野心，甚至都缺少要写一个北京故事的明确意识。它是我在北京大街上走过之后，自然而然留下的足迹。生活主动找上了门。我还在念书，不上课的时候窝在万柳学生公寓的一间至今分不清方向的宿舍里看书发呆。北京生活对我很抽象，故事来源于朋友和虚构。我想象如果我和他们一起走在那条路上，一起见到某个人，一起做某件事，我会如何。我只能把他们放到我熟悉的地方，我的地盘上我才能作主。然后是《三人行》《西夏》《我们在北京相遇》等，我知道我在写北京了。《跑步穿过中关村》是以后的事了。

能写，就得好好写。我想象可能发生的故事，可能有的感受和发现。这个时候，我于北京，很大程度上符合那句绕口令似的术语：缺席的在场，或者在场的缺席。学院与切实的北京某种程度上是隔绝的。我的感受和发现纯属虚拟，没有经过实实在在的生活来证明。2005年毕业，大夏天我一头扎进北京火热的现场。一夜之间长出来的楼房，宽阔僵硬的马路，让人绝望的塞车，匆忙、喧嚣、浮躁、浩浩荡荡、乌泱乌泱、高科技、五方杂处的巨大玻璃城。我有点懵。我在小说里想象了很多次，远远没能想齐全，更没有想明白。没吃到梨子，永远不会知道真正的味道是什么。一个愣头青，下嘴发现梨子不是甜的。他早知道不可能是甜的,但甜是唯一的,不甜却有无以计数之多。我只能从细节入手,一个个分辨个中三味。

身份。这不是你从哪里来的问题,而是:你是谁?在过去,我可以理直气壮地告诉任何人,我是学生,我是老师,有案可稽。身份证、档案、学生证、教师证,每一个硬硬的都在,它确认你是你,这地方你可以合法自在地活下去。但现在,北京要求你这个外来人拿出户口、编制,证明你有可靠的来源和归属。一种机制在要求,机制里的人也在要求,拿出来吧,给你自由。如果你拿不出来,你只能不自由。从抽象的到具体的,大家看你的眼神就不对。好心人担心大家都有时你没有会伤害你;不那么懂得尊重别人的人,会在撒酒疯时指责你算哪根葱,一边凉快去。我不知道北京是不是全中国最需要身份的地方,我也不知道那张纸竟如此重要,反正很多时候我被它搞得很烦。前些日子我决定买房子,有关机构说,外来人员必须捏着暂住证才能办手续。我屁颠屁颠去办暂住证。这个派出所不行又跑那个派出所,这里不办必须到那里办,这个时段不行必须下个时段,材料不齐今天办不了,今天不行因为还有十分钟我们就要下班了,明天早上来拿吧。为了这个暂住证我跑了五趟。制度化当然是好事,但是当它成为不停地向你证明你不是你的契机,就相当不可爱了。

很多朋友已经在受此困扰时,我待在学校里念书。我知道身份对他们的重要性,也理解寄人篱下和流浪的甘苦。当我原封不动地一一领受,才知道先前的理解和体贴只能是隔靴搔痒。这种事没法总结和概要,必须贴着皮肤一寸寸地触摸和刮擦,才能真切体味到渗进骨头缝里的那种怪兮兮的感觉。

身份。依然是:你是谁?这回是你与北京的关系问题。现实身份确证的琐碎细节烦了我好一阵子,好在我没有顾影自怜的癖好,习惯了就视若等闲。生活能玩出多少花样,该做的做,不该做的遵纪守法听通知，随它去吧。但我依然为身份焦虑。弗洛伊德说，人的精神焦虑可以分为现实焦虑、神经焦虑和道德焦虑三种类型。我搞不清一个人没事就茫然算哪一个类型。这感觉是我坐在公交车上穿过北京和站在天桥上看北京时的基本状态。很茫然，那么多人，只能用乌泱乌泱来形容，这个词里有种黑暗和绝望的东西在，我怎么就孤零零一个人躲在一辆车里。人周围是人，车周围是车，车和人的周围是人和车，是无数的高楼和房间，房间里有更多的人。一个人深陷重围，完全可以忽略不计，是一滴水落在大海里。在天桥上看得更清楚，尤其是上下班高峰，你看见无数辆车排列整齐，行驶缓慢至于不动，这个巨大的停车场中突然少了一辆车、一个人，你知道吗？这个世界知道吗？他为什么要待在这个地方？北京。你，我，我们为了什么要待在这里？北京。人之渺小，车之渺小，拿块橡皮轻轻一擦，碰巧一阵风来，干干净净地没了。我站在天桥上常常觉得荒谬又悲哀。咱们都是谁啊。我觉得自己很陌生，北京很陌生，这个世界也很陌生。

在这样一个地方，你是谁。像一枚钉子，随便就被深埋掉；要么可以轻轻拔掉，你盯着它看，它就放大，孤零零地放大，如同一座摩天大厦，外在于这个城市，随时可以消失。这就是我一直感觉到的，我外在于北京，跟单位、编制、户口、社会关系等统统无关，只和自己有关。这种"外在"的孤独、寒冷，让我心生不安。

可是，有让我心安的地方吗，心安得让我有扎下根的踏实和宽慰？好像也没有。即便故乡，苏北的那个小城和乡村，我也逐渐心有不安。我在一天天远离那里，熟悉的人陌生了，旧时的田园和地貌不见了，像生在我身上的血管一样的后河都被填平了。故乡仿佛进入了另一种陌生的生活轨道。我回去，如入异地；料想很多人看我，也是不识的异乡人。待在家里，偶尔也会没着没落，父辈祖辈的故事听起来都远在梦里。我不知道哪个地方出了问题。

所以我想，我写了北京，也许仅仅因为我在这里生活，我心有不安。因为我要写，所以就潜下心来认真挖掘它的与众不同处，它和每一个碰巧生活在这里的人的关系，多年来它被赋予的意义对生活者的压迫和成全，一个城市与人的关系，其实也就是一个人与世界的关系。北京的确是个独特的城市，有中南海、天安门、故宫、长城和十三陵，有北大和清华，有中关村和硅谷，有"京漂"、外来人口和不久的奥运会。

如果我碰巧生活在上海、广州，或者香港、纽约和耶路撒冷，时间久了，我想我的写作也会与它们发生关系，即使我可能在哪儿都很难有生根发芽之感。这可能是常态，在哪里你都无法落实。唯其如此，此心不安处，非吾乡者亦吾乡。只能如此。

2008 年 3 月 4 日，海淀南路

Part4

访谈

信与爱的乌托邦
——徐则臣访谈录

一、"是不是我们写的都是成长小说呢?"

樊迎春（以下简称樊）：非常感谢徐老师接受我的访谈。我也看了一些别人给您做的访谈，很多谈得也很深入，我不知道自己是否能谈出新的有趣的东西，只是随兴所至，按照我自己对您的理解来谈。第一个想聊的话题是关于"成长"，您的很多作品都会涉及成长的话题，您也引用过一句话，说"一个作家必要为自己写一本成长的书"。这也让我们想到我们 50～70 年代不少作品被称为"成长小说"，比如最经典的是《青春之歌》，林道静的成长。我也想借此请您谈谈，这种"成长"书写意义到底在哪里呢？以及被追溯的少年第一次遗精、少女初潮等问题真的那么重要吗？您怎么看待这个问题？

徐则臣（以下简称徐）：我不认为所有作家都有写一本成长的书的义务，但要承认的是，其实每个作家在写作的时候都避不开童年视角和童年经验，哪怕你写的是科幻，也都跟你的童年经验有关系。很多作家也说过类似的话：你终其一生所用的写作资源都来自童年。

童年是你展开对世界最初认知的重要时段,这个时期里你逐渐形成了自己看世界的方式和将来进入更广大世界的参照。从"成长小说"的角度看,很多所谓的"教育小说"可能都没必要写,比如《少年维特的烦恼》。不是写得好坏问题,也并非客观价值有多大,而是对歌德来说,这样的成长小说可以不必写。

樊:现在很多作家写的那种成长小说和《青春之歌》这样的成长小说当然又是不一样的。《青春之歌》是概念化的,主人公遇到一个革命者,然后逐渐成长起来,这是一种先入的设定。但您写的那种成长比如《夜火车》和《午夜之门》,给我的感觉是您把成长过程中遇到的一些节点性的东西呈现出来了,而您是以在一个成年作家的视角回忆当时的状况,您是怎么看待这种对成长过程的书写的?

徐:有一年在韩国外国语大学开设讲座,结束后有学生提问,我作品中的主人公基本上跟我的年龄同步,为什么会出现这样的情况?我回想一下,还真是。我想,大概是要保留我在当下的年龄对现实生活最真实的认识吧。我当然可以在 30 岁的时候写 50 岁、80 岁,也许写得更好,但我还是希望在 30 岁时写一个 30 岁的人对这个世界的认识。我无力为他人代言,不能乱代表,但是年相若也,道相似也,我们眼中的世界以及观察世界的方式,应该比较接近。从这个意义上说,我写的算不算成长小说呢?

樊:您这么说我非常认同,那可以讨论的问题就是您在《夜火车》里面写的故事。故事从一个杀人的谎言开始,到故事结束,他真的杀了人,远走他乡,整个小说仿佛是一个让谎言成真的诅咒,按照您的表述,您是在不同年龄里表达对世界的认知,在这个可能是 25 岁左右的青年的故事您想要表达的是什么呢?

徐:这可能源于我的经历。多少年里我都有一种强烈的"到世界去"的冲动,待着不动觉得憋屈。小说故事源于我在大学兼职学生工作的时候,有一天接到通知,说系里一个学生杀了人抛尸运河,然后投案自首了。警察在河里捞了好几天,反复审他,都没有结果。最后他说,其实他没杀人,骗着玩的。他过得很憋屈,想到外面去,父母不给钱,他就恶作剧了一把。我当然恼火,这个玩笑开过了。但听他细说个中缘由,又颇能理解他,就像《如果大雪封门》里面写的,我们内心里会有小小的愿望,对他人来说可能根本不是事儿,但我们就是放不下,再小的东西滚了多年也大了,成了结石,想排解掉很难。我想把这个隐秘的结石亮出来。

樊:这种心情我可以理解,读前面的部分时会觉得这是一个荒诞的故事,但还是可以成立的;后面写到教授为了留住人才故意扣压了他的证书就觉得在逻辑上有些难以自洽,真正关爱学生的老师不可能做这种事情,而且后面的发展和您说的想要表达的那种心情似乎也有点隔阂。

徐:我供职的大学有几位非常好的教授,因为历史原因到了这里,他们各有一番曲折的生命历程,命途多舛,很多人也是憋了一口气。当时有一位研究古代文学的教授希望我能留下来考他的研究生。特殊环境下,人的心态也当另做分析。小说中的沈教授开始足可以操控全局,翻云覆雨于顷刻之间,他不担心,所以可以动用非常手段。但最后他自己的生活失控了,所有的人设瞬间崩塌,就有了后面的故事。你觉得这情节有问题,不够自洽,可能是我处理时说服力有所欠缺。

樊:我觉得写少年人的故事,总是让人百看不厌的,因为少年身上总是充满很多可能性,但是少年身上也总是充满悲观、绝望,包括出走的欲望,您一直讲到的"到世界去"的心情,以及不断地反抗乃至弑父的情结。我也读了您在北大创作的硕士论文《通往救赎之路》,您通过对文学作品中父亲形象变化的描写讨论了我们该如何正视父辈的位置以及反思我们与父辈的关系。您现在怎么看待少年与父辈的关系?为什么与父辈关系的反思需要涉及"救赎"?难道子辈是有原罪的吗？

徐：硕士论文记不大清写啥了。当然我对这个问题的看法和当时应该也会有所不同。子辈与父辈的关系，我现在更倾向于"和解"。我在《耶路撒冷》里写到易长安洗脸时照镜子，突然在自己脸上看到了父亲的表情。你永远都摆脱不了父亲，也许我们身体里也住着一个父亲，步履匆匆，你走着走着可能就走成了父亲。不是变得和父亲一模一样，而是逐渐发现，我们反对的那个父亲是可解的，是可以理解的。和解就来到了两代之间。

二、"就文学而言，不存在个人之外的大历史"

樊：这还是比较温和的关系问题，但我更感兴趣的是与之相关的另一个问题，我也一直在思考，比如你在《耶路撒冷》里作为轴心问题讲到的天赐之死，小说《九年》里的残酷故事，还有不少中短篇里的死亡、残疾，想要问您的是，为什么你的写作会一直有这种愧疚甚至罪恶感？为什么要不断地赎罪和反思？

徐：刚进大学，我因为神经衰弱，很孤僻，过得很不开心。后来找到了一条路：写作。暑假里，有个和我关系挺好的朋友住我隔壁楼，假期里勤工俭学。我做了写作的决定后想找他分享，那天他不在。过几天就听说他在学校门口被人活活打死了。这件事对我影响非常大，我刚决定把文学作为职业，一下子觉得人生无常。那时候我状态也不太好，像《夜火车》里面写的，你经历过类似的绝望就明白。绝望就是身边没有任何一个人帮你，帮不了你，极度孤独。当年的同学回忆说，当时都不敢和我说话，因为我整天板着个脸。那时候我可能一天都不说一句话，整天看书写字。高中到大学那一段，可能是我人生里最暗黑的时光，不过这种暗黑的东西我极少渲染，我希望更光明更平和更从容，但罪的东西，一直留在我心里，时刻反思。

樊：这其实并不是"罪"，这是精神性、个人性的东西，但也和"罪"一样，带着黑暗的色彩，需要把自己或他人从中解放出来，或者说，实现所谓的"救赎"。

徐：和解也许才是一种救赎，可以是两代人间的和解，也可以是跟自己的和解。在家里，和朋友之间，我有问题就会摊开来说，决不藏着掖着。很多年里我觉得自己都在皱皱巴巴活着，蜷曲着不能舒展，所以我的理想状态就是整个人舒展开来，好事坏事都要做得坦坦荡荡。

樊：您个人生活可以很好地达到那种舒展的状态，但是您在作品中怎么处理这个问题呢？我觉得比您长一辈的作家比如张承志、阎连科、严歌苓，他们的和解更多的是和大话语之下的历史和解，他们需要通过作品将自己从这种历史的荒诞和罪恶中解脱出来，他们很少关涉自身或者家庭内部。但到了您这一代，我们也常说和50后、60后作家相比，70后作家没有自己的历史，这点我也很不认同，每一代人都有属于自己的历史，问题只是每一代作家如何去将自己的历史文学化。比如我们这代人共同经历的加入世贸组织、汶川地震、奥运会等等，您怎么看待这种对历史大事件的处理？或者说，您怎么看待您的文学书写与大历史的关系？

徐：《耶路撒冷》里有一段写易长安到南京，正赶上那一年南斯拉夫使馆被炸，街上在大游行，这其实是我自己的经历。那会儿我在南京读书，刚要出校门，来了一个老乡，我带他去吃饭，吃完饭后游行结束了。但我写了易长安的感受，在游行的队伍里，大家挥起森林般的手臂，他突然不知道自己在哪了，非常强烈的被淹没感和消失感。此类热血沸腾的场合，你通常会陷入某种正义的集体主义，但恰恰那时候易长安很恐惧，因为集体主义取消了自己。这当然是我对人和大历史关系的一种理解。不管是救赎还是反思，我都坚持把个人放入其中。我在《耶路撒冷》里写了一句话，不管历史有多大，它只要跟个体没关系，它在他的生命中就可以是不重要的。简要地说，就文学而言，不存在个人之外的大历史。如实地说出你的真实感受，这才是你跟历史之间应有的关系。

我们习惯于把大历史视作理所当然的强制性力量，我们必须臣服于它，跟它步调一致；我不认同。在那个瞬间，易长安的自我意识觉醒了。我们和大历史的关系，有时候是同向的，有时候是逆向的，这些关系最终会告诉你，你是谁。这也是我一直强调的认同问题。在这方面，索尔·贝娄做得很好。他谈论美国任何大事都先从自身开刀：这个世界很糟糕，我也很糟糕，因为我在其中，是一个分子，操蛋也有我一份。在这方面，有些中国作家可能需要反省，我们谁都无权置身事外地批判和看待历史。坏事都是你们干的，跟我没关系？

樊：可能那一代作家都有这样的问题。他们好像觉得自己有责任为历史代言，或者说至少我有责任把历史呈现给你们看，这是一种表达方式或者一种责任意识。但是作家是否有这样的责任和焦虑，觉得自己必须要为时代和历史代言？包括一直被批评但也一直在使用的对代际的命名，这是不是也在一定程度上表示批评界、学界对作家本身的一种期待？您怎么看待这样的问题，您觉得作家有这样的一种责任吗？

徐：代际没那么简单，它的符号化意义是一把双刃剑：既可以让你的形象瞬间鲜明起来，又可能成为遮蔽你的一把大伞。有时候我会强调代际，不是为了要给一代人代言，无意为别人代言，也没能力代言；我强调代际只是想要把宏观史变成微观史，拿着望远镜的同时更想着还有放大镜和显微镜，盯着一代人，可以看得更仔细。李白和杜甫，放远了看，你不会去刻意强调李白比杜甫大12岁，但真正进入李白和杜甫两个人的作品，你就可以看出来，两人的区别很大程度上就在这12岁。在杜甫作品里你能看到整个安史之乱，没有这个历史事件就没有杜甫，李白的作品里就没有。

樊：您是否就是把这种意识加到自己的写作中去，用这种微观的写作方法，但同时也是在观察一代人。您的这种意识在您的创作过程中是一以贯之的吗？

徐：我只在写部分作品时需要这种意识，要看清一个特殊的历史时期，看清这个特殊时期对人物的影响。而另一类作品，我需要把历史拉长，用望远镜看。谁也不会一辈子只拿着显微镜写小说。

三、"我对静态的东西没有兴趣"

樊：我看到一个消息，说您正在创作一部大运河题材的作品，是吗？这可能就是您说的要用望远镜去处理的作品？这类题材涉及很多历史细节，这可能不是最难的，难的是如何把它们文学化，为您想要表达的东西服务。作为读者，我希望从文学作品中看到我从历史课本中看不到的东西，您如何为读者提供这种东西？

徐：上午我刚把这部作品定稿。有一部分大概十万字，写1900年和1901年，就是八国联军进北京到1901年漕运废止这一段。对我来说最重要的，不仅是细节，还有历史观，我能否在为读者提供新的东西？我如何看待这段历史？我要确保我的历史观相对地个人化，不能追着主流历史的叙述框架走。希望我的理解有新意。我尝试把史实有机地融合到主人公的生命历程中，使之互为因果，有效契合。

樊：为什么会对运河文化感兴趣？苏童也写过《河岸》，河流似乎是文学中一直很受重视的元素。您觉得这种所谓的河流文化为什么会被反复书写？

徐：我对运河的兴趣很小就有，在好多年里，运河是我最重要的生活环境之一。当然，真要写，我会尽量跳出一己之好恶，往大里看。老祖宗传下来的就是江河文明，隋唐以降，大半个封建社会的政治、经济、文化都是围绕运河建构起来的，对中国人的人格、心理影响也非同寻常。我们的海岸线也很长，为什么我们不是海洋文化？中国的地势北高南低，漕运要从低往高走，每年运河疏浚要花掉半个国库的银子，为什么还坚持漕运？这里头耐人寻味，值得去挖掘的。我也想把别的东西加进来。这么多年我的写作一直有视角上的变化，刚开始是写北京，以外来人的眼光来结构小说，接下来又"出口转内销"，写海归如何看北京、看中国，现在站在一个彻底的意大利人视角，让他在1901年从杭州走到北京，当时的中国现实在他眼里就是一个个奇观，差异性巨大到一定程度，主体性慢慢就出来了。写之前真没意识到这个问题。写着写着我发现，得认真研究这事了。为什么那个年代的中国会是这个面貌？我们跟欧美该有怎样的互动？如果找不到答案，我至少能提供一个想象的样本，让读者继续思考。

樊：我非常期待。谈到文化，我也想和您讨论另一个问题。我们当代小说对文化的书写有一个基本的向度，说得大一点是现代性的发展对传统的侵蚀，说得简单一点是传统和现代的对立，包括贾平凹的《秦腔》，被称为中国乡土文明的挽歌，现在也有很多作家作品也很乐意写一个村庄、一个小镇的故事。中国地广物博，再出来一百个作家、一千个作家也还是有一百个村庄、一千个村庄可以写，但这样书写的意义何在？当然，这可能也和作家的个人经验有关，比如您说的"出口转内销"，游子归来对家乡的看法。您现在怎么看待这种书写内容和书写方式？是不是作家也有一种为文化立言的焦虑？

徐：花街系列我后来很少写了，以我现在对文学的看法，这系列里的很多小说都不必写。那种生活以静态为主，是死的，现在我对静态的东西兴趣不大，对挽歌之类也没兴趣；我关心的是在挽歌之后如何再向前走一步，如何把新的目光引入进来。

樊：我期待好的作家在写作的任何时候都给我们提供新的东

西。这可能也关涉文学和现实的关系问题。虽然这种问题看似很陈旧,但写作确实始终面对这样的诘问,如何去写,写成什么样,其实是始终在更新的问题。即使是科幻文学,也始终带着现实层面的关怀。您的京漂系列有时候被称为底层写作,我其实也不认同。那只是另一群的另一种生活而已。您现在如何看待现实的问题?您对现实问题还有文人知识分子的关切吗?您觉得这如何与您的写作形成互动?

徐:现实本身无所谓新旧,新与旧、是否传统,在于如何处理它,我们用什么样的眼光去看待它们。毫无疑问,现实对我们的写作至关重要。我在写作中处理现实,现实的局部和细节当然在变,但整体上常常又呈现出静态的特征,我必须寻找合适有效的眼光来洞穿它,让静重新动起来,把已知变成未知或者不能定论,让它具有某种新的可能性。为此我要找到一条缝隙,撬动它,让它活起来。我不知道这算不算是一种知识分子的癖好。

樊:我经常听作家说,写作是很私人的事情,这可能是指一种私人的创作状态,但我觉得文学始终是要有现实意义的。当然不是说以前那种传统的文学观念不需要反映生活、指导生活,除了我前面说的要给读者提供新的东西之外,我总觉得文学创作也是有问题意识的,哪怕只是描述自身的生命体验,也一定是指向一定的现实或者精神层面的意义。您如何看待这种观念?您在创作过程中是否有这样的意识?

徐:当然,问题意识必须有。能不能解决问题是另外一回事,大多数时候可能都无解。必须有了问题意识才动笔,这也是我现在越写越少的原因。写《耶路撒冷》这部小说,我的初衷是想看看这代人到底还有没有希望。刚过三十岁那几年,70后似乎饱受质疑,各行各业;我自己对这代人也颇多疑惑。那么为什么不去看看问题到底出在哪里呢?我不想急于盖棺论定。年龄说到底不是问题,重要的是你内心里那个坚持是不是还在。理想主义这个东西对我来说一直很重要，我就想看看它还在不在。景天赐之死成了一块试金石。多年后他们再聚首，我松了一口气，那个东西硬硬的还在。

樊：我会对景天赐之死有很大的质疑，当然小说是虚构的，作家可以设置各种情节，但我可能比较在乎共情的东西，或者说，小说的合理性至少要在逻辑上说服我。正如您所说的，您想要通过这部作品去发现一代人的希望，那如何才能赋予景天赐之死这样的爆炸性的情节以普适性的价值和意义呢？我觉得这也是所有作家和小说需要去回答的问题。

徐：如果我换一种方式，换一个情节，你依然会有质疑。共情、感同身受、代入感仅仅是评判标准之一，这本身就因人而异。文学是一种或然而非应然，文学寻找的是一种可能性。

樊：这是当然的，但这可能和我说的不是一回事。比如卡夫卡的《变形记》，上来就说早上起床发现自己变成了一只甲虫，我觉得这是可以的，这是小说的逻辑，后面怎么发展都是在自己的逻辑之内的，但如果你在一个已经建立好自身现实逻辑的小说里插入一个突然变甲虫的情节，那我可能没办法接受。用在网络上流行的高晓松的话说，你不能选择两套价值观。

徐：你的理解我认同，但在景天赐之死这个问题上，我坚持小说中的逻辑性与合理性。

四、"有所信、有所执"

樊：回到"解决问题"方面。写了这么久，您觉得您解决想要解决的问题了吗？或者，还有什么新的问题要去解决？

徐：每部小说都在努力，总觉得身后有条名叫意义的狗在穷追不舍。每一部小说都有它要解决的问题。写《午夜之门》时，我二十五六岁，想看看自己能不能写一个传奇，在小说技艺方面下了不少功夫。现在单纯传奇与技艺的尝试兴趣小了,我更关注心理认同、身份认同,关注城市与人的关系。还有一个理想主义的问题。我所谓的理想主义,不是传统意义上的那种理想主义,而是有所信、有所执。就算是坏人,我也希望他坏出理想主义的光芒。

樊: 我觉得这个讲得很好。比如《我们在北京相遇》《天上人间》《跑步穿过中关村》都是写京漂的,有轻微违法行为的办假证、卖盗版光碟的人的生活,但对我来说,这三篇是不同的,《跑步穿过中关村》的最后其实有自我牺牲、有奉献的东西在里面,但《天上人间》不一样,办假证的表弟最后其实是背叛了"盗亦有道"的原则,这应该已经不是您说的理想主义了。您所说的信和执是类似的东西吗?

徐: 一脉相承。和处理家庭关系、朋友关系一样,我希望做任何事,包括坏事,都该坦坦荡荡。小说里极少有猥琐之人,即使挣扎纠结也要坦荡地挣扎纠结。这是一种信和执。另外一个就是认同,身份的认同、心理的认同,我是谁的问题。在我的成长过程中,这个问题一直很重要,关涉我整个面对和处理生活的方式。在写作时,我力图让人物的个人化细节化足够丰沛彻底,小说背后又要有一个大的东西在关联,我希望能通过这种方式建立起某种自我认同。

樊: 您说得非常好。但在大历史之外,在自我意识觉醒的时候,我们总是要面对琐碎嘈杂的日常生活,"一地鸡毛",那种庸常的生活才是让人崩溃的地方,我们也不能奢望文学能为我们做什么。我的想法其实很分裂,我既觉得文学要有周扬曾经说的"要给人以力量"的作用,又觉得文学作为精神性的审美活动,必然是务虚的,是形而上的,是先锋的。您怎么看待这个问题?

徐: 我能理解你的意思。力量有两种:一种直截了当,给你打鸡血,让你浑身都有使不完的劲儿;另一种是卸掉你的力量,让你知道它有多重要。这两种方式其实都在给你力量。你说的也不矛盾,从来都是多种文学并存，好的文学生态理当如此。就像有满汉全席也该有快餐盒饭一样。我之前一直不太接受网络文学，现在研究网络文学最重要的学者之一，北大的邵燕君教授，去年她的研究团队出版了《破壁书》，读过之后引起了我的很多思考。网络文学的确可能非常重要，它的意义不仅在于创作形式和传播方式的变化。如果形式之"用"发展到了一定程度，可能真的会改变"体"，网络文学完全可能在一些问题上反哺纯文学，甚至改变我们的一部分文学观念。假如它的确能够塑造出新一代人对文学的认知、审美、趣味乃至世界观，那对文学的改变指日可待。不必画地为牢，更不能抱残守缺，文学的真理不是唯一的，也非铁板一块。它在变。从唐诗到宋词到元曲到明清小说，不是一直在变吗？恰恰是专业的、高大上的研究者，以及那些执文学权力之牛耳者，可能会拖了文学变化的后腿而不自知。所以，观念要开放。

樊：这就回到我给您这卷的命名：信与爱的乌托邦。您在多处提到过自己想要建构乌托邦的意愿，我在您的小说也读到很多对理想生活的执念，我们可以认可文学观念的不断更新变化，但正像您对您笔下人物的要求，有所信，有所执，我们对文学本身似乎更该有这种信和执，您觉得呢？您想要建构的乌托邦是什么样的？

徐：信和执并非守着不动，而是在文学发展的脉络和可能性中有所遵循、持守和探究。我的文学乌托邦不是一个丁是丁卯是卯、边界鲜明斩钉截铁的东西，它以合理性与可能性为范围。由此我们也需要质疑一些理论批评，终审法官一样判定这个好那个不好，用游标卡尺去丈量作品，不符合这个尺寸的就是残次品。当然，不是要求批评家完全贴着作家的思路走，而是希望他们能跟着作家一起去寻找某种可能性。如果你愿意尝试相信卡夫卡的人物可能变成甲虫，那就跟着他走下去，但接下来的一路上你不能拿着巴尔扎克的尺寸和标准对待卡夫卡。

樊：其实批评是一件很独立的事情。批评家和作家之间有一个很微妙的关系，批评家不需要完全认同作家或者作家完全跟着批评家走，双方应该彼此独立又相互促进，一起去发现一些东西，进行良性的互动，以新的视野开拓新的可能性。

徐：当然，不需要预设一个认同。认同是水到渠成的事，但固守不变的圭臬也是个问题。

樊：那您现在会觉得您最初对文学信仰的东西和您后来接触的文学与真正热爱的东西会有分裂吗？还是说在您的生活中二者一直都是统一的？

徐：刚进入文学圈——如果说的确有那么一个圈子的话，不如意事肯定十常八九，没有失望和分裂是不可能的，你会迎来一个众神的黄昏，见证一个偶像坍塌的激烈过程。很长时间我才调整过来，神圣的光环自应去除，那么就视之平常，从我做起。你矢志于文学，自己都扛不住，他人岂不更绝望？现实本就复杂。我也意识到，不能把人与文严格对应，作家不是圣人，托尔斯泰也有超级流氓的一面，但他依然是最伟大的作家，他的作品依然不朽。文学于我越来越重要，是我生发问题意识继而寻找答案的最便捷最得心应手的途径，它是一种我最重要的思考手段。

樊：那您现在觉得您想要建构的乌托邦建成了吗？或者说，有按照您的理想状态建构成功的希望吗？

徐：现在才刚刚开始。这是我针对现实世界以文字的方式建构的第二世界，经我的过滤，着我的色彩，围绕于我最重要的诸般命题，成就一个我个人的乌托邦。在文学上我是个乐观主义者，也许有一天，把所有文字归拢到一起，我会看着它们说，嗯，差不多了。

樊：就是有内在的"核"在发挥作用。

徐：对，有。但这个"核"也可能是被建构出来的，甚至是别人帮你建构出来的。

樊：对，我现在也尽量保持包容开放的态度，哪怕是对自己之前笃信的文学的"核"。再次感谢徐老师接受访谈，受益匪浅。期待您最新的长篇小说《北上》问世。

徐：谢谢！

徐则臣创作年表

1900 年

短篇小说　|　《星期五综合症》　|　《青年文学家》　|　1999 年第 9 期

2000 年

散文　|　《脸谱》　|　《青春》　|　2000 年第 6 期

短篇小说　|　《数字化生存》　|　《青年文学家》　|　2000 年第 6 期

2001 年

散文　|　《找到了》　|　《散文》　|　2001 年第 1 期

短篇小说　|　《城市里我的一间房子》　|　《青年文学家》　|　2001 年第 2 期

散文　|　《记忆里的图画》　|　《美文》　|　2001 年第 8 期

短篇小说　|　《二〇〇一年一月一日的生活》　|　《厦门文学》　|　2001 年第 8 期

短篇小说　|　《重返母校》　|　《萌芽》　|　2001 年第 8 期

短篇小说　|　《简单的生活》　|　《短篇小说》　|　2001 年第 12 期

2002 年

短篇小说 | 《生活还缺少什么》 | 《当代小说》 | 2002 年第 1 期

短篇小说 | 《一个侏儒的死》 | 《飞天》 | 2002 年第 3 期

散文 | 《风吹一生》 | 《天涯》 | 2002 年第 3 期

短篇小说 | 《忆秦娥》 | 《春风》 | 2002 年第 9 期

散文 | 《高四备忘录》 | 《少年文艺》 | 2002 年第 9 期

短篇小说 | 《生活如此美好》 | 《厦门文学》 | 2002 年第 10 期

论文 | 《一个人面对世界的方式》 | 《当代文坛》 | 2002 年第 6 期

短篇小说 | 《你在跟谁说话》 | 《短篇小说》 | 2002 年第 12 期

2003 年

散文 | 《天黑以后》 | 《散文》 | 2003 年第 3 期

短篇小说 | 《蝶儿飞》 | 《春风》 | 2003 年第 7 期

短篇小说 | 《鸭子是怎样飞上天的》 | 《青春》 | 2003 年第 7 期

短篇小说 | 《逃跑的鞋子》 | 《雨花》 | 2003 年第 8 期

短篇小说 | 《大风歌》《罗拉快跑》 | 《朔方》 | 2003 年第 10 期

书评 | 《从自然生态主义到政治生态主义》 | 《书评》 | 2003 年第 6 期

散文 | 《春暖花开》《泪流满面》 | 《散文天地》 | 2003 年第 6 期

散文 | 《开往黑夜的火车》 | 《散文》 | 2003 年第 12 期

2004 年

短篇小说 | 《蜷曲或展开》 | 《佛山文艺·打工族》 | 2004 年 1 月上

短篇小说 | 《花街》 | 《当代》 | 2004 年第 2 期

中篇小说 | 《啊，北京》 | 《人民文学》 | 2004年第4期 | 《中华文学选刊》 | 2004年第5期

评论 | 《一只古典猫的现代玩法》(《一种嬉皮笑脸的深刻》) | 《新京报》

散文 | 《一个人的天堂》 | 《雨花》 | 2004年第7期

短篇小说 | 《失声》 | 《山花》 | 2004年第7期

散文 | 《生活在楼上》《用五官生活》《背沙子的男孩》 | 《创作》 | 2004年第7期

散文 | 《小说的声音之旅》 | 《北京大学研究生学志》 | 2004年第3期

短篇小说 | 《古代的夜晚》 | 《百花洲》 | 2004年第5期

中篇小说 | 《古代的黄昏》 | 《钟山》 | 2004年第5期

中篇小说 | 《南京，南京》 | 《莽原》 | 2004年第5期

短篇小说 | 《花街上的女房东》 | 《西湖》 | 2004年第10期

短篇小说 | 《吞吞吐吐》 | 《画梦录：六指》及创作谈 | 《西湖》 | 2004年第10期

散文 | 《逐渐敞开的世界》 | 《散文》 | 2004年第11期

短篇小说 | 《刑具制造者》 | 《山花》 | 2004年第11期

2005 年

短篇小说 | 《弃婴·奔马》 | 《上海文学》 | 2005年第1期

评论 | 《小说、世界和女作家林白——评〈万物花开〉和〈妇女闲聊录〉》 | 《文艺理论与批评》 | 2005年第1期

散文 | 《跟着白杨回家》《在世界身后向前走》 | 《中华活页文选》 | 2005年第2期

评论 | 《那些梗着的脖子》 | 《羊城晚报》

中篇小说 | 《三人行》 | 《当代》 | 2005年第2期

中篇小说 ｜ 《石码头》｜ 《大家》｜ 2005年第2期

散文 ｜ 《祖母说》｜ 《青年文学》｜ 2005年第7期

短篇小说 ｜ 《扎下传说》｜ 《文学港》｜ 2005年第3期

短篇小说 ｜ 《夜未央》｜ 《文学港》｜ 2005年第3期

创作谈 ｜ 《小说的可能性》｜ 《文学港》｜ 2005年第3期

中篇小说 ｜ 《西夏》｜ 《山花》｜ 2005年第5期

散文 ｜ 《半个月亮爬上来》（外一章）｜ 《青年文学》｜ 2005年第14期

短篇小说 ｜ 《越挠越痒》｜ 《长城》｜ 2005年第4期

短篇小说 ｜ 《一路鬼话》｜ 《作品》｜ 2005年第8期

访谈 （与章回）｜ 《我以我的方式》｜ 《朔方》｜ 2005年第9期

短篇小说 ｜ 《见鬼》｜ 《佛山文艺》｜ 2005年9月上

短篇小说 ｜ 《纸马》《鬼火》｜ 《上海文学》｜ 2005年第11期

中篇小说 ｜ 《容小莲》｜ 《青年文学》｜ 2005年第21期

2006 年

小说集｜ 《鸭子是怎样飞上天的》 由作家出版社出版

短篇小说 ｜ 《大水》《南窗下，北窗下》《往回数》 ｜ 《文学界》｜ 2006年第2期

短篇小说 ｜ 《平安夜》｜ 《山花》｜ 2006年第2期

短篇小说 ｜ 《大雷雨》｜ 《山花》｜ 2006年第2期

创作谈 ｜ 《〈镜子里的脸〉——关于〈平安夜〉和〈大雷雨〉》｜ 《山花》｜ 2006年第2期

短篇小说 ｜ 《作为行为艺术的爱情生活》｜ 《都市小说》｜ 2006年第2期

长篇小说 ｜ 《午夜之门》｜ 《作家》｜ 2006年第3期

短篇小说 ｜ 《夏日午后》 ｜ 《天涯》 ｜ 2006年第2期

中篇小说 ｜ 《紫米》 ｜ 《大家》 ｜ 2006年第2期

短篇小说 ｜ 《最后一个猎人》 ｜ 《上海文学》 ｜ 2006年第6期

短篇小说 ｜ 《一号投递线和忧伤》 ｜ 《中国作家》 ｜ 2006年第14期

短篇小说 ｜ 《我们的老海》 ｜ 《钟山》 ｜ 2006年第4期

短篇小说 ｜ 《飞蝗》 ｜ 《佛山文艺》 ｜ 2006年7月上

短篇小说 ｜ 《鹅桥》 ｜ 《山花》 ｜ 2006年第8期

散文 ｜ 《黑夜的声音》 ｜ 《文学界》 ｜ 2006年第8期

中篇小说 ｜ 《我们在北京相遇》 ｜ 《大家》 ｜ 2006年第5期

评论 ｜ 《浮华之前——看袁远的两个小说》 ｜ 《西湖》 ｜ 2006年第9期

短篇小说 ｜ 《疯婆子》 ｜ 《三峡文学》 ｜ 2006年第9期

评论 ｜ 《从地上站起来——王十月的三个短篇》 ｜ 《西湖》 ｜ 2006年第10期

短篇小说 ｜ 《九年》 ｜ 《作家》 ｜ 2006年第10期

短篇小说 ｜ 《火车，火车》 ｜ 《滇池》 ｜ 2006年第11期

创作谈 ｜ 《一个人的乌托邦》 ｜ 《滇池》 ｜ 2006年第11期

短篇小说 ｜ 《剪刀、石头、布》 ｜ 《青年文学》 ｜ 2006年第21期

中篇小说 ｜ 《沿铁路向前走》 ｜ 《滇池》 ｜ 2006年第11期

短篇小说 ｜ 《养蜂场旅馆》 ｜ 《广州文艺》 ｜ 2006年第11期

中篇小说 ｜ 《跑步穿过中关村》 ｜ 《收获》 ｜ 2006年第6期

散文 ｜ 《把大师挂在嘴上》 ｜ 《中国图书商报》

中篇小说 ｜ 《伪证制造者》 ｜ 《当代》 ｜ 2006年中篇小说专号

2007 年

短篇小说 ｜ 《天堂里飘香》 ｜ 《红豆》 ｜ 2007 年第 1 期

散文 ｜ 《现实主义、底层文学及其他》 ｜ 《黄河文学》 ｜ 2007 年第 1 期

中篇小说 ｜ 《水边书》 ｜ 《上海文学》 ｜ 2007 年第 5 期

中篇小说 ｜ 《把脸拉下》 ｜ 《十月》 ｜ 2007 年第 3 期

中篇小说 ｜ 《苍声》 ｜ 《收获》 ｜ 2007 年第 3 期

访谈 （与傅小平） ｜ 《区别，然后确立》 ｜ 《黄河文学》 ｜ 2007 年第 6 期

长篇小说 ｜ 《夜火车》 ｜ 《作家》 ｜ 2007 年第 6 期

中篇小说 ｜ 《还乡记》 ｜ 《当代》 ｜ 2007 年第 4 期

评论 ｜ 《把初恋还给大家——读邓菡彬的两个小说》 ｜ 《西湖》 ｜ 2007 年第 7 期

短篇小说 ｜ 《伞兵与卖油郎》 ｜ 《收获》 ｜ 2007 年第 4 期

短篇小说 ｜ 《梅雨》《先生，要人力三轮吗》 ｜ 《西部·华语文学》 ｜ 2007 年第 8 期

短篇小说 ｜ 《偶然》 ｜ 《飞天》 ｜ 2007 年第 9 期

短篇小说 ｜ 《暗地》 ｜ 《中国作家》 ｜ 2007 年第 20 期

中篇小说 ｜ 《人间烟火》 ｜ 《人民文学》 ｜ 2007 年第 11 期

短篇小说 ｜ 《六鬣老太》 ｜ 《福建文学》 ｜ 2007 年第 11 期

创作谈 ｜ 《回到最基本、最朴素的小说立场》 ｜ 《当代文坛》 ｜ 2007 年第 6 期

长篇小说 ｜ 《午夜之门》 由山东文艺出版社出版

评论 ｜ 《福克纳的遗产》 ｜ 《中国图书商报》

2008 年

短篇小说 ｜ 《镜子与刀》 ｜ 《大家》 ｜ 2008 年第 1 期

短篇小说　|　《当我们年轻的时候》　|　《山花》　|　2008 年第 1 期

评论　|　《风声浩大》　|　《长篇小说选刊》　|　2008 年第 1 期

评论　|　《曹乃谦：针尖上的舞蹈》　|　《山西文学》　|　2008 年第 2 期

短篇小说　|　《纸上少年》(外两篇)　|　《小说林》　|　2008 年第 2 期

中篇小说　|　《夜歌》　|　《十月》　|　2008 年第 2 期

中篇小说　|　《天上人间》　|　《收获》　|　2008 年第 2 期

创作谈　|　《我的乌托邦》　|　《羊城晚报》

中篇小说　|　《红舞鞋》　|　《芒种》　|　2008 年第 7 期

散文　|　《去小学校的路》　|　《天涯》　|　2008 年第 3 期

演讲　|　《历史、乌托邦和文学新人》　|　《黄河文学》　|　2008 年第 5 期

散文　|　《在腊月里想起增城》　|　《人民文学》　|　2008 年第 5 期

散文　|　《天使与魔鬼》　|　《中国图书商报》

短篇小说　|　《南方和枪》《我的朋友堂吉诃德》　|　《大家》　|　2008 年第 4 期

长篇小说　|　《病孩子》　|　《西部·华语文学》　|　2008 年第 7 期

短篇小说　|　《左边的山》　|　《作家》　|　2008 年第 8 期

小说集　|　《跑步穿过中关村》　由重庆出版集团出版

创作谈　|　《每个男孩都有英雄梦》　|　《中国青年报》

小说集　|　《跑步穿过中关村》(德语版)　由德国柏林出版社出版

2009 年

中篇小说　|　《长途》　|　《长城》　|　2009 年第 1 期

小说集　|　《天上人间》　由新星出版社出版

评论　|　《行动中的精神书写：2008 年诗歌刊物述评》　|　《山花》　|　2009 年第 5 期

演讲 《70后的写作及可能性之一 ——在韩国外国语大学的演讲》(节录) | 《山花》 | 2009年第5期

散文 | 《生活在北京》 | 《江南》 | 2009年第2期

评论 | 《〈朗读者〉：当道德遭遇尊严》 | 《中国图书商报》

长篇小说 | 《夜火车》 由花城出版社出版

散文 | 《祖父的早晨》 | 《中华活页文选》(高一版) | 2009年第5期

访谈（与张昭兵） | 《每部小说里我都要解决自己的一个问题》 | 《青春》 | 2009年第5期

小说集 | 《人间烟火》 由春风文艺出版社出版

短篇小说 | 《雪夜访戴》 | 《山西文学》 | 2009年第7期

中篇小说 | 《逆时针》 | 《当代》 | 2009年第4期

创作谈 | 《我想知道他们在想什么》 | 《北京文学》(中篇小说月报) | 2009年第8期

访谈（与黄长怡） | 《作家应该小于其作品》 | 《朔方》 | 2009年第8期

中篇小说 | 《居延》 | 《收获》 | 2009年第5期

评论 | 《她让尘埃都落定——读戈鲁《快乐老家》》 | 《文学与人生》 | 2009年第10期

小说集 | 《作为行为艺术的生活》(蒙文版) 由中央民族大学出版社出版

短篇小说 | 《骨科病房》 | 《百花洲》 | 2009年第6期

短篇小说 | 《下一个是你》 | 《百花洲》 | 2009年第6期

创作谈 | 《能把小说越写越好的作家必然是个自虐狂》 | 《百花洲》 | 2009年第6期

短篇小说 | 《一九八七》 | 《红岩》 | 2009年第6期

书评 | 《世界是男人的，也是女人的——〈波伏娃：激荡的一生〉》 | 《中国青年报》

2010 年

散文 ｜ 《新世纪.com》 ｜ 《天涯》 ｜ 2010 年第 1 期

散文 ｜ 《历史活在细节中》 ｜ 《河北日报》

散文 ｜ 《盯住了，别撒眼》《我的现实主义危险》 ｜ 《作品与争鸣》 ｜ 2010 年第 3 期

长篇小说 ｜ 《水边书》 ｜ 《钟山》 ｜ 2010 年第 4 期

短篇小说 ｜ 《这些年，我一直在路上》 ｜ 《收获》 ｜ 2010 年第 4 期

短篇小说 ｜ 《屋顶上》 ｜ 《作家》 ｜ 2010 年第 15 期

散文 ｜ 《上林赋》 ｜ 《人民文学》 ｜ 2010 年第 8 期

长篇小说 ｜ 《水边书》 由上海文艺出版社出版

评论 ｜ 《新世纪十年文学：现状与未来》 ｜ 《上海文学》 ｜ 2010 年第 9 期

小说集 ｜ 《居延》 由金城出版社出版

散文 ｜ 《到处都是我们的人》 ｜ 《今晚报》

散文 ｜ 《网络断了以后》 ｜ 《今晚报》

小说集 ｜ 《跑步穿过中关村》 由花城出版社出版

散文 ｜ 《在世界文学的坐标中写作》 ｜ 《作家》 ｜ 2010 年第 21 期

中篇小说 ｜ 《小城市》 ｜ 《收获》 ｜ 2010 年第 6 期

2011 年

散文 ｜ 《哲学课》 ｜ 《新华日报》 ｜ 2011 年第 3 期

短篇小说 ｜ 《轮子是圆的》 ｜ 《花城》 ｜ 2011 年第 1 期

散文 ｜ 《教堂》 ｜ 《天涯》 ｜ 2011 年第 1 期

创作谈 ｜ 《持之如心痛》 ｜ 《中篇小说选刊》 ｜ 2011 年第 1 期

散文 ｜ 《鬼城记》｜ 《西部·散文选刊》｜ 2011 年第 5 期

散文 ｜ 《漫游录（一题)》｜ 《山花》｜ 2011 年第 6 期

散文 ｜ 《当地主的好地方》｜ 《沙地》｜ 2011 年第 4 期

短篇小说 ｜ 《夜归》｜ 《天南》｜ 2011 年创刊号

散文 ｜ 《托尔斯泰不再有》｜ 《新华日报》

短篇小说 ｜ 《古斯特城堡》｜ 《小说界》｜ 2011 年第 3 期

散文 ｜ 《与写作有关》｜ 《艺术广角》｜ 2011 年第 5 期

散文 ｜ 《乱读记》｜ 《山西文学》｜ 2011 年第 6 期

散文 ｜ 《漫游录（二题)》｜ 《山花》｜ 2011 年第 12 期

散文 ｜ 《一半是海水，一半是火焰》｜ 《检察日报》

散文 ｜ 《奥马哈这一段天大地大》｜ 《检察日报》

评论 ｜ 《雏凤清声——曹潇的两个小说》｜ 《西湖》｜ 2011 年第 7 期

散文 ｜ 《母亲的牙齿》｜ 《渤海早报》

随笔集 ｜ 《把大师挂在嘴上》 由上海文艺出版社出版

随笔 ｜ 《〈纯真博物馆〉和帕慕克》｜ 《边疆文学》｜ 2011 年第 9 期

访谈 （与张鸿）｜ 《徐则臣：城市阅读与阅读城市》｜ 《广州文艺》｜ 2011 年第 9 期

散文 ｜ 《在新奥尔良听爵士》｜ 《羊城晚报》

散文 ｜ 《J.贝恩勒夫与〈恍惚〉》｜ 《文艺报》

散文 ｜ 《别用假嗓子说话》｜ 《文艺报》

散文 ｜ 《玛格丽特·德·默尔和她的〈灭顶〉》｜ 《文艺报》

散文 ｜ 《跑多远才能回到家》｜ 《满分阅读·初中版》｜ 2011 年第 12 期

随笔集 ｜ 《到世界去》 由长江文艺出版社出版

2012 年

短篇小说 ｜ 《去波恩》 ｜ 《创作与评论》 ｜ 2012 年第 1 期

散文 ｜ 《文学是另外一种方程式》 ｜ 《文艺报》

短篇小说 ｜ 《河盗》 ｜ 《上海文学》 ｜ 2012 年第 5 期

散文 ｜ 《从爱荷华开始》 ｜ 《江南》 ｜ 2012 年第 3 期

散文 ｜ 《印象·云南汉子甫跃辉》 ｜ 《十月》 ｜ 2012 年第 3 期

短篇小说 ｜ 《爱情课》 ｜ 《羊城晚报》 ｜ 2012 年第 14 期

散文 ｜ 《杯外谈酒，以及古井贡》 ｜ 《安徽文学》 ｜ 2012 年第 6 期

随笔集 ｜ 《我看见的脸》 由浙江文艺出版社出版

散文 ｜ 《麻辣烫》 ｜ 《羊城晚报》

散文 ｜ 《我看见的脸》 ｜ 《作品》 ｜ 2012 年第 8 期

短篇小说 ｜ 《时间简史》 ｜ 《天南》 ｜ 2012 年第 4 期

散文 ｜ 《为什么要拿金牌》 ｜ 《今晚报》

散文 ｜ 《老屋记》 ｜ 《光明日报》

长篇小说 ｜ 《夜火车》 由人民教育出版社、重庆出版社出版

短篇小说 ｜ 《如果大雪封门》 ｜ 《收获》 ｜ 2012 年第 5 期

散文 ｜ 《用文学挣钱是门艺术》 ｜ 《北京晚报》

散文 ｜ 《文学新人的"被阅读"》 ｜ 《人民日报》

散文 ｜ 《山水背后是热乎乎的好日子》 ｜ 《光明日报》

短篇小说集 ｜ 《古斯特城堡》 由新星出版社出版

散文 ｜ 《与大卫·米切尔对话》 ｜ 《文艺报》

访谈 （与李云雷） ｜ 《写作只能摸着石头过河》 ｜ 《朔方》 ｜ 2012 年第 11 期

散文 ｜ 《大师即传统》 ｜ 《北京晚报》

散文 ｜ 《"每一代人都有自己的精神和叙事资源"》 ｜ 《西湖》 ｜ 2012 年第 12 期

2013 年

散文 ｜ 《偏见》 ｜ 《百花洲》 ｜ 2013 年第 1 期

作品集 ｜ 《通往乌托邦的旅程》 由昆仑出版社出版

散文 ｜ 《大地上的血管》 ｜ 《人民文学》 ｜ 2013 年第 2 期

短篇小说 ｜ 《六耳猕猴》 ｜ 《花城》 ｜ 2013 年第 3 期

散文 ｜ 《孤绝的火焰》 ｜ 《光明日报》

评论 ｜ 《70 后转向加剧短篇危机》 ｜ 《人民日报》

散文 ｜ 《兄弟在我们北大的时候》 ｜ 《方圆法治》 ｜ 2013 年第 14 期

短篇小说 ｜ 《成人礼》 ｜ 《作家》 ｜ 2013 年第 15 期

散文 ｜ 《小说的边界和故事的黄昏》 ｜ 《文艺报》

短篇小说 ｜ 《看不见的城市》 ｜ 《北京文学》（精彩阅读） ｜ 2013 年第 10 期

长篇小说 ｜ 《耶路撒冷》 ｜ 《当代》 ｜ 2013 年第 6 期

散文 ｜ 《我们这一代》 ｜ 《作品》 ｜ 2013 年第 11 期

散文 ｜ 《我看两岸文》 ｜ 《光明日报》

短篇小说 ｜ 《你不是你》 ｜ 《上海文学》 ｜ 2013 年第 12 期

2014 年

评论 ｜ 《爱丽丝·门罗获 2013 年诺贝尔文学奖　短篇小说自此复兴？》 ｜ 《江南》 ｜ 2014 年第 1 期

散文 ｜ 《我的 "外国文学" 之路及相关问题》 ｜ 《中国比较文学》 ｜ 2014 年第 1 期

散文　|　《凤凰男》　|　《天涯》　|　2014 年第 2 期

散文　|　《我们对自身的疑虑如此凶猛》　|　《创作与评论》　|　2014 年第 6 期

散文　|　《端盘子的小兔子》　|　《方圆》　|　2014 年第 6 期

长篇小说　|　《耶路撒冷》　由北京十月文艺出版社出版

小说集　|　《跑步穿过中关村》(英文版）　由美国 TWO LINES 出版社出版

创作谈　|　《能有多复杂，就可以有多缓慢》　|　《文艺报》

创作谈　|　《〈耶路撒冷〉的四条创作笔记》　|　《鸭绿江》　|　2014 年第 5 期

散文　|　《有体温的学问》　|　《文艺报》

散文　|　《让想象飞》　|　《北京青年报》

中篇小说　|　《石码头》　由海豚出版社出版

散文　|　《在当代文学大地上留下"七后"界石》　|　《兴化日报》

书法　|　《徐则臣书法作品》　|　《当代》　|　2014 年第 4 期

短篇小说　|　《哈利路亚》　|　《作品》　|　2014 年第 7 期

散文　|　《一代人自我表达的可能性》　|　《南方人物周刊》　|　2014 年第 31 期

散文　|　《冬至如年》　|　《光明日报》

评论　|　《若泽·萨拉马戈〈所有的名字〉：重新发现个人鲜活的生命史》　|　《文艺报》

散文　|　《听见他说想看雪，我感到了心痛》　|　《文艺报》

小说集　|　《这些年我一直在路上》　由山东文艺出版社出版

短篇小说　|　《祁家庄》　|　《作家》　|　2014 年第 19 期

散文　|　《在信徒的国度》　|　《小说界》　|　2014 年第 6 期

散文　|　《他唯一可以迈过去的坎儿》　|　《北京青年报》

散文　|　《一个好作家要有面对失败的勇气》　|　《中国艺术报》

长篇小说　|　《耶路撒冷》(精装本）　由北京十月文艺出版社出版

2015 年

散文　｜　《纯文学的傲慢和想当然》　｜　《钟山》　｜　2015 年第 1 期

随笔集　｜　《别用假嗓子说话》　由河南文艺出版社出版

散文　｜　《过了年说读书》　｜　《中国新闻出版广电报》

散文　｜　《运河、花街，以及地方文学》　｜　《创作与评论》　｜　2015 年第 8 期

散文　｜　《只有一个马尔克斯》　｜　《文艺报》

散文　｜　《书越读越少》　｜　《中国新闻出版广电报》

小说集　｜　《跑步穿过中关村》(西班牙文)　由五洲传播出版社出版

创作谈　｜　《写作从神经衰弱开始：自述》及访谈　｜　《到世界去》　｜　《小说评论》　｜　2015 年第 3 期

散文　｜　《姐姐一样的杨怡芬》　｜　《文艺报》

散文　｜　《思辨与困境：寻找卡达莱》　｜　《花城》　｜　2015 年第 4 期

散文　｜　《致沉默的生活》　｜　《作家》　｜　2015 年第 13 期

小说集　｜　《我的朋友堂吉诃德》　由花城出版社出版

短篇小说　｜　《摩洛哥王子》　｜　《长江文艺》　｜　2015 年第 9 期

长篇小说　｜　《午夜之门》　由安徽文艺出版社出版

中篇小说集　｜　《啊，北京》　由安徽文艺出版社出版

散文　｜　《记者有成为优秀作家的潜质》　｜　《中国新闻出版广电报》

小说集　｜　《跑步穿过中关村》　由北京十月文艺出版社出版

小说集　｜　《苍声》　由长江文艺出版社出版

小说集　｜　《跑步穿过中关村》(法文版)　由法国 Philippe Rey 出版社出版

2016 年

散文 | 《何人不起故园情》 | 《新阅读》 | 2016 年第 2 期

散文 | 《以诗人之心智慧解读经典童话》 | 《天津日报》

短篇小说 | 《莫尔道嘎》 | 《江南》 | 2016 年第 4 期

创作谈 | 《广博的世界与内心如何及物地进入小说》 | 《贵州民族报》

散文 | 《今天能否像斯通纳一样活着？》 | 《文学报》

散文 | 《如果我说，卡佛没那么好》 | 《贵州日报》

小说集 | 《如果大雪封门》 由北京十月文艺出版社出版

小说集 | 《跑步穿过中关村》（阿拉伯文版） 由埃及出版社出版

小说集 | 《六耳猕猴》 由上海文艺出版社出版

小说集 | 《古代的黄昏》 由花城出版社出版

小说集 | 《一九八七》 由云南出版集团晨光出版社出版

散文 | 《持续写作的理由》 | 《文艺报》

散文 | 《零距离想象世界》 | 《青年报》

小说集 | 《跑步穿过中关村》（荷兰文） 由 DE GEUS 出版社出版

长篇小说 | 《王城如海·后记》 | 《东吴学术》 | 2016 年第 5 期

散文 | 《我认识的傅逸尘》 | 《创作与评论》 | 2016 年第 18 期

散文 | 《就这样进了大学》 | 《文学教育》 | 2016 年第 29 期

长篇小说 | 《王城如海》 | 《收获》 | 2016 年第 4 期

小说集 | 《中国好小说·徐则臣》 由中国青年出版社出版

2017 年

散文 | 《去额尔古纳的几种方式》 | 《福建文学》 | 2017 年第 1 期

访谈 ｜ 《这个时代，通才意味着庸才》 ｜ 《艺术广角》 ｜ 2017 年第 1 期

散文 ｜ 《一寸光阴一分年味》 ｜ 《人民日报》

散文 ｜ 《艺术家李敬泽》 ｜ 《青年报》

长篇小说 ｜ 《王城如海》 由人民文学出版社出版

访谈（与赵依）｜ 《"惟有王城最堪隐，万人如海一身藏"——与徐则臣谈新作及其他》 ｜ 《朔方》 ｜ 2017 年第 4 期

童话 ｜ 《青云谷童话》 由新蕾出版社出版

长篇小说 ｜ 《青云口》及创作谈 ｜ 《江南》 ｜ 2017 年第 3 期

创作谈 ｜ 《我写〈王城如海〉》 ｜ 《长江丛刊》 ｜ 2017 年第 13 期

小说集 ｜ 《天上人间》 由作家出版社出版

小说集 ｜ 《伪证制造者》 由上海文艺出版社出版

长篇小说 ｜ 《耶路撒冷》 由天地出版社出版

创作谈 ｜ 《理想的童话拒绝坏毛病》 ｜ 《人民日报》

小说集 ｜ 《跑步穿过中关村》（阿拉伯文版） 由五洲传播出版社出版

散文 ｜ 《一张照片》 ｜ 《广东第二课堂》 ｜ 2017 年第 10 期

散文 ｜ 《不辞长做水边人》 ｜ 《章丘晨报》

中篇小说 ｜ 《紫米》 由作家出版社出版

长篇小说 ｜ 《耶路撒冷》 由北京十月文艺出版社出版

散文 ｜ 《到环县看道情皮影》 ｜ 《飞天》 ｜ 2017 年第 11 期

短篇小说 ｜ 《传说》 ｜ 《百花园》 ｜ 2017 年第 11 期

散文 ｜ 《我理想中的儿童文学》 ｜ 《三联生活周刊》 ｜ 2017 年第 46 期

散文 ｜ 《一支笔，向着城市去》 ｜ 《学习时报》

2018 年

长篇小说 ｜ 《耶路撒冷》 由北京十月文艺出版社出版

短篇小说 ｜ 《兄弟》 ｜ 《大家》 ｜ 2018 年第 3 期

创作谈 ｜ 《中短篇断想》 ｜ 《大家》 ｜ 2018 年第 3 期

访谈 ｜ 《找到个体与时代间的张力》 ｜ 《解放日报》

短篇小说 ｜ 《霜降》 ｜ 《作家》 ｜ 2018 年第 2 期

长篇小说 ｜ 《夜火车》《水边书》 由四川文艺出版社出版

短篇小说 ｜ 《霜降》 ｜ 《作家》 ｜ 2018 年第 2 期

散文 ｜ 《文学与时代》 ｜ 《人民政协报》

小说 ｜ 《古斯特城堡》 《这些年我一直在路上》 ｜ 《长江文艺》 ｜ 2018 年第 10 期

对话 ｜ 《70 后对话 90 后》 ｜ 《作品》 ｜ 2018 年第 5 期

访谈（与行超） ｜ 《现实题材之重与儿童文学的轻》 ｜ 《朔方》 ｜ 2018 年第 5 期

散文 ｜ 《王小王原名王瑨》 ｜ 《文艺报》

散文 ｜ 《王小波给当代汉语小说松了一下绑》 ｜ 《辽宁日报》

评论 ｜ 《我们为什么要越界——大解〈傻子寓言〉随评》 ｜ 《青年报》

小说集 ｜ 《天上人间》(修订版) 由作家出版社出版

散文 ｜ 《就这样进了大学》《水晶八条》《九年》《看〈围城〉的那些年》 ｜ 《西昌都市报》

小说 ｜ 《开往北京的火车》 ｜ 《淮安日报》

小说集 ｜ 《日月山》《莫尔道嘎》《最后一个猎人》 由四川人民出版社出版

创作谈 ｜ 《花街的，北京的》 《在花街上一意孤行》 ｜ 《青年报》

小说集 ｜ 《花街九故事》 由北京联合出版公司出版

随笔集 ｜ 《去额尔古纳的几种方式》 由漓江出版社出版

访谈（与傅小平） ｜ 《故乡就是世界，绕一圈又回来了》 ｜ 《作家》 ｜ 2018 年第 9 期

创作谈 ｜ 《出走、火车和到世界去——创作感想》 ｜ 《南方文学》 ｜ 2018 年第 5 期

散文 ｜ 《寄语黄河》 ｜ 《黄河文学》 ｜ 2018 年第 10 期

散文 ｜ 《高考后遗症》 ｜ 《教师博览》 ｜ 2018 年第 11 期

创作谈 ｜ 《想象一条河流的三种方法》 ｜ 《文艺报》

评论 ｜ 《也是现代中国文学的 "归去来辞"》 ｜ 《小说评论》 ｜ 2018 年第 6 期

短篇小说 ｜ 《浮世绘》 ｜ 《凉山文学》 ｜ 2018 年第 6 期

长篇小说 ｜ 《北上》 由北京十月文艺出版社出版

2019 年

创作谈 ｜ 《寻找一种新的结构时代的文学方式》 ｜ 《文艺报》

访谈（与刘海宁） ｜ 《"花街就是耶路撒冷，耶路撒冷就是花街"——徐则臣谈故乡与创作》 ｜ 《淮阴师范学院学报（哲学社会科学版）》 ｜ 2019 年第 1 期

小说集 ｜ 《六耳猕猴》 由百花文艺出版社出版

随笔集 ｜ 《从一个蛋开始》 由浙江文艺出版社出版

创作谈 ｜ 《最重要的是等》 ｜ 《鸭绿江（下半月）》 ｜ 2019 年第 2 期

小说 ｜ 《相聚的三姐妹》《青城》及创作谈 ｜ 《青年文学》 ｜ 2019 年第 4 期

随笔 ｜ 《青年写作的艺术担当》 ｜ 《文艺报》

散文 ｜ 《读书之乐》 ｜ 《名作欣赏》 ｜ 2019 年第 13 期

访谈（与袁毅） ｜ 《一条大运河与一个民族的秘史》 ｜ 《长江丛刊》 ｜ 2019 年第 13 期

创作谈 ｜ 《让沉默的河流说话》 ｜ 《人民日报·海外版》

评论 ｜ 《我们听见王海天倒吸一口凉气——〈三十而立〉短评》｜《北京文学》（精彩阅读）｜ 2019 年第 6 期

短篇小说 ｜ 《梦境》｜《新民晚报》

访谈（与朱绍杰）｜《只能向前走，并保持进攻的姿态——长篇小说〈北上〉访谈录》｜《朔方》｜ 2019 年第 9 期

散文 ｜ 《国庆照》｜《乌鲁木齐晚报》

随笔 ｜ 《访谈也是一种文学批评》｜《光明日报》

2020 年

小说集 ｜ 《北京西郊故事集》 由北京十月文艺出版社出版

访谈（与李尚财）｜《我们需要正大的先锋精神》｜《福建文学》｜ 2020 年第 1 期

（樊迎春 2020 年 1 月整理）

编后记

给徐则臣这样的创作力旺盛、思想深刻的作家编选书籍是很有挑战性的,不仅意味着要阅读大量的作品,更要贴近作家的创作,把握其整体创作理念的发展和变化。编选作品,因为限于篇幅,不得不在一长串名单中加以取舍。目前呈现出的样子当然只是徐则臣创作的一隅,但也是我个人偏好的徐则臣的几副最为重要和优质的面孔:家乡系列的情调、与历史关涉的个人命运、现代化进程之下人们精神的悲喜以及贯穿始终的对某些品质与理念的信与爱。

选择徐则臣的研究文献算是我的分内技艺,倍感压力的地方也在于,如何给一个优秀的作家选择与之相称的批评与研究论文。好在对徐则臣的研究较为充分,也不乏新意之作。本书编选的论文,除了在整体脉络梳理和艺术形式分析、主题思想把握等基础方面极为优质之外,都在一定程度上勾连了徐则臣的创作与历史、时代、世界以及人们精神建构等方面的关系,透视了作家创作的问题意识与价值方向。批评的要义当然不止于单个作家与作品的点评,更在于批评背后发现的文学症候与对世界和生活认知的独立性向度。

与徐则臣进行的访谈是极为愉快的，当然因为我个人学力的有限，可能无法将访谈带至更为深邃和有趣的地方，但我却在整个过程中感受到作家的创作追求，那是多年创作积累下来的热情与冷静、深情与孤意。最重要的，是始终不渝的对自我困惑的直面与对答案的找寻。文学当然不再是发现问题与解决问题的工具与良药，却依然是徐则臣生存方式的确证。

　　出乎意料的是，作家创作年表的编制是工作推进过程中最为艰难的一项。这当然和很多早期发表的作品难以找到原本以确认具体期数、月份有关，也在于散文、创作谈、小说、访谈等各项体裁丰富，转载和选本庞杂，需要一一核实。这当然是简单也是烦琐的工作，在考验细心与耐心的同时，也多少感知到作家创作之路的艰辛。可喜的是，也在年表中见证了作家的成长与蜕变。所有的批评话语与研究表述当然都是建构的，只有置身于繁杂的时间和数据中，才会发现作家的创作在起源之初的困惑与二十年跋涉中的风雨如晦。

　　完成这项工作是极有成就感的，不只是替他人做了嫁衣的喜悦，更是再次贴近了文学永远散发魅力的根源。文学终究是关于困境救赎的事业，"信与爱的乌托邦"是徐则臣的追求，是文学的期冀，又何尝不是所有人内心里的美丽新世界。

樊迎春